Mam' Lin

Will N. Harben

Writat

Diese Ausgabe erschien im Jahr 2023

ISBN: 9789359258270

Herausgegeben von
Writat
E-Mail: info@writat.com

Inhalt

KAPITEL I.

Im hinteren Teil des langen Ladens saßen an einem runden Tisch unter einer Hängelampe mit Blechschirm vier junge Männer und spielten Poker. Der Boden dieses Teils des Raums war mehrere Fuß höher als der der Vorderseite, und zwischen den beiden kurzen Treppen befand sich die schräge Tür, die in den Keller führte, der feucht und dunkel war und nur zur Lagerung von Salz diente. Sirup, Zucker, Hardware und allgemeiner Müll.

In der Nähe der Eingangstür saß der Ladenbesitzer James Blackburn, ein beleibter, bärtiger Mann von fünfundvierzig Jahren, und unterhielt sich mit Carson Dwight, einem jungen Anwalt der Stadt.

„Ich möchte nicht, dass einer von euch denkt, dass ich mich beschwere", sagte der ältere Mann. „Ich war selbst jung; Tatsächlich gehe ich, wie Sie wissen, auch die Gänge, wenn man bedenkt, dass ich an eine Familie gebunden bin und meinen Lebensunterhalt verdienen muss. Ich liebe es, die Bande um mich zu haben – das *schwöre* ich, obwohl ich manchmal behaupte, dass es so aussieht, als wäre dieser alte Kram eher ein Vergnügungsort als ein Geschäftshaus mit gutem Ansehen."

„Oh, ich weiß, wir hängen hier zu viel herum", antwortete Carson Dwight; „Und du solltest uns rausschmeißen, den Letzten von uns."

„Oh, nachts ist es nicht so schlimm, wenn der Handel vorbei ist, aber tagsüber ist es irgendwie peinlich. Warum, was denkst du? Neulich war ein Wirtschaftsreporter aus Bradstreet da, um eine Stellungnahme zu meinem Standpunkt einzuholen, und während er hier war, Keith Gordon – schau ihn dir jetzt an, der Schlingel! seine Karten über den Kopf haltend; das ist ein Bluff. Ich wette, er hat keinen Zehnerplatz. Während dieser Agent hier war, tanzten Keith und viele andere aus Ihrer Bande auf dem Bahnsteig. Der Staub war so dick, dass man die Fenster nicht sehen konnte. Der Reporter sah überrascht aus, sagte aber nichts. Ich sagte ihm, dass ich glaube, dass ich alles bezahlen könnte, was ich auf dem Markt gekauft habe, und dass ich keine Ahnung hätte, wie viel ich wert sei. Ich habe meinen Lagerbestand seit zehn Jahren nicht mehr in Rechnung gestellt. Wenn mir der Vorrat ausgeht , schaffe ich es irgendwie, meinen Vorrat wieder aufzufüllen, und so geht es von Jahr zu Jahr weiter."

„Nun, ich werde mit den Jungs reden", sagte Dwight. „Sie nutzen deine Gutmütigkeit aus . Die ganze Wahrheit ist, dass sie dich für einen von ihnen halten, Jim. Das Heiraten hat dich nicht verändert. Du bist genauso teuflisch wie alle anderen, und sie wissen das und lieben es, in deiner Nähe zu sein."

„Nun, ich denke, das ist eine Tatsache", antwortete Blackburn, „und ich glaube, es wäre mir lieber, wenn Sie es nicht erwähnen würden. Ich denke, ein Anblick der Bande würde ihre Gefühle für die Welt nicht verletzen. Was macht es schließlich aus? Das Leben ist kurz, und wenn Trundle & Hodgson mehr Bergkunden bekommen als ich, wette ich, dass ich das größte Stück Leben bekomme. Sie werden reich sterben, aber wahrscheinlich ohne Freunde. Übrigens sehe ich Ihren Partner über die Straße kommen. Ich habe vergessen, es dir zu erzählen; Er hat vor ein paar Minuten nach dir gesucht. Sie hatten eine Glückssträhne, als Sie mit ihm in Kontakt kamen. Bill Gamer ist ein rauher Kerl, aber er ist heute mit großer Wahrscheinlichkeit der klügste Anwalt in Georgia."

Zu diesem Zeitpunkt stand ein Mann von mittlerer Statur in der Tür, mit einem massiven Kopf, der von einem rötlichen Haarschopf gekrönt wurde, einem glattrasierten, sommersprossigen Gesicht und kleinen Füßen und Händen. Er trug einen langen schwarzen Wollmantel, eine Weste aus dem gleichen Stoff und weite graue Hosen. Der freiliegende Teil seiner Hemdbrust und die Revers seines Mantels waren mit Tabaksaft befleckt.

„Ich war oben in der Höhle, drüben im Club, und der Herr weiß, wo sonst noch nach dir gesucht hat", sagte er zu seinem Partner, als er näher kam, sich gegen eine Vitrine auf der Theke lehnte und seine Arme ausstreckte hinter ihm.

„Arbeiten Sie für uns, was?" Carson lächelte.

"NEIN; Seit wann hast du jemals nach Einbruch der Dunkelheit geleckt?" war die trockene Antwort. „Ich bin gekommen, um Ihnen einen Rat zu geben, und ich bin froh, dass Blackburn hier ist, um sich mir anzuschließen. Die Wahrheit ist, Dan Willis ist in der Stadt. Er ist satt und beladen. Er ist mit einer Gruppe seiner Bergfreunde auf dem Wagenhof. Irgendeine einmischende Person – zweifellos Ihr schöner politischer Gegner Wiggin – hat ihm erzählt, was Sie über die Rolle gesagt haben, die er in der Menge gespielt hat, die die Razzia durchgeführt hat! Negerstadt."

„Nun, er bestreitet es nicht, oder?" fragte Dwight mit blitzenden Augen.

„Ich weiß nicht, ob er es tut oder nicht", sagte Gamer. „Aber ich weiß, dass er der rücksichtsloseste und gefährlichste Mann im ganzen Land ist, und wenn er betrunken ist , schreckt er vor nichts zurück. Ich dachte, ich würde dir raten, ihn zu meiden."

"Meide ihn? „Sie wollen sagen" – Dwight stand wütend auf – „ dass ich, ein frei geborener amerikanischer Staatsbürger, in meinem eigenen Haus herumschleichen muss, um einem Mann auszuweichen, der eine weiße Maske und ein weißes Laken aufsetzt und mit fünfzig anderen wie ihm stiehlt." in die Stadt und verprügelt fast das Leben vieler Banjo-pflückender Neger? Die meisten von ihnen waren nichtsnutzige, faule Kerle, aber sie wurden so geboren, und einer unter ihnen war, wie ich weiß, harmlos. Oh ja, ich war wütend darüber und habe Klartext geredet, das weiß ich, aber ich konnte nichts dagegen tun."

„Du *hättest* helfen können", sagte Gamer gereizt; „Und Sie hätten Ihre eigenen Interessen besser schützen sollen, als Wiggin einen so starken Einfluss auf Sie auszuüben. Wenn Sie gewählt werden, geschieht dies mit Hilfe genau dieser Meute und ihrer Verwandten und Freunde. Vielleicht gelingt es uns, das Ganze zu glätten, aber wenn Sie heute Abend einen offenen Streit mit Dan Willis haben, wird sich die Ursache dafür wie ein Lauffeuer verbreiten, und Penner stimmen haufenweise für Sie. Guter Gott, Mann, die Idee, Wiggin so eine Fackel zu geben, um vor deinem Wahlkreis zu schwenken – dir, einer *Stadt* Mann, setze dich für die schwarzen kriminellen Rohlinge ein, die planen, die weiße Rasse zu stürzen! Ich sage, so würden Wiggin und Dan Willis Ihre Plattform interpretieren."

„Ich kann nicht anders", wiederholte Dwight ruhiger, obwohl seine Stimme vor unterdrückten Gefühlen zitterte, als er fortfuhr. „Wenn ich politisch alles verliere, was ich mir erhoffe – und das scheint die beste Chance zu sein, die ich jemals haben werde, um ins Parlament zu kommen –, werde ich zu meinen Überzeugungen stehen. Wir müssen untereinander für Recht und Ordnung sorgen, wenn wir armen, dämlichen Schwarzen solche Dinge beibringen wollen. Ich war in dieser Nacht wütend. Du weißt, dass ich den Süden liebe. Sein Blut ist mein Blut. Drei Brüder meiner Mutter und zwei Brüder meines Vaters starben im Kampf für die „Lost Cause", und mein Vater stand vom Beginn des Krieges bis zum Ende unter Beschuss. Tatsächlich war es meine Liebe zum Süden und zu allem, was darin gut, rein und edel ist, die mein Blut in dieser Nacht zum Kochen brachte. Ich habe einen Teil davon gesehen, den du nicht gesehen hast."

"Was war das?" Fragte Garner.

„Es war eine klare Mondnacht", fuhr Dwight fort. „Ich saß zu Hause am Fenster meines Zimmers und blickte auf Major Warrens Hof, als die ersten Schreie und Rufe aus dem Negerviertel kamen. Ich vermutete, was es war, denn ich hatte von den Drohungen der Bergsteiger gegen diesen Teil der Stadt gehört, war aber nicht auf das vorbereitet, was ich tatsächlich sah. Das Cottage des alten Onkel Lewis und Mammy Linda liegt direkt hinter dem Haus des Majors, wissen Sie, und ist von meinem Fenster aus gut sichtbar. Ich sah, wie das alte Paar zur Tür kam und in den Hof rannte, und dann hörte ich Lindas Stimme. „Es ist mein Kind!" Sie schrie. „Sie bringen ihn um!" Onkel Lewis versuchte sie zu beruhigen, aber sie stand da, rang die Hände, schluchzte und betete. Der Major öffnete das Fenster seines Zimmers und schaute hinaus, und ich hörte ihn fragen, was los sei. Onkel Lewis versuchte es zu erklären, aber seine Stimme war über den Schreien seiner Frau nicht zu hören. Ein paar Minuten später kam Pete die Straße entlang gerannt. Sie hatten ihn gehen lassen. Seine Kleidung war in Fetzen gerissen und auf seinem Rücken wimmelte es von großen Wellhornschnecken. Kaum hatte er die Alten erreicht, fiel er ohnmächtig um. Der Major kam herunter, und er und ich beugten uns über den Jungen und brachten ihn schließlich wieder zu Bewusstsein. Major Warren war der verrückteste Mann, den ich je gesehen habe, und ein hundert Mann starker Mob hätte dem Neger nichts anhaben können und ihn am Leben lassen."

„Ich weiß, das war alles schon schlimm genug", gab Garner zu, „aber diese Männer jetzt gegen sich aufzubringen, wird die Sache nicht bessern und Ihnen möglicherweise mehr politischen Schaden zufügen, als Sie in Ihrem Leben verkraften werden." Man kann nicht gleichzeitig Politiker und Prediger sein; sie passen nicht zusammen. Man kann nicht bestreiten, dass das Negerviertel dieser Stadt eine Schande für eine zivilisierte Gemeinschaft war, bevor die White Caps es überfielen. Schauen Sie es sich jetzt an. Eine solche Veränderung gab es nie. Es ist so ruhig wie auf einem Friedhof in Philadelphia."

„Es ist die Art und Weise, wie sie vorgegangen sind, die mich wütend gemacht hat", erwiderte Carson Dwight. „Außerdem kenne ich diesen Jungen. Er ist so harmlos wie ein Kätzchen und blieb nur an diesen Tauchgängen, weil er es liebte, mit den anderen zu singen und zu tanzen. Ich *wurde* wütend; Ich bin noch immer wütend. Mein Volk hat seine Sklaven nie ausgepeitscht, als sie in der Knechtschaft waren; Warum sollte ich zusehen, wie sie jetzt von Männern geschlagen werden, die nie Neger besaßen und sie nie liebten oder verstanden? Vor dem Krieg stand ein weißer Mann auf und beschützte seine Sklaven; Warum sollte er sich jetzt nicht zumindest für die treuesten ihrer Nachkommen einsetzen?"

„Das ist es", sagte Blackburn bewundernd. „Du stehst nur noch ein bisschen vom Alten ab, Carson. Dein Vater hätte jeden Mann erschossen, der versucht hätte, einen seiner Neger auszupeitschen. Du kannst nichts dagegen tun, wie du dich fühlst; Aber ich stimme hier mit Bill überein, dass man die Unterstützung der Bergbewohner nicht bekommen kann, wenn man nicht zumindest so tut, als würde man *die* Dinge so sehen.",

das Ding nicht aus ihrer Sicht sehen", ärgerte sich Dwight. „Und ich werde es nicht versuchen. Als ich diesen alten schwarzen Mann und diese alte schwarze Frau in dieser schrecklichen Nacht mit zerrissenen und blutenden Herzen sah und mich daran erinnerte, dass sie freundlich zu meiner Mutter gewesen waren, als sie im Sterben lag — und die ganze Nacht geduldig an ihrem Bett gesessen hatten wie Steinblöcke, und ich weinte vor Freude, als der Tag anbrach, als der Arzt sagte, die Krise sei vorüber — wenn ich daran denke und zugebe, dass ich mit gefalteten Händen daneben stehe und sehe, wie ihr einziges Kind so lange geschlagen wird, bis es das Bewusstsein verliert, meine Güte Blut kocht vor völliger Scham. Es hat sich eine großartige Lektion in mein Gehirn eingebrannt, und zwar, dass wir untereinander Recht und Ordnung haben müssen, wenn wir die gute Meinung der Welt im Großen und Ganzen wahren wollen."

„Ich verstehe, dass Pete viel leichter davongekommen wäre, wenn er nicht wie ein Tiger gegen sie gekämpft hätte", sagte Blackburn. "Man sagt-"

„Und warum *hätte er nicht* kämpfen sollen?" fragte Carson schnell. „Je näher ein Mann der rohen Schöpfung ist, desto mehr wird er kämpfen. Ein zahmer Hund wird kämpfen, wenn man ihn in die Enge treibt und ihn hart genug schlägt."

„Nun, Sie haben unser Spiel kaputt gemacht", stimmte Keith Gordon zu, der den Tisch ganz hinten verlassen hatte und nun nach vorne trat, begleitet von einem anderen jungen Mann, Wade Tingle, dem Herausgeber des *Spotlight* . „Wade und ich sind uns einig, Carson, dass du mit Dan Willis vorsichtig umgehen musst. Wir unterstützen Sie mit aller Kraft in dieser Kampagne, aber Sie werden uns die Hände binden, wenn Sie das Bergelement verärgern. Wiggin weiß das und er setzt alles daran."

„Das stimmt, alter Mann", mischte sich der Redakteur ernst ein. „Ich kann genauso gut offen zu dir sein. Es ist mir ein großes Anliegen, Sie zu unterstützen, aber wenn Sie die Menschen auf dem Land wütend machen , werden sie meine Zeitung nicht mehr annehmen. Ich kann ohne ihre Schirmherrschaft nicht leben, und ich kann Sie einfach nicht unterstützen, wenn Sie nicht zu *mir halten* ."

„Ich habe keinen Streit ausgelöst", sagte der junge Kandidat. „Aber Garner kam gerade zu mir und riet mir tatsächlich, diesem schmutzigen Schurken aus dem Weg zu gehen. Ich werde keinem polternden Tyrannen ausweichen, der damit droht, was er mir antun wird, wenn er mir von Angesicht zu Angesicht begegnet. Ich möchte Ihre Unterstützung, aber so kann ich sie nicht kaufen."

„Nun", sagte Garner grimmig, mehr zu den anderen als zu seinem Partner, „in zehn Minuten wird es hier einen Streit geben. Das sehe ich jetzt. Willis hat bestimmte Dinge gehört, die Carson über seine Rolle bei diesem Überfall gesagt hat, und er sucht nach Ärger. Carson ist nicht in der Stimmung, etwas zurückzunehmen, und ein Idiot kann sich vorstellen, wie es ausgehen wird."

KAPITEL II.

KEITH GORDON und Tingle gaben Garner ein Zeichen, und die drei traten auf den Bürgersteig und ließen Blackburn und den Kandidaten zusammen zurück. Die Straße war ziemlich verlassen. Nur ein paar der baufälligen Straßenlaternen brannten, obwohl die Nacht bewölkt war. Die Lage der Geschäfte, des Friseursalons, des Hotels und des Postamts war durch die länglichen Lichtflecken auf dem Boden vor ihnen zu erkennen.

„Du wirst ihn nie bewegen können", sagte Keith Gordon und strich nervös über seinen blonden Schnurrbart. „Die Wahrheit ist, dass er darüber furchtbar aufgeregt ist. Unter uns dreien, Jungs, hat Carson nie in seinem Leben nur eine Frau geliebt, und sie ist Helen Warren. Mam' Linda ist ihre alte Krankenschwester, und Carson weiß, dass es ihr schrecklich wehtun wird, wenn sie nach Hause kommt und von Petes Problemen hört. Helen hat ein gutes, freundliches Herz und sie liebt Linda, als wären sie dasselbe Fleisch und Blut. Wenn Carson heute Abend Willis trifft, wird er ihn töten oder getötet werden. Sagt mal, Jungs, er ist am Vorabend seiner Wahl ein zu guter Kerl für so etwas. Was zum Teufel können wir tun?"

„Oh, ich verstehe; „Da steckt eine Frau dahinter", sagte Garner zynisch. „Es überrascht mich nicht, wie er sich jetzt verhält, aber ich dachte, der Fall sei erledigt. Ich habe gehört, dass sie mit einem Mann dort unten, wo sie zu Besuch ist, verlobt war."

„Vielleicht ist sie das wirklich", gab Gordon zu, „aber Carson ist trotzdem bereit, ihre Schlachten zu schlagen." Ich glaube ehrlich, dass sie ihn abgewiesen hat, als er mit ihrem Bruder so auf Hochtouren war, kurz vor seinem Tod vor einem Jahr, aber das änderte nichts an seinen Gefühlen ihr gegenüber."

Garner grunzte, als er seine Hand tief in die Brusttasche steckte, um seinen Tabakpfropfen herauszuholen, und begann, eine Ecke davon abzudrehen. „Das Verrückteste auf Erden", sagte er, „ist, einen engen Freund zu haben, der ein verdammter Idiot ist." Ich habe das ganze Geschäft satt. Der alte Dwight hat keine Geduld mehr mit Carson wegen der rücksichtslosen Art, wie er gelebt hat, aber der alte Mann ist wirklich stolz auf die politischen Chancen des Jungen. Er selbst hatte in jungen Jahren solche Ambitionen und er freut sich, wenn sein Sohn sich darauf einlässt. Als ich ihm neulich erzählte, dass Carson auf der größten Welle der Beliebtheit ankommt, die jemals einen menschlichen Chip getragen hat, war er sehr verärgert, aber er wird einen blauen Fleck verfluchen, wenn die Renditen eintreffen, denn ich sage euch, Jungs, wenn Carson Wenn er heute Abend wegen dieser

Negerangelegenheit einen Streit mit Dan Willis hat, wird er höher schlagen als ein Drachen."

„Weißt du, ob Carson etwas zum Schießen hat?" fragte Tingle nachdenklich.

„Oh ja, ich habe gerade die Beule unter seinem Mantel gesehen", antwortete Garner immer noch wütend, „und wenn beides zusammenkommt, wird es in der Altstadt eine Weile Blei regnen."

„Ich habe gerade an seine kranke Mutter gedacht", bemerkte Keith Gordon. „Meine Schwester erzählte mir neulich, dass Mrs. Dwight in einem so schlechten Zustand sei, dass jeder plötzliche Schock sie wahrscheinlich töten würde. So etwas würde sie furchtbar aus der Fassung bringen – zumindest, wenn es wirklich zu einer Schießerei kommt. Glaubst du nicht, wenn wir Carson an ihren Zustand erinnern würden, würde er vielleicht zustimmen, nach Hause zu gehen?"

„Nein, Sie kennen ihn nicht so gut wie ich", sagte Garner bestimmt. „Es würde ihn nur noch wütender machen. Je mehr Gründe wir ihm nennen, warum er Willis meidet, desto sturer wird er sein. Ich schätze, wir müssen ihn dort sitzen lassen und ihn zur Zielscheibe machen."

In diesem Moment trat ein großer Bergsteiger, der ein kariertes Baumwollhemd und eine Jeanshose trug, unter einem breitkrempigen weichen Hut durch das Licht des nahegelegenen Hoteleingangs und schlenderte durch die dazwischenliegende Dunkelheit auf sie zu.

„Es ist Pole Baker", sagte Keith. „Er ist ein überzeugter Anhänger von Carson. Sag, warte, Pole!"

„Halte dich fest; was ist los?" fragte der Bergsteiger lachend. „ Verschwörung gegen die Weißen? "

„Wir möchten Sie fragen, ob Sie Dan Willis heute Abend gesehen haben", fragte Garner.

"Habe ich?" Baker grunzte. „Das ist genau der Grund, warum ich nach euch Jungs aus der Stadt suche , anstatt nach Hause zu gehen , wo ich hingehöre. Ich bin nüchtern wie ein leeres Fass, aber ich werde jedes Mal beschuldigt, in der Darley-Kalaboose gewesen zu sein , wenn ich nicht auf den Appell der alten Dame zur Schlafenszeit antworte. Sie können darauf wetten, dass Willis voller Bären ist und unten auf dem Wagenhof ein paar böse Männer bei sich hat. Wiggin hat sie mit einer Menge Zeug darüber auf dem Laufenden gehalten, was Carson gestern Abend über den Überfall auf White Cap gesagt hat . Ich dachte, ich würde euch Kerle irgendwie anheuern, damit ihr unseren Mann aus dem Weg halten könnt, bis ihr Alkohol nachlässt. Außerdem bin ich hier, um Ihnen zu sagen, Bill Garner, dass das eine fiese Karte ist, die Wiggin's in den Bergen in Umlauf gebracht hat. Er sagt, dass sich hier eine regelmäßige Bande von Blaublütern organisiert hat, die sich gegen die Weißen des Landes gegen Stadtwaschbären zur Wehr setzen soll. Wir können einen solchen Bericht vielleicht mit der Zeit vernichten, wissen Sie, aber wir werden ihn niemals vernichten, wenn es heute Abend einen Streit darüber gibt."

„Das ist das Problem", sagten die anderen mit einem Atemzug.

„Warte eine Minute – du bleibst hier", sagte Baker, stellte sich vor die Ladentür und schaute einen Moment hinein. dann kam er zurück. „Ich dachte, er würde uns vielleicht alle vernünftig mit ihm reden lassen , aber man kann einem solchen Mann nicht leichter Vernunft verleihen, als wenn man geschmolzene Butter mit einer heißen Ahle auftauchen kann. Ich sehe keine Chance, es sei denn, ihr Jungs überlasst es ganz mir."

„Überlassen Sie es Ihnen?" rief Garner aus. "Was könntest du tun?"

„Ich weiß nicht, ob ich etwas Gesegnetes tun könnte oder nicht, Jungs, aber die verdammte Sache ist so verzweifelt, dass ich bereit bin, es zu versuchen. Wissen Sie, ich rede nie über meine Politik – wenn ich das tue, rede ich darüber auf der anderen Seite, um zu sehen, was ich zu meinem Vorteil daraus ziehe. Die Wahrheit ist, ich glaube, diese Stinktiere halten mich für einen Wiggin-Mann, und ich würde ihnen gerne einen Schlag versetzen . Vielleicht kann ich sie dazu bringen , die Stadt zu verlassen. Abe Johnson ist der Anführer von ihnen , und er wird nie zu betrunken, um eine natürliche Vorsicht an den Tag zu legen."

„Nun ja, es kann sicher nicht schaden, wenn du es versuchst, Pole", sagte Tingle.

„Nun, ich gehe zum Wagenhof und schaue nach, ob sie noch herumlungern."

Als er sich dem fraglichen Ort näherte, einem offenen Platz von etwa hundert Quadratmetern, der von einem hohen Zaun umgeben war und am unteren Ende der Hauptstraße lag, stand Pole im breiten Tor und beäugte die zahlreichen Lagerfeuer, die daraus hervorleuchteten die Dunkelheit. Schließlich entdeckte er eine Gruppe Männer um ein Feuer zwischen zwei Wagen mit weißen Hauben, an deren Rädern mehrere Pferde befestigt waren. Als Pole auf sie zukam und die verschiedenen Männer und Frauen rund um die verschiedenen Feuer, an denen er vorbeikam, fröhlich begrüßte, erkannte er Dan Willis, Abe Johnson und mehrere andere.

Eine fast leere Whiskyflasche stand auf dem Boden im Licht des Feuers, um das die Männer saßen. Als er näher kam, schauten alle auf, nickten und murmelten unbekümmerte Grüße. Es schien auf eine Bewegung von Dan

Willis hinzudeuten, einem großen Mann von fünfunddreißig oder sechsunddreißig Jahren, der langes, verfilztes Haar trug und buschige Augenbrauen und einen geschwungenen Schnurrbart hatte, denn als er die Flasche ergriff, Er stand auf, steckte es in seine Manteltasche und sprach mit den beiden Männern, die auf beiden Seiten von Abe Johnson saßen.

„Komm schon", knurrte er, „ich möchte mit dir reden. Es ist mir egal, ob du dich uns anschließt oder nicht, Abe."

„Nun, ich bin raus", antwortete Johnson. „Ich habe mit euch geredet, bis mir schlecht wurde. Du bist zu satt, um einen Sinn zu haben."

Willis und die beiden Männer gingen zusammen davon und stellten sich hinter einen der Wagen. Ihre Stimmen, gedämpft durch die Wirkung des Whiskys, drangen zurück zu den Ohren der verbleibenden beiden.

„ Gehst du heute Abend nach Hause, Abe?" fragte Baker nachlässig.

„Das möchte ich, aber ich lasse diesen verdammten Idioten nicht gerne hier in dem Zustand zurück, in dem er sich befindet. Er wird entweder einen Mord begehen oder ihm wird der verdammte Kopf abgeschossen."

„Das ist genau das, woran *ich* gedacht habe", sagte Pole, setzte sich achtlos auf den Boden und zog die Knie in der Umarmung seiner starken Arme an. „Schau mal, Abe, du bist nicht ganz so intim wie deine eigenen Brüder, die von derselben Mutter abstammen, aber ich habe nichts Persönliches gegen dich . "

„Oh, ich denke, das ist in Ordnung", sagte der andere und streichelte sein rundes, glattrasiertes Gesicht mit einer beharrlichen Bewegung seiner kräftigen Hand. „Das ist schon in Ordnung, Pole."

„Nun, meine Familie kannte Ihre Familie lange während des Krieges", sagte Abe. „Mein Vater war bei dir an der Front, und unsere Mütter haben in schweren Zeiten Zucker und Kaffee getauscht, und, Abe, ich bin hier, um dir zu sagen, dass ich es irgendwie hasse, einen ahnungslosen Nachbarn wie dich blind zu sehen Ernsthafter Ärger, großer, großer Ärger, Abe – Ärger von der Art, dass die Frau und die Kinder eines Mannes viele, viele Nächte wach liegen würden."

„Was zum Teufel meinst du?" fragte Johnson und horchte.

„Warum, es ist dieser Teufel, der sich zwischen Dan und Carson Dwight zusammenbraut."

„Na, was hat das mit *mir zu tun?* ", fragte Johnson mürrisch überrascht.

„Nun, das ist nur ein Scherz, Abe", Pole lehnte sich zurück, bis seine Füße vom Boden abhoben, und er verdrehte den Hals, während seine Augen den drei Männern folgten, die sich mit eng beieinander liegenden Köpfen etwas weiter entfernt hatten. „Vielleicht weißt du es nicht, Abe, aber ich war früher im Finanzamt der Regierung, und auf die eine oder andere Weise, die weder hier noch da ist, greife ich manchmal auf Untergrundinformationen zurück, und ich möchte dir einen wertvollen Tipp geben . Ich möchte Sie zum Nachdenken anregen . Ich denke, Sie werden zugeben, dass es wahrscheinlich zu Blutvergießen kommen wird, wenn die beiden Männer heute Abend aufeinandertreffen .

Johnson starrte mürrisch über das Lagerfeuer. „Wenn Carson Dwight nicht den Verstand gehabt hat, die Stadt zu verlassen, dann wird er es tun, und zwar in Hülle und Fülle", sagte er mit einem trockenen Lachen.

„Nun, das ist die Schwierigkeit", sagte Pole. „Er hat die Stadt nicht verlassen, und was soll's, seine Freunde haben es nicht geschafft, ihn von seinem Platz in Blackburns Laden zu rühren, und Dan konnte ihn nicht übersehen Wenn er mit verbundenen Augen herumschlich . Er hat Drohungen gehört und ist so verrückt wie nie zuvor."

„Na, was zum Teufel –"

„Warte, Abe. Jetzt sage ich Ihnen, warum *Du* kommst rein. Meine Untergrundinformationen besagen, dass die Grand Jury hart daran arbeitet, die Fakten über diesen White-Cap-Überfall herauszufinden . Die ganze Sache – der Name des Anführers und der Mitglieder der Bande – wurde bisher geheim gehalten, aber …"

„Nun" – der halb trotzige Gesichtsausdruck von Johnson wich einem Ausdruck wachsender Besorgnis – „ naja!" wiederholte er, ging aber nicht weiter.

„Es ist hier entlang, Abe – und ich bin hier als Freund, schätze ich. Sie wissen so gut wie ich, dass, wenn heute Abend Blut vergossen wird , es vor Gericht landen wird und vieles über den White-Cap-Überfall und noch weiter zurückliegende Angelegenheiten ans Licht kommen wird."

Poles Worte hatten einen deutlichen Eindruck auf den Mann gemacht, an den sie so geschickt gerichtet waren. Johnson beugte sich nervös vor. „ Du denkst also –" Aber er ließ wieder Feuer.

„Huh, ich denke, du solltest Dan Willis besser aus dieser Stadt rausbringen, Abe, und zwar innerhalb von fünf Minuten, wenn du es schaffst."

Johnson atmete offensichtlich erleichtert auf. „Ich kann es schaffen, Pole, und ich werde deinen Rat befolgen", sagte er. „Das ist das Einzige auf der Welt, das Dan dazu bringen würde, nach Hause zu gehen, aber ich weiß zufällig, was das ist. Er ist verdammt heiß, aber er ist nicht mehr darauf erpicht, die Grand Jury aufzurütteln als einige von uns anderen. Ich werde mit ihm reden ."

Als Johnson sich entfernte, erhob sich Pole Baker und schlenderte in der Dunkelheit in Richtung der vereinzelten Lichter entlang der Hauptstraße davon. Am Tor blieb er stehen und wartete, den Blick auf die Wagen und das Lagerfeuer gerichtet, die er gerade verlassen hatte. Plötzlich bemerkte er etwas und kicherte. Die Pferde gingen mit klirrenden Ketten zwischen ihm und dem Feuer hindurch – sie wurden herumgeführt, um an die Wagen gespannt zu werden. Pole lachte erneut. „So wie ich aussehe, bin ich nicht gerade ein Idiot", sagte er. „Nun, ich musste ein bisschen lügen und so tun, als wäre der Sortierer gegen den Strich gegangen , aber mein Plan hat funktioniert. Wenn ich jemals in die Hölle komme , schätze ich, dass es daran liegt , dass ich versuche , das Richtige zu tun – im Wesentlichen."

KAPITEL III.

Auf der breiten Allee, die nach Norden und Süden verlief und die Stadt Darley in zwei Hälften teilte, befanden sich die besten und ältesten Wohnhäuser. Eine Straßenseite fing die vollen Strahlen der Morgensonne ein und die andere die schrägen roten Strahlen des Nachmittags. Für eine so kleine Stadt war es eine gut ausgebaute und gepflegte Durchgangsstraße. Grasstreifen lagen wie Bänder zwischen den Gehwegen und der Fahrbahn, und an den dreieckigen Flächen, die durch die Kreuzung bestimmter Straßen entstanden, waren rostige Eisenzäune errichtet, die hauptsächlich dazu dienten, winzige Brunnen zu schützen, die schon lange nicht mehr spielten. In einem dieser kleinen Parks, im Herzen der Stadt, wie auch im Herzen der Einwohner, stand ein Denkmal für „The Confederate Dead", eine gut modellierte, lebensgroße Figur eines Südstaatensoldaten Stein im fernen Italien. War es richtig auf seinem Sockel platziert? – das war die ängstliche Frage der ehrfürchtigen Passanten, denn die in Umhang und Rucksack gehüllte Gestalt, deren Zeit grau wurde, stand mit dem Rücken zum feindlichen Land.

„Ja, das ist richtig", würden einige sagen, „denn der Soldat wird so dargestellt, als ob er nachts im nördlichen Territorium Wachdienst leistet, und seine Gedanken und Augen sind bei seinen Lieben zu Hause und dem Land, das er verteidigt."

Henry Dwight, der wohlhabende Vater des aggressiven jungen Mannes, mit dem sich die vorangegangenen Kapitel hauptsächlich beschäftigt haben, lebte in einem der moos- und efeubewachsenen Häuser an der Ostseite der Allee. Es handelte sich um einen zweieinhalb Stockwerke hohen Bau aus rotem Backstein mit einer Kolonialveranda und einer quadratischen Kuppel mit weißen Fenstern als Spitze des schrägen Daches. Es gab eine halbkreisförmige Auffahrt, die an einer Ecke vorne in das Gelände führte und anmutig an der Tür vorbeiführte. Das zentrale und kleinere Eingangstor für Fußgänger mit nachgeahmten Steinpfosten und einem weißen Halbmond war vom Haus aus über einen mit Buchsbäumen gesäumten Kiesweg zu erreichen. Rechts und links befanden sich rustikale Sommerhäuser, Weinlauben und Parterres mit Rosen und anderen Blumen, die alle von einem alten, farbigen Gärtner gut gepflegt wurden.

Henry Dwight war Getreide- und Baumwollhändler, Geldverleiher und Präsident und Hauptaktionär der Darley Cotton Mills, deren große Backsteingebäude und Cottages für Angestellte etwa eine Meile westlich der Stadt standen. Heute Morgen schlenderte er, nachdem er seine täglichen Briefe geschrieben hatte, durch sein Anwesen und rauchte eine Zigarre. Für jeden , der ihn gut kannte, wäre klar gewesen, dass sein Geist gestört war.

Neben dem Dwight-Gehöft befand sich ein weiteres ebenso geräumiges und repräsentatives Stammhaus. ing in ganz ebenso umfangreichen, wenn auch vernachlässigteren Gründen. Hier lebte Major Warren, und zufällig befand sich auch er auf seinem Rasen direkt hinter dem baufälligen Zaun, dessen Tor aus den Angeln gefallen und weggenommen worden war.

Der Major war ein kleiner, schlanker alter Herr, ein ziemlicher Kontrast zum John-Bull-Typ seines kräftigen Nachbarn mit dem Backenbart. Er trug eine schmuddelige braune Perücke, und während er herumstolperte, mit seinem goldköpfigen Ebenholzstock eine Rose aus der Erde hob oder sich bückte, um ein wucherndes Unkraut auszureißen, richtete sich sein verstohlener Blick oft auf den alten Dwight.

„Ich erkläre, das könnte ich auch wirklich", murmelte er unentschlossen. „Was nützt es, sich für eine Sache zu entscheiden und sie ohne vernünftigen Grund aufzugeben? Er sieht das falsch. Das erkenne ich daran, wie er an seiner Zigarre zieht. Ja das mache ich."

Der Major ging durch das Tor und näherte sich langsam seinem nachdenklichen Nachbarn.

„Guten Morgen, Henry", sagte er, als Dwight aufsah. „Wenn ich deine Wendungen beurteilen kann, bist du noch nicht gerade in guter Laune."

"Guter Humor? Nein, Sir, ich bin *nicht* gut gelaunt. Wie könnte ich sein, wenn dieser junge Kerl, der einzige Erbe meines Namens und meiner Besitztümer –"

Dwights Wut stieg auf und er würgte seine Worte, und mit rotem Gesicht stand er keuchend da und war nicht in der Lage, weiter zu gehen.

„Nun, es scheint mir, auch wenn er nicht *mein* Sohn ist", begann der Major, „dass Sie – nun ja, ziemlich anmaßend – ich könnte sagen, unversöhnlich sind." Er hat wilden Hafer gesät, aber wenn ich junge Männer beurteilen kann, ist er wirklich auf einem guten Weg – zur echten Männlichkeit."

„Weg ins Nichts", stotterte Dwight. „Ich habe ihm diese große Farm gegeben, um zu sehen, was er bei der Bewirtschaftung tun kann. Ich hätte nie erwartet, dass er einen Strich durch die Rechnung machen würde – ich wollte nur sehen, ob er es auf bezahlter Basis behalten könnte, aber es war eine Investition von totem Kapital. Dann nahm er das Jurastudium auf. Zusammen mit Bill Garner, auf den er sich stützen konnte, gelang ihm das etwas besser, aber das war nie etwas Erwähnenswertes. Dann ging er in die Politik."

„Und ich habe Sie selbst sagen hören, Henry", sagte der Major sanft, „dass Sie glaubten, dass er tatsächlich für einen zukünftigen Staatsmann geeignet sei."

„Ja, und wie der Idiot, der ich war, habe ich darauf gehofft. Ich war so froh, dass er sich wirklich für Politik interessierte, dass ich nachts wach lag und an seinen Erfolg dachte. Überall hörte ich von seiner Popularität. Männer kamen zu mir und auch Frauen und erzählten mir, dass sie ihn liebten und für ihn gegen diesen skrupellosen Anwalt Wiggin arbeiten würden und ihn mit einer Mehrheit ins Amt bringen würden, die im ganzen Staat Anklang finden würde; Und sie meinten es ernst, denke ich. Aber was hat er getan? Auf seine hartnäckige, stierköpfige Art misshandelte er die Bergbewohner, die das Gesetz zum Wohle der Allgemeinheit in die Hand nahmen, und hetzte Hunderte von ihnen gegen ihn auf; und das alles für einen Nigger – einen faulen, unbedeutenden Niggerjungen!"

„Nun ja", begann Major Warren lahm, „Carson und ich haben Pete in der Nacht gesehen, als er so heftig ausgepeitscht wurde, und wir hatten Mitleid mit ihm." Sie spielten zusammen, als sie Jungen waren, wie es Jungen überall im Süden tun, wissen Sie, und dann sah er, wie Mam' Linda darüber zusammenbrach, und sah den alten Lewis zum ersten Mal im Leben des alten Mannes weinen. Ich selbst war verrückt, Henry, und du wärst es gewesen, wenn du dabei gewesen wärst. Ich hätte gegen die Männer kämpfen können, die das getan haben, also verstehe ich, was Carson empfand, und als er die Bemerkung machte, mit der Wiggin seine Aussichten so tödlich schädigt, erwärmte sich mein Herz für den Jungen. Wenn er als Politiker keinen Erfolg hat, liegt das daran, dass er für eine so knifflige Karriere zu aufrichtig ist. Seine Freunde versuchen, ihn dazu zu bringen, eine Erklärung abzugeben, die ihn wieder bei den Bergbewohnern einsetzt, die mit den White Caps sympathisierten, aber er wird es einfach nicht tun."

„Das werde ich nicht tun! Ich glaube nicht!" Platzte Dwight heraus. „Hat der junge Idiot nicht in Blackburns Laden darauf gewartet, dass Dan Willis kommt und ihm den Kopf abschießt? Er saß dort bis nach Mitternacht und rührte sich keinen Zentimeter, bis ihm der tatsächliche Beweis vorgelegt wurde, dass Willis die Stadt verlassen hatte. Oh, ich bin kein Dummkopf! Ich weiß ein oder zwei Dinge. Ich habe ihn und deine Tochter zusammen beobachtet. Das ist der Kern davon. Sie setzte sich auf ihn, bevor sie nach Augusta ging, aber ihre Weigerung veränderte ihn nicht. Er weiß, dass Helen viel von ihrer alten Negerin hält, und in ihrer Abwesenheit hat er sich einfach für ihre Sache eingesetzt und kämpft wie verrückt dafür – so wütend, dass er blind für seinen politischen Ruin ist. Das ist es, was ein Mann für eine Frau tun wird. Es heißt, sie soll sich dort unten verloben. Ich hoffe, dass sie es ist, und dass Carson stolz genug sein wird, wenn er davon hört, einen anderen Mann für sich kämpfen zu lassen, und zwar einen, der dabei nichts zu verlieren hat."

„Sie hat mir nichts über eine Verlobung geschrieben", antwortete der Major lebhaft; „Aber meine Schwester ist mit der Verbindung sehr einverstanden und schreibt, dass sie zustande kommen könnte. Herr Sanders ist ein wohlhabender, ehrenhafter Mann von guter Geburt und Bildung: Helen schien den traurigen Tod ihres Bruders nie zu verkraften. Sie liebte den armen Albert mehr als mich oder irgendjemanden anderen jemals."

„Und ich dachte immer, dass es Carsons Verbindung mit Ihrem Sohn in seiner Zerstreuung war, die Helen gegen ihn aufbrachte. Soweit ich weiß, dachte sie vielleicht, Carson hätte Albert tatsächlich weitergeführt und sei mitverantwortlich für sein trauriges Ende gewesen."

„Vielleicht hat sie es so gesehen", sagte der Major nachdenklich. Sie hatten nun die Veranda im hinteren Teil des Hauses erreicht und gingen gemeinsam in die weite Halle. Ein farbiges Dienstmädchen mit einem roten Kopftuch, das wie ein Turban um den Kopf gebunden war, staubte das Walnussgeländer der Treppe ab. Als die alten Herren durch die Halle gingen, betraten sie die Bibliothek, einen großen quadratischen Raum mit breiten Fenstern und hohen, vergoldeten Spiegeln aus Pfeilerglas.

„Ja, ich bin sicher, das hat sie gegen ihn aufgebracht", fuhr Dwight fort, „und da gerate ich zwischen dir und Helen durcheinander. Warum stellst du dich immer für den Schurken ein? Für mich sieht es so aus, als würde es Ihnen übel nehmen, wie er sich nach dem schrecklichen Ende Ihres Sohnes gegenüber Ihrem Sohn verhalten hat."

„Da steckt viel mehr dahinter, Henry, als ich dir jemals erzählt habe." Major Warrens Stimme stockte. „Um es klar zu sagen, das ist mein heimliches Problem. Ich schätze, wenn Helen die wahre Wahrheit herausfinden würde – und *zwar die ganze Wahrheit* –, würde sie mir gegenüber nie dasselbe empfinden. Ich denke, vielleicht sollte ich es dir sagen. Es wird sicherlich erklären, warum ich so großes Interesse an Ihrem Jungen habe." Sie setzten sich, der Hausbesitzer in einem Liegestuhl an einem länglichen, geschnitzten Mahagonitisch, der mit Büchern und Papieren bedeckt war, der Besucher in einer Lounge daneben .

„Nun, es kam mir immer seltsam vor", sagte der alte Dwight. „Ich konnte nicht wirklich glauben, dass du ihn und Helen zusammenbringen wolltest, nach deiner Erfahrung mit so einem Mann unter deinem eigenen Dach."

„Es ist hier entlang", sagte der Major verlegen. „Erstens bin ich mir nach allem, was ich mitbekommen habe, sicher, dass es nicht Ihr Sohn war, der meinen zur Zerstreuung geführt hat, sondern genau umgekehrt. Er ist tot und verschwunden, aber Albert war immer zu Streichen jeglicher Art bereit. Henry, ich möchte mit dir darüber reden, denn mir scheint, dass du in Bezug auf Carson in der gleichen Lage bist wie ich in Bezug auf meinen armen Jungen, und ich habe tausendmal um Vergebung für das gebetet, was ich getan habe Wut und Eile. Henry, hör mir zu. Wenn jemals ein Mann einen entscheidenden Fehler gemacht hat, habe ich es getan, und ich werde die Last davon bis zu meinem Grab tragen. Du weißt, wie ich mir darüber Sorgen gemacht habe. Alberts Alkoholkonsum und sein allgemeines Verhalten. Immer wieder machte er Versprechen, dass er ein neues Kapitel aufschlagen würde, nur um es zu brechen. Nun, es war auf der letzten Reise – der fatalen Reise nach New York, wo er so viel Geld weggeworfen hatte. Ich schrieb ihm einen strengen Brief, und als Antwort erhielt ich einen erbärmlichen Brief, in dem ich schrieb, dass er es satt hätte, so wie er es tat, und mich anflehte, ihn noch einmal auf die Probe zu stellen und ihm Geld zu schicken, um seinen Heimweg zu bezahlen. Es war die gleiche alte Art von Versprechen und ich hatte kein Vertrauen in ihn. Ich war unfair, ungerecht gegenüber meinem einzigen Sohn. Ich schrieb, lehnte ab und teilte ihm mit, dass ich ihm nicht mehr vertrauen könne . Die Hölle hat diesen Brief inspiriert, Henry – der Teufel hat mir zugeflüstert, dass ich mit der Verletzung des armen Jungen nachsichtig gewesen sei. Dann kam die Nachricht. Als er tot in einem kleinen Zimmer im obersten Stockwerk dieses heruntergekommenen Hotels aufgefunden wurde – tot durch seine eigene Hand –, lag mein Brief offen neben ihm."

„Na ja, du konntest nicht anders!" „Sagte Dwight höchst unbeholfen, schlug erneut seine kurzen, dicken Beine übereinander und griff nach einer offenen Kiste Zigarren. „Sie haben versucht, Ihre Pflicht so zu erfüllen, wie Sie es sahen, und zwar nach besten Kräften."

„Ja, aber meine Methode, Henry, hat für mich und Helen zu Elend und Kummer geführt, der niemals geheilt werden kann. Sehen Sie, dieser schreckliche Fehler ist der Grund dafür, dass ich mich so für Carson interessiere. Ich liebe ihn, weil Albert ihn liebte, und weil es mir manchmal so vorkommt, als ob du ihn zu schnell verurteilst. Oh, er ist anders! Carson hat sich seit Alberts Tod wunderbar verändert. Er trinkt jetzt nicht mehr übermäßig viel, und Garner sagt, er habe mit dem Kartenspielen aufgehört und habe nur ein Ziel: dieses politische Rennen zu gewinnen – es zu gewinnen, um dir zu gefallen, Henry."

"Gewinne Es!" Dwight schniefte. „Er ist bereits so tot wie eine Salzmakrele – steif und starr hingerichtet von seiner eigenen stierköpfigen Dummheit. Ich habe das Trinken und Kartenspielen immer heruntergespielt, aber ich habe einige Männer gekannt, die im Leben erfolgreich waren und solche Gewohnheiten in Maßen hatten; Aber weder Sie noch ich noch sonst jemand haben jemals erlebt, dass einem Dummkopf etwas gelang. Ich sage Ihnen, er wird nie ein erfolgreicher Politiker sein. Wiggin wird ihm die Hinterhand vertreiben. Wiggin macht sich einfach die Unfähigkeit des Narren zunutze, sein Temperament und seine Sympathien zu kontrollieren. Wiggin hätte zugelassen, dass dieser Mob seinen eigenen Vater und seine eigene Mutter verprügelt, anstatt sie zu verärgern und ihre Stimmen zu verlieren. Er weiß, dass Carson ein kämpferischer Abstammung ist, und er wird Dan Willis und andere weiterhin anstacheln, wohl wissend, dass jedes verärgerte Wort von Carson ihm zahllose Feinde einbringen wird."

„Oh, das kann ich auch sehen!" der Major seufzte; „Aber um mich zu retten, kann ich nicht anders, als den Jungen zu bewundern. Er glaubt, dass die White Caps an diesem Abend etwas falsch gemacht haben, und er kann einfach nicht so tun, als wäre es anders. Es ist das Prinzip der Sache, Henry. Er ist ein ungewöhnlicher Kandidat, und sein Standpunkt mag seine Chancen ruinieren, aber ich – ich rühme mich seiner Standhaftigkeit. Ich muss mir sagen, ich soll es noch einmal mit ihm versuchen und ihm Geld schicken, um seinen Heimweg zu bezahlen. Es war die gleiche alte Art von Versprechen und ich hatte kein Vertrauen in ihn. Ich war unfair, ungerecht gegenüber meinem einzigen Sohn. Ich schrieb, lehnte ab und teilte ihm mit, dass ich ihm nicht mehr vertrauen könne. Die Hölle hat diesen Brief inspiriert, Henry – der Teufel hat mir zugeflüstert, dass ich mit der Verletzung des armen Jungen nachsichtig gewesen sei. Dann kam die Nachricht. Als er in einem kleinen Zimmer im obersten Stockwerk dieses heruntergekommenen Hotels tot aufgefunden wurde – tot durch seine eigene Hand –, lag mein Brief offen neben ihm."

„Na ja, du konntest nicht anders!" „Sagte Dwight höchst unbeholfen, schlug erneut seine kurzen, dicken Beine übereinander und griff nach einer offenen Kiste Zigarren. „Sie haben versucht, Ihre Pflicht so zu erfüllen, wie Sie es sahen, und zwar nach besten Kräften."

„Ja, aber meine Methode, Henry, hat für mich und Helen zu Elend und Kummer geführt, der niemals geheilt werden kann. Sehen Sie, dieser schreckliche Fehler ist der Grund dafür, dass ich mich so für Carson interessiere. Ich liebe ihn, weil Albert ihn liebte, und weil es mir manchmal so vorkommt, als ob du ihn zu schnell verurteilst. Oh, er ist anders! Carson hat sich seit Alberts Tod wunderbar verändert. Er trinkt jetzt nicht mehr übermäßig viel, und Garner sagt, er habe mit dem Kartenspielen aufgehört und habe nur ein Ziel: dieses politische Rennen zu gewinnen – es zu gewinnen, um dir zu gefallen, Henry."

"Gewinne Es!" Dwight schniefte. „Er ist bereits so tot wie eine Salzmakrele – steif und starr hingerichtet von seiner eigenen stierköpfigen Dummheit. Ich habe das Trinken und Kartenspielen immer heruntergespielt, aber ich habe einige Männer gekannt, die im Leben erfolgreich waren und solche Gewohnheiten in Maßen hatten; Aber weder Sie noch ich noch sonst jemand haben jemals erlebt, dass einem Dummkopf etwas gelang. Ich sage Ihnen, er wird nie ein erfolgreicher Politiker sein. Wiggin wird ihm die Hinterhand vertreiben. Wiggin macht sich einfach die Unfähigkeit des Narren zunutze, sein Temperament und seine Sympathien zu kontrollieren.

Wiggin hätte zugelassen, dass dieser Mob seinen eigenen Vater und seine eigene Mutter verprügelt, anstatt sie zu verärgern und ihre Stimmen zu verlieren. Er weiß, dass Carson ein kämpferischer Abstammung ist, und er wird Dan Willis und andere weiterhin anstacheln, wohlwissend, dass ihm jedes verärgerte Wort von Carson zahllose Feinde einbringen wird."

„Oh, das kann ich auch sehen!" der Major seufzte; „Aber um mich zu retten, kann ich nicht anders, als den Jungen zu bewundern. Er glaubt, dass die White Caps an diesem Abend etwas falsch gemacht haben, und er kann einfach nicht so tun, als wäre es anders. Es ist das Prinzip der Sache, Henry. Er ist ein ungewöhnlicher Kandidat, und sein Standpunkt mag seine Chancen ruinieren, aber ich – ich rühme mich seiner Standhaftigkeit. Ich muss das sagen."

„Oh ja, das ist das Problem mit euch sentimentalen Menschen", tobte Dwight. „Zwischen dir und der liebevollen Mutter des Jungen weiß der Herr nur, wo er landen wird. Ich habe viel an ihm übersehen, in der Hoffnung, dass er diese Wahl durchstehen würde, aber ich werde ihn jetzt seinen eigenen Weg gehen lassen. Es ist eine schöne Sache, wenn ich zusehen muss, wie mein Sohn von einem Mann wie Wiggin zu Staub geschlagen wird, wegen Ihres langbeinigen Negerjungen, dem es schon vor langer Zeit besser gegangen wäre, wenn er gründlich verprügelt worden wäre."

Als sein Besucher gegangen war, ließ Dwight seine unfertige Zigarre in den Kamin fallen und ging langsam die Treppe hinauf zum Zimmer seiner Frau. An einem kleinen Fenster mit Blick auf den Blumengarten saß Mrs. Dwight auf einem Sofa, das von mehreren weichen Kissen in Liegeposition gehalten wurde. Sie war weit über dem mittleren Alter und von äußerst zartem Körperbau. Ihr Haar war schneeweiß, ihre Haut dünn bis durchsichtig, ihre Adern voll und blau.

„Das war Major Warren, nicht wahr?" fragte sie mit sanfter, süßer Stimme, während sie die Zeitschrift weglegte, die sie gerade gelesen hatte.

„Ja", antwortete Dwight, als er zu einem kleinen Schreibtisch in einer Ecke des Raumes ging, ein Papier aus einem Fach nahm und es in seine Tasche steckte.

„Wie kam er so früh vorbei?" Die Dame verfolgte.

„Weil er es wollte, schätze ich", begann Dwight ungeduldig, und dann klang Vorsicht in seiner Stimme, als er sich an die Warnung des Hausarztes erinnerte, dem Patienten nicht die geringste Sorge zu bereiten. „Warren hat nichts Schönes zu tun, von der Mutter bis in die Nacht. Wenn er also einen vielbeschäftigten Mann trifft, neigt er dazu, an ihm festzuhalten und auf seine langatmige Art über jedes Thema zu reden, das sein Gehirn in Besitz nimmt. Er ist großartig darin, Männern zu zeigen, wie sie ihre eigenen

Angelegenheiten regeln können. Dazu braucht es einen untätigen Mann. Wenn dieser Mann kein Geld übrig gehabt hätte, würde er jetzt von Tür zu Tür um sein Brot betteln."

„Irgendwie dachte ich, dass es um Carson geht", seufzte Mrs. Dwight.

„Los geht's!" sagte ihr Mann mit so viel Anmut des Ausweichens, wie es in seinem robusten Anwesen möglich war. „Wenn Sie Tag für Tag daliegen, scheinen Sie sich mit Warrens Beschwerde infiziert zu haben. Du denkst, niemand kann auch nur für eine Minute vorbeikommen, ohne sich um deinen Jungen zu kümmern – deinen Jungen! Eines Tages , wenn Sie lange genug leben, werden Sie vielleicht entdecken, dass das Universum nicht nur für Ihren Sohn geschaffen wurde und sich auch nicht nur um ihn dreht."

„Ja, ich glaube, ich *mache* mir große Sorgen um Carson", gab der Kranke zu; „Aber Sie haben mir nicht direkt gesagt, dass der Major *nicht* von ihm sprach."

Das Gesicht des alten Mannes war der Spielplatz widersprüchlicher Impulse. Er wurde rot vor Wut und seine Lippen zitterten am Rande eines Ausbruchs, aber er beherrschte sich. Tatsächlich ließ seine Gereiztheit nach, als er plötzlich ein Schlupfloch sah, durch das er ihrer Befragung entgehen konnte.

„Die Wahrheit ist", sagte er, „Warren sprach über Alberts Tod." Er redete eine ganze Weile darüber. Er wäre fast zusammengebrochen."

„Nun, ich mache mir solche Sorgen um Carsons Wahlkampf, dass ich mir allerlei Ärger vorstellen kann", seufzte Mrs. Dwight. „Ich lag letzte Nacht fast die ganze Nacht wach und dachte über eine Kleinigkeit nach. Als er sich neulich in seinem Zimmer umzog, hörte ich, wie etwas auf den Boden fiel. Hilda hatte ihm heißes Wasser zum Rasieren gebracht, und als sie zurückkam, erzählte sie mir, dass er seinen Revolver aus der Tasche geworfen hatte. Wissen Sie, bis dahin hatte ich keine Ahnung, dass er einen trug, und obwohl es manchmal notwendig sein mag, ist die Vorstellung sehr unangenehm."

Das muss Sie nicht stören", sagte Dwight, als er seinen Hut nahm und in sein Büro in seinem Lagerhaus ging. „Fast alle jungen Männer tragen sie, weil sie denken, dass es schick aussieht. Die meisten von ihnen würden wie ein verängstigter Hund davonrennen, wenn sie sehen würden, wie einer auf sie zeigt, selbst aus Spaß."

„Nun, ich hoffe, mein Junge wird nie einen brauchen", sagte der Kranke. „Er ist nicht streitsüchtig. Es braucht viel, um ihn wütend zu machen, aber wenn er so wütend wird, ist er nicht leicht zu kontrollieren."

KAPITEL IV.

DIE jungen Männer in Carson Dwights Set hatten einen seltsamen Ort zum Faulenzen. Es war Keith Gordons Zimmer über der Bank seines Vaters in einem alten Gebäude, das den Schüssen und Granaten des Bürgerkriegs standgehalten hatte. „The Den", wie es von seinen zahlreichen zufälligen Bewohnern genannt wurde, war von der Straße aus über eine schmale, wurmstichige und wacklige Treppe und einen gefährlichen kleinen Balkon oder Durchgang zu erreichen, der an der Backsteinmauer befestigt war. 20 Fuß über dem Boden entlang der gesamten Länge des Gebäudes. Hier in einem der vier Betten schlief Keith, als noch Platz für ihn war. Nach einem großen Tanz oder einem Baseballspiel, wenn aus den unterschiedlichsten Gründen mittellose Besucher aus den Nachbarstädten übrig blieben, musste Keith die scheinheilige Einsamkeit im Haus seines Vaters suchen oder ins Hotel gehen.

Die Höhle hatte eine Fläche von etwa 25 Fuß im Quadrat. Es war nicht so luxuriös wie Junggesellenunterkünfte in Augusta, Savannah oder sogar Atlanta, aber es entsprach dem Zweck „der Bande", die es nutzte. Keith erklärte offen, dass er es zum letzten Mal überholt und aufgefüllt habe. Er sagte, dass es absolut unmöglich sei, Waschbecken und Krüge aufzubewahren, wenn sie zum reinen Vergnügen der Männer aus den Fenstern geworfen würden, denen es egal sei, ob sie sich wuschen oder nicht. Er wusste zufällig, dass die Rechnung für die Wäscherei höher war als die des Johnston House oder der Internatsabteilung des Darley Female College. Er sagte auch, dass er die Bande ein letztes Mal gewarnt habe, dass der Raum geschlossen würde, wenn noch mehr Holzschuhtänze betrieben würden. Er sagte, sein Vater habe sich darüber beschwert, dass der Putz auf seinem Schreibtisch unten herunterfiel, und vernünftige Männer Ich sollte wissen, dass so etwas nicht ewig so weitergehen kann.

Die Regeln bezüglich der Bezahlung von Getränken waren sicherlich lax. Es wurden keine Konten über die Schulden eines Mannes geführt. Jedem Mitglied der Bande stand es frei, eine Flasche beliebiger Größe in der Kommode oder der Waschtischschublade oder unter den Matratzen oder Kissen seines oder eines anderen Bettes zu verstauen, wo Skelt, der Neger, der das Zimmer fegte, und liebte Stimulanzien konnten es nicht finden.

Bill Garner, so schlau er auch war, schien die Gesellschaft dieses lauten Sets zu lieben, obwohl er im Haus seines Vaters auf dem Land, eine Meile von der Stadt entfernt, immer willkommen war. Tagsüber hieß es von ihm, er könne mehr Gesetze lesen und sich damit durchdringen als jeder andere Mann im Staat, aber nachts bestand seine Freizeitbeschäftigung aus einer billigen Zigarre, seinen alten, ausgebeulten Teppichpantoffeln, einem gemütlichen Stuhl in Keiths Zimmer und – Wer hätte das gedacht ? – der spannendste indische Groschenroman auf dem Markt. Er konnte die französischen, deutschen, italienischen und spanischen Klassiker seitenweise mit einem seltsamen musikalischen Akzent zitieren, den er sich ohne die Hilfe eines Meisters oder irgendeinen Verkehr mit einheimischen Ausländern angeeignet hatte. Er kannte und liebte alles, was mit großer Literatur zu tun hatte – er sagte, er habe ein natürliches Ohr für Wagners Musik, habe Edwin Booths bestes Werk verstanden und ein gutes Bild erkannt, wenn er es sah; und doch musste er seinen Groschenroman haben. Darin fand er geistige Ruhe und Entspannung, die ihm sonst nichts verschaffte. Sein Bettgenosse war Bob Smith, der freundliche, adrett gekleidete Angestellte im Johnston House. Garner sagte, er schlief gern mit Bob, weil Bob ihn weder im Schlaf noch im Wachzustand geistig belastete. Bob kleidete sich nicht nur perfekt, sondern spielte auch Ragtime auf der Gitarre und sang die Lieblings-Coon-Lieder des Tages. Seine Pflichten im Hotel waren alles andere als beschwerlich, und so vertraute die Bande meist auf ihn, wenn es darum ging, Tanzveranstaltungen zu arrangieren und Zollgebühren für die Unkosten einzutreiben. Und Bob war nicht ohne seinen tatsächlichen Geldwert, wie der Besitzer des Hotels schon vor langer Zeit herausgefunden hatte, denn wenn Bob einen Tanz arrangierte, bedeutete das, dass verschiedene sozial veranlagte Trommler von guter Herkunft und Ansehen auf einen Hinweis oder ein Telegramm des Angestellten hin tanzten , jedenfalls für eine Nacht bei Darley „übernachtet".

Wenn Bob eine Eigenschaft hatte, die die Oberfläche seines einheitlichen Gleichmuts störte, dann war es sein übermäßiger Stolz auf Carson Dwights Freundschaft. Er vermischte seine Rede mit dem, was Carson gesagt oder getan hatte, und Carsons Kandidatur für die Legislatur war zu seinem größten Ziel geworden. Tatsächlich kann man genauso gut sagen, dass der Rest der Bande sich mit gleichem Enthusiasmus für Dwights politische Sache eingesetzt hatte.

Es war der Sonntagmorgen nach der Nacht, in der Pole Baker das Treffen zwischen Dwight und Dan Willis verhindert hatte, und die meisten der üblichen Liegestühle waren anwesend und warteten darauf, dass Skelt ihre Stiefel schwärzte, und bedauerten die Wendung der Dinge, die für ihren Liebling so schlecht aussah. Wade Tingle rasierte sich gerade an einem der Fenster vor einem Spiegel mit rissigem Mahagonirahmen, als alle Carsons Schritte auf dem Balkon erkannten und einen Moment später Dwight in der Tür stand.

„Hallo Jungs, wie geht es?" er hat gefragt.

„Oh, mit der rechten Seite nach oben, alter Mann", antwortete Tingle, als er begann, sich mit der Hand den Schaum ins Gesicht zu reiben, um seinen einwöchigen Bart aufzuweichen, bevor er sich rasierte. „Wie läuft das Rennen?"

„Es ist alles in Ordnung, denke ich", sagte Dwight müde, als er hereinkam und sich auf einen freien Stuhl an der Wand setzte. „Wie ist es in den Bergen? Soweit ich weiß, waren Sie dort."

„Ja, ich versuche, ein paar Anzeigen einzusammeln, meine Korrespondenten vor Ort aufzurütteln und Abonnements anzunehmen. Was deine Fortschritte betrifft, alter Mann, muss ich leider sagen, dass Wiggin eine Art blaues Auge davongetragen hat. Am 10. fand in Miller's Spring ein Bauerntreffen statt. Mir wurde vorgeworfen, es tue mir Leid, dass du nicht da warst. Wiggin hielt eine Rede. Es war ein Hingucker – es wurde ausschließlich als Wahlkampfmaterial betrachtet. Dieser Kerl hat zwar im Gesetz versagt, aber er ist der schärfste und prinzipienloseste Manipulator menschlicher Gefühle, der mir je begegnet ist. Er hat dich gezeigt, wie Sam Jones das Katta-Monster mit dem gespaltenen Fuß macht."

„Was Carson über die Willis-und-Johnson-Mafia gesagt hat, war natürlich sein Thema?" sagte Garner über den Eselsohrenseiten seines Thrillers.

„Das und zehntausend Dinge, von denen Carson nie geträumt hat", erwiderte Tingle. „So lief es. Das Treffen fand unter einer Buschlaube statt, um die Sonne abzuschirmen, und die Bauern luden ihre Frauen und Kinder zu einem Picknick hinaus. Ein langgesichtiger Pfarrer führte das Gebet an, einige der alten Jungfern stimmten ein Lied an, das Schlitze in Ihr musikalisches Trommelfell gerissen hätte, Garner, und dann stellte ein grobknochiger Pflüger in einem Hickory-Hemd und einem Gallus den Ehrengast vor . Wie sie den Chefredakteur und Inhaber der größten landwirtschaftlichen Wochenzeitung in Nordgeorgien übersehen und herausgefunden haben konnten, dass das Stinktier für mich ein Rätsel war."

„Nun, was hat er gesagt?" fragte Garner so scharf, als würde er einen unverbindlichen und wichtigen Zeugen ins Kreuzverhör nehmen.

"Was hat er gesagt?" Tingle lachte, während er sich mit einem zerlumpten Handtuch den Schaum aus dem Gesicht wischte und mit dem Handtuch in der Hand dastand. „Er begann mit der Aussage, dass er ins Rennen gegangen sei, um zu gewinnen, und dass er so sicher zur Legislatur gehen werde, wie die Sonne in diesem Land auf dem Weg zum Untergang und in China auf dem Weg zum Aufgang sei. Er sagte, es sei eine wissenschaftliche Gewissheit, die so leicht zu beweisen sei, wie zwei und zwei vier ergeben. Diese zähen Männer mit den geilen Händen vor ihm gingen an diesem Tag nicht zur Wahl und wählten einen Stadtmenschen, der sein Haar in der Mitte gescheitelt hatte, spitze Schuhe trug, die wie ein neues Armaturenbrett glänzten, und der Anführer von war die rüpelhafteste Gruppe junger Kartenspieler und

Whiskytrinker, die jemals die Moral eines Bergbaulagers verunglimpft hat. Das hat er über die Bande gesagt, Jungs, und ich hatte nichts, mit dem ich schießen konnte. Tatsächlich musste ich da sitzen und mehr aufnehmen."

„Was hat er über seine *Plattform gesagt?* „fragte Garner mit einem schweren Stirnrunzeln; „Das ist es, worauf ich hinaus will. Man kann einem Politiker niemals schaden, indem man behauptet, er trinke – dafür stimmt die Hälfte von ihnen ."

„Oh, sein Programm schien hauptsächlich darin zu bestehen, dass es ihm darum ging, das einfache Volk vor der ewigen Schande zu bewahren, für einen Mann wie Dwight zu stimmen. Er hat es auf jeden Fall dick und schwer aufgetürmt. Es hätte Carsons eigene Mutter beschämt davonlaufen lassen. Carson, sagte Wiggin, habe Nigger geliebt, seit er bis zu den Knien einer Ente stand, und habe immer behauptet, dass ein Neger, der der Aristokratie des Südens gehörte, den weißen, rasiermesserscharfen Leuten in den Bergen voraus sei, die diesen Vorteil nie gehabt hätten . Carson war in Aufruhr gegen die White Caps, die nach Darley gekommen waren und diese faulen Waschbären ausgepeitscht hatten, und wollte jeden Mann in der Gruppe im vollen Umfang des US-amerikanischen Rechts belangen. Wenn er ins Parlament einziehen würde, wollte er Gesetze verabschieden, die es einem Weißen unter Strafe stellen würden, einen schwarzen Bock vom Bürgersteig zu stoßen. „Aber er wird seinen Platz im Kapitol von Georgia nicht einnehmen", sagte Wiggins mit einem Schrei – „wenn Carson Dwight nach Atlanta gehen würde , wäre das *kein* Freifahrtschein." Und, Jungs, die Menge schrie, bis die trockenen Blätter über ihnen eine Zugabe klatschten. Die Männer schrien und die Frauen und Kinder schrien."

„Er ist ein verachtenswerter Welpe!" sagte Dwight wütend.

„Ja, aber unter solchen Männern ist er ein schlauer Politiker", sagte Tingle. „Er weiß auf jeden Fall, wie man redet und Streit schürt."

„Und ich nehme an, Sie saßen da wie eine Beule auf einem Baumstamm und haben sich das alles angehört, ohne den Mund aufzumachen!" Keith Gordon sprach von seinem Bett aus, wo er in seinem Bademantel lag und über den Resten des Frühstücks rauchte, das Skelt auf einem großen schwarzen Tablett aus dem Hotel mitgebracht hatte.

„Nun ja, ich *bin* aufgestanden", antwortete Tingle mit einem männlichen Erröten.

„Oh, *das hast du!* „Garner beugte sich interessiert vor.

„Nun, ich bin froh, dass Sie zufällig vor Ort waren, denn Ihre Arbeit hat dort beträchtlichen Einfluss."

„Ja, ich bin aufgestanden. Ich wedelte mit den Händen auf und ab wie ein aufsteigender Bussard, um die Menge ruhig zu halten, bis mir etwas einfiel, was ich sagen konnte; Aber, Carson, alter Mann, du weißt, was für ein Idiot ich in College-Debatten war. Ich kam mit allem, was sie mir erlaubten, aufzuschreiben und vorzulesen, ziemlich gut zurecht, aber es war das spontane Ding, das mich immer aus der Fassung brachte. Ich war wahnsinnig wütend, als ich aufstand, aber all diese starren Augen beruhigten mich wunderbar. Ich schätze, ich stand eine ganze halbe Minute da und schluckte …"

„Du verdammter Idiot!" rief Garner voller Abscheu.

„Ja, genau das war ich", gab Tingle zu. „Ich stand keuchend da wie ein Wels und genoss seinen ersten Ausflug ins Freie. Es war totenstill. Ich habe gehört, dass Sterbende die kleinsten Dinge an sich bemerken. Ich erinnere mich, dass ich die Pferde und Maultiere sah, die unter den Bäumen gehalftert waren, mit Heu und Futter unter der Nase – die Essenskörbe, alle in einer Gruppe an der Quelle, bewacht von einer Negerin. Was denkst du dann? Der alte Jeff Condon meldete sich zu Wort.

„,Führe uns im Gebet, Bruder', sagte er in ehrfürchtigem Tonfall, und seit meiner Geburt habe ich noch nie so viel Lachen gehört."

„Sie *haben* Wiggin auf jeden Fall in die Hände gespielt", knurrte der verärgerte Garner. „Das ist genau das, was ein leichtzüngiges Stinktier wie er wollen würde."

„Na ja, ich hatte jedenfalls eine Minute Zeit, um zu versuchen, zu Atem zu kommen", sagte Tingle, immer noch rot im Gesicht, „aber ich war einer Horde solcher Baseball-Fans nicht gewachsen. Ich wollte gerade einige von Wiggins Vorwürfen zurückweisen, als sich ein anderer schlauer Alec zu Wort meldete und sagte: „Moment mal!" Erzählen Sie uns von der Zeit, als Sie und Ihr Kandidat in einem Buggy von einem Ball in Catoosa Springs nach Hause fuhren und so betrunken waren, dass das Pferd Sie zum Haus eines Mannes brachte, dem es einst sechzehn Meilen von Ihrem Ziel entfernt gehörte. Ihr wisst natürlich alle, Jungs, das war eine große Übertreibung, aber ich hatte keine Ahnung, dass es allgemein bekannt war. Ich dachte jedenfalls, dass die Menge totlachen würde. Ich schätze, es war die Art, wie ich aussah. Ich hatte das Gefühl, als ob jeder Mann, jede Frau und jedes Kind dort ein böses Ei auf mich geschlagen hätte und über ihre Treffsicherheit lachte. Am Ende wurde ich wütend und ich sah an Wiggins Grinsen, dass ihm das gefiel. Es gelang mir, ein paar Dinge zu verneinen, und dann stand Wiggin auf und brachte mich und meine Zeitung zu einer Wendung. Er sagte, dass der *Spotlight* durch die redaktionelle Unterstützung Dwights Dwights Ideen zugunsten des Negers und gegen ehrliche Weiße billigte und dass jeder Mann dort, der irgendeinen Familien- oder Staatsstolz habe, aufhören sollte, die schmutzige Liste zu übernehmen; und, Gott sei Dank, einige von ihnen haben ihre Abonnements gekündigt, als sie mich nach der Rede trafen; aber ich werde es trotzdem weiter verschicken. Es wird so sein, als würde man den Heiden kostenlose Traktate schicken, aber es könnte Früchte tragen."

KAPITEL V.

Eine halbe Stunde später hatten alle jungen Männer außer Garner und Dwight den Raum verlassen. Garner trug immer noch das Stirnrunzeln auf seiner breiten Stirn, das Tingles Vortrag hervorgerufen hatte.

„Ich habe mir vorgenommen, dieses Ding durchzuziehen", sagte er; „Und obwohl es etwas wackelig aussieht, habe ich noch nicht alle Hoffnung verloren. Natürlich haben uns Ihre rücksichtslosen Bemerkungen über die White Caps in den Bergen erheblichen Schaden zugefügt, aber wir können damit leben. Es könnte eines natürlichen Todes sterben, wenn Sie und Dan Willis sich nicht treffen, sich gegenseitig angreifen und das Gespräch wieder in Gang bringen. Ich gehe sowieso davon aus, dass er dir aus dem Weg geht, wenn er nüchtern ist."

„Ich renne ihm nicht nach", gab Carson zurück. „Ich habe einfach gesagt, was ich dachte, und Wiggin hat das Beste daraus gemacht."

Garner schwieg einige Minuten lang, dann faltete er seinen Groschenroman zusammen und beugte ihn über sein Knie, und als er schließlich sprach, dachte Dwight, er hätte noch nie einen ernsteren Ausdruck auf dem starken Gesicht gesehen. Er hatte es voller emotionaler Tränen gesehen, als Garner in einem Mordfall auf dem Höhepunkt seiner Berufung bei einer Jury war; Er hatte es dunkel vor der Wut einer ungerechtfertigten juristischen Niederlage gesehen, aber jetzt war ein seltsames weibliches Weiß in den Winkeln des großen, schlanken Mundes zu sehen, ein seltsames Zucken der Lippen.

„Ich habe beschlossen, dir ein Geheimnis zu verraten", sagte er zögernd. „Ich bin mehrmals in die Nähe gekommen und bin dann zurückgefallen. Es ist ein Thema, mit dem ich nicht umgehen kann. Es geht um eine Frau, Carson. Du weißt, ich bin kein Frauenheld. Ich rufe keine Frauen an; Ich nehme sie nicht zum Buggyfahren mit; Ich tanze nicht mit ihnen und weiß auch nicht, wie man sanfte Dinge auf sie abfeuert wie du und Keith, aber ich habe meine Erfahrung gemacht."

„Es ist auf jeden Fall eine Überraschung für mich", sagte Dwight mitfühlend, und dann war er im Schatten von Garners Ernsthaftigkeit nicht in der Lage, weitere Kommentare abzugeben.

„Ich schätze, Sie werden jeglichen Respekt vor mir verlieren, weil ich dachte, in diesem Viertel gäbe es nur den Hauch einer Chance", fuhr Garner fort, ohne seinem Begleiter in die Augen zu blicken. „Aber, Carson, mein Junge, es gibt eine bestimmte Frau, die jeder Mann, der sie kennt, geliebt hat oder immer noch liebt. Keith ist verrückt nach ihr, obwohl er wie ich schon vor langer Zeit alle Hoffnung aufgegeben hat, und selbst der arme Bob Smith glaubt, er hätte Glück, wenn sie sich nur eines seiner neuen Lieder anhört oder sich von ihm einen Gefallen tun lässt. Wir alle lieben sie, Carson, weil sie so süß und freundlich zu uns ist –"

„Du meinst –", unterbrach Dwight impulsiv und verfiel dann in Schweigen, während ihm eine unangenehme Röte in die Stirn stieg.

„Ja, ich meine Helen Warren, alter Mann. Wie gesagt, ich hatte noch nie in meinem Leben eine Frau so gesehen. Wir wurden einmal auf einer Hausparty auf Hilburns Farm zusammengewürfelt – nun, ich bin einfach durchgedreht. Sie weigerte sich nie, mich zu begleiten, wenn ich sie darum bat, und schien sich besonders für meinen Beruf zu interessieren. Ich wusste es damals noch nicht, aber seitdem habe ich herausgefunden, dass sie mit jedem Mann, ob reich oder arm, verheiratet oder alleinstehend, so liebevoll umgeht. Nun, um es kurz zu machen: Ich habe ihr einen Heiratsantrag gemacht. Das Ganze prägt sich wie mit einem Brandeisen in mein Gehirn ein. Wir hatten an diesem Morgen einen langen Spaziergang gemacht und saßen unter einer großen Buche in der Nähe einer Quelle. Sie fragte immer wieder mit strahlendem Gesicht nach meinem Beruf, und alles stieg mir in den Kopf. Ich wusste, dass ich der hässlichste Mann im Staat war, dass ich keinen Stil an mir hatte und nichts davon wusste, wie man zu Frauen ihrer Art nett sein sollte; Aber ihr Interesse an allem, was mit dem Gesetz zu tun hat, ließ mich denken, dass sie so etwas bewunderte. Ich wurde wild. Als ich ihr erzählte, wie ich mich fühlte, weinte ich tatsächlich. Denken Sie darüber nach – ich war dumm genug, wie ein Baby zu heulen! Ich kann nicht beschreiben, was passiert ist. Sie war unbeschreiblich geschockt und schmerzte. Sie hätte nie gedacht, dass ich so empfinden würde. Zum Abschluss bat ich sie, zu versuchen, alles zu vergessen, und wir hatten einen langen, schrecklichen Weg zum Haus."

„Das *war* hart", sagte Carson Dwight mit einem seltsamen Gesichtsausdruck.

„Nun, ich habe es dir aus einem besonderen Grund erzählt", sagte Garner mit einem großen, zitternden Seufzer. „Carson, ich bin ein aufmerksamer Beobachter und kam später zu dem Schluss, dass ich wusste, warum sie mich dazu gebracht hatte, so viel über das Gesetz und insbesondere über meine Arbeit zu sprechen."

„Oh, das hast du herausgefunden!" sagte Carson fast geistesabwesend.

„Ja, mein Junge, es war ungefähr die Zeit, als du und ich darüber nachdachten, zusammen hineinzugehen. Es geschah alles auf Ihre Kosten."

Carson starrte Garner direkt an. „ *Mein* Konto? Ach nein!"

„Ja, auf Ihr Konto. Ich habe es die ganze Zeit vor dir geheim gehalten. Ich bin jetzt voll und ganz dein Freund – bis ins Mark, aber damals war ich zu wund, um es dir zu sagen. Ich hatte alles verloren, was mir auf Erden wichtig war, aber ich hatte einfach zu viel vom primitiven Menschen in mir übrig, als dass du wissen könntest, wie gut es dir ergangen ist. Mein Gott, Carson, zu dieser Zeit saß ich immer an meinem Schreibtisch hinter einem alten Buch und tat so, als würde ich lesen, aber ich sah dich nur an, während du bei der Arbeit saßst und mich fragte, wie es sich anfühlen würde, das zu haben, was dir gehörte. Dann habe ich euch beide zusammen beobachtet; Ihr schient wie füreinander geschaffen, ein ideales Paar. Dann kam deine – sie lehnte dich ab.“

„Ich weiß, ich weiß, aber warum redest du darüber, Garner?“ Carson war aufgestanden und stand im Türrahmen in den Strahlen der Morgensonne. Für einen Moment herrschte Stille. Die Kirchenglocken läuteten und Neger und Weiße gingen unten auf der Straße vorbei.

„Vielleicht ist es gut für mich, darüber zu sprechen und damit Schluss zu machen, oder auch nicht“, sagte Garner; „Aber das ist es, worauf ich hinaus wollte. Ich habe gesagt, dass es lange gedauert hat, bis ich dir sagen konnte, dass sie es einmal war – ich weiß nicht, wie es ihr jetzt geht, aber sie war einmal in dich verliebt.“

„Oh nein, nein, das war sie nie!“ sagte Dwight. „Wir waren gute Freunde, aber sie hat sich nie so sehr um mich oder irgendjemanden gekümmert . “

„Nun, es hat lange gedauert, bis ich sagen konnte, was ich darüber denke, und ich habe gerade erst einen weiteren Schritt in der Selbstverleugnung getan. Carson, ich kann jetzt sagen, dass du keinen fairen Deal gemacht hast und dass ich an einem Punkt angelangt bin, an dem ich sehen möchte, dass du ihn bekommst. Ich glaube, ich weiß, warum sie dich abgelehnt hat.“

"Du tust?" Sagte Dwight blass und aufgeregt, als er sich von der Tür entfernte und sich neben seinem Freund schwer an die Wand lehnte.

„Ja, so war es. Ich habe alles studiert. Sie liebte Albert, wie nur wenige Frauen ihre Brüder lieben, und sein trauriges Ende war ein fast unerträglicher Schock. Wie Sie wissen, ist nach seinem Tod durchgesickert, dass Sie Alberts ständiger Begleiter während seiner Zerstreuung gewesen sind, und zwar fast bis zum Schluss. Sie konnte sich mit Ihrer Rolle in der Tragödie nicht abfinden, so unschuldig sie auch war, und das hat ihr Gefühl für Sie einfach zerstört. Ich nehme an, dass das für einen so starken Charakter wie ihren selbstverständlich ist.“

„Das habe ich immer befürchtet – das war der Grund“, sagte Dwight zögernd, als er zur Tür zurückging und hinausschaute. Auf seinem Gesicht lag ein Ausdruck völliger Niedergeschlagenheit, und sein Gesicht schien gealtert zu sein. „Garner", sagte er plötzlich, „es hat keinen Sinn, etwas zu leugnen. Du hast deine Liebe zu ihr eingestanden, warum sollte ich meine verleugnen? Ich habe mich nie um eine andere Frau gekümmert und werde es auch nie tun."

„Das stimmt, aber Sie haben trotzdem keinen fairen Deal bekommen", sagte Garner. „Sie hat nie nach irgendeiner Rechtfertigung für Ihr Verhalten gesucht; Der Tod ihres armen Bruders steht wie eine drapierte Wand zwischen euch, aber ich weiß, dass ihr nicht so schwarz wart, wie ihr gemalt wurdet. Carson, während du mit Albert Warren Schritt gehalten hast, warst du blind für die Kluft, die vor ihm lag, und rühmte dich einfach seiner Freundschaft – *weil er ihr Bruder war* ... Ah, ich kenne dieses Gefühl!"

Carson schwieg, während Garners graue Augen einen Moment voller Überzeugung auf ihm ruhten und dann nickte. „Ja, ich glaube, das war es. Es war mein Ruin, aber ich konnte mich der Faszination seiner Gesellschaft nicht entziehen. Er verehrte sie regelrecht und redete ständig von ihr, wenn wir zusammen waren, und manchmal erzählte er mir Dinge, die sie zurückhielt. Er wusste, wie ich mich fühlte. Ich sagte ihm. Durch ihn schien ich ihr näher zu sein. Aber als die Nachricht kam, dass er tot war, und als ich sie bei der Beerdigung in der Kirche traf und ihr Blick auffiel, sah ich, wie sie vor Abscheu zurückschreckte. Danach ging sie nie wieder mit mir aus und war nie mehr genau dieselbe."

„Das war vor zwei Jahren, mein Junge", sagte Garner bedeutungsvoll, „und dein Charakter hat sich verändert. Du bist ein besserer, festerer Mann. Tatsächlich scheint mir, dass Ihre Veränderung auf den Tod von Albert Warren zurückzuführen ist. Aber jetzt komme ich zu dem Punkt, der mich dazu veranlasst hat, das alles zu sagen. Ich habe Major Warren heute Morgen im Postamt getroffen. Er war sehr aufgeregt. Carson, sie hat ihm gerade geschrieben, dass sie für einen längeren Aufenthalt nach Hause kommt und der alte Herr ist einfach nur außer sich vor Freude."

„Oh, dann kommt sie!" rief Dwight überrascht aus.

„Ja, und Keith und Bob und der Rest ihrer Verehrer werden von den Neuigkeiten verrückt werden und sie feiern wollen. Ich habe es ihnen nicht gesagt. Ich wollte, dass du es zuerst weißt. Es gibt noch eine andere Sache. Sie wissen, dass man in einem müßigen Bericht nicht erkennen kann, ob etwas dran ist, aber die Gerüchte besagen, dass sie dort unten vielleicht ihr Schicksal getroffen hat. Ich habe sogar seinen Namen gehört – ein gewisser Earle Sanders, ein wohlhabender Baumwollhändler mit hohem Ansehen in der Geschäftswelt. Aber ich werde nie glauben, dass sie mit ihm verlobt ist, bis die Karten klar sind."

„Ich glaube wirklich, dass es wahr sein könnte", sagte Carson Dwight mit festem, entschlossenem Ausdruck auf den Lippen. „Ich habe von ihm gehört. Er ist ein Mann mit gutem Charakter und Intellekt. Ja, das mag wahr sein, Garner."

„Nun", und Garner richtete sich auf und verschränkte die Arme, „wenn es so sein sollte, Carson, bliebe nur eines zu tun, und das wäre, zu grinsen und es zu ertragen."

„Ja, das wäre das Einzige", antwortete Dwight. „Sie hat ein Recht auf Glück, und es wäre falsch gewesen, wenn sie sich an mich gebunden hätte, als ich war, was ich war, und als ich immer noch ein ebenso großer Versager war wie ich."

Plötzlich wandte er sich auf den Flur, und Garner hörte seinen hallenden Schritt, als er davonging.

„Armer alter Kerl", sinnierte Garner, während er sich nach vorne beugte und auf die abgenutzten Zehen seiner Pantoffeln blickte, „wenn er diesen Sturm übersteht, wird er einen guten Mann machen – wenn nicht, wird er mit der großen Mehrheit untergehen." Die bunte Menschenmenge war für Gott weiß welchen Zweck bestimmt."

KAPITEL VI.

Auf dem Warren-Gehöft herrschte Aufruhr wegen Helens Rückkehr. Die ehemaligen Sklaven der Familie im Umkreis von mehreren Kilometern hatten sich versammelt, um den Anlass ganz in Antebellum-Manier zu feiern. Die Männer und erwachsenen Jungen saßen im Vorgarten und auf den Stufen der langen Veranda und sprachen über den Tag, an dem Helen geboren wurde, über ihre Kindheit, über ihre Schönheit und die zahlreichen Eroberungen, fern von ihnen, und über die bloße Möglichkeit, sich herabzulassen die Hand eines ihrer mächtigen und wohlhabenden Verehrer anzunehmen.

In ihrer eigenen Kammer, einem großen quadratischen Raum mit vielen Fenstern, empfing Helen, groß, anmutig, mit hellbraunen Augen und fast goldenem Haar, die Frauen und Mädchen. Sie hatte für jeden von ihnen ein passendes Geschenk mitgebracht, wie sie es erwartet hatten, und die allgemeine Freude glich der eines alten Weihnachtsfestes in Georgia.

„Ihr seid alle hier", lächelte Helen, während sie sich im Raum umsah, „außer Mam' Linda. Geht es ihr nicht gut?"

„Ja, sie ist ganz normal", sagte Jennie, ein gelbes Hausmädchen, „so gut wie seit Pete mit den White Caps zusammen war . " Missie , dir fällt auf, dass sich bei Mam' Lindy nicht viel verändert hat. Dat _ schreckliche Nacht, während ihr Körper stark zu sein scheint , sieht sie in ihrem Gesicht kraftvoll und schwach aus Geist . Onkel Lewis macht sich Sorgen um ihn. Sie sitzt in ihrem Cottage und rockt den ganzen Tag hin und her . Du hast davon gehört Lambastin ', ' nicht wahr, Missie ?'

„Ja, mein Vater hat mir darüber geschrieben", antwortete Helen mit einem Ausdruck mitfühlenden Schmerzes auf ihrem wohlgeformten Gesicht, „aber er hat mir nicht gesagt, dass Mama es so hart ertragen würde."

„Er hat versucht , dich wütend zu machen „ Ich mache mir Sorgen ", sagte Jennie aufmerksam. „ Marster Ich wusste , wie viel Sto ' du deiner alten Mutter gegeben hast. Er war der verrückteste Mann, den du in dieser Nacht jemals gesehen hast , aber er konnte nichts tun , weil alles vorbei war und der weiße Müll zurückgekehrt war Sie kommen verdammt gut .

„Und war Pete so sehr daran schuld?" fragte Helen mit zitternder Stimme.

„Die Schuld liegt bei der Gesellschaft, die er geleistet hat , Missie – das ist alles; aber was gwinst du Wird der junge Nigger erwachsen ? _ _ Es ist wie in den alten Tagen des Krieges. Die Nigger mussten ihre Plätze haben , um sich zu treffen und Glanz zu zerschneiden. Bei Ike Bowen wurde zu viel davon gemacht. Die Weißen , die in der Nähe lebten, konnten nachts nicht schlafen . Es war eine lange Party oder ein Abendessen mit Faustschlägen bis zum Morgengrauen."

„Nun, ich wünschte, Mam' Linda würde mich besuchen", sagte Helen. „Ich mache mir Sorgen um sie. Wenn sie nicht bald hier ist , gehe ich zu ihr."

„Sie kommt sofort voran, Missie", sagte ein anderes Negermädchen, „aber sie hat Onkel Lewis gesagt, dass sie verrückt sei . " Ich warte, bis wir alle weg sind. Sie sagt , du seist ihr Baby, aber das ist sie nicht Wein Ich werde mich über so viele ärgern , wenn sie sieht, dass du nach so langer Zeit endlich wieder Zeit hast."

„Das ist genau wie sie", lächelte Helen. „Nun, ihr müsst jetzt alle gehen und Jennie, sagt ihr, dass ich sie unbedingt sehen möchte."

Der Raum war bald von der plappernden und lachenden Menschenmenge befreit, und Linda kam, unterstützt von ihrem Mann, einem treuen Mulatten, aus ihrer Hütte hinter dem Haus und ging hinauf zu Helens Zimmer. Sie war klein, ziemlich beleibt, etwa zur Hälfte weiß und hatte daher ein bemerkenswert intelligentes Gesicht, das die Merkmale eines starken Charakters trug. Als sie das Zimmer betrat, forderte sie ihren Mann scharf auf, im Flur auf sie zu warten, ging direkt auf Helen zu und legte der jungen Dame ihre Hand auf den Kopf.

„ Also habe ich mein Baby einmal im Monat zurückbekommen ", sagte sie zärtlich.

„Ja, ich konnte nicht wegbleiben, Mammy", sagte Helen mit einem nachsichtigen Lächeln. „Schließlich ist das Zuhause der schönste Ort der Welt – aber man darf nicht aufstehen; Holen Sie sich einen Stuhl.

Die alte Frau gehorchte, stellte den Stuhl langsam neben den ihrer Herrin und setzte sich. „Ich bin froh, dass du zurückgekommen bist, Schatz", sagte sie. „Ich liebe alle meine Weißen, aber du bist mein Baby, und ich könnte nie mit dem Rest von ihnen reden Lak, ich liebe dich. Oh, Schatz, deine alte Mama hatte eine Menge , sehr viel Ärger!"

„Ich weiß, Mama, Vater hat mir darüber geschrieben, und seit ich hier bin, habe ich mehr gehört. Ich weiß, wie sehr du Pete liebst."

Linda verschränkte die Arme vor der Brust und beugte sich vor, bis ihre Ellbogen auf ihren Knien ruhten. Helen spürte, wie eine Welle von Emotionen ihren ganzen Körper erschütterte, als sie sich aufrichtete und sie mit Augen ansah, die vor Trauer zu schmelzen schienen. „Schatz", sagte sie, „die Leute sagten, als das Gesetz kam und uns alle Freiheit gaben , dass der gute Tag nahe war." Es sollte eine Zeit voller Freude für die Schwarzen sein; Aber, Schatz, als ich noch Sklave war, musste ich noch nie das ertragen , was jetzt auf mich zukommt . In der alten Zeit kümmerte sich der Herr um uns;

Die Peitsche wurde nie auf den Rücken eines seiner Nigger gelegt. Kein weißer Pusson hat es jemals gewagt, einen von uns zu schlagen, de Und jetzt, in dieser glorreichen Freiheit, ist die ganze Bande von ähm in die tote Nacht gekommen und hat mein Kind mit Seilen gefesselt und mich umgedreht, um mich auszupeitschen . Schatz, manchmal denke ich, dass es so ist Das ist doch kein Gawd für ein Kind Ich hatte einen einzigen Streifen schwarzen Blutes in mir . Wenn Gott mich bittet, warum lässt er mich durchgehen , was mir auferlegt wurde? Ich hörte das Weinen des Jungen auf einer halben Meile, Schatz, und stand im Boden meines Hauses und konnte mich nicht bewegen und lauschte Lauschen Sie seinen Schreien _ Dat Peitsche scheitert an mir . Dann ließen sie mich los und er rannte die Straße entlang , um mich zu finden – um seine Mutter zu finden, Schatz – seine Mutter, die nichts für mich tun konnte . En Direkt vor meinen Füßen fiel er ohnmächtig um. Ich dachte, er wäre tot und würde seine Augen nie öffnen, ergin ."

„Und ich war nicht hier, um dich zu trösten!" Sagte Helen in einem tränenreichen Tonfall voller Selbstvorwürfe. „Du warst die ganze Zeit allein."

„Nein, das war ich nicht, Schatz. Vielen Dank an de Lawd , da sind noch ein paar rechte, weiße Leute übrig. Marse Carson Dwight hörte, wie sein Zimmer qualmte , und kam herüber. Er zog Pete hoch , legte ihn ins Bett und legte ihn auf den Boden . Er nahm mich auf den Arm, Schatz, der junge Mann tat es, und machte sich an die Arbeit, ihn wieder zu sich zu bringen. Ein After-De-Po-Junge war einfach erschlafen Als der Arzt ging, kam Marse Carson zu mir und nahm meine Hand. „Mam Lindy", sagte er und wurde blass, als wäre er schon lange krank gewesen, „diese Nachtarbeit hat mich zum Nachdenken gebracht . " Die besten weißen Männer in de Souf werden das nicht ertragen. Solche Dinge können nicht ewig so weitergehen. Wenn ich zum Parlament gehe, werde ich das sehen dey Wein ter Gesetze verabschieden ter Beschützt euch treuen alten Leute."

„Carson hat das gesagt?" Helens Stimme war heiser, ihr Blick war abgewandt.

„Ja, er war im Ernst tot, Schatz; Er wollte nicht reden, um mich zu trösten. Ich weiß, das habe ich gehört Suppen , sonst ist das seit dem passiert."

"Was war das?" fragte Helen.

„Warum, sagen sie das? Marse Carson ging direkt in die Stadt und versuchte , jemanden zu finden , der in der Menge war. Er hat gehört, dass Dan Willis unter ihnen war – du weißt, wer er ist, Schatz. Er ist ein böser, verzweifelter Schwarzbrenner. Nun, Marse Carson hat seine Meinung darüber geäußert, und er hat es gewagt, im Freien zu sein. Unc ' Lewis sagte, Mr. Garner und alle Freunde von Marse Carson hätten versucht, ihn aufzuhalten , weil es sonst tot wäre, wenn er in seiner Vorlesung wäre, aber Marse Carson wollte das Wort nicht zurücknehmen, und er war so wütend, dass er es konnte. Ich halte nicht durch. En „Das ist wieder eine schwere Sache, Schatz", fuhr Linda fort. „Ich denke, Marse Carson wird nicht einmal versuchen, der alten Frau zu helfen, mich ohne Hilfe zu finden ruiniert seine eigenen Chancen."

„Ist es so ernst?" fragte Helen mit tiefer Sorge.

„Ja, Schatz, er wird sein Rennen nie gewinnen, wenn er sich nicht anders verhält . Sie sagen , der Mann Wiggin ist lachend bereit, sich selbst zu töten , weil er die Oberhand gewonnen hat. Ich habe Marse Carson neulich gesagt , dass er das nicht tun darf , aber er hat mir auf die süße Art und Weise ins Gesicht gelacht, wie er es immer getan hat. „Wenn sie mich dafür wählen , Mam' Lindy", sagt er, „ werden ihre Stimmen nicht viel wert sein." Marse Carson hat hohe Prinzipien, Schatz . Sein Vater denkt, er sei nicht viel wert, aber *ihm geht es* gut. Merken Sie sich meine Worte, er ist Gwine Ich werde einen großen Mann machen – er wird weinen Ich tue das Ja , er hat ein zartes Herz in mir und hat keine Angst vor irgendetwas , das ihm über den Weg läuft . Er mag eine Lektion verlieren, aber er wird nicht aufhören. Ich kenne allerdings junge weiße Männer de Aber ich habe noch nie einen besseren gesehen.
"

„Haben Sie – haben Sie ihn kürzlich gesehen?" fragte Helen, überrascht über den Haken in ihrer Stimme.

„Oh ja, Schatz", sagte die alte Frau klagend; „ Er scheint zu wissen, wie ich leide , und er ist schon oft vorbeigekommen Reden _ _ Ich bin Lewis. Scheint so, als wäre er so traurig, Schatz, dass er so spät hier ist. Ist das nicht dein Samen ? Ja , Schatz?"

„Nein, er war noch nicht vorbei", antwortete Helen ziemlich unbeholfen. „Er wird jedoch kommen; er und ich sind gute Freunde."

„Du glaubst , ich habe mich sehr verändert, Schatz", sagte die alte Frau. „Wissen Sie, ich glaube nicht, dass er jemals über den Tod von Marse Albert hinweggekommen ist. Er warnte nicht Ich gebe dir die Schuld daran , Schatz, ich glaube, er empfindet so . Scheint so , als ob wir den Namen von Marse Albert nie ohne weiteres erwähnen würden Marse Carson ist total traurig. Eines späten Abends hier, als Lewis darüber redete , wann dein Vater losging und den jungen Herrn nach Hause holte, ließ Marse Carson den Kopf hängen und sagte: „Mam" Lindy, ich wünschte, die Zeit könnte vergehen, Ergin . Ich würde mich so zurückhaltend verhalten . Ich habe nie herausgefunden , wohin all die Kratzer geführt haben . Aber es hat mir eine Lektion erteilt , Mam' Lindy.'"

„Das ist es", sagte Helen bitter, wie zu sich selbst; „er überlebte. Er hat von der Katastrophe profitiert, aber mein armer, lieber Bruder …" Sie ging nicht weiter, denn ihre Stimme brach und ihre Augen füllten sich mit Tränen.

„Denk nicht darüber nach „Das , Schatz", sagte die alte Linda tröstend. „Du hast ein großes Problem , das ich habe , aber du bist jetzt wie wir alle zu Hause , und du darfst nicht traurig sein."

„Das habe ich nicht vor, Mammy", sagte Helen und wischte sich mit ihrem Taschentuch die Augen. „Wir werden versuchen, etwas zu tun, um Pete aus Schwierigkeiten herauszuhalten. Vater glaubt, dass die Schuld bei seinen Mitarbeitern liegt. Wir müssen in Zukunft versuchen, ihn von schlechter Gesellschaft fernzuhalten."

„ Das will ich tun , Schatz", sagte die alte Frau Wenn ich etwas hatte Wenn ich ihn schicke , damit er in der Stadt weg sein kann, wäre ich sehr froh."

Kapitel VII.

Wie Helen erwartet hatte, kamen an diesem Nachmittag die jungen Damen der Stadt, ihre engsten Freundinnen und ehemaligen Schulkameradinnen, in Scharen zusammen, um sie zu sehen. Der Empfang wurde offiziell im großen Salon unten eröffnet, aber es dauerte nicht viele Minuten, bis sie sich alle in Helens Zimmer wiederfanden, wo sie umherflatterten und schnatterten wie Tauben in ihrem Frühlingskleid.

„Es hat keinen Sinn, es länger aufzuschieben", lachte Ida Tarpley, Helens Cousine; „Sie wollen alle deine *Sachen sehen* und werden einfach hier übernachten, wenn du sie nicht rausholst."

„Oh, ich glaube, das würde bei mir so eitel und albern aussehen", protestierte Helen mit zunehmender Farbe. „Ich mag es nicht, meine Garderobe zur Schau zu stellen, als wäre ich eine Schneiderin oder eine Gesellschaftsfrau, die in Not ist und versucht, sie loszuwerden."

„Die Idee, dass du es nicht tust, Liebes", sagte Mary King, eine kleine Blondine, „wo doch keiner von uns ein anständiges Kleid oder einen anständigen Hut gesehen hat, seit die Sommergäste letzten Herbst weggegangen sind."

„Überlassen Sie es mir", lachte Ida Tarpley. „Ihr Mädchen steht vom Bett auf. Ich möchte etwas, auf das ich sie legen kann. Wenn es erst Abend wäre , würde ich sie dazu bringen, das Kleid anzuziehen, das sie beim Ball des Gouverneurs trug. Sie erinnern sich, was der Gesellschaftsreporter *der Verfassung* dazu gesagt hat. Er sagte, es sei der Traum eines jeden Dichters. Wenn ich jemals eines bekomme, wird es *in* einem Traum sein. Du musst es unbedingt zu deinem Tanz tragen, Helen."

„ *Mein* Tanz?" Sagte Helen überrascht.

„Oh, ich hoffe, ich verrate keine Geheimnisse", sagte Ida; „Aber ich traf Keith Gordon und Bob Smith in der Stadt, als ich ankam. Sie hatten eine Liste und nahmen von allen jungen Männern Abonnements entgegen. Sie hatten bereits genug Geld zusammengezahlt, um ein Haus und ein Grundstück zu kaufen. Sie sagen, dass sie Ihnen den tollsten Tanz geben werden , den Sie je gehört haben. Bob sagte, dass es einfach alles übertreffen müsse, was man in Augusta oder Atlanta gesehen habe. Spesen sind nicht zu berücksichtigen. Die beste Band in Chattanooga wurde bereits engagiert; Von dort sollen die Erfrischungen von einem Caterer und einem Dutzend erfahrener Kellner gebracht werden. Eine Wagenladung Blumen ist bestellt. Es soll mit einem großen Marsch eröffnet werden." Ida schwang ihre Hände und ihren Körper auf komische Weise hin und her, als wäre sie beim Kuchengang, und verneigte sich tief. „Niemand darf mit dir tanzen, der keinen Abendanzug trägt, und *auch dann* nur einmal." Sie sind alle verrückt nach dir, Helen. Ich konnte es nie verstehen. Ich habe hunderte Male versucht, den Ausdruck, den Sie in Ihren Augen haben, zu kopieren, aber es wird nicht die geringste Wirkung haben."

„Es gibt nur eine Erklärung dafür", bemerkte Miss Wimberley, ein anderes Mädchen; „Es liegt einfach daran, dass sie sie alle wirklich mag."

„Nun, das tue ich wirklich", sagte Helen. „Und ich finde es furchtbar nett von ihnen, mir so einen Tanz zu geben. Es reicht aus, um einem Mädchen den Kopf zu verdrehen. Nun, wenn Ida wirklich meine Sachen herausholt, gehe ich nach unten und mache dir eine Limonade."

Später am Nachmittag waren alle jungen Damen gegangen, außer Ida Tarpley, die mit Helen auf der Veranda verweilte.

„Ich bin froh, dass die Mädchen nicht den schlechten Geschmack hatten, Sie in Verlegenheit zu bringen, indem sie Sie über Mr. Sanders befragten", sagte Ida. „Natürlich ist es überall in der Stadt. Onkel sprach mit jemandem über die Möglichkeit, dass es dazu kommen könnte, und das brachte es über Wasser. Ich kann es kaum erwarten, ihn zu sehen, Helen. Ich weiß, dass er nett sein muss – eigentlich alles, was ein Mann sein sollte, denn du hattest immer hohe Ideale."

Helen errötete fast vor Wut, richtete sich auf und stand ganz steif da, während sie ihre Cousine ansah.

„Ida", sagte sie, „mir gefällt nicht, was du gerade gesagt hast."

„Oh, Liebste, es tut mir leid, aber ich dachte –"

„Das ist das Problem einer Kleinstadt", fuhr Helen fort. „Die Leute nehmen sich solche Freiheiten, auch wenn es um die heikelsten Dinge geht. Unten in Augusta wären meine Freunde nie auf die Idee gekommen zu sagen, dass ich tatsächlich mit einem Mann verlobt sei, bis es bekannt gegeben wurde. Aber hier zu Hause ist es in aller Munde , bevor sie den betreffenden Herrn überhaupt gesehen haben."

„Aber Sie haben wirklich seit mehr als einem Jahr ständige Aufmerksamkeiten von Mr. Sanders erhalten, nicht wahr, Liebes?" fragte Miss Tarpley höflich.

„Ja, aber was ist damit?" Helen erwiderte. „Er und ich sind großartige Freunde. Er war sehr freundlich und kümmerte sich um mein Wohlbefinden, und ich mag ihn. Er ist edel, aufrichtig und gut. Er drückte mir sein herzlichstes Mitgefühl aus, als ich in großer Trauer dorthin ging, und ich kann es nie vergessen, aber trotzdem, Ida, habe ich nicht versprochen, ihn zu heiraten."

„Oh, ich verstehe, es ist noch nicht wirklich geklärt", sagte Miss Tarpley. "Also ich bin froh. Ich bin sehr, sehr froh."

"Du bist froh?" Sagte Helen verwundert.

"Ja bin ich. Ich bin froh, denn ich möchte nicht, dass du da unten weggehst und einen Fremden heiratest. Ich hoffe wirklich, dass irgendetwas es auflöst. Ich weiß, dass Mr. Sanders Sie schrecklich gern haben muss – das wäre jeder Mann, der auch nur den Hauch einer Chance hätte, Sie zu gewinnen – und ich weiß, dass Ihre Tante alles in ihrer Macht stehende getan hat, um die Verbindung zustande zu bringen – aber ich verstehe Sie, Liebes, und ich fürchte, du wärst nicht glücklich."

„Warum sagen Sie das so – so positiv?" fragte Helen kalt.

„Weil", sagte Ida impulsiv, „ich glaube nicht, dass ein Mädchen deiner Veranlagung jemals mehr als einmal auf die richtige Art und Weise lieben könnte, und –"

"Und was?" verlangte Helen mit zusammengepressten stolzen Lippen und herausforderndem Funkeln in ihren Augen.

„Na ja, vielleicht irre ich mich, mein Lieber", fuhr Miss Tarpley fort, „aber wenn Sie nicht wirklich verliebt waren, bevor Sie nach Augusta gingen, waren Sie kurz davor."

„Wie absurd!" rief Helen aus und warf leicht wütend den Kopf zurück.

„Erinnern Sie sich an die Nacht, in der unser Team zur Henderson-Party fuhr? Ich bin mit Mr. Garner gegangen und Carson Dwight hat Sie mitgenommen? Oh, Helen, ich traf dich und Carson an diesem Abend zusammen im Mondlicht unter den Apfelbäumen auf der alten Wiese, und wenn sich jemals ein Menschenpaar wirklich geliebt hat, müsst ihr es in dieser Nacht getan haben. Ich sah es in seinem glücklichen, triumphierenden Gesicht und in der Tatsache, liebe Helen, dass du ihm erlaubt hast, so sehr bei dir zu sein, obwohl du wusstest, dass andere Bewunderer darauf warteten, dich zu sehen."

Helen blickte nach unten; ihr Gesicht war getrübt, ihre stolze Lippe zuckte.

„Ida", sagte sie zitternd, „ich möchte nie wieder, dass du mir gegenüber Carson Dwights Namen auf diese Weise erwähnst. Du hast kein Recht dazu."

„Ja, das habe ich", protestierte Ida entschieden. „Ich habe das Recht, ein treuer Freund des besten, leidendsten und edelsten jungen Mannes zu sein, den ich je kannte. Ich lese dich wie ein Buch, Liebes. Carson hat dir früher wirklich sehr, sehr am Herzen gelegen, aber nach deinem großen Verlust hast du nie wieder dasselbe von ihm gedacht."

„Nein, das werde ich auch nie tun", sagte Helen bestimmt. „Ich bewundere ihn und werde ihn wie einen guten Freund behandeln, wenn wir uns treffen, aber das wird das Ende sein. Ob ich mich um ihn kümmerte oder nicht, wie Mädchen sich um junge Männer kümmern, ist weder hier noch da. Es ist vorbei."

„Und das alles nur, weil er damals ein bisschen wild war, dein armer Bruder –"

"Stoppen!" Helen sagte; „Diskutieren Sie nicht darüber. Ich kann ihn erst jetzt mit der dunkelsten Stunde meines Lebens in Verbindung bringen. Ich bin versucht, dir etwas zu sagen, Ida", und Helen senkte für einen Moment den Kopf und fuhr dann mit unsicherer Stimme fort. „Als der Koffer meines armen Bruders nach Hause gebracht wurde, war es meine Pflicht, die darin enthaltenen Dinge in Ordnung zu bringen. Dort fand ich einige Briefe an ihn, und einer stammte nur zwei Tage vor Alberts Tod – von Carson Dwight. Ich habe nur einen Teil davon gelesen, aber es enthüllte eine Seite im Leben des armen Albert, die ich nie gelesen hatte – und die ich mir nie für möglich gehalten hätte."

„Aber Carson", rief Ida Tarpley; „Was hatte *er* damit zu tun?"

Helen schluckte den Kloß in ihrem Hals hinunter und sagte mit einem kalten, stählernen Glanz in ihren Augen bitter: „Er hätte seine Hand mit der überlegenen Kraft, die du glaubst, dass er hat, ausstrecken und den armen Jungen vom Abgrund zurückziehen können, aber er tat es nicht. Die Worte, die er darüber schrieb, waren leichtfertig, leichtfertig und herzlos. Er behandelte die ganze schreckliche Situation als einen Witz, als ob – als ob er *selbst* mit solch unaussprechlichen Dingen vertraut wäre."

„Ah, jetzt fange ich an, alles zu verstehen!" Ida seufzte. „Dieser Brief, gepaart mit dem schrecklichen Tod von Cousin Albert, war ein so schrecklicher Schock, dass man Carson gegenüber nicht dasselbe empfinden kann." Aber oh Helen, du würdest ihn bemitleiden, wenn du ihn jetzt so kennen würdest wie ich. Er hat seine Gefühle dir gegenüber nie verändert. Tatsächlich scheint es mir, dass er dich noch mehr liebt als je zuvor. Und, mein Lieber, wenn Sie seine geduldigen Bemühungen, einen besseren Mann aus sich zu machen, gesehen hätten, würden Sie nicht solche Gedanken gegen ihn hegen. Irgendwann wirst du Carson verstehen , aber dann könnte es zu spät sein. Ich glaube nicht, dass eine Frau nur einmal einen echten Schatz hat. Du magst den Mann heiraten, den deine Tante für dich haben möchte, aber eines Tages wird sich dein Herz wieder dem anderen zuwenden. Du wirst dich auch bitter daran erinnern, dass du ihn wegen einer jugendlichen Schuld verurteilt hast, die du hättest verzeihen sollen."

„Glaubst du das, Ida?" fragte Helen, ihre sanften, braunen Augen abgewandt.

„Ja, und du wirst dich auch daran erinnern, dass du dich gegen ihn gewandt hast, während seine anderen Freunde versuchten, ihm zu helfen, an seinen Vorsätzen festzuhalten. Er wird ein großartiger und guter Mann sein, Helen. Das weiß ich schon seit einiger Zeit. Er hat seine Probleme, aber selbst sie werden ihm am Ende helfen, stärker zu sein. Sein größter Prozess findet gerade statt, während die Leute sagen, dass Sie einen anderen Mann heiraten werden. Pah! Sie können über die guten Eigenschaften von Herrn Sanders sagen, was Sie wollen, aber ich weiß, dass ich ihn nicht mögen werde", schloss Ida mit einem Lächeln, als sie sich zum Gehen wandte. „Er ist ein Usurpator, und ich bin absolut gegen ihn."

Helen blieb auf der Veranda, nachdem ihre Cousine gegangen war, bis die Dämmerung über sie hereinbrach. Sie wollte gerade hineingehen, da es fast Teezeit war, als sie eine mürrische Stimme auf der Straße hörte und sah, wie der alte Onkel Lewis aus der Stadt zurückkehrte und seinen Sohn, den lästigen Peter, vor sich hertrieb.

„Du hast aber recht Das Tor auf der Rückseite Das Haus, du schwarzer Kaiser ! " donnerte er: „Ähm, ich werde es sagen . " en lambast de life out'n you. Hier ist es Nacht und man muss kein Ofenholz für die große Hausküche hacken, sondern ist um die Baumwollwagen herumgelaufen und hat mit den weißen Bergmännern die meisten Reihen aufgestellt ."

„Was ist los, Onkel Lewis?" fragte Helen, als der Junge mürrisch um die Ecke des Hauses ging und der alte Mann außer Atem an den Stufen stehen blieb.

„Oh, Missy, du weißt nicht, was ich und ‚Mam' Lindy ertragen müssen. Wir wissen nicht, wie wir mit dem Jungen klarkommen . Lindy ist im Moment völlig außer sich vor Sorge. Buck Black hat uns vor etwa einer Stunde erzählt , dass Pete und ein paar kleine Nigger unten im Lagerhaus ein paar weiße Männer aus den Bergen ermordet haben . Buck hörte Pete sagen, dass Johnson und seine Bande ihn anfangs nicht auspeitschen konnten dout Ich stecke in Schwierigkeiten, de Sie waren nur wenige Zentimeter von der großen Auseinandersetzung entfernt, als der Marschall die Sache auflöste. Buck ist kein Dummkopf, wegen eines schwarzen Mannes, Missy, und er hat mir gesagt : „Lindy , wenn wir es nicht schaffen , Pete rauszuholen , und die Gesellschaft, die er hält , die weißen Männer werden mich aufhalten . "

„Ja, es muss etwas getan werden, das ist klar", sagte Helen mitfühlend. „Ich weiß, dass Mam' Linda sich Sorgen machen muss, und ich werde sie heute Abend besuchen. Ich glaube nicht, dass eine Stadt wie diese das Beste für einen Jungen wie Pete ist. Ich werde mit Vater darüber sprechen, Onkel

Lewis. Es geht nicht, wenn Mammy so belästigt wird. Es wird sie töten. Sie ist nicht stark genug, um dem standzuhalten."

„Oh, Missy", sagte der alte Mann, „ich wünschte, du würdest versuchen, etwas zu tun ." Meine Güte , Lindy ist am Ende unseres Seils."

„Nun, ich verspreche dir, ich werde alles tun, was ich kann, Onkel Lewis", sagte Helen, und sehr erleichtert trottete der alte Neger nach Hause.

KAPITEL VIII.

Eine LOKALE Institution, an der „die Bande" mehr oder weniger interessiert war, war als „Darley Club" bekannt. Es nahm das gesamte Obergeschoss eines stattlichen Gebäudes an der Hauptstraße ein und war in erster Linie von den älteren verheirateten Männern der Stadt organisiert worden, um den jungen Männern aus den besten Familien einen besseren Treffpunkt zu bieten als die Kneipen und Bars Büros der Hotels. Zunächst schauten die älteren Männer gelegentlich vorbei, um zu sehen, dass die eher strengen Regeln der Anstalt eingehalten wurden. Aber Männer mittleren Alters und älter, die bequeme Kamine haben, mögen die lauten Zusammenkünfte ihrer ursprünglichen Prototypen nicht, und der Club wurde bald der Leitung des ständigen Präsidenten, Herrn Wade Tingle, Herausgeber des Spotlight, *überlassen* .

Wade bemühte sich nach bestem Wissen und Gewissen, alle Regeln durchzusetzen, alle Abgaben einzuziehen und alle Geldstrafen zu verhängen, aber er war nicht wirklich der richtige Mann für diesen Ort. Er akzeptierte das Bargeld, das ihm gegeben wurde, und versuchte, sich die Namen der Zahler und die Beträge zu merken, während er seine Leitartikel, politischen Notizen und gesellschaftlichen Klatsch schrieb. Am Ende eines jeden Monats hatte er überhaupt kein Geld mehr, um die Miete zu bezahlen der Lohn des Neger-Faktotums. Allerdings gab es immer einen Ausweg aus dieser Peinlichkeit, denn Wade musste nur ein langes Gesicht ziehen, als er einige der wohlhabenden Hausbleiber traf und sagte, dass „die Ausgaben des Clubs irgendwie zur Neige gingen" und ohne Frage, der Mangel wurde behoben. Wade hatte gelegentlich auch versucht, offiziell streng zu sein. Als Keith Gordon einmal gegen das verstoßen hatte, was Wade als Vereinsdisziplin bezeichnete, um nicht zu sagen gegen die Vereinsetikette, drohte Wade mit Härte. Aber es gab zufällig einen Punkt, in dem es unterschiedliche Meinungen gab, und Keith gehörte auch zu „der Bande". Es war so passiert: Keith hatte eine bestimmte Ecke im Lesesaal des Clubs, wo er abends seine Briefe schrieb, und als er eines Abends nach dem Abendessen herunterkam, stellte er fest, dass der Kellner die Tür verschlossen hatte und zum Abendessen gegangen war . Keith war zu Recht wütend. Er stand ein paar Minuten an der Tür, dann trat er, da er so etwas wie ein Athlet war, einen Schritt zurück, rannte über die Breite des Bürgersteigs, brach das Schloss auf, ließ die Tür an einer einzigen Angel hängen und ging hinauf und schrieb ruhig seine Briefe. Wie bereits angedeutet, nahm Wade diese Verletzung der Würde des Vereins ernst. Sein Hauptargument bestand darin, dass Keith das Schloss reparieren und das Scharnier ersetzen lassen sollte. Keith vertrat jedoch ebenso entschieden seine Rechte und behauptete, dass einem Mitglied des Clubs mit gutem

Ansehen seine Rechte nicht durch die bloße Nachlässigkeit eines Negers oder ein gusseisernes 25-Cent-Schloss vorenthalten werden könnten . So kam es, dass die Tür zum Gedenken an den Vorfall viele Tage lang ohne Schloss und Scharnier blieb.

In diesem Gebäude sollte der große Ball zu Ehren der Heimkehr von Helen Warren stattfinden. Den ganzen Tag zuvor arbeiteten Bob Smith und Keith Gordon wie glückliche Sklaven. Der Boden war durch Rollschuhlaufen aufgeraut worden, und ein Zimmermann glättete ihn mit Hobel und Sandpapier. Bob gab ihm den letzten Schliff, indem er Samenkerzen darüber schnitzte und die Späne mit den Sohlen seiner Schuhe einrieb, während er Pirouetten drehte Sein rechter Arm schlang sich um eine imaginäre Taille. Die Billardtische wurden an die Wand geschoben, die Umkleidekabinen der Damen gründlich gereinigt und in Ordnung gebracht und die Lampen gereinigt und geputzt. Keith hatte einige schöne Ölgemälde von zu Hause mitgebracht und diese angemessen aufgehängt. Aber Keiths *Meisterwerk* an Arrangement und Dekoration war eine glückliche Inspiration, und er forderte die Eingeweihten auf, es als Überraschung für Helen aufzubewahren . Er hatte sie einmal sagen hören, dass ihre Lieblingsblume das wilde Gänseblümchen sei, und da sie jetzt blühten und auf den Feldern rund um die Stadt in Hülle und Fülle wuchsen, hatte Keith befohlen, mehrere Wagenladungen davon einzusammeln, und jetzt wurden die Mauern von Der Ballsaal war ziemlich voll davon. Anmutige Blumengirlanden hingen von der Decke, drapierten die Türen und erhoben sich in wunderschönen Hügeln auf den weiß gedeckten Erfrischungstischen.

Als besonderen Gefallen ließ er Carson Dwight am Abend des Balls in der Abenddämmerung durch die sorgfältig bewachte Tür herein, ließ zunächst die Jalousien herunter und zündete die Kerzen und Lampen an, damit sein Kumpel die Szene in vollem Umfang genießen konnte, da sie Helen treffen würde bei ihrer Ankunft.

„Ist das nicht einfach großartig?" er hat gefragt. „Glaubst du, dass sie ihr etwas Hübscheres geschenkt haben, als sie dort unten war? Ich glaube es nicht, Carson. Ich glaube, das ist der schickste Raum, in dem jemals ein Mädchen über einen Zeh gestolpert ist."

„Ja, es ist alles in Ordnung", sagte Dwight bewundernd. „Es ist wirklich großartig und sie wird es sehr zu schätzen wissen. So ist sie."

„Das denke ich selbst", sagte Keith. „Aber ich war den ganzen Tag nervös, alter Mann. Ich habe jeden Zug beobachtet."

„Angst, dass die Band nicht kommt?" fragte Dwight.

„Nein, auf diese Waschbären kann man sich verlassen; Sie werden mit voller Wucht gegen den besten Spieler des Südens antreten. Nein, ich hatte allerdings Angst, dass Helen vielleicht an diesen Trottel aus Augusta geschrieben hätte und er auftauchen würde. Das würde dem Ding sicherlich kalte Füße bescheren."

"Ah!" Carson rief aus; "Ich verstehe."

„Das liebe Mädchen würde es uns nicht so antun, alter Mann", sagte Keith. „Ich weiß es jetzt. Sie mag wirklich mit ihm verlobt sein oder auch nicht, aber sie weiß, wie wir uns fühlen, und es ist eine Tyrannei von ihr, ihn nicht einzuladen. Es wäre wirklich eine nasse Decke für das ganze Geschäft gewesen. Wir müssten ihn als Besucher anständig behandeln, wissen Sie, aber ich hätte lieber Rizinusöl für meinen Teil genommen. Die ganze Bande außer dir war am Sonntagnachmittag vorbei, um sie zu sehen; Warum bist du nicht gegangen?"

„Oh, weißt du, ich wohne nur nebenan, mit einem offenen Tor dazwischen, und ich dachte, ich überlasse meine Wohnung besser euch Kerlen, die meine Chance nicht haben. Ich habe sie schon gesehen. Tatsächlich ist sie gestern zu meiner Mutter gelaufen."

Der Ball war in vollem Gange, als Carson an diesem Abend eintraf. Die Straße vor dem Club war voller Kutschen, Buggys und Pferdeställe. Der große Einführungsmarsch war im Gange, und als Carson in die improvisierte Umkleidekabine für Skelt ging, um seinen Hut zu überprüfen, fand er Garner vor einem Spiegel stehen, der am Revers seines Abendmantels zupfte und versuchte, eine Krawatte zurechtzurücken, die immer wieder hochrutschte höher als es sollte. Darley befand sich gerade an dem Punkt in seinem Nachkriegskampf, an dem Abendkleidung für Männer eher eine luxuriöse Vergangenheit als eine strenge Gegenwart war, und Dwight erkannte sofort, dass sein Partner sich ausnahmsweise dazu überredet hatte, ein geliehenes Gefieder anzuziehen.

"Was ist los?" fragte Carson, während er seinen Hutscheck in die Tasche seiner makellosen weißen Weste steckte.

„Oh, das verdammte Ding passt nicht !" sagte Garner voller Abscheu. „Ich weiß jetzt, dass mein Vater einen Buckel hat oder einen hatte, als er diesen Anzug für seine Hochzeitsreise bestellte. Der Schneider, der dieses *Costeem de Swaray entworfen* hat, versuchte ihm zu helfen, aber er hat den Buckel auf andere Weise als durch Vererbung auf mich übertragen. Schau, wie die Rückseite aus meinem Nacken herausragt!"

„Das liegt daran, dass man seinen Körper verdreht, um es im Glas zu sehen", sagte Carson tröstend. „Es ist nicht so schlimm, wenn man gerade steht."

„Es geht darum, andere nicht so zu sehen, wie sie dich sehen, oder?" Garner sagte, besser zufrieden. „Ich habe heute Abend keinen Tabak gekaut. Ich würde dieses T-Shirt um keinen Preis beschmutzen. Mit diesem Halsband konnte ich sowieso nicht weiter als einen Zentimeter spucken. Sie hält die Rolle für mich. Ich kann nichts anderes tanzen, aber das schaffe ich ganz gut, wenn ich am Ende ankomme und den anderen zuschaue. Beeilen Sie sich besser und sehen Sie sich ihre Karte an. Mit dem Zehn-Uhr-Zug aus Atlanta kommt eine tolle Bande, und alle kennen sie."

Es war in der Pause nach der dritten Nummer des Programms, als Carson Helen beim Spazierengehen mit Keith traf und ihr seinen Arm reichte.

„Oh, ist es nicht einfach großartig?" sagte sie, als Keith sich verbeugte und sie sich zu den anderen Spaziergängern durch den großen, von Blumen duftenden Raum gesellten. „Carson, wirklich, ich habe gerade in der Umkleidekabine tatsächlich vor Freude geweint. Ich erkläre, dass ich nie wieder von zu Hause weggehen möchte. Ich werde nie so treue Freunde wie diese haben."

„Es ist nett von dir, das so zu sehen, Helen", sagte er, „nach der fröhlichen Zeit, die du in Augusta und anderen Städten verbracht hast."

„Zumindest ist es hier zu Hause ehrlich und aufrichtig", antwortete sie, „während es dort unten – nun ja, voller Streit, sozialer Konkurrenz und Eifersüchteleien ist." Ich [...] wirklich; Ich hatte Heimweh und musste einfach zurück."

„Wir freuen uns einfach, Sie wieder zu haben", sagte er und hatte fast Angst, sie anzusehen, denn in ihrem exquisiten Abendkleid und der stolzen Haltung ihres Kopfes wirkte sie schöner und herrischer und weiter von seinen Hoffnungen entfernt als er dachte sie selbst in den dunkelsten Stunden ihrer anfänglichen Weigerung, sein tödliches Vergehen zu dulden.

Sie sah ihm mit nachdenklichem, fragendem Blick direkt in die Augen, als sie sagte: „Sie scheinen alle gleich zu sein, Carson, außer dir." Bob Smith, Keith und sogar Mr. Garner sind genau so, wie ich sie verlassen habe, aber irgendwie bist du verändert. Du siehst so viel älter aus, so viel ernster. Ist es die Politik, die Sie belastet und Ihnen Sorgen bereitet?"

„Nun", lachte er ausweichend, „Politik ist nicht gerade das einfachste Spiel der Welt, und die bloße Angst, es könnte mir nicht gelingen, reicht schließlich aus, um einen Kerl von meinem Temperament zu beunruhigen." Es scheint mein letzter Würfelwurf zu sein, Helen. Wenn das nicht gelingt, wird mein Vater jegliches Vertrauen in mich verlieren."

„Ja, ich weiß, es ist ernst", sagte das Mädchen. „Keith und Mr. Garner haben mit mir darüber gesprochen. Sie sagen, sie hätten dich noch nie so sehr in irgendetwas versunken gesehen. Du musst wirklich gewinnen, Carson – du musst einfach gewinnen!"

„Aber jetzt ist nicht die Zeit, über schmutzige Politik zu reden", sagte er lächelnd. „Dies ist Ihre Party und sie muss herrlich gestaltet werden."

„Oh, ich habe auch meine Sorgen", sagte sie ernst. „Heute Abend, als alle Bediensteten zu mir kamen, bevor ich das Haus verließ, verspürte ich einen seltsamen Gewissensbisse. Sie waren alle so glücklich, außer Mam' Linda. Sie hat versucht, sich wie die anderen zu verhalten, aber Carson, ihre Sorge um diesen wertlosen Jungen besteht in Wirklichkeit darin, die liebe alte Frau zu töten. Sie hat auch ihren Stolz, und dieser ist bis zum Äußersten verletzt. Sie war immer stolz darauf, dass mein Vater nie einen seiner Sklaven ausgepeitscht hatte. Ich habe sie hundertmal damit prahlen hören; Und jetzt, wo sie in Wirklichkeit nicht mehr zu uns gehört und ihr einziges Kind so grausam geschlagen wurde, kommt sie einfach nicht darüber hinweg."

„Ich wusste, dass sie so dachte", sagte Dwight mitfühlend.

Helens Hand umklammerte unbewusst seinen Arm, als sie an der Ecke vorbeikamen, in der sich das Orchester befand. „Wissen Sie", sagte sie, „Mam' Linda hat mir erzählt, dass Sie von allen Menschen, die sie seitdem besucht haben, die netteste, rücksichtsvollste und hilfsbereiteste gewesen sind?" Carson, das war sehr, sehr nett von dir."

„Ich habe nur Wahlkampf betrieben", sagte er errötend. „Ich war hinter der Stimme von Onkel Lewis und dem Einfluss von Mam' Linda her."

„Nein, das warst du nicht", erklärte Helen. „Es war reine, unverfälschte Selbstlosigkeit Ihrerseits. Sie und Onkel Lewis und sogar Pete taten dir leid, der für sein Verhalten auf jeden Fall irgendeine Bestrafung brauchte. Ja, es war nur dein gutes Herz. Ich weiß das, denn mehrere Personen haben mir erzählt, dass Sie sogar so weit gegangen sind, sich von der Affäre in Ihrer politischen Karriere behindern zu lassen. Oh, ich weiß genau, was Ihr Gegner sagt, und ich kenne die Bergbewohner gut genug, um zu wissen, dass Sie ihm eine mächtige Waffe gegeben haben. Sie sind furchtbar aufgeregt wegen der Rassenprobleme, und es wäre leicht genug, dass sie Ihre genauen Gefühle missverstehen. Oh, Carson, du darfst nicht zulassen, dass Mam' Lindas Ärger dich von deinem hohen Ziel abhält. Sich ihrer Sache anzuschließen, wird vielleicht nicht das Geringste nützen, denn niemand kann ein so lebenswichtiges Problem lösen, und wenn Sie sich dafür einsetzen, könnte Ihre letzte Hoffnung zunichte gemacht werden."

„Ich habe versprochen, den Mund zu halten, wenn Dan Willis und Männer seiner Art mir nicht mit ihren Drohungen auf den Fersen bleiben. Meine Wahlkampfmanager – die Bande, die täglich eine Versammlung im Wohnzimmer abhält und meine Verhaltensregeln festlegt – haben so viel von mir verlangt, mit der Strafe, mich an der Tafel gehen zu lassen, wenn ich nicht gehorche."

„Die lieben Jungs!" rief Helen aus. „Ich mag jeden von ihnen, sie sind dir gegenüber so loyal. Die enge Freundschaft von euch allen zueinander ist einfach schön."

„Um auf den unvermeidlichen Pete zurückzukommen", bemerkte Dwight ein paar Minuten später. „Ich habe ihn beobachtet, seit er ausgepeitscht wurde, und ich weiß, dass die Gefahr groß ist, dass er noch tiefer in Schwierigkeiten gerät. Er hat eine dumme, nachtragende Veranlagung, wie viele seiner Rasse, und er macht überall mürrische Drohungen gegenüber Johnson, Wiggin und anderen. Wenn er so weitermacht und sie es in die Finger bekommen, wird er mit Sicherheit in ernsthafte Schwierigkeiten geraten."

„Mein Vater hat heute Abend darüber gesprochen", sagte Helen. „Und er dachte, wenn es eine Möglichkeit gäbe, den Jungen von seinen müßigen Stadtkameraden wegzubekommen, könnte das Ärger verhindern und Mam' Lindas Gemüt beruhigen."

„Daran habe ich neulich gedacht, als ich sah, wie Onkel Lewis unter den faulen Negern nach ihm suchte", sagte Carson; „Und ich habe eine Idee."

„Oh, das hast du? Was ist es?" fragte Helen eifrig.

„Na ja, Pete schien mich immer zu mögen und meinen Rat zu befolgen, und da es auf meiner Farm viel Arbeit für so einen Arbeiter wie ihn gibt, könnte ich ihm dort drüben, wo er praktisch wäre, einen guten Platz und einen guten Lohn geben von seinen derzeitigen Mitarbeitern entfernt."

„Großartig, großartig!" Helen weinte; „Und wirst du es tun?"

„Natürlich, und zwar sofort", antwortete Carson. „Wenn Sie möchten, dass Mam' Linda ihn morgen früh zu mir schickt, gebe ich ihm ein paar Anweisungen und eine gute, scharfsinnige Rede, und ich werde meinen Aufseher auf der Farm dazu bringen, ihn mit der Arbeit zu beauftragen."

„Oh, es ist großartig!" erklärte Helen. „Das werden so gute Nachrichten für Mam' Linda sein. Sie möchte lieber, dass er für Sie arbeitet, als für irgendjemanden auf der Welt."

„Da kommt Wade, um seinen Tanz zu fordern", sagte Dwight plötzlich; „Und ich muss weg."

"Wo gehst du hin?" sie fragte fast bedauernd.

„Ins Büro, um an politischen Angelegenheiten zu arbeiten – Dutzende und Aberdutzende Briefe zu beantworten. Dann komme ich für meinen

Walzer mit dir zurück. Ich werde nicht scheitern. Und als er seinen Hut aufsetzte und sich durch die wirbelnde Masse der Tänzer auf die Straße schlängelte, erinnerte er sich mit einem gewissen Schock daran, dass er in ihrem Gespräch kein einziges Mal an seinen Rivalen gedacht hatte. Er wurde in der Dunkelheit langsamer und lehnte sich an eine Wand. Als er sich der düsteren Realität stellte, die sich trostlos vor ihm ausbreitete, verspürte er eine seltsame Verzweiflung in seinem Herzen. Sie sollte zweifellos die Frau eines anderen Mannes werden. Er hatte sie verloren. Sie war nicht für ihn, obwohl sie ihm dort im grellen Glanz des Ballsaals, inmitten der sinnlichen Klänge der Musik, im Duft der Blumen, die in ihrem Dienst verwelkten, in Herz, Seele und Mitgefühl so nahe gewesen zu sein schien wie die Nacht er und sie-

Er hatte sein Büro erreicht, ein kleines einstöckiges Backsteingebäude in der Reihe der Anwaltskanzleien in der Seitenstraße, die vom Postamt zum Gerichtsgebäude führt, und er schloss die Tür auf, ging hinein und zündete die kleine, trübe Lampe in seinem Büro an Schreibtisch und holte ein Paket unbeantworteter Briefe herunter.

Ja, er muss arbeiten – arbeiten mit diesem schrecklichen Schmerz in seiner Brust, dem trockenen, zugeschnürten Gefühl in seiner Kehle, dem wahnsinnigen Anblick ihrer umwerfenden Schönheit, Anmut und Süße vor ihm. Er tauchte seine Feder ein, zog das Papier zu sich und begann zu schreiben: „Mein lieber Herr, – als ich die herzlichen Zusicherungen Ihrer Unterstützung für den vor mir liegenden Feldzug entgegennahm, möchte ich Ihnen ganz herzlich danken und –"

Er legte den Stift hin und lehnte sich zurück. „Ich kann es nicht tun, zumindest nicht heute Abend", sagte er. „Nicht solange sie da ist und so aussieht und mein Walzer noch kommt, und trotzdem muss es getan werden. Ich habe sie verloren und mache es nur noch schwerer zu ertragen. Ja, ich muss arbeiten – arbeiten!"

Der Stift tauchte wieder in die Tinte. In der stillen Nachtluft erklangen die Klänge der Musik, die sanfte Singstimme des Figurenrufers im „Square"-Tanz, das Surren und Klappern vieler Füße.

KAPITEL IX.

Garner ließ Carson Dwight, Wade Tingle und Bob Smith am nächsten Morgen im Wohnzimmer sitzen und über den Ball plaudern, ging ins Büro, biss ein Stück Tabak ab und stürzte sich mit einem Elan an die Arbeit, der darauf hindeutete, dass er sich fast für seinen Ball schämte Abkehr von ausgetretenen Pfaden in die ungewöhnlichen Bereiche sozialer Fröhlichkeit. Er trug immer noch den Stehkragen und die weiße Krawatte vom Vorabend, aber die bis dahin sorgfältig gehütete Fläche der Hemdfront war bereits in unmittelbarer Gefahr, alles zu verlieren, was sie einst als vorzeigbares Kleidungsstück empfohlen hatte.

Er hatte seine kleine Hand gut über die Seite des Buches gespreizt , in dem er gerade nachschlug, und nahm seine Umgebung nicht mehr wahr, als plötzlich ein Mann in der Tür stand. Er war groß und hager und trug einen breitkrempigen Hut, ein kariertes Baumwollhemd, eine Jeanshose, die von einem Gürtel aus Rohleder gehalten wurde, und ein Paar hohe Stiefel, die er, während er dastand und Garner grimmig anstarrte, wütend mit seinem Reitstiefel umschlug. Peitsche. Es war Dan Willis. Sein Gesicht war leicht gerötet vom Alkohol und seine Augen hatten den Glanz, den selbst seine besten Freunde zu tränen gelernt hatten und den sie zu vermeiden versuchten.

„ Was ist das für ein Kumpel von dir ?" er hat gefragt.

„Oh, du meinst Dwight!" Garner hatte zu viel Erfahrung im Umgang mit Männern, um bei einer plötzlichen Wendung der Dinge, sei es für oder gegen seine Interessen, seine Haltung zu ändern, und er hatte sich außerdem bewundernswerte Fähigkeiten im effektivsten Temporieren angeeignet. „Warum, mal sehen, Dan", fuhr er fort, nachdem er einen ganzen Moment innegehalten hatte, die Zeilen, die er las, sorgfältig untersuchte, die Stirn runzelte, als wäre er damit nicht ganz zufrieden, und dann langsam ein Blatt wegschlug. "Lass mich nachdenken. Oh, du willst Carson sehen! Hinsetzen; nimm einen Stuhl."

„Ich will mich nicht hinsetzen!" Willis donnerte. „Ich möchte diesen verdammten Kerl sehen, und ich möchte ihn sofort sehen."

„Oh, das ist es!" sagte Garner. „Du hast es *eilig!* „Und dann war an der starren Haltung seines Kiefers zu erkennen, dass der Anwalt sich für die beste Art und Weise entschieden hatte, mit der Probe umzugehen, die finster auf ihn herabblickte. „Oh ja, ich erinnere mich jetzt, Willis, dass du vor ein paar Nächten auf der Suche nach diesem Kerl warst. Nun, Ratschläge sind billig – das ist die Art, die ich Ihnen geben werde. Unter normalen Umständen würde ich dafür eine Gebühr verlangen. Mein Rat an Sie ist, sich auf Ihr Pferd zu setzen und diese Stadt zu verlassen. Sie suchen nach Ärger – großem, großem, weitreichendem Ärger."

„Du hast den Nagel auf den Kopf getroffen, Bill Garner", schnaubte der Bergsteiger. „Ich erwarte , Ärger zu machen oder Ärger *zu machen* , und das tue ich nicht Ich werde keine Zeit mehr verlieren . Dieser Vergleich war schon vor einigen Tagen fällig, wurde aber aufgeschoben."

„Schau her, Willis" – Garner stand auf und sah ihn an – „ Sie sind vielleicht kein Dummkopf, aber Sie benehmen sich kraftvoll wie einer." Sie lassen zu, dass dieser dürftige Kandidat für die Legislaturperiode Sie zum Narren hält. Das ist es, was Sie tun. Er weiß, wenn es ihm gelingt, zwischen Ihnen und meinem Partner eine Schießerei wegen dieser Negerpeitschungsaffäre anzuzetteln, wird das ein paar Bergstimmen in seine Richtung bringen. Wenn Sie erschossen werden, muss Wiggin weitere Angriffe durchführen; und wenn Carson das Schlimmste davontragen würde, wäre der Junge dem Stinktier aus dem Weg gegangen. Ihnen und Wiggin geht es beide schlecht.

„Nun, das ist *mein* Ausguck!" Der Bergsteiger knurrte außer sich vor Wut. „Carson Dwight sagte, ich sei in der Nacht bei Johnson gewesen, als die Bande hereinkam und die Waschbären auspeitschte, und …"

„Nun ja, *das haben Sie* ", sagte Garner so plötzlich, als würde er einen Zeugen einschüchtern. „Was nützt es, darüber zu lügen?"

„Lüge – du sagst ich –?"

möchte nicht, dass du darüber lügst", sagte Garner ruhig. „Ich kenne die Hälfte der Meute und respektiere die meisten von ihnen. Ich vermute, dass einige meiner eigenen Verwandten an diesem Abend dabei waren. Sie dachten, sie täten das Richtige und handelten im besten Interesse der Gemeinschaft. Das ist weder hier noch da. Die Männer, die abgeleckt wurden, waren Neger, und die meisten von ihnen noch dazu böse, aber wenn ein großer, stämmiger Mann Ihres Schlags mit Blut im Auge und einem Brocken Metall an der Hüfte auf der Suche nach dem Sohn eines alten Konföderierten auftaucht Soldat, der ein demokratischer Kandidat für die Legislaturperiode und ein rundum guter weißer Bürger ist, ich sage, es ist an der Zeit, aufzuhören und es laut auszurufen! Ich kenne zufällig ein paar Mitglieder der Grand Jury, und wenn es heute in dieser Stadt ernsthafte Probleme gibt, kann ich persönlich bezeugen, dass Ihre Stimme und Ihr Blick heute Morgen so besonnen sind, dass es Ihnen den Kopf verdreht."

„Was zum Teufel kümmern mich Sie oder Ihr Gesetz?" Dan Willis schnaubte. „Das, was dieser verdammte Kerl über *mich gesagt hat* , muss er schlucken, und wenn er in dieser Stadt ist, werde ich ihn finden. Ein Kerl sagte mir, wenn er nicht hier wäre , wäre er in Keith Gordons Zimmer. Ich weiß nicht, was das ist, aber ich werde es herausfinden." Willis drehte sich abrupt um und schritt wieder auf die Straße hinaus.

„Jetzt muss der Teufel wirklich bezahlen", sagte Garner mit seinem tiefsten Stirnrunzeln, als er das Gesetzbuch zuklappte, es in die staubige Nische in seinem Bücherregal zurückschob und seinen Hut aufsetzte. „Carson ist immer noch da oben bei diesen Jungs, und dieser Kerl könnte ihn jeden Moment finden. Carson wird nichts zurücknehmen. Er ist genauso verrückt nach dem Geschäft wie Willis. Ich frage mich, ob es mir überhaupt gelingt, sie auseinanderzuhalten."

Auf dem Weg zur Höhle traf er Pole Baker, der an der Straßenecke neben einer Ladung Holz stand, die Pole zum Verkauf mitgebracht hatte. Eilig erklärte Garner die Situation und fragte abschließend den Bauern, ob er eine Möglichkeit sehe, Willis aus der Stadt zu bringen.

„Ich konnte ihn nicht selbst bearbeiten", sagte Baker, „weil das verdammte Stinktier für mich nicht mehr von Nutzen ist als ich für ihn, aber ich schätze, ich werde ein paar seiner Kumpel mit der Arbeit beauftragen."

„Na los, Pole", drängte Garner. „Ich werde in den Raum rennen und versuchen, Carson aufzuhalten. Lassen Sie Willis auf keinen Fall da hochkommen."

Garner fand die jungen Männer immer noch im Wohnzimmer und unterhielt sich über den Ball und Carsons Wahlkampf.

Wade Tingle saß am Tisch mit mehreren Blättern Papier vor sich, auf denen er mit großer Reporterschrift einen glühenden Bericht über „das größte gesellschaftliche Ereignis" in der Geschichte der Stadt geschrieben hatte.

„Ich habe einen tollen Artikel geschrieben, Bill", sagte er begeistert. „Ich habe es gerade der Bande vorgelesen. Es ist immens. Miss Helen hat mir ein ausführliches Memorandum darüber geschickt, was die Mädchen trugen, und ich glaube, ich habe sie , abgesehen von einer grünen Hand, ganz gut angezogen."

„Der einzige Kritikpunkt, den ich daran geäußert habe, Garner", sagte Keith von seinem Bett in der Ecke, wo er vollständig bekleidet lag, „ist, dass Wade alle Beschreibungen von Helen mit dem Zusatz ‚und Diamanten' beendet hat." Ich schwöre, ich bin kein Stilkritiker beim Schreiben, aber das ewige „und Diamanten und Diamanten und Diamanten" am Ende jedes Absatzes klingt so eintönig, dass es schon komisch wird. Er hatte sogar Miss Sally Wares schlichtes schwarzes Outfit mit „und Diamanten" versehen."

„Nun, ich sehe es so, Bill", sagte Wade ernst, als Garner sich setzte. „Natürlich möchten die Mädchen, die sie trugen, sie nicht weglassen sehen, denn es sind schöne Dinge, die man haben kann." und andererseits würden diejenigen, denen es in dieser Richtung fehlte, besser davonkommen."

„Ich denke, wenn er ab und zu ‚Jewels' geschrieben hätte " , sagte Keith, „würde es sich gut anhören und etwas der Fantasie überlassen."

„Das könnte helfen", sagte Garner, sein besorgter Blick auf Carsons eher ernstes Gesicht gerichtet; „Aber achten Sie darauf, dass Sie es nicht ‚Schmuck' schreiben."

„Nun, ich werde den Änderungsantrag akzeptieren", sagte Wade, während er begann, sein Manuskript zu kratzen und neu zu schreiben.

Carson Dwight stand auf. „Haben Sie das Büro offen gelassen?" fragte er Garner. „Ich muss die Holcolm- Urkunde ausarbeiten und die Unterlagen konsultieren."

„Lass es eine Weile gehen. „Ich möchte es mir erst einmal ansehen", sagte Garner ziemlich plötzlich. "Hinsetzen. Ich möchte mit Ihnen über das – das Rennen sprechen. Du hast einen heiklen Vorschlag vor dir, alter Junge, und ich würde gerne sehen, wie du ihn durchführst."

"Hört hört!" rief Keith und setzte sich auf der Bettkante auf. „Bälle und das, was Mädchen tragen, gehören zum Alltag, aber als der Anführer der Bande von einem Schurken geschlagen werden soll, der vor nichts zurückschreckt, ist es Zeit, hellwach zu sein."

„Das ist es", sagte Garner mit gerunzelter Stirn, offenem Ohr für Geräusche von draußen und mit unruhigem Blick auf die Gruppe um ihn herum. Und mehrere Minuten lang hielt er sie dort, wo sie saßen, und lauschte seinen klugen und aufmerksamen Ansichten über die anstehende Angelegenheit. Plötzlich, während er gerade eine Bemerkung machte, ertönte auf dem langen Gang draußen ein Schritt . Es war schwer, laut und schreitend. Garner hielt inne, stand auf, ging zur Kommode und holte aus der obersten Schublade einen Revolver heraus, den er immer entweder dort oder in seinem Schreibtisch im Büro aufbewahrte. Seine Lippen hatten ein festes Weiß, das für seine Freunde neu war.

„Carson", sagte er, „hast du deine Waffe?" und er stand da und starrte auf die Tür.

Ein Schatten fiel auf den Boden; ein Mann trat ein. Es war Pole Baker, und er blickte sich überrascht um, wobei sein fragender Blick auf Garners ungewöhnliche Miene und seinen Revolver gerichtet war.

"Oh, du bist es!" rief Garner aus. „Ah, ich dachte –"

„Ja, ich bin gekommen, um Ihnen das zu sagen –" Baker zögerte, als wäre er sich nicht sicher, ob er sein Vertrauen missbrauchte, und dann, als er

Garners warnenden Blick auffing, sagte er unverbindlich: „Sag mal, Bill , dieser Kerl, du und ich, hat geredet . ist ungefähr nach Hause gegangen. Ich schätze, du wirst heute nicht mehr dein Geld aus ihm herausbekommen.

„Na ja, es war jedenfalls eine Kleinigkeit, Pole", sagte Garner in einem Ton anerkennender Erleichterung, während er den Revolver wieder in die Schublade steckte und sie schloss. „Ich werde es ihm gegenüber erwähnen, wenn er das nächste Mal in der Stadt ist."

„Sagen Sie, was war gerade mit Ihnen los, Garner?" fragte Wade Tingle über den Rand seines Manuskripts hinweg. „Ich dachte, du würdest Carson zu einem Duell auffordern."

Aber mit seiner Hand auf Dwights Arm bewegte sich Garner zur Tür. „Kommt, wir machen uns an die Arbeit", sagte er mit einem tiefen Atemzug und einem dankbaren Seitenblick auf Baker.

Vor dem Büro stand einer von Carsons Farmwagen, der von einem Paar Maultieren gezogen wurde. Tom Hillyer , Carsons Vorgesetzter und Geschäftsführer, saß auf dem Sitz, und hinter ihm stand Pete Warren, bereit für seinen Aufenthalt im Land.

„Wie ich sehe, hat Miss Helen schnelle Arbeit geleistet", bemerkte Carson. „Sie ist entschlossen, diesen Schurken aus der Versuchung zu befreien."

„Sie sollten ihn scharf ansprechen", sagte Garner. „Er hat viel zu viel Lippe, als ihm gut tut. Skelt hat mir heute Morgen erzählt, dass, wenn Pete nicht austrocknet, einige von dieser Bande ihn hängen werden, bevor er einen Monat älter ist. Er weiß es nicht besser und meint es auch nicht so, aber er hat bereits offene Drohungen gegen Johnson und Willis ausgesprochen. Sie verstehen diese Männer gut genug, um zu wissen, dass ein Neger in solchen Zeiten wie diesen nicht ungestraft so etwas tun kann."

„Ich stimme dir zu und werde jetzt innehalten und mit ihm sprechen."

Als Carson ein paar Augenblicke später hereinkam und sich an seinen Schreibtisch setzte, sah Garner zu ihm herüber und lächelte.

„Du hast ihn auf jeden Fall locker davonkommen lassen", sagte er. „Mit seinem Grinsen hätte ich dem Schlingel einen Weihnachtstruthahn in die Kehle werfen können. Ich habe gesehen, wie du deine Hand in deine Tasche gesteckt hast, und wusste, dass er dich bluten ließ."

„Na ja, ich glaube, in so etwas bin ich ein Versager", gab Dwight mit einem verlegenen Lächeln zu. „Ich begann damit, dass er nicht so tollkühn sein dürfe, irgendeinen dieser Männer offen zu drohen, und er sagte: , Sehen Sie mal, Marse Carson, diese weißen Rapscallions haben Schnittwunden in meinen Körper gemacht, die tief genug sind, um Mais anzupflanzen. und das bin ich nicht Wein Ich liebe sie dafür. Das würdest *du* nicht tun, du weißt, dass du es nicht tun würdest.""

„Und er hatte dich dort", sagte Garner grimmig. „Na ja, im Norden mögen sie zu unserem großen Problem sagen, was sie wollen, aber nur die Zeit und der liebe Gott können es lösen. Sie und ich können diesem Neger raten, von Sonnenaufgang bis Sonnenuntergang den Mund zu halten, aber ich weiß zufällig, dass er einen entfernten weißen Vorfahren hatte, der der stolzeste und härteste Kämpfer war, der jemals ein Schwert schwang. Einige der zügellosen Agitatoren sagen, dass Abschiebung die einzige Lösung sei. Huh! Wenn man viele Vollblutschwarze zusammen mit Kerlen wie diesem deportieren würde, würde es nur kurze Zeit dauern, bis die Gelben den Rest in Knechtschaft hätten, und so würde die Geschichte rückwärts statt vorwärts gehen. Ich denke, es geht jetzt voran, wenn wir nur die Geduld hätten, es so zu sehen."

KAPITEL X.

AN EINEM schönen Morgen gegen den ersten Juni, als Carson auf der oberen Veranda seines Hauses spazieren ging und auf die Frühstücksglocke wartete, kam Keith Gordon auf seinem Pferd auf dem Weg in die Stadt vorbei.

„Haben Sie die Nachrichten gehört?" rief er, während er am Tor die Zügel anlegte und sich auf den Hals seines Reittieres stützte.

"NEIN; was ist los?" fragte Carson, und während er sprach , sah er, wie Helen Warren aus der Vordertür des Hauses ihres Vaters trat und zwischen den taunassen Rosenbüschen hinabstieg, die den Backsteinweg säumten.

„In jeder Hinsicht schrecklich genug", antwortete Keith. „In der Nähe Ihrer Farm hat es einen kaltblütigen Mord gegeben. Abe Johnson, der diesen Mob anführte, wissen Sie, und seine Frau wurden von einem Neger mit einer Axt getötet. Das ganze Land ist in Aufruhr und verrückt vor Aufregung."

„Warte, ich komme gleich runter", sagte Carson und verschwand im Haus. Und als er einen Moment später herauskam, fand er Helen auf dem Bürgersteig, die mit Keith sprach, und an ihrem ernsten Gesicht wusste er, dass sie das Gesagte belauscht hatte.

„Ist es nicht schrecklich?" „„ sagte sie zu Carson, als er durch das Tor hinauskam. „Natürlich ist es die Fortsetzung des Ärgers hier in der Stadt."

„Woher wissen sie, dass es ein Neger war?" fragte Carson und gehorchte der natürlichen Tendenz eines Anwalts, den Fakten auf den Grund zu gehen.

„Es scheint", antwortete Gordon, „dass Mrs. Johnson kaum lange genug gelebt hat, nachdem die Nachbarn dort angekommen waren, um zu sagen, dass es von einem Mulatten getan wurde, so gut sie in der Dunkelheit sehen konnte." In ihrer Wut gehen die Menschen grob mit jedem gelben Neger in der Nachbarschaft um. Man sagt, die Schwarzen verstecken sich alle in den Wäldern und Bergen."

Dann machte das Gespräch eine Pause, denn der alte Onkel Lewis, der mit einem Paar Gartengarben hinter einigen Rosenbüschen in der Nähe arbeitete, stieß ein Stöhnen aus und kam mit großen Augen und erschrocken auf sie zu.

„Es ist schrecklich, schrecklich, schrecklich!" hörten sie ihn sagen. „Oh mein Gott, erbarme dich!"

„Warum, Onkel Lewis, was ist los?" fragte Helen plötzlich besorgt und verwundert über sein Verhalten und seinen Ton.

„Oh, Fräulein, Fräulein!" Er stöhnte und schüttelte verzweifelt den Kopf. „Mein Junge hat sie gerade überwältigt . Oh, mein Lawd ! Ich weiß, was die Weißen trinken Als Erstes hatte Pete keinen Verstand mehr ter –"

„Halt, Lewis!" sagte Carson scharf. „Seien Sie nicht der Erste, der Ihren eigenen Sohn in eine so ernste Angelegenheit wie diese verwickelt."

„ Das bin ich nicht , Mister !" Der alte Mann stöhnte: „Aber ich weiß, dass die Weißen es für dich getan haben."

„Ich fürchte, du hast recht, Lewis", sagte Keith mitfühlend. „Er mag absolut unschuldig sein, aber seit seinem Ärger mit dieser Meute hat Pete wirklich zu viel geredet. Nun, ich muss gehen."

Als Keith davonritt, drehte sich der alte Lewis leise vor sich hin murmelnd und stöhnend zum Haus um.

"Wo gehst du hin?" rief Helen, während sie immer noch neben Carson blieb.

„Ich werde versuchen , Linda bei Laune zu halten „ Ich höre es gerade", sagte er. „Wenn Pete da reinkommt, Missy, wird es weinen Ich töte deine alte Mama."

„Ich fürchte, das wird es", sagte Helen. „Tu, was du kannst, Onkel Lewis. Ich werde gleich unten sein, um sie zu sehen." Als der alte Mann davontaumelte, blickte Helen auf und bemerkte Carsons besorgten Blick.

„Ich wünschte, ich wäre ein Mann", sagte sie.

"Warum?" er erkundigte sich.

„Weil ich hier im Süden um jeden Preis für Recht und Ordnung eintreten würde. Wir haben hier ein gutes Beispiel dafür, was unser Zustand bedeutet. Pete mag unschuldig sein, und daran besteht kein Zweifel, denn ich glaube nicht, dass er so etwas tun würde, ganz gleich, was die Provokation sein mag, und dennoch hat er keinerlei Chance, es zu beweisen."

„Sie haben Recht", sagte Carson. „In einem solchen Moment würden sie ihn lynchen, wenn er es nur deshalb gewagt hätte, den Ermordeten zu bedrohen."

„Arme, arme alte Mama!" seufzte Helen. „Oh, es ist schrecklich, sich vorzustellen, was sie erleiden wird, wenn – wenn – Carson, glaubst du wirklich, dass Pete tatsächlich in Gefahr ist?" Dwight zögerte einen Moment, dann begegnete er ihrem offenen Blick.

„Wir können uns genauso gut der Wahrheit stellen und damit Schluss machen", sagte er. „Kein Neger wird dort drüben jetzt sicher sein, und Pete, das muss ich leider sagen, am allerwenigsten."

„Wenn er schuldig ist , könnte er weglaufen", sagte sie kurzsichtig.

wollen wir nicht , dass er entkommt", sagte Carson bestimmt. „Aber ich glaube wirklich nicht, dass er etwas damit zu tun hatte."

Helen seufzte. Sie waren zum offenen Tor zurückgetreten und blieben dort Seite an Seite stehen. „Wie entmutigend das Leben ist!" Sie sagte. „Carson, bei der Planung, Pete dorthin zu bringen, haben Sie und ich nach unseren reinsten und edelsten Impulsen gehandelt, und doch könnte das Ergebnis unserer Bemühungen die größte Katastrophe sein."

„Ja, so scheint es", antwortete er düster; „Aber wir müssen versuchen, das Positive zu sehen und auf das Beste zu hoffen."

Nachdem er sich von Helen getrennt hatte, ging Carson in das große, altmodische Esszimmer, und nachdem er hastig eine Tasse Kaffee getrunken hatte, ging er hinunter in sein Büro. Entlang der Hauptverkehrsstraße, an den Straßenecken und vor den Geschäften fand er kleine Gruppen von Männern mit ernsten Gesichtern, die alle über die Tragödie diskutierten. Mehr als einmal hörte er im Vorbeigehen Petes Namen fallen, und aus Angst, gefragt zu werden, was er davon hielt, eilte er weiter. Garner war ein Frühaufsteher und fand ihn an seinem Schreibtisch, als er Briefe schrieb.

„Nun, allen Berichten nach", sagte Garner, „scheint Ihr Mann Friday da drüben in einer heiklen Lage zu sein, ob unschuldig oder nicht – das heißt, wenn er nicht den Verstand hatte, abzuhauen."

„Irgendwie glaube ich nicht, dass Pete schuldig ist", sagte Carson, als er sich in seinen großen Stuhl sinken ließ. „Er ist nicht der Typ Neger."

„Na ja, da habe ich mich noch nicht entschieden", bemerkte der andere. „Bis er hier wegging, wirkte er recht harmlos, aber wir wissen nicht, was seitdem zwischen ihm und Johnson passiert sein könnte. Komisch, dass wir nicht daran gedacht haben, wie gefährlich es ist, Streichhölzer so an Zunder zu kleben. Ich gebe zu, dass ich dafür war, ihn zu schicken. Auch Miss Helen war darüber sehr erfreut. Ich traf sie neulich auf dem Postamt und sie erzählte mir mit größter Freude, dass es Pete dort gut ginge, er arbeitete wie ein alter Kornfeldarbeiter und benahm sich. Ich nehme an, dass sie jetzt furchtbar verärgert sein wird."

Carson seufzte. „Wir geben den Bergbewohnern die Schuld daran, dass sie in Zeiten der Aufregung voreilig gehandelt haben, und doch ist hier in dieser ruhigen Stadt bereits die Hälfte der Bürger zu dem Schluss gekommen, dass Pete das Verbrechen begangen hat. Denken Sie darüber nach, Garner!"

„Nun ja, es ist ziemlich schwer, sich vorzustellen, wer es *sonst noch* getan hat", erklärte Garner.

„Ich stimme Ihnen nicht zu", widersprach Carson herzlich; „Wenn es ein halbes Dutzend Neger gibt, die genauso ausgepeitscht wurden wie Pete und die einen schrecklichen Charakter haben. Da ist Sam Dudlow , der schlimmste Neger, den ich je gesehen habe, ein ehemaliger Sträfling und so voller Teufel wie ein Ei voller Fleisch. Ich sah sein finsteres Gesicht am nächsten Tag, nachdem er ausgepeitscht wurde, und ich möchte es nie wieder sehen. Ich würde es hassen, ihn unbewaffnet im Dunkeln zu treffen. Er hat im Gegensatz zu Pete keine offenen Drohungen ausgesprochen, aber ich wette, er wäre Johnson oder Willis grob gegenübergetreten, wenn er einen von ihnen alleine getroffen und sich einen Vorteil verschafft hätte."

„Nun, wir verhandeln den Fall nicht", sagte Garner trocken; „Wenn ja, weiß ich nicht, woher die Gebühren kommen sollen. Aus einem imaginären Fall Geld herauszuholen, ähnelt zu sehr dem ersten Jahr eines Anwalts im Schatten seiner Gürtelrose."

KAPITEL XI.

Als ich mich von Carson trennte, ging Helen sofort zu Lindas Cottage. Lewis beugte sich über den kleinen, niedrigen Zaun und unterhielt sich mit einem Neger, der weiterging, als sie näher kam.

„Wo ist Mam' Linda?" fragte sie vorsichtig. „Im Haus, Missy", antwortete Lewis, nahm seinen alten Schlapphut ab und knüllte ihn fest zwischen seinen Fingern zusammen. „ Sie hat nichts davon gehört . Jim wollte mir sagen , dass die Leute unten auf der Straße eine ganze Reihe von Gesprächen führten ; Aber ich habe gesagt, ich soll es nicht hören lassen. Oh, Missy, es glüht Töte ihn. Sie kann es nicht ertragen. Am nächsten Abend saß sie nicht mehr da und redete darüber, wie glücklich sie war, zu hören, dass es Pete bei Marse Carson so gut ging . Sie sagte, sie würde nie die Freundlichkeit des jungen Mannes gegenüber dem alten Nigger vergessen , und jetzt" – der alte Mann breitete seine Hände in einer apathischen Geste vor ihm aus – „ jetzt sehen Sie, wozu es kommt!"

„Aber Pete ist eigentlich noch nichts Ernstes passiert", hatte Helen gerade gesagt, als der alte Mann sie aufhielt.

„Still, Schatz, sie kommt !"

In der Hütte waren Schritte zu hören. Linda erschien in der Tür und lud mit verdüstertem Gesicht und verstörter Miene ihre Herrin in die Hütte ein, stellte der jungen Dame einen Stuhl hin und wischte den Boden mit ihrer Schürze ab.

„Wie fühlst du dich heute Morgen, Mama?" fragte Helen, als sie sich setzte.

„Mir geht es gut in meinem *Körper* , Schatz" – das Gesicht der alten Frau war abgewandt – „ aber dat ." Es ist nicht alles ein Scherz in diesem Leben. Wenn mein Körper alles wäre, was ich hätte, würde es mir nicht so schlecht gehen, aber es ist mein *Geist* , Schatz. Ich mache mir Sorgen um diesen Jungen, ergin . Ich hatte letzte Nacht schlechte Träume Aber er schien alle in Schwierigkeiten zu sein . Als ich dann aufwachte und versuchte zu denken , dass es nur der Traum war, war ich mit all dem, was ich tat, nicht zufrieden . Lewis sieht gut aus Aus den Augen, und alle , die vorbeikamen , hielten an und führten Lewis den Zaun hinunter , um zu reden. Ich bin kein Dummkopf, Schatz! Ich bemerke Dinge, wenn sie nicht Natcherl . Dann kommen Sie zur Frühstückszeit. _ Ich habe dich beobachtet, Chile , seit du in der Wiege warst , und kenne jeden Schlag in deinen süßen Augen. Oh, Schatz" – Linda setzte sich plötzlich hin, bedeckte ihr Gesicht mit den Händen und drückte sie fest darauf – „ Schatz", murmelte sie, „ das Abendessen ist schiefgegangen." Ich habe das alles schon längst gewusst , und ich habe tatsächlich Angst, euch alle zu töten Sag es mir. Mir fällt nur eines ein, ich bin so durcheinander, en Das heißt , mein Junge hat seine Arbeit vermasselt und ist weggegangen mit schlechter Gesellschaft; de Jit , Schatz" – sie wiegte sich jetzt wie unter Folter hin und her und starrte Helen zum Abschluss fest ins Gesicht – „ dat ." Kann es nicht sein. Dat ist nicht schlimm genug ter mek Lewis benimmt sich so, wie er ist, und – en – nun, Schatz, vielleicht kommst du da raus . Ich hatte Probleme, und ich habe wahrscheinlich noch mehr ."

Helen saß blass und unentschlossen da und war nicht in der Lage, einen angemessenen Plan für das Vorgehen zu formulieren. Zu diesem Zeitpunkt beugte sich Lewis in die Tür, und da seine Frau ihm den Rücken zuwandte, konnte er ihr Gesicht nicht sehen.

„Ich möchte gleich in die Stadt gehen, Lindy", sagte er. "Ich bin gleich wieder da. Ich möchte, dass ich zu dir komme . Wir trinken Kaffee, und –"

Linda wandte ihm plötzlich ihr dunkles, gequältes Gesicht zu. „Du gehst nicht, bis du mir sagst, was mit meinem Kind schief gelaufen ist ", sagte sie. „Was ist los mit Pete, Lewis?"

Der überraschte Blick des alten Mannes schwankte zwischen dem Gesicht seiner Frau und dem von Helen. „Warum, Lindy, wer sagt –", begann er schwach.

Aber sie stoppte ihn mit einer Geste, die gleichzeitig ungeduldig und voller Angst war. "Sag mir!" Sie sagte bestimmt : „ Erzähl es mir!"

Lewis schlurfte in die Hütte und stellte sich über sie, ein großartiges Beispiel für die Männlichkeit seiner Rasse. Helens Augen waren von Tränen geblendet, die sie nur mit Mühe zurückhalten konnte.

„' Tun nicht tiothiri ', Lindy, 'auf mein Wort' tain't Nichts als das", sagte er sanft. „Dar hat drüben in der Nähe von Marse Carsons Farm Ärger gemacht, aber niemand hat gesagt, dass Pete darin war – *nicht eine einzige Menschenseele* ."

„Was für ein Ärger?" Linda verfolgte.

„Er Mann und seine Frau wurde letzte Nacht wegen Dar in Baid getötet ."

„Welcher Mann und welche Frau?" fragte Linda, ihr Mund öffnete sich vor Spannung, ihre dicke Lippe hing herab.

„Abe Johnson und seine Frau."

Linda beugte sich vor, ihre Hände waren wie eiserne Gegenstände zwischen ihren Knien verschränkt. „Wer hat es getan, Lewis? – wer hat ähm getötet?" sie schnappte nach Luft.

„Niemand weiß das Ja , Lindy. Mrs. Johnson lebte kurz nach der Ankunft der Nachbarn, und sie sagte, es sei äh – sie sagte, es sei äh, ihr Nigger , en – en –" Er ging nicht weiter, da er mit seiner Diplomatie am Ende war, und blieb einfach vor ihr stehen Hilflos drehte er seinen Hut in seinen Händen. Im Raum war es sehr still. Helen fragte sich, ob ihr eigenes Herz aufgehört hatte zu schlagen, so angespannt und angespannt waren ihre Gefühle. Linda saß einen Moment vorgebeugt da; Sie sahen, wie sie die Hände zum Kopf hob, sie krampfhaft darauf drückte, und dann stöhnte sie.

„Miz Johnson sagt, es war ein heulender Nigger!" sie stöhnte. "Oh mein Gott!"

„Ja, aber was ist da , Oman ?" fragte Lewis in vermeintlich scharfem Ton. „Dar ist Oodlins de Oodlins äh yaller Nigger über Dar ."

„ Keiner von ihnen ist von diesem Mann ausgepeitscht worden , mein Junge. " Linda starrte ihn jetzt direkt an. „Keiner von ihnen hat jemals gedroht, außer Pete. Die werden mich umbringen –" Sie schauderte und ihre Stimme versank in einem anhaltenden Schluchzen. "Du hörst mich? „ Sie werden meinen kleinen Jungen aufhängen – aufhängen – aufhängen ! "

Linda erhob sich plötzlich zu ihrer vollen Größe und blickte sie finster an, ihr Gesicht war dunkel und voller Leidenschaft und Trauer zugleich. Sie hob ihre Hände und hielt sie gerade nach oben.

„Ich will Gawd verfluchen! " Sie weinte. "Du hörst mich? Ich habe nichts getan , um das hier zu verdienen. Ich war ein geduldiger Sklave der Weißen, und meine Mutter und mein Vater waren für mich. Ich habe richtig gehandelt und meine Pflicht gegenüber dem getan, was mir gehörte, und jetzt stehe ich vor diesem Problem. Ich höre, wie mein einziges Kind darum bittet , mich zu verschonen und hör mir zu . _ Ich höre es Ich bettele darum , seine alte Mutter zu sehen, damit sie mich umbringt . Ich sehe sie zerren, ich bin mit einem weiteren Seil herumgerannt –" Mit einem Schrei fiel die Frau mit dem Gesicht nach unten auf den Boden. Wie unter dem Einfluss eines schrecklichen Albtraums beugte sich Helen über sie. Sie war gefühllos. Wortlos hob Lewis sie in seine Arme und trug sie zu einem Bett in der Ecke.

„Das ist Gwine „Ich bring deine alte Mama um, Schatz", schluckte er. „Sie wird nie weinen Ich werde darunter rauchen – niemals in dieser Welt."

Aber Helen hatte mit weiblicher Geistesgegenwart ihr Taschentuch in etwas Wasser getaucht und strich damit sanft über das dunkle Gesicht. Nach einem Moment holte Linda tief Luft und öffnete die Augen.

„Lewis", war ihr erster Gedanke, „versucht es und findet alle eure Verwandten heraus." Ich werde hier liegen und beten, dass Gott barmherzig ist . Ich sagte, ich würde „ Ich " verfluchen , aber das werde ich nicht tun. Er ist meine Hauptstütze. Ich *habe* Ich vertraue mir . Wenn er mich im Stich lässt, bin ich verloren. Oh, Schatz, deine alte Mama hat dir nie viele Gefälligkeiten gestrichen; Bleiben Sie hier und beten Sie – beten Sie mit aller Kraft , damit dieser Kelch vorübergeht . Oh, Gott, lass sie nicht ! – lass sie *nicht* ! De po' boy hat es nicht getan. Er würde einem Kätzchen nichts tun. Er hat zu viel geredet, auch wenn er unter seiner Peitsche schimpfen würde , aber das war alles!"

Helen bedeutete Lewis, sie in Ruhe zu lassen, setzte sich auf die Bettkante und legte ihren Arm um Lindas Schultern, aber die alte Frau stand auf, ging zur Tür und schloss sie, dann kam sie zurück und stellte sich neben Helen in die Hälfte -Dunkelheit, die nun den Raum erfüllte.

„Ich möchte, dass du auf meine Hilfe hierher kommst „ Bete für mich, Schatz", sagte sie. „Mir scheint , dass Lawd immer auf die Weißen und Schwarzen gehört hat , und ich möchte, dass du mich anflehst ." „Ter spare po'li'l ' dummen Pete des dis Zeit – *des dis einmal* ." Helen kniete neben dem Bett und bedeckte ihr nasses Gesicht mit den Händen. Linda kniete neben ihr und Helen betete laut, ihre klare, süße Stimme hallte durch den stillen Raum.

KAPITEL XII.

Da der Ort auf Carson Dwights Farm nicht besonders gepflegt war, lebten die Negerarbeiter in abgebauten Blockhütten, die hier und da auf den Feldern oder am Waldrand rund um den Ort verstreut waren. In einem davon hatte sich Pete auf Vorschlag des Aufsehers niedergelassen. Sein Hausrat bestand lediglich aus einer Strohmatratze, die auf den Puncheon-Boden geworfen wurde, und ein paar Kochutensilien, die er über dem großen Kamin des aus Lehm und Holzscheiten bestehenden Schornsteins verwenden wollte.

Hier schlief er in der Nacht der Tragödie, die das Land in eine weiße Hitze des Rassenhasses versetzt hatte. Er hatte die erste Hälfte der Nacht auf einem zwei Meilen entfernten Negertanz auf einem Bauernhof verbracht und war sehr erfreut, als er feststellte, dass er deutliche Aufmerksamkeit und weibliche Gunst auf sich gezogen hatte, was auf die Tatsache zurückzuführen war, dass man ihn ansah Das Land ist schwarz wie etwas Außergewöhnliches – eine düstere Stadt mit einer glatten Zunge und vielen anderen Errungenschaften, und auch ein Neger, wie Pete ihnen versicherte, der hoch in der Gunst seines Herrn stand, dessen Name überall Gewicht hatte wurde erwähnt.

Kurz nach Tagesanbruch schlief Pete immer noch tief und fest, wie es seine Gewohnheit nach einer Nacht voller Vergnügen war, als seine Tür heftig gerüttelt wurde.

„Pete Warren! Pete Warren!" rief eine Stimme scharf. „Wach auf in Dar ; Wach auf, ich sage es dir!"

Es gab keine Reaktion – außer dem tiefen Atem des Schläfers kam kein Geräusch aus der Kabine. Die Tür wurde erneut gerüttelt, und da sie nicht verschlossen und leicht angelehnt war, drückte der kleine alte Neger draußen den Laden auf, trat ein und stolzierte über den Boden zu Pete, der lag.

„Wach hier auf, du Narr!" sagte er, während er sich bückte und Pete grob schüttelte. „Wach auf, wenn du weißt, was dir gut tut."

Pete drehte sich um; sein Schnarchen zerfiel in kleine Keuchen. Er öffnete die Augen, starrte ihn einen Moment lang fragend an, dann begannen sich seine Augenlider schläfrig zu schließen.

„ Sehen Sie mal her!" Erneut wurde er von der schwarzen Hand auf seiner Schulter grob angefasst. „Du junger Idiot, du tanzt die ganze Nacht, bis du tagsüber deine Augen nicht mehr offen halten kannst , aber wenn du dich nicht weiterbewegst und aus der Kabine kommst, wirst du deinen letzten Tanz tanzen breit Nichts unter deinen Füßen außer Wind. Es wird ein Spiel, ein Frosch in der Mitte sein und du bist der Frosch."

„Was hast du mir gegeben ? Was hast du mir gegeben , Onkel Richmond?"
Pete war jetzt wach und saß kerzengerade auf der Matratze.

„Huh, ich komme, um dir zu sagen, Junge, dass du bald in Schwierigkeiten
steckst , und , soweit ich weiß, der Größte, den du jemals in all deinen jungen
Tagen hattest."

„Hm, das sagst du, Onkel Richmond?" rief Pete ungläubig aus. „Was ist
los mit mir?"

Der alte Mann trat zurück, bis er durch die Hüttentür über die Felder
blicken konnte, auf die die ersten Streifen Tageslicht in grauen, nebligen
Flecken fielen.

„Pete", sagte er, „jemand ist in Abe Johnsons Haus ausgerutscht und hat
ihn und seine Frau mit der Axt erschlagen."

„Huh, das sagst du nicht!" Pete starrte ihn schläfrig und erstaunt an.
„Wann passiert das , Onkel Richmond?"

„Las' Nacht, ähm in Richtung Mawnin '", sagte der alte Mann. „Ham Black
kommt vorbei Toi ' mir. Er sagt, wir sollten uns besser alle verstecken; es
glüht Es ist das größte Zitat , von dem man in diesen Bergen je gehört hat.
Aber, Pete, *du* musst aufpassen – du, du!"

"Mich! Huh, was sagst du dazu , Onkel Rich?"

„' Ca's dey Wein Ich schau mal nach dir , Pete. Du solltest Ich habe zu viel
darüber geredet _ _ _ Ich habe Johnson ausgepeitscht und dir Sam Dudlow
gegeben , der an diesem Abend in der Stadt war . Ham sagt mir, er solle
kommen und dich warnen, dass du dich verstecken sollst Das ist schnell.
Ham sagt, er weiß, warum du es nicht getan hast, denn , sagt er, dein Bellen
ist wuss'n Yo ' Biss. Ham sagt, er wette, das hat irgendein Nigger gemacht,
der nicht so viel geredet hat. Ham sagt, er hätte es fast geschafft, Sam Dudlow
, denn Sam traf gestern auf der großen Straße Abe Johnson de Johnson
fluchte en peitschte mich an breitere Peitsche. Ham sagt , dass dieser Nigger
hierher gekommen ist , um wie ein Teufel in Männerkleidung auszusehen .
Aber er sagte nicht einmal in der Höhle etwas . Sieh mal, er hat seine Zeit
verschwendet. "

Pete stand auf und begann, sich mit der einfallslosen Missachtung der
Gefahr zu kleiden, die für seine Rasse charakteristisch ist.

„Ich wette, Sam hat es selbst getan", sagte er nachdenklich.

„Er ist ein böser Nigger , Onkel Richmond, und seit Johnson und Dan
Willis uns alle belästigt haben, schmollt er knurrt . Aber wie Sie sagen, „Onkel
Rich", er hat nicht offen geredet. Er hielt sich bedeckt."

„ Das ist mir egal , Junge ", fuhr der alte schwarze Mann ernst fort; „ Du Idiot Raus hier, in Eile Ich werde für den Wald brechen. Sogar den bezweifle ich ef dat Wein „Ich will deine Haut retten , denn Dan Willis hat die paar Bluthunde, die Niggerspuren riechen, obwohl es zehn Zoll Schnee gibt."

„Huh, ich sage, Onkel Richmond, du kennst mich nicht", sagte Pete. „Du kennst mich nicht, wenn du weißt, dass ich weine bin Ich werde von diesen weißen Männern heimgesucht . Ich war nicht in der Nähe von Abe Johnsons Haus – habe nicht einmal seinen Zaun überquert. Ich habe Marse Carson Dwight versprochen, nicht in seine Nähe zu kommen , und – und ich habe es versprochen Ich habe hier draußen aufgehört zu reden, und das habe ich auch getan. Nein, na ja , Unc 'Rich', du Lass jemand anderen an deinem Wettlauf teilnehmen . Ich bin Gwine Ich koche mein Frühstück Lak , das mache ich immer und dann gehe ich raus, um meine Sprossen zu ernten. Ich habe meine Aufgabe zu erledigen, egal ob es regnet oder scheint."

„Schau her, Junge", die blauschwarzen Augen des alten Mannes leuchteten, als er Pete anstarrte. „Ich kenne deine Mama und deinen Papa, und ich mag ähm. Ihr guten schwarzen Leute, ihr alter Kerl, und wart immer freundlich zu mir, und ich mag es nicht , euch in dieser Schlamassel zu sehen . Ich sage dir, ich bin ein alter Mann. Ich weiß, wie weiße Männer sich manchmal so verhalten – sie haben kein bisschen Mitleid oder Grund. Dey wird dich töten, sho . Sie waren schon einmal hier , aber sie zusammenhalten . Hören! Hören Sie sich die Hawns an de schreien ? – Das bei Wilson . Dey wird bald hier sein. Ich will nicht hier stehen und mit dir streiten . Ich hatte nichts damit zu tun , aber sie würden mir einen Teil davon aufbürden Sie haben herausgefunden, dass ich hierher komme , um dich zu warnen. Beeil dich, Junge."

„ Das bin ich nicht Wein „Tun Sie es, Onkel Rich", erklärte Pete fest und mit ernstem Gesicht. „Du bist ein alter Mann, aber das bist du nicht Gib mir gute Ratschläge. Wenn ich weglaufen würde, würden sie sagen, dass ich schuldig sei , und dann , sagen Sie, die Hunde könnten mich sowieso aufspüren."

Die Logik des Jungen schien unangreifbar. Die durchdringenden, perlenartigen Augen des alten Mannes flackerten. „Nun", sagte er, „ich habe getan, was ich konnte. Ich werde weitermachen . Selbst jetzt wissen sie vielleicht, dass ich zu diesem frühen Zeitpunkt hierherkomme, und verwickeln mich darin. Auf Wiedersehen. Das hoffe ich um Mammy Lindy willen Sie werden dich freilassen – das tue ich .

Allein gelassen, ging Pete zum Waldrand hinter seiner Hütte und sammelte einige Stöcke, Blätter und Rindenstücke ein, die von den verwesenden Ästen der Bäume gefallen waren, brachte sie in die Hütte und deponierte sie auf der Wiese Steinherd. Dann holte er die Kohlen hervor, die er am Abend zuvor in der Asche vergraben hatte, und machte ein Feuer für die Zubereitung seines einfachen Frühstücks. Er verspürte ein starkes Gefühl tierischen Hungers, was auf seinen langen Weg zum und vom Tanz und auf die Tatsache zurückzuführen war, dass er körperlich gesund und kräftig war. Er nahm so viel frisch gemahlenes Maismehl, wie seine Hände fassen konnten, aus einem Beutel in einer Ecke des Zimmers und gab es in eine Blechpfanne. Dazu fügte er eine Tasse Wasser und etwas Salz hinzu und rührte alles mit der Hand, bis alles gut vermischt war. Dann formte er es geschickt zu einer Kugel, wickelte es in eine saubere Maisschale und legte es in die heiße Asche, wobei er es gut mit glühenden Kohlen bedeckte. Dann kochte er seinen Kaffee und achtete dabei darauf, dass das Wasser in der Kanne nicht bis zur Stelle in der Nähe des Auslaufs stieg, wo das Gefäß leckte. Als nächstes wickelte er einen Streifen „Streifen fetter Streifen" aus und schnitt mit seinem Taschenmesser einen Teil davon in eine bereits heiße Bratpfanne. Als dies erledigt war, brauchte er nur ein paar Minuten zu warten, bis die Hitze ihre Wirkung entfaltete, dann trat er einen Schritt zurück und blieb im Türrahmen stehen.

Weit über die Wiese, jetzt unter den schrägen Sonnenstrahlen, sah er den alten Onkel Richmond, o-beinig und klein, durch das taufrische Gras und Unkraut watscheln, den Kopf gesenkt und die langen Arme an den Seiten schwingend.

„Huh!" war Petes langsamer Kommentar: „Jemand hat also bereits Abe Johnsons Hash erledigt. Ich weiß ganz genau, dass es Sam Dudlow war, und ich schätze, ef dat wilde Gangster-weiße Männer legen Hände auf mich – ef „Sie legen mir die Hände auf –" Er erinnerte sich an bestimmte Einzelheiten der jüngsten Unruhen in Atlanta, und ein unbewusster Schauder überkam ihn. „Nun", dachte er weiter, „Abe Johnson war ein harter Mann gegenüber Schwarzen, aber seine Frau war ein ausgesprochen guter Mann. " Jeder hat gesagt, dass sie es war, und sie *war es*. Es war wirklich schade, sie auf diese Weise umzubringen, aber ich schätze, Sam hatte Angst, sie würde es ihm verraten en had ter kill um bofe. Ja, Miz Johnson war ein guter Oman – gute Ter- Nigger. Sie fütterte viele von ihnen hinter dem Rücken dieses Mannes und wünschte ihnen alles Gute; en now, po', po' ' oman !"

Pete ging zurück zum Kamin und drehte mit der Klinge seines Messers die gekräuselten weißen und braunen Speckstreifen und schob mit der Spitze seines groben , abgenutzten Schuhs frischere Kohlen gegen seine Kaffeekanne. Dann stand er einen Moment lang ernst und starrte auf das Feuer.

„Nun", überlegte er und zuckte mit den Schultern. „ *Eines wünsche ich mir* , ich wünschte, Marse Carson wäre hier. Er ließ nicht zu, dass sie mich technisierten. Er ist der beste und klügste Anwalt in Georgia, und er würde ihnen sagen, was für viele Idioten sie sagen würden , ich hätte es getan, als ich verdammt noch mal recht hatte . Mein! Der Speck riecht gut! Ich wünschte, ich hätte ein paar frische Hühneraugen ter Tragen Sie das braune Fett auf . Huh! Es macht meinen Muff wässrig."

Es gab keinen Tisch im Zimmer, und als er sein Frühstück eingenommen hatte, setzte er sich auf den Boden und aß es mit größtem Genuss. Während des gesamten Essens waren jedoch trotz der Argumente, die er im Geiste vorbrachte, tief unter der Kruste seines Wesens bestimmte elementare Impulse zu Angst und Selbsterhaltung zu spüren.

„Nun, Dar ist eine Sache", überlegte er. „ Marse Hillyer hat mir meine Aufgabe gestellt, das alte Feld zu erledigen , und das tue ich nicht." Ergoin ', um sich davor zu drücken, ' Fall Marse Carson gwine Wenn er in die Stadt geht , weiß ich, wie es mir geht , und ich will einen guten Bericht . Nein, das tue ich nicht Scheuen Sie sich davor , wenn nicht alle Hunde und weißen Männer in der Grafschaft schreiend auf die Jagd nach Sam Dudlow gehen ."

KAPITEL XIII.

Nach dem Frühstück schulterte Pete seine Rodehacke, ein Gerät in Form einer Dechsel, und machte sich auf den Weg durch das taufrische Unterholz des Waldes zu einem offenen Feld, eine Achtelmeile von seiner Hütte entfernt. Dort machte er sich an die Arbeit, die für die Bauern die schwerste Arbeit war, die mit der Bodenbearbeitung verbunden war. Es bestand darin, die kräftigen jungen Büsche, die die vernachlässigten alten Felder befallen hatten, teils auszugraben und teils mit den Wurzeln auszureißen.

Pete arbeitete eifrig in der Ecke eines zehnzackigen Wurmzauns, als er ein Geräusch im Wald hörte, der von einem felsigen Hügel ganz in seiner Nähe herabstieg, und sah, wie ein Bauer, der in der Nachbarschaft wohnte, plötzlich innehielt , sogar erschrocken, und starren ihn fest an.

"Oh!" Pete hörte ihn ausrufen; „Warum, Sie sind Carson Dwights neuer Mann, nicht wahr, aus Darley?"

„Ja, ja , das bin ich", antwortete der Neger. "Herr. Hillyer, der Aufseher meines Chefs, hat mich mit diesem Job beauftragt . Ich möchte es bis Sadday in der Filiale aufräumen ."

„Huh!" Der Mann kam näher und beäugte den Neger aufmerksam von Kopf bis Fuß, wobei sein Blick länger auf Petes Hüfttasche ruhte als irgendwo anders. „Huh! Ich habe gerade unten im Laden gehört, dass du gegangen bist – ich meine, du hast deinen Job aufgegeben – und einfach abgehauen."

„Nein, ich habe keinen Job aufgegeben", sagte der Neger, während sein langsamer Verstand nach dem möglichen Grund für eine solche Meldung suchte. „Ich bin hier, seit mein Chef mich rübergeschickt hat, und ich werde nicht mehr so lange auf mich warten Tek kümmert sich um seine Pferde in der Stadt. Ich schätze, Sie haben von Marse Carson Dwights hervorragendem Fahrstil gehört . Der Bauer zog seinen langen braunen Bart, den Blick immer noch auf Petes Gesicht gerichtet; es war, als hätte er die letzte Bemerkung des Jungen nicht verstanden.

„ Sie sagten unten im Laden, dass du letzte Nacht gegangen bist, nachdem – dass du letzte Nacht weggegangen bist. Ein Mann sagte, er hätte dich gegen ein Uhr bei der Nigger-Blase auf Hiltons Farm niedergeschlagen, und als es vorbei war, hättest du dich umgedreht – ich weiß nicht – ich erzähle dir nur, was sie unten auf der Farm gesagt haben speichern."

„Ich *war* bei dieser Party", sagte Pete. „Ich bin hier herumgelaufen, verdammt und zurück ergin ."

„Huh, na ja" – das Gesicht des Bauern nahm einen schlauen Ausdruck an – „ Ich muss weitermachen." Ich suche eine braune Kuh mit einem weißen Schwanz und einer Flamme im Gesicht." Als der Mann im Wald verschwand, verspürte Pete ein Gefühl unbestimmter Unruhe, das irgendwie eine verstärkte Wiederholung des Gefühls zu sein schien, das die Warnung seines frühen Besuchers hinterlassen hatte.

„ Dieser weiße Mann benimmt sich auf jeden Fall wie ein Curi ", überlegte Pete, während er sich auf den Griff seiner Hacke stützte und auf die Stelle starrte, an der der Bauer im Wald verschwunden war. „Ich wette, er hat gedacht , Onkel Rich hat das gesagt , weil ich an diesem verdammten Geschäft beteiligt war. Po' Miz Johnson – ich schätze , ja Leg dich jetzt raus. Sie war sicher gut. Ich erinnere mich, wie sie mir im Frühling sagte, ich komme hierher, um zu versuchen , ein guter, standhafter Junge zu sein und nicht zu befürchten , dass sich die weißen Männer auf mich stürzen . Po' ' Oman ! Scheint, als ob ich kein Mitleid hätte . Ich schätze , Abe Johnson hat bekommen , was ihm zusteht , aber es sieht so aus Lak , selbst Sam Dudlow hätte das nicht bemerkt Good'oman runter. Vielleicht dachte er, er hätte es getan – vielleicht hat sie mich in die Enge getrieben ; aber ich weiß nicht ; Er ist ein harter Nigger – der härteste, dem ich je begegnet bin , und ich habe viele Samen, ähm."

Pete lehnte sich an den Zaun, wischte sich mit der bloßen Hand die schwitzende Stirn ab, schnippte mit den Fingern wie mit einer Peitsche, um die Schweißtropfen loszuwerden, und ließ seine Gedanken in die düsterere Sicht der Situation übergehen. Er hatte wirklich keine große Angst. Unter großer Gefahr macht sich ein Neger nicht so große Sorgen um den Tod wie ein Weißer, weil er nicht über genügend Intelligenz verfügt, um dessen volle Bedeutung zu erfassen, und dennoch verspürte Pete heute ungewöhnliche Bedenken der Unruhe.

„Dar ist eine Sache " , schloss er schließlich; „ Dieser weiße Mann sah mächtig komisch aus, als er mich beschimpfte , und er sagte, er hätte gehört, ich würde weglaufen." Ich wette, er macht sich auf den Weg dorthin Wir sollen es ihnen sagen wo ich gerade bin . Ich wünsche mir eines. Ich wünschte, Marse Carson wäre hier; Er hat sie sehr schnell über ihr Geschäft aufgeklärt . "

Mit einem unentschlossenen Achselzucken machte sich der Junge an die Arbeit. Sein Rücken war zufällig dem Laden zugewandt, kaum sichtbar über dem anschwellenden Boden in der Ferne, und so bemerkte er erst, wie sich zwei Männer schnell über die Wiese näherten, als sie dicht bei ihm waren. Einer war Jeff Braider, der Sheriff des Landkreises, ein standhafter Mann von vierzig Jahren, in hohen Stiefeln, einem Ledergürtel mit einem langen Revolver, einem breitkrempigen Hut und einem groben grauen Anzug; sein

Begleiter war ein eilig herbeigerufener Bürger, der mit einer doppelläufigen Schrotflinte bewaffnet war.

„Leg die Hacke hin, Pete!" befahl der Sheriff scharf, als der Neger sich mit der Waffe in der Hand umdrehte. „Leg es weg, sage ich! Lass es fallen!"

„Wofür soll ich es denn hinstellen?" fragte der Neger im charakteristischen Ton. „Huh! Ich muss meine Arbeit machen."

„Lass es sein und fange nicht an, mich zu verarschen", sagte der Sheriff. „Du musst mit uns weitermachen. Du bist verhaftet."

„Wofür ruhst du mich aus?" fragte Pete immer noch verbissen.

„Sie werden beschuldigt, letzte Nacht die Johnsons getötet zu haben, und wenn Sie es nicht getan haben, bin ich hier, um Ihnen zu sagen, dass Sie im schlimmsten Loch stecken, in das jemals ein unschuldiger Mann geraten ist. King und ich werden unser Bestes geben Bringen Sie Sie in Sicherheit im Gilmore-Gefängnis, damit Sie vor dem Gesetz fair vor Gericht gestellt werden können, aber wir müssen etwas unternehmen. Die ganze Abteilung ist in Aufruhr und es wird uns schwer fallen, ihnen auszuweichen . Aufleuchten. Ich werde dich nicht fesseln, aber wenn du anfängst zu rennen , schießen wir dich wie ein Kaninchen nieder, also versuch das nicht."

„Mein Gott, Mr. Braider, ich habe diese Leute nicht getötet!" Sagte Pete flehend. „Ich weiß nichts darüber."

„Nun, ob du es nun getan hast oder nicht, es heißt, du hättest damit gedroht, und dein Leben wäre nichts wert, wenn du hier bleibst. Das Einzige, was Sie tun müssen, ist, Sie ins Gilmore-Gefängnis zu bringen. Wenn wir vorsichtig sind, schaffen wir es vielleicht durch die Berge, aber wir müssen Pferde mitnehmen. Wir können uns später etwas von Jabe Parsons ausleihen, wenn er nicht wie alle anderen verrückt geworden ist. Aufleuchten."

„Ich sage Ihnen, Mr. Braider, ich weiß überhaupt nichts darüber", sagte Pete; „Aber es sieht für mich gut aus, Lak Mebby Sam Dudlow –"

„Machen Sie mir gegenüber keine Aussage", sagte der Beamte, menschlich auf seine raue Art. „Dir wird ein schmutziger Job vorgeworfen, Pete, und es wird einen verdammt guten Anwalt brauchen, um dich vor der Bande zu retten, selbst wenn wir dich vor dieser Meute retten; Aber mit mir zu reden wird nichts nützen. Mein König hier könnte dich nicht vor diesen Männern beschützen, wenn sie dich einmal sehen würden. Ich sage dir, junger Mann, die Hölle ist los . Im Umkreis von zwanzig Meilen wird keine schwarze Haut sicher sein, geschweige denn deine. Ob unschuldig oder schuldig, Sie haben auf jeden Fall den Mund aufgemacht. Aufleuchten."

Ohne weiteren Protest ließ Pete seine Hacke fallen und ging mit ihnen. Hartnäckig und mit einem überwältigenden und mürrischen Gefühl der Verletzung schlenderte er zwischen den beiden Männern entlang.

Eine Viertelmeile entlang einer schmalen Privatstraße, die man überquerte, ohne jemandem zu begegnen, kamen sie zu Parsons' Farmhaus, einem einstöckigen Fachwerkhaus mit einer Veranda davor und einem Dach, das nach hinten geneigt war Anbauschuppen im Heck. Unter den ausladenden Ästen einer großen Buche stand ein Wagen, daneben eine Egge mit gebogener Zunge, die mit einem Steinhaufen beschwert war, ein Hühnerstall, ein alter Bienenstock und ein klappriger Kinderwagen. Niemand war in Sicht. Kein Lebewesen regte sich hier, außer den Truthähnen und Enten und einem einsamen Pfau, der im Vorgarten herumstolzierte, wo Reihen halb vergrabener Steine von den Berghängen die gezackten Grenzen eines Kieswegs vom Zaun bis zu den Stufen bildeten .

Der Sheriff öffnete das Tor und jubelte, der ländlichen Etikette entsprechend, lautstark. Nach einer Pause drangen die Geräusche von jemandem , der sich im Haus bewegte, an ihre Ohren. Ein Fenstervorhang wurde zur Seite gezogen, und später stand eine Frau in der Tür und trat verwundert an den Rand der Veranda. Sie war beleibt, hatte einen roten Teint, war etwa mittleren Alters und trug kariertes Karomuster, dessen vorherrschende Farbe Blau war.

„Nun, ich werde vertauscht!" sie ejakulierte; „Was wollt ihr ? "

Jabe sehen , Mrs. Parsons; ist er da?"

„Er ist drüben auf seinem Heufeld oder war es vor einer Minute noch. Was willst du von ihm?"

„Wir müssen uns ein paar Pferde ausleihen", antwortete der Sheriff. „Wir wollen drei – für jeden einen. Wir werden versuchen , diesen blutrünstigen Mobs auszuweichen, Mrs. Parsons, und diesen Kerl ins Gefängnis stecken, wo er in Sicherheit ist."

„ *Dieser* Junge?" Die Frau kam die Treppe herunter und krempelte die Ärmel hoch. „Warum, dieser Junge hat diese Leute nicht getötet. Ich kenne diesen Jungen, er ist der Sohn der alten Mammy Linda und Onkel Lewis Warren. Schauen Sie mal, Jeff Braider, machen Sie und Bill King sich nicht auf ewig zum Narren. Dieser Junge hat diese fiese Arbeit genauso wenig gemacht wie ich. Das ist es nicht *in* ' im . Er sieht nicht so aus. Ich kenne Nigger genauso gut wie du oder jeder andere."

„Nein, das *habe ich nicht* getan, Mrs. Parsons", bestätigte der Gefangene. „Das habe ich nicht! Das habe ich nicht!"

„Ich weiß, dass du das nicht getan hast", sagte die Frau. „ Stehte ich nicht heute Morgen hier in der Tür und sah, wie er aufstand und hinausging, um sein Holz zu holen und sein Frühstück zu kochen? Dann säe ich, ich schultere seine Grubber -Hacke und gehe auf das Feld, um zu arbeiten. Ihr Offiziere denkt vielleicht, ihr wüsst alles, aber das ist kein Nigger Ich würde es kaum erwarten , so hier zu bleiben, nachdem ich kaltblütig einen Mann und eine Frau getötet habe . Der Nigger, der diese Arbeit erledigte, war ein Schuft, der inzwischen nicht mehr da war, und kein Junge, der so unter guten Weißen aufgewachsen war wie dieser, mit der besten alten Mutter und dem besten alten Vater, die jemals versaute Köpfe hatten . "

„Aber Zeugen sagen, er habe Abe Johnson vor einem Monat bedroht", argumentierte Braider. „Ich muss meine Pflicht tun, Mrs. Parsons. Es gäbe niemals Gerechtigkeit, wenn wir so etwas übersehen würden."

„Hast du mich bedroht ?" die Frau weinte; „Nun, was beweist das? Ein Nigger wird auf dem Sterbebett etwas erwidern und sich mürrisch verhalten, wenn er verrückt ist. Das ist alles, was sie tun, um sich zu verteidigen . Wenn Pete nach der Auspeitschung , die er von diesen Männern bekommen hatte, nicht ein bisschen geredet hätte , wäre etwas mit ihm falsch gewesen . Jetzt lassen Sie mich los. Sobald Sie mit diesem Jungen anfangen, wird er gelyncht. Die Tatsache, dass du mich im Schlepptau hast, ist alles, was diese verrückten Männer wollen. Von hier aus konnte man keine zwei Meilen in irgendeine Richtung zurücklegen, ohne angehalten zu werden; Sie sind von allen Seiten so dicht wie Flöhe, und jede Straße steht unter Beobachtung."

Ihren Rat nicht annehmen kann , Mrs. Parsons", sagte Braider fast aus Geduld. „Ich habe meine Pflicht zu erfüllen, und ich weiß, was es ist, um ein Vielfaches besser als Sie."

„Wenn du mit diesem Jungen anfängst, wird sein Blut auf deinem Kopf sein", sagte die Frau bestimmt. „Wenn er in Ruhe gelassen wird und ihm geraten wird, sich zu verstecken, bis diese Aufregung vorüber ist, hat er vielleicht eine Chance, seinen Hals zu retten; aber bei dir – nun, du könntest genauso gut still stehen bleiben und dieser verrückten Bande zurufen, sie solle kommen."

„Nun, wir müssen Pferde haben, mit denen wir weitermachen können, und Ihres ist am nächsten."

„Huh! „Du wirst keinen harmlosen Nigger auf *meinem* Vieh zum Schafott reiten", sagte die Frau scharf. „Ich weiß , wo meine Pflicht liegt. Eine Frau mit einem Fingerhut voller Verstand muss sich nicht eine lange Reihe von Zeugenaussagen anhören, um einen Mörder zu erkennen, wenn sie ihn sieht; Der Junge ist so harmlos wie ein Baby und du versuchst dein Bestes, um ihn zu pöbeln."

„Nun, das Recht ist auf meiner Seite, und ich kann die Pferde übernehmen, wenn ich es zur Förderung von Recht und Ordnung für richtig halte", sagte Braider. „Wenn Jabe hier wäre, würde er mir sagen, ich solle weitermachen, und dann müsste ich es trotzdem tun. Bill, du bleibst hier auf der Hut und ich werde die Pferde aufzäumen und sie hinausführen."

Ein seltsamer Ausdruck, halb wütend, halb entschlossen, legte sich auf das starke, raue Gesicht der Frau, als sie sah, wie der Sheriff zum Scheunenhoftor stolzierte, hineinging und es hinter sich schließen ließ.

„Bill King", sagte sie und näherte sich dem Mann, der sich um den verwirrten Gefangenen kümmerte, der nun nach den Worten seines Verteidigers zum ersten Mal seine wahre Gefahr gespürt hatte – „ Bill King, das hast du nicht." Ich möchte diesen armen Jungen auf diese Weise direkt in den Tod führen – so ein Mann siehst du nicht aus." Plötzlich ließ sie ihren verstohlenen Blick über den Scheunenhof schweifen und bemerkte offenbar, dass der Sheriff jetzt im Stall war. „Nein, das tust du nicht – denn ich tue es nicht Ich freue mich darauf , dich zu *lassen* !" Und plötzlich, ohne Vorwarnung, selbst bei der geringsten Veränderung ihres Gesichtsausdrucks, ergriff sie das Ende der Schrotflinte, die der Mann hielt, und wirbelte ihn wie einen Kreisel herum.

„Lauf, Junge!" Sie weinte. „Lauf in den Wald, und Gott sei mit dir!" Für einen Moment stand Pete wie angewurzelt da, dann drehte er sich mit den schnellen Schritten eines jungen Indianers um und stürmte durch das Tor und um das Bauernhaus herum, während die Frau und der König um den Besitz der Waffe kämpften . Es fiel zu Boden, aber sie packte King um die Taille und klammerte sich mit der Hartnäckigkeit einer Bulldogge an ihn.

„Guter Gott, Mrs. Parsons", keuchte er und wand sich in ihrem Griff, „lass mich los!"

Vom Scheunenhof kam ein unterdrückter Fluch, und mit dem Revolver in der Hand rannte der Sheriff hinaus.

„Was zum Teufel! – in welche Richtung ist er gegangen?" Er hat tief eingeatmet.

Aber King, immer noch in der engen Umarmung seines Angreifers, schien zu sehr verärgert, um zu antworten. Und erst als Braider ihre verschränkten Hände losgerissen hatte, konnte King stammeln: „Rund um das Haus – in den Wald!"

„Und wir konnten ihn nicht fangen, um uns vor … zu retten", sagte Braider. „Madam, dafür komme ich auf Sie zurück! Ich werde diesen Fall mit allen Mitteln des Gesetzes gegen Sie durchsetzen!"

„Sie werden nichts dergleichen tun", sagte die Frau, „es sei denn, Sie wollen sich zum Gespött der ganzen Gemeinschaft machen. Indem ich tat, was ich tat , handelte ich für alle guten Frauen dieses Landes; Und wenn du wieder kandidierst , schlagen wir dich bei den Wahlen. Recht und Ordnung sind eine Sache, aber Beamte, die den Mobs bei der Drecksarbeit helfen , eine andere. Wenn der Junge einen Prozess verdient, hat er ihn auch verdient, aber unter Ihrer Obhut hätte er nicht einmal eine Chance von eins zu zehn Millionen gehabt, *und das wissen Sie* .

Zu diesem Zeitpunkt tauchte ein Mann mit einem Ausdruck des Erstaunens auf dem Gesicht aus den dicht wachsenden Büschen auf der anderen Straßenseite auf. Es war Jabe Parsons. „Was ist hier los?" er weinte aufgeregt.

„Oh, nicht viel", antwortete Braider mit einem blassen, höhnischen Grinsen. „Wir haben hier mit Pete Warren angehalten, um mir Ihre Pferde zu leihen, um mich über den Berg zum Gilmore-Gefängnis zu bringen, und Ihre gute Frau hat sich Bills Waffe geschnappt, als ich im Stall war, und hat den Nigger absichtlich freigelassen."

"Großer Gott! Was ist los mit dir?" Parsons donnerte auf seine Frau los, die mit rotem Gesicht und trotzig dastand und eine kleine Prellung an ihrem Handgelenk rieb.

„ Mit mir ist nichts los", erwiderte sie, „außer dass ich mehr Verstand habe als ihr Männer. Ich weiß, dass dieser Junge sie nicht getötet hat, und ich hatte nicht vor, euch alle zu lynchen .

„Nun, ich weiß, dass er es getan hat!" Parsons schrie. „Aber er wird sowieso noch vor Einbruch der Dunkelheit gefasst. Er kann sich nicht in diesen Wäldern vor den Hunden verstecken, wie sie es unten auf der Straße getan haben."

„Ihre Frau hat gehofft, dass er im Wald sicherer wäre als im Gilmore-Gefängnis", sagte Braider mit einem weiteren höhnischen Grinsen.

„Nun, das *würde er* . Was das betrifft", erwiderte Parsons, „wenn Sie glauben, dass die Armee, angeführt vom Vater und den Brüdern der toten Frau, vor einem kümmerlichen Vogelkäfig wie diesem Gefängnis Halt machen würde, dann kennen Sie die Bergmänner nicht." Sie würden das verdammte Ding wie eine Eierschale zerschlagen. Ich denke, ein Sheriff muss *so tun* , als ob er sich an das Gesetz hält, egal, ob er sein Gehalt verdient oder nicht. Nun, ich gehe die Straße runter und sage es ihnen Wo soll ich suchen? In Kürze wird es hier in der Nähe ein Picknick geben . Wir haben genug Männer, um den ganzen Berg zu umzingeln."

KAPITEL XIV.

Die folgende Nacht war wolkenlos und mondhell, und Helen ging ruhelos und herzzerreißend über die obere Etage der Veranda, den Blick ständig auf die Straße gerichtet, die an Dwight's vorbei ins Stadtzentrum führte . Den größten Teil des Tages hatte sie mit Linda verbracht und versucht, sie zu beruhigen und die Hoffnung zu wecken, dass Pete nicht in die Unruhen in den Bergen verwickelt werden würde. Helen war gegen Mittag in Carsons Büro gegangen und hatte das vage Gefühl, dass er sie in dieser ernsten Situation besser beraten konnte als jeder andere. Sie hatte Garner an seinem Schreibtisch sitzend vorgefunden, über ein Gesetzbuch gebeugt, mit fleißigem Gesichtsausdruck. Als er sie in der Tür sah, sprang er galant auf und bot ihr einen wackligen Stuhl an, von dem er hastig einen Stapel alter Zeitungen abgeworfen hatte.

„Ist Carson da?" fragte sie und setzte sich.

„Oh nein, er ist zur Farm gegangen", sagte Garner. „Ich konnte ihn nicht hier festhalten, nachdem er von dem Ärger gehört hatte. Sehen Sie, Miss Helen, er denkt, aufgrund einiger Dinge, die er herausgefunden hat, dass Pete wahrscheinlich verdächtigt und grob behandelt wird, und, wissen Sie, da er zum Teil der Grund dafür war, dass der Junge dorthin ging, würde er natürlich denken – "

„Ich war der *wahre* Grund dafür", unterbrach das Mädchen seufzend und mit besorgtem Gesicht. „Wir dachten beide, es sei das Beste, und wenn es zu Petes Tod führen würde , werde ich es mir nie verzeihen."

„Oh, so würde ich das nicht sehen", sagte Garner. „Sie haben beide für das gehandelt, was Sie für richtig hielten. Wie gesagt, ich habe mein Bestes gegeben, um Carson heute davon abzuhalten, dorthin zu gehen, aber er würde gehen. Wir hatten fast einen offenen Bruch darüber. Sehen Sie, Miss Helen, ich habe mir vorgenommen, ihn in der Legislative zu sehen, und er tut ständig Dinge, die Stimmen töten. In der Kategorie der politischen Straftaten gibt es nichts, das so tödlich ist wie dieses. Er hat bereits Petes Partei übernommen und die Männer misshandelt, die ihn ausgepeitscht haben, und jetzt, wo der Junge verdächtigt wird, sich an den Johnsons zu rächen und sie zu töten, werden die Leute – nun ja, ich wäre kein bisschen überrascht, wenn sie sich auf Carson selbst stürzen würden . Männer, die so wütend sind, haben nicht mehr Verstand als verrückte Hunde, und sie werden es nicht dulden, dass ein weißer Mann sich ihnen widersetzt. Aber Sie wissen natürlich, warum Carson so rücksichtslos handelt."

"Ich tue? Was meinen Sie, Herr Garner?"

Der Anwalt lächelte, wischte sich mit seiner kleinen weißen Hand über den einfachen Mund und sagte neckend: „Na, Sie stecken am Ende der Sache. Carson will den Jungen retten, nur weil Sie indirekt an ihm interessiert sind. Das ist das Ganze auf den Punkt gebracht. Er ist so wütend wie eine nasse Henne, seit sie Pete ausgepeitscht haben, weil er der Sohn deiner alten Mutter war, und jetzt, wo der Junge in wirklicher Gefahr ist, ist Carson komplett verrückt geworden. Nun, in den Gerüchten der Stadt heißt es, dass Sie ihn abgelehnt haben, Miss Helen – so wie einige der anderen von uns anmaßenden Kerlen, die nicht genug wussten, um unser Herz dort zu behalten, wo es hingehört –, aber Sie haben den Trauzeugen gewählt im Haufen, als du es getan hast. Ich bin es, der hier redet."

Helen saß einen Moment lang schweigend und blass da und war nicht in der Lage, eine Antwort auf seine offene Bemerkung zu formulieren. Plötzlich sagte sie ausweichend: „Dann glauben Sie, dass beide tatsächlich in Gefahr sind?"

„Nun, Pete hat keine Chance von eins zu einer Million", sagte Garner sanft. „Es hat keinen Sinn, diese Tatsache zu verbergen; und wenn Carson zufällig auf Dan Willis stoßen sollte, müsste der eine oder andere fallen. Carson ist in gefährlicher Stimmung. Er glaubt ebenso fest an Petes Unschuld wie an seine eigene, und wenn Dan Willis es wagen würde, ihn zu bedrohen, was er wahrscheinlich tun wird, wenn sie sich treffen, dann würde Carson sich verteidigen."

Helen zog ihren Schleier über ihre Augen und Garner konnte sehen, dass sie von Kopf bis Fuß zitterte.

„Oh, es ist schrecklich – schrecklich!" hörte er sie leise sagen. Dann erhob sie sich und ging zur offenen Tür, wo sie stand, als wäre sie unschlüssig, welchen Schritt sie tun sollte. „Gibt es keine Möglichkeit, Neuigkeiten zu bekommen?" sie fragte zitternd.

„Jetzt keine", sagte er ihr. „In Zeiten voller Aufregung in den Bergen kommen nur wenige Menschen in die Stadt; Sie alle wollen zu Hause bleiben und es durchstehen."

Sie trat auf den Bürgersteig, und er folgte ihr, galant seinen Hut in der Hand haltend. Kaum eine Menschenseele war zu sehen. Die Stadt schien verlassen zu sein.

„Madam, das Gerücht", sagte Garner lächelnd, „besagt, dass Ihr Freund Mr. Sanders aus Augusta zu Besuch kommt."

„Ja, ich habe heute Morgen einen Brief von ihm bekommen", sagte Helen in würdevollem Ton. „Mein Vater muss davon gesprochen haben. Es wird Mr. Sanders' erster Besuch in Darley sein und er wird uns furchtbar verärgert finden. Wenn ich wüsste, wie ich ihn erreichen kann, würde ich ihn bitten, ein paar Tage zu warten, bis diese Ungewissheit vorüber ist, aber er ist auf dem Weg hierher – er macht tatsächlich irgendwo in Atlanta Halt – und hat vor, morgen vorbeizukommen oder am nächsten Tag. Hat – hat Carson – hat er von Mr. Sanders' Kommen gehört?"

„Oh ja, es wurde ihm heute Morgen zu einem tödlichen Zweck zugeworfen", sagte Garner mit einem bedeutungsvollen Lächeln. „Die ganze Bande – Keith, Wade und Bob Smith – war hier und versuchte, ihn davon abzuhalten, auf die Farm zu gehen. Sie hatten alles Mögliche versucht, um ihn aufzuhalten, und als letzten Ausweg begannen sie, ihn zu necken. Keith erzählte ihm, dass Sanders im Salon sitzen und süße Dinge zu dir sagen würde, während Carson versuchte, die Ex-Sklaven deiner Familie zu befreien, unter Einsatz von Knochen und Sehnen. Keith sagte, Carson habe den besten Beweis der Treue gezeigt, der je gegeben wurde – Treue gegenüber *dem Mann im Salon* ."

„Keith hätte sich schämen sollen", sagte Helen zum ersten Mal verärgert. „Und was hat Carson gesagt?"

„Der arme Kerl hat das alles mit guter Laune aufgenommen", sagte Garner. „Tatsächlich war er über Petes missliche Lage so aufgeregt, dass er kaum hörte, was sie sagten."

„Glaubst du wirklich, dass Carson auch in Gefahr ist?" Helen fuhr nach einem Moment des Schweigens fort.

„Wenn er Dan Willis trifft, ja", sagte Garner. „Wenn er sich dem Mob widersetzt, ja schon wieder. Dan Willis hat es in diesem Viertel bereits geschafft, ihm eine Menge Unbeliebtheit zu verschaffen, und der bloße Anblick von Carson wäre zu einem solchen Zeitpunkt wie eine Fackel für einen trockenen Heuhaufen."

Also war Helen nach Hause gegangen und hatte den Nachmittag und Abend in wahrer Folter der Spannung verbracht, und jetzt, als sie allein über den Verandaboden ging und ihr die düsteren Möglichkeiten des Falles klar vor Augen standen, betete sie geradezu laut für Carsons sichere Rückkehr und hielt ihren Blick ängstlich auf die mondbeschienene Straße unten gerichtet. Plötzlich wurde ihre Aufmerksamkeit auf den Spaziergang vor dem Dwight-Haus gelenkt . Jemand ging nervös hin und her, und das ab und zu aufflackernde Aufflackern einer Zigarre blitzte über dem Gebüsch auf wie der Schein eines Blitzes. Konnte es sein – war Carson zurückgekehrt und durch das weniger häufig genutzte Tor im hinteren Bereich eingetreten? Mehrere Minuten lang beobachtete sie die Gestalt, wie sie mit unaufhörlichem Schritt hin und her schritt, und dann, ganz erfüllt von dem Wunsch, ihre Zweifel auszuräumen, ging sie in den Garten an der Seite des

Hauses hinunter und näherte sich sanft dem Er öffnete das Tor zwischen den beiden Gehöften und rief: „Carson, bist du das?"

Die Gestalt hielt inne und drehte sich um, das Feuer der Zigarre zeichnete einen roten Halbkreis vor dem dunklen Hintergrund, aber niemand sagte ein Wort. Als sie dann mit bis zum Hals schlagendem Herzen am Tor wartete, kam der Raucher auf sie zu. Es war der alte Henry Dwight. Er trug weder Hut noch Mantel, da die Nacht warm war, und einer seiner dicken Daumen steckte unter seinem breiten Hosenträger.

„Nein, er ist es nicht, Miss Helen", sagte er ziemlich schroff. „Er ist noch nicht zurückgekommen. Ich habe seit dem Abendessen alle Hände voll zu tun. Meiner Frau geht es schlecht. Seit zwölf Uhr, als Carson nicht wie üblich zum Abendessen erschien, macht sie sich große Sorgen. Sie hat erraten, weshalb er auf die Farm gegangen ist, und ist über diesen unbedeutenden Pete genauso verärgert wie die alte Linda. Ich dachte, ich hätte schon vor dem Krieg wegen *meiner* Nigger genug Ärger gehabt, aber hier, vierzig Jahre später, sind die Dinge *bei Ihnen* noch schlimmer. Ich wünschte nur, die Männer, die für die Befreiung der schwarzen Schurken gekämpft haben, hätten einen Teil der Last zu tragen."

„Es ist wirklich schrecklich", antwortete Helen; „Und deshalb ist Mrs. Dwight darüber verärgert?"

„Oh ja, wir hatten den Arzt, der kommen musste, und er hat die eine oder andere leichte Dosis verabreicht, aber er sagte, das Wichtigste sei, Carson zurückzubekommen und sie sicher wissen zu lassen, dass er gesund und munter sei. Ich habe im Handumdrehen einen Mann auf dem schnellsten Pferd, das ich habe, rausgeschickt, und er hätte schon vor zwei Stunden zurückkommen sollen. Dafür bin ich hier draußen. Ich weiß, dass sie mich nicht ruhen lassen wird, bis sie beruhigt ist."

„Glauben Sie wirklich, dass Carson wirklich Schaden zugefügt werden könnte?" fragte Helen besorgt.

„Es könnte jeden treffen, der das Talent hat, das mein Junge hat, Leute ewig in die Irre zu führen", erwiderte der alte Mann aus tiefster Verärgerung; „Aber, Herr, meine junge Dame, *Sie* sind am Ende der Sache!"

"ICH? Oh, Mr. Dwight, sagen Sie das nicht!" Helen flehte.

„Nun, ich sage dir nur die *Wahrheit* ", sagte Dwight, warf seine Zigarre weg und steckte beide Daumen unter seine Hosenträger. „Das weißt du genauso gut wie ich. Er sieht, wie besorgt du um deine alte Mutter bist, und hat sich einfach auf die Seite deiner Sache gestellt. Es ist genau das, was ich in seinem Alter getan hätte. Ich schätze, ich hätte so lange gekämpft, bis ich mich für ein Mädchen entschieden hätte – aber allen Berichten zufolge konnten Sie und Carson sich nicht einigen, oder besser gesagt, *Sie* konnten es nicht. Er scheint jetzt zuzustimmen und sein Leben und seine politischen Chancen darauf zu setzen. Nun, ich gebe ihm keine Vorwürfe. Es liegt Dwight nie im Blut, mehr als einmal zu lieben, und dann war es immer die Wahl der Herde. Nun, du bist die erste Wahl in dieser Stadt, und ich hätte nicht das Gefühl, dass er mein Junge wäre, wenn er so einfach zurücktreten würde, wie es manche heutzutage tun. Ich traf ihn auf dem Weg zur Farm und versuchte, ihn von der Reise abzuhalten. Ich schloss mich den anderen an und neckte ihn wegen des Kerls aus Augusta, der sein Werben über weite Entfernungen von einem bequemen Platz an seinem Schreibtisch aus erledigen kann, während Kerle aus dem Hochland die harte Arbeit umsonst erledigen, aber das war nicht der Fall feaze ' im . Er warf seinen störrischen Kopf zurück, wurde ziemlich rot im Gesicht und sagte, er wolle der alten Linda und Lewis helfen, und er wisse ganz genau , dass du dich keinen Cent für ihn interessierst.

Helen war abwechselnd heiß und kalt geworden, und nun war sie nicht mehr in der Lage, angemessen auf solche persönlichen Anspielungen zu reagieren.

„Huh, ich sehe, ich habe dich auch gehänselt!" Sagte Dwight mit einem kurzen Stakkato-Lachen. „Na ja, du darfst nichts gegen mich haben. Ich gehe hinein und schaue, ob meine Frau schläft, und wenn ja, gehe ich selbst ins Bett."

Helen, zutiefst deprimiert und von vielen widersprüchlichen Gefühlen geplagt, wandte sich wieder der Veranda zu, und anstatt in ihr Zimmer zu gehen, lehnte sie sich in einer Hängematte zurück, die zwischen zwei der riesigen, geriffelten Säulen gespannt war. Sie war vielleicht eine halbe Stunde dort gewesen, als ihr Herz fast aufhörte zu schlagen , als sie das dumpfe Geräusch von Pferdehufen auf der Straße hörte. Als sie aufstand, sah sie einen Reiter am Tor von Dwights Zügeln. Es war Carson; Das wusste sie schon daran, wie er abstieg und die Zügel über den Torpfosten warf.

„Carson!" rief sie. „Oh, Carson, ich will dich sehen!"

Er hörte es und kam den Bürgersteig entlang, um sie am Tor zu treffen, wo sie jetzt stand. Was war über ihn gekommen? Er fühlte sich völlig erschöpft und mutlos, und als er näher kam , sah sie, dass sein Gesicht blass und ausgezehrt war. Einen Moment lang stand er da, die Hand auf dem Tor, das sie offen hielt, und starrte nur.

„Oh, was ist passiert?" Sie weinte. "Ich habe auf dich gewartet. Wir haben kein Wort gehört."

Mit müder, heiserer Stimme, denn er hatte im Laufe des Tages schon viele Reden gehalten, erzählte er ihr von Petes Flucht. „Er versteckt sich immer noch irgendwo in den Bergen", sagte er.

„Oh, dann kommt er vielleicht doch noch davon!" Sie weinte.

Dwight sagte nichts und schien ihren großen, starrenden, besorgten Augen auszuweichen. Sie legte ihre Hand fast unbewusst auf seinen Arm.

„Glaubst du nicht, dass er eine Chance hat, Carson?" sie wiederholte – „ kaum eine Chance?"

„Der ganze Berg ist umzingelt, und sie schlagen auf den Wald ein und bedecken jeden Zentimeter des Bodens", sagte er. „Es ist jetzt nur noch eine Frage der Zeit. Sie werden bis zum Tagesanbruch warten und dann weitermachen, bis sie ihn gefunden haben. Wie geht es Mam' Linda?"

„Fast tot", antwortete Helen leise.

"Und meine Mutter?" er sagte.

„Sie macht sich nur Sorgen", sagte Helen zu ihm. „Dein Vater glaubt, dass es ihr gut gehen wird, sobald ihr deine Rückkehr zugesichert ist."

„Nur besorgt? Er hat mir sagen lassen, dass sie fast tot ist", sagte Carson mit einem Anflug von Empörung. „Ich wollte bleiben, um dort zu sein und einen letzten Versuch zu unternehmen, sie zu überzeugen, aber als die Nachricht mich erreichte und die Dinge sowieso stillstanden, kam ich nach Hause, und jetzt, auch wenn ich heute Abend zurückfing, ich Wäre wahrscheinlich zu spät. Er hat mich ausgetrickst – mein Vater hat mich ausgetrickst!"

„Und du selbst? Haben Sie diesen – Dan Willis kennengelernt?" fragte Helen. Er starrte sie einen Moment lang zögernd an und sagte dann: „Das habe ich zufällig nicht getan. Er war bei der Jagd sehr aktiv und schien immer woanders zu sein. Er hat alle meine Bemühungen zunichte gemacht." Carson lehnte sich schwer gegen den weißen Lattenzaun, während er fortfuhr. „Sobald ich eine Menge Männer von meiner Denkweise überzeugt hatte, kam er und feuerte sie wieder voller Wut an. Er sagte ihnen, dass ich nur eine Tribünenaufführung für die Negerwahl machen würde, und sie schluckten es. Sie schluckten es herunter und verspotteten und zischten mich, während ich weiterging. Garner hat recht. Ich habe jede Chance, die ich jemals mit diesen Leuten hatte, zunichte gemacht. Aber es ist mir egal."

Helen seufzte. „Oh, Carson, du hast das alles getan, weil – weil ich das gleiche Gefühl für Pete hatte. Ich weiß, das war es."

Er leugnete es nicht, während er unbeholfen dastand und ihrem Blick auswich.

„Ich werde es mir nie, nie verzeihen", sagte sie mit gequältem Akzent. "Herr. Garner und alle Ihre Freunde sagen, dass Ihre Wahl das Einzige war, was Sie für wünschenswert hielten, das Einzige, was Ihnen das Vertrauen Ihres Vaters völlig wiederherstellen würde, und doch – ich – oh, Carson, ich wollte, dass Sie *gewinnen* ! Ich wollte es – wollte es – wollte es!"

„Na ja, kümmern Sie sich darum nicht", sagte er und sie sah, dass er versuchte, seine eigene Enttäuschung zu verbergen. „Ich gebe zu, ich habe damit angefangen, weil – weil ich wusste, wie sehr du Linda empfandst, aber heute, Helen, als ich von einer verrückten Schar nach der anderen dieser guten Männer mit ihren zerzausten Haaren und blutunterlaufenen Augen, ihren Seelen, geritten bin Da ich mich auf diese Spur, diese erbärmliche Spur der Rache, konzentrierte, begann ich zu spüren, dass ich für ein großes Prinzip kämpfte, ein Prinzip, das du mir eingepflanzt hattest. Ich habe mich darin gefreut, um seiner selbst willen und weil es in Ihrer süßen Anteilnahme und Liebe für die Unglücklichen entstanden ist. Ohne dich hätte ich es nie erleben können."

„Aber du hast versagt", schluchzte Helen fast. "Du hast versagt."

„Ja, absolut. Was ich getan habe, lief darauf hinaus, sie zu irritieren. Diese Männer, von denen ich viele liebe und bewundere, waren bis ins Herz verletzt, und ich hielt ihre Wunden nur mit meinen ausgefeilten Theorien der menschlichen Gerechtigkeit offen. Sie werden ihre Lektion langsam lernen, aber *sie werden sie lernen* . Wenn sie den armen, dummen Pete gefangen und gelyncht haben, erfahren sie vielleicht später, dass er unschuldig war, und dann wird ihnen klar, wovon ich sie abhalten wollte. Dann werden sie freundlich zu mir sein, aber Wiggin wird im Amt bleiben."

„Ja, mein Vater glaubt, dass dieses Ding dich besiegen wird." Helen seufzte. „Und, Carson, es bringt mich um, wenn ich daran denke, dass ich die Hauptursache dafür bin. Wenn ich den Kopf eines Mannes gehabt hätte, hätte ich gewusst, dass Ihre Bemühungen nichts bewirken würden, und ich wäre wie Mr. Garner und die anderen gewesen und hätte Sie gebeten, sich nicht darin einzumischen; aber ich konnte nicht anders. Mam' Linda hat deinen Namen mit jedem Atemzug auf ihren Lippen. Sie denkt, die Sonne geht in dir auf und unter, und dass du nur einen Befehl erteilen musst, damit ihr gehorcht wird."

„Das ist schade", sagte Carson mit einem Seufzer.

In diesem Moment hörte man das Geräusch eines nach oben gleitenden Fensterflügels, und der alte Dwight streckte den Kopf heraus.

"Komm herein!" rief er. „Deine Mutter ist wach und weigert sich absolut zu glauben, dass du nicht ein Dutzend Einschusslöcher in dir hast."

„In Ordnung, Vater, ich komme", sagte Carson, streckte impulsiv seine Hand aus und ergriff Helens Hand mit stetigem, mitfühlendem Druck.

„Jetzt geh ins Bett, kleines Mädchen", sagte er zärtlicher, als ihm bewusst war. Tatsächlich war es ein Begriff, den er zuvor nur einmal verwendet hatte, lange vor dem Tod ihres Bruders. „Verzeihen Sie", flehte er; „Ich wusste nicht, was ich sagte. Ich – ich machte mir Sorgen darüber, dass du so müde aussahst, und – und ich sprach ohne nachzudenken."

„Du kannst es sagen, wann immer du willst, Carson", sagte sie. „Als ob ich nachher – nachher – auf dich wütend werden könnte" Aber sie beendete den Satz nicht, denn während ihre Hand immer noch warm seine Finger umklammerte, lauschte sie einem fernen Geräusch. Es war ein unruhiger menschlicher Schritt auf einem hallenden Boden.

„Es ist Mam' Linda", sagte Helen. „Sie läuft so Tag und Nacht. Ich muss zu ihr gehen und ihr sagen, dass du zurück bist, aber oh, wie *kann* ich? Gute Nacht, Carson. Ich werde nie vergessen, was du getan hast – niemals!"

Kapitel XV.

Nach einer fast schlaflosen Nacht, in der er den größten Teil der Verzweiflung über sein Versagen bei den Dingen nachdachte, auf die er seine Hoffnungen und Energien gerichtet hatte, stand Carson gegen sieben Uhr auf und ging in das Zimmer seiner Mutter, um zu fragen, wie sie sich ausgeruht hatte die Nacht, und dann stiegen wir zum Frühstück ab. Es war acht Uhr, als er im Büro ankam. Garner stand in einer Staubwolke da und fegte einen Stapel zerrissener Papiere in den bereits gefüllten Kamin.

„Ich werde am ersten Regentag ein Streichholz dazu anfassen – wenn ich nur daran denke", sagte er. „Es besteht die Gefahr, dass das Dach in Brand gerät, wenn es so trocken ist wie jetzt."

„Irgendwelche Neuigkeiten aus den Bergen?" fragte Carson, als er sich an seinen Schreibtisch setzte.

"Ja; Pole Baker war gerade hier." Garner lehnte seinen Besenstiel gegen den Kaminsims und betrachtete kritisch das abgenutzte Gesicht und die niedergeschlagene Miene seines Partners. „ Er sagte, der Mob oder die Mobs, denn es gibt zwanzig Fraktionen von ihnen, hätten Pete mit Sicherheit eingeengt. Er habe sich irgendwo auf Elk Knob versteckt, und sie hätten ihn damals noch nicht gefunden. Pole reiste dort lange vor Tagesanbruch ab und sagte, sie hätten sich bereits wieder auf den Weg gemacht. Ich gehe davon aus, dass es bald vorbei sein wird. Er sagte mir, ich solle Sie hier behalten, wenn ich Ihnen eine gefährliche Verrücktheit vorschreiben müsste. Er sagt, Sie hätten nicht nur Ihre eigenen politischen Chancen zunichte gemacht, sondern Sie könnten den Jungen auch nicht retten, wenn Sie der Vater aller Männer auf der Jagd wären. Sie haben Blut gerochen und wollen es schmecken."

„Du brauchst dir um mich keine Sorgen zu machen", sagte Carson niedergeschlagen. „Mir wird bewusst, wie hilflos ich gestern war und immer noch bin. Wenn wir schnell gehandelt hätten, hätten wir nur eines tun können, nämlich dem Gouverneur zu telegrafieren, dass er Truppen anordnet."

„Aber das würden Sie nicht genehmigen; Sie wissen, dass Sie es nicht tun würden", sagte Garner. „Sie wissen, dass jeder Muttersohn dieser weißen Männer nach den reinsten Geboten seiner inneren Seele handelt. Sie glauben, dass sie Recht haben. Sie glauben an das Gesetz, und obwohl ich Mitglied der Anwaltskammer bin, beim Himmel! Ich sage Ihnen, dass unser gesamtes Rechtssystem bis ins Mark verrottet ist. Die Politik wird einen Verbrecher im Handumdrehen freisprechen. Ein Dutzend Wähler können mit einem einzigen Telegramm einen Mann aus der lebenslangen Haftstrafe auf die

Straße dieser Stadt holen. Nein, wissen Sie, diese kräftigen Männer da drüben glauben, sie hätten Recht, und Sie würden nicht dafür sorgen, dass bewaffnete Männer sie wie Kaninchen in einer Zaunecke niederschießen."

„Nein, sie glauben, dass sie Recht haben", sagte Carson. „Und sie waren meine Freunde, bis das Thema auftauchte. Irgendwelche Post?"

„Ich war nicht auf dem Postamt. Ich wünschte, du würdest gehen. Sie brauchen Bewegung; Du bist verfärbt – du bist so gelb wie ein neuer Sattel. Lass das Ding fallen. Der Herr selbst kann das Wasser nicht bergauf fließen lassen. Hör auf, darüber nachzudenken."

Carson ging auf die ruhige Straße hinaus und ging zum Postamt. An der Straßenkreuzung in der Nähe des Johnston House hätte man an jedem gewöhnlichen Tag ein Dutzend Karren und Kutschen in der Obhut von Negerfahrern gesehen, und auf den Kutschen und um die Kutschen herum standen in der Regel viele untätige Neger und Jungen; aber heute Morgen war der Platz deutlich frei. In dem Negerfriseursalon, der von Buck Black geführt wurde, einem Mulatten von ausgesprochener Würde und Intelligenz für einen seiner Rassen , waren nur die schwarzen Friseure zu sehen, und sie lungerten nicht an der Tür herum, sondern standen mit ihren Gesichtern an ihren Stühlen ernst, ihre Zungen ungewöhnlich still. Sie fragen sich vielleicht, wie groß das Ausmaß des Rassenhasses sein könnte, der derzeit wütet – ob die Gefangennahme und der Tod von Pete Warren den Flächenbrand löschen würden oder ob er wie die züngelnden Flammen eines Brandes auf sie zurollen würde Prärie – sie mögen *sich* , sage ich, solche Fragen stellen , aber gegenüber den Gönnern ihres Gewerbes bewahrten sie diskretes Schweigen. Und kein weißer Mann, der an diesem Tag in ihre Nähe kam, würde sie fragen, was sie glaubten oder fühlten, denn die Schwarzen sind kein Volk, das sich nicht einmal große Gedanken über seine eigenen sozialen Probleme macht. Sie hatten sich viele Generationen lang auf die Führung der Weißen verlassen, und mit kindlichem, erblichem Instinkt stützten sie sich immer noch darauf.

Da Carson in dem kleinen gläsernen und nummerierten Briefkasten im Postamt keine wichtigen Briefe fand, ging er, im Herzen krank und völlig entmutigt, hinauf zum Club. Hier war Keith Gordon, der mit einer Zigarre im Mund müßig die Bälle auf einem Billardtisch herumspielte.

„Willst du eine Partie Billard spielen?" er hat gefragt.

„Heute Morgen nicht, alter Mann", antwortete Carson.

„Nun, ich auch nicht", sagte Keith. „Ich ging zur Bank und versuchte, ein paar Zahlen für den alten Mann zusammenzuzählen, aber mein Denker funktionierte nicht. Es ist aus dem Gleichgewicht geraten. Dieser verdammte Nigger Pete ist der Hauptgrund dafür, dass ich verärgert bin. Ich kam heute

Morgen bei Major Warren vorbei. Schwester hat furchtbares Mitleid mit Mam' Linda und hat mich gebeten, ihr ein Glas Gelee zu bringen. Weißt du, alte Farbige lieben solche kleinen Aufmerksamkeiten von Weißen, wenn sie krank sind oder in Schwierigkeiten sind. Nun" – Keith hielt seine Hände hoch, die Handflächen nach außen – „ Ich will nichts mehr in meinen." Ich habe Sterbeszenen, Beerdigungen, Eisenbahnunglücke und alle möglichen Schreckensszenen erlebt, aber das war einfach zu viel. Es lässt sich einfach nicht beschreiben – zu sehen, wie sich die alte Frau dort in ihrer Tür verbeugte wie ein stummes Tier, dessen Zunge an einen Pfahl gefesselt ist. Allerdings schämte ich mich dafür, dass ich nicht wenigstens versucht hatte, etwas zu tun. Ich rühme dich, alter Mann. Du hast versagt, aber du hast *es versucht* . Das ist übrigens der einzige Trost, den Mam' Linda hatte – der einzige Trost. Helen war da, das liebe Mädchen – und wenn man bedenkt, dass ihr Besuch zu Hause so sein muss ! – sie war da und versuchte, die alte Frau zu beruhigen, aber nichts, was gesagt wurde, konnte etwas anderes als ihr schreckliches Stöhnen hervorrufen, bis Lewis etwas darüber sagte Du bist gestern dort gewesen, und das hat sie aufgewühlt. Sie erhob sich in ihrem Stuhl, ging zum Tor und verschränkte ihre großen Arme vor ihrer Brust.

„,Ich danke Gott, dass der junge Mann so für mich empfunden hat ', sagte sie. „Er ist der beste junge Mann auf Erden." Ich werde zu meinem ernsten Segen hinabsteigen . Er hat die *Seele* in mir . Er weiß, wie alt Mammy Lindy sich fühlt, und er hat versucht , ihr zu helfen, Gott segne mich ! Er konnte nichts tun , aber er versuchte es – er versuchte es, obwohl alle festhielten , ich bin zurück zu sagen , es würde seine Lektion verderben. Nun, wenn es mir *schadet* , wird es zeigen , dass Gawd es getan hat , um weiß und schwarz zu werden . „Ich bin weggekommen", endete Keith nach einer Pause, in der Carson nichts sagte. „Ich konnte es nicht ertragen. Helen weinte wie ein Kind, ihr Gesicht war tränennass und sie versuchte nicht, es zu verbergen. Ich war auf der Suche nach jemandem , der jede Minute die letzten Nachrichten überbrachte, und dem wollte ich mich nicht stellen. Guter Gott, alter Mann, wohin kommen wir? Historiker aus dem Norden scheinen zu glauben, dass die Tage der Sklaverei eine dunkle Zeit hatten, aber Gott weiß, dass solche Dinge damals nie passiert sind. Nun, nicht wahr?"

"NEIN; Es ist schrecklich", stimmte Carson zu, trat an ein Fenster und blickte über die Dächer der nahe gelegenen Geschäfte auf den dahinter liegenden Wagenhof.

„Nun, der Große und Einzige, der wirklich Anerkannte", fuhr Keith in einem leichteren Ton fort, „der Mann, der uns alle fertig gemacht hat, Mr. Earle Sanders aus Augusta, hat unabsichtlich einen düsteren Termin für seinen Besuch gewählt." . Er ist hier, untergebracht im Brautgemach des Hotel de Johnston. Gerade als ich ging, bekam Helen eine Nachricht von ihm. Bei meiner Seele, alter Mann – vielleicht liegt es daran, dass ich es so sehen möchte –, aber im Grunde kam es mir nicht so vor, als ob sie gerade begeistert aussah, wissen Sie, so wie ich es mir vorgestellt hatte, so wie die Einheimischen lästern stapel es auf. Weißt du, mir kam der Gedanke, dass sie vielleicht doch nicht *wirklich verlobt ist* ."

"Sie ist besorgt; Sie ist heute nicht sie selbst", sagte Carson kalt, obwohl sein Blut in Wahrheit heiß durch seine Adern strömte. Endlich war es soweit. Der Mann, der ihm alles nehmen sollte, was ihm im Leben wichtig war, war nahe. Er wandte sich von Keith ab und tat so, als würde er einige der Eselsohren-Zeitschriften im Lesesaal durchsehen, und als er dann mit dem dumpfen Schmerz in seiner Brust das überwältigende Verlangen verspürte, allein zu sein, winkte er Keith unvorsichtig zu und ging hinunter zur Straße. Vor dem Hotel standen zwei schlanke, unruhige Buchten, angeschnallt an einen neuen Top-Buggy. Sie wurden vom Besitzer des besten Pferdestalls der Stadt gehalten, einem rauen ehemaligen Bergsteiger.

„Sagen Sie, Carson", rief der Mann stolz, „Sie müssen morgens früh aufstehen, um ein besseres Joch Vollblüter als diese hervorzubringen." Noch nie zuvor über diese Straßen gefahren. Ich hatte im Moment nicht vor, sie der Öffentlichkeit zur Verfügung zu stellen, aber ein großer, reicher Kerl aus Augusta ist hier , und er wollte das Beste, was ich hatte, und würde nichts anderes anrühren. Geld spielte keine Rolle. Über all meine anderen Aktien hat er die Nase gerümpft. Mensch! Schauen Sie sich die gestutzten Beine und Oberschenkel an – sie passen perfekt zusammen wie zwei schwarzäugige Erbsen."

„Ja, es geht ihnen gut." Carson ging weiter und betrat Blackburns Laden, aus keinem anderen Grund als dem, dass er es vermeiden wollte, Leute zu treffen und über die Schwierigkeiten zu sprechen, in denen Pete Warren steckte, oder weitere Kommentare zum Besuch des Fremden zu hören. Er hätte jedoch vielleicht einen besseren Rückzugsort wählen können, denn in einer Gruppe am Fenster, das dem Hotel am nächsten war, fand er Blackburn, Garner, Bob Smith und Wade Tingle, die alle verstohlen durch die schmuddelige Glasscheibe auf das Team spähten, das Carson gerade inspiziert hatte.

„Er wird in einer Minute draußen sein", sagte Wade mit gedämpfter Stimme. „Hör auf, mich zu drängen, Bob! Sie sagen, er hat jede Menge Geld."

„Darauf kannst du wetten", erklärte Bob. „Er hatte ein Bündel davon in großen Scheinen, groß genug, um ein Sofakissen damit zu füllen. Ike, der Gepäckträger, der seinen Koffer hochtransportierte, sagte, er habe ein Dollar-Trinkgeld bekommen. Der Oberkellner beabsichtigt, nach seiner Abreise einen Bauernhof zu kaufen. Mensch! da kommt er! Sagen Sie, Garner, *Sie* sollten es wissen; Ist das ein Brandy-Soda-Teint?"

„Nein, er trinkt keinen Tropfen", antwortete Garner. „Nun, er sieht in Ordnung aus, und ich kann durch dieses makellose Fenster mit meinen Augen voller Spinnweben sehen. Meine Güte, was für Klamotten! Sag mal, Bob, ist dieser Derby-Stil jetzt das Richtige? Es sieht aus wie ein umgedrehter Milcheimer. Komm her, Carson, und wirf einen Blick auf den Eroberer. Wenn Keith hier wäre, hätten wir ein Quomm . Bei George, da ist jetzt Keith! Er schaut am Schaufenster des Friseurladens zu. Rufen Sie ihn an, Blackburn. Lasst uns ihn hier haben; Wir brauchen mehr Sargträger."

„Mir scheint, ihr Jungs seid die Leichen", scherzte Blackburn. „Ich würde mich schämen, wenn mir so ein Bekleidungsgeschäfts-Dummkopf den Garaus machen würde."

Carson hatte genug gehört. Ihre offene Frivolität schmerzte seine Stimmung und Gemütsverfassung bis ins Mark. Unbemerkt von den anderen ging er hinaus und ging in sein Büro. In dem kleinen, staubigen Sprechzimmer im hinteren Bereich stand eine alte Ledercouch. Darauf warf er sich. Es hatte Momente in seinem Leben gegeben, in denen er die Krone des Elends getragen hatte, insbesondere an dem Tag, an dem Albert Warren begraben wurde, als sie sich mit einem Schauder von ihm abwandte, als sie sich Helen näherte, um ihr sein Mitgefühl auszudrücken. Das war eine düstere Stunde gewesen, aber *dieses* Mal bedeckte er sein Gesicht mit seinen Händen und lag still. An diesem Tag hatte eine schwache Hoffnung in ihm geflattert – eine Hoffnung auf Besserung; die Hoffnung, sich einen würdigen Platz im Leben zu verschaffen und letztendlich ihre Gunst und Vergebung zu gewinnen. Aber jetzt war alles vorbei. Er hatte den Mann, der ihr Ehemann werden sollte, tatsächlich mit eigenen Augen gesehen. Er war sich nun sicher, dass der Bericht wahr war. Der Besuch in einer so schweren Krise bestätigte alles Gesagte. Helen hatte ihm telegraphisch von ihrem Kummer berichtet, und Sanders hatte sich beeilt, an ihre Seite zu kommen.

Kapitel XVI.

HINTER den schneidigen Buchten fuhr der Neuankömmling hinunter zu Warren. Auf dem Sitz neben ihm saß ein Negerjunge, den man vom Pferdestall geschickt hatte, um die Pferde zu halten. Sanders war topmodisch gekleidet, jung, blond und galt als gutaussehend. Eine bessere Figur hätte sich kein Mann wünschen können. Die Bewohner des Warren-Viertels, die neugierig aus den Fenstern spähten und sich nicht um Dwights Angelegenheiten kümmerten, waren kaum verwundert über die Nachricht, dass Helen im Begriff war, solch ein Beispiel städtischer Männlichkeit den Vorzug zu geben gegenüber Carson oder einem von ihnen Heimjungen."

Sanders stieg am Eingangstor aus, ging zur Tür und klingelte. Er wurde von einem farbigen Dienstmädchen eingelassen und in den urigen alten Salon mit seinen hohen, goldgerahmten Spiegeln aus Pierglas und geschnitzten Mahagonimöbeln geführt. Die breiten, mit Spitzenvorhängen versehenen Fenster an der Vorderseite, die sich auf Höhe des Verandabodens öffneten, ließen eine kühle Brise herein, die im Kontrast zur brütenden Hitze draußen äußerst angenehm war.

Er musste nur ein paar Minuten warten, denn Helen war gerade von einem Besuch in Lindas Cottage zurückgekehrt und befand sich in der Bibliothek auf der anderen Seite des Flurs. Er hörte sie kommen und stand erwartungsvoll auf, während in seinen Augen ein eifriges Leuchten aufblitzte.

„Ich überrasche dich", sagte er, während er ihre ausgestreckte Hand ergriff und sie einen Moment lang festhielt.

„Nun, du weißt ja, dass du mir bei meiner Abreise gesagt hast", sagte Helen, „dass es für dich unmöglich sein würde, vor dem Ersten des nächsten Monats aus dem Geschäft zu kommen, also habe ich natürlich angenommen –"

„Das Problem war" – er lachte, während er höflich darauf wartete, dass sie Platz nahm, bevor er es selbst tat – „ das Problem war, dass ich mich damals nicht so gut kannte wie heute." Ich dachte, ich könnte wie jeder vernünftige Mann in meinem Alter warten, aber das konnte ich einfach nicht, Helen. Nach Ihrer Abreise war die Stadt einfach unerträglich. Ich schien nirgendwo anders hingehen zu wollen als zu den Orten, die wir gemeinsam besuchten, und dort litt ich regelmäßig unter einer qualvollen Niedergeschlagenheit. Die Wahrheit ist, ich schlage zwei Fliegen mit einer Klappe. Wir wollten gerade unseren Anwalt nach Chattanooga schicken, um dort eine Rechtssache zu regeln, und ich überredete meinen Partner, mich das machen zu lassen. Sie sehen also , ich werde schließlich nicht ganz untätig sein. Ich glaube, ich kann am selben Tag von hier und zurück laufen."

„Ja, es ist nicht weit", antwortete Helen. „Wir gehen oft dorthin, um einzukaufen."

„Ich werde noch etwas gestehen", sagte Sanders und errötete leicht. „Helen, du verzeihst mir das vielleicht nicht, aber ich war unruhig."

"Unruhig?" Helen lehnte sich in ihrem Stuhl so weit zurück, wie sie konnte, denn er hatte sich nach vorne gebeugt, bis seine großen, hungrigen Augen ihren nahe waren.

„Ja, ich habe jeden Tag und jede Nacht gegen dieses Gefühl gekämpft, seit du gegangen bist. Manchmal schien mein gesunder Menschenverstand zu siegen und ich fühlte mich etwas besser dabei, aber es würde nur eine kurze Zeit dauern, bis ich wieder am Boden liegen würde."

„Warum, was ist los?" fragte Helen halb ängstlich.

„Es waren deine Briefe, Helen", sagte er, sein hübsches Gesicht war sehr ernst, als er sich zu ihr beugte.

„Meine Briefe? „Ich habe so oft – sogar noch öfter – geschrieben, als ich versprochen hatte", sagte das Mädchen.

„Oh, denken Sie nicht, dass ich zu viel fordere", flehte Sanders sie mit Augen und Stimme an. „Ich weiß, dass du alles getan hast, wozu du dich bereit erklärt hattest, aber irgendwie – nun ja, du weißt schon, du schienst einer von uns dort unten so sehr zu ähneln, dass ich mich daran gewöhnt hatte, dich fast als ein Mitglied von Augusta zu betrachten; Aber deine Briefe zeigten, wie sehr dir Darley und seine Leute am Herzen liegen, und ich musste – nun ja, der düsteren Tatsache ins Auge sehen, dass wir hier in den Bergen einen starken Rivalen haben."

„Ich dachte, du wüsstest, dass ich mein altes Zuhause liebe", sagte sie schlicht.

„Oh ja, ich weiß – die meisten Leute wissen das – aber, Helen, der Brief, den du über den Tanz geschrieben hast, den deine Freunde – deine ‚Jungs', wie du sie immer nanntest – dir in diesem urigen Club gegeben hast, nun, er ist einfach ein … Stück Literatur. Ich habe es immer und immer wieder gelesen."

„Oh, ich habe nur so geschrieben, wie ich mich fühlte, aus vollem Herzen", sagte das Mädchen. „Wenn Sie sie treffen und sie so gut kennen wie ich, werden Sie sich über meine Treue – über meine Begeisterung für diesen besonderen Tribut – nicht wundern."

Sanders lachte. „Nun, ich glaube, ich bin einfach eifersüchtig – nicht nur eifersüchtig auf mich selbst, sondern auch auf Augusta. Du kannst dir nicht vorstellen, wie sehr du vermisst wirst. Am Mittwoch nach Ihrer Abreise ging wie immer eine Gruppe der alten Leute zu Ihrer Tante, aber wir waren so deprimiert, dass wir kaum miteinander reden konnten. Helen, der Geist unserer alten Zusammenkünfte war verschwunden. Deine Tante hat tatsächlich geweint und dein Onkel hat wirklich zu viel Brandy und Limonade getrunken."

„Nun, Sie dürfen nicht glauben, dass ich sie nicht alle vermisse", sagte Helen tief berührt. „Ich denke jeden Tag an sie. Nur weil ich so lange weg war, war es herrlich, wieder nach Hause zu kommen – wieder in mein wahres Zuhause. Ich liebe es dort unten; es ist schön; Ihr wart alle so nett zu mir, aber das hier ist anders."

„Das habe ich gespürt, als ich Ihre Briefe gelesen habe", sagte Sanders. „In jeder Zeile, die Sie geschrieben haben, herrschte ein Ton erholsamer Zufriedenheit und Freude. Irgendwie wollte ich in meinem egoistischen Herzen, dass du Heimweh nach uns verspürst, damit du" – der Besucher holte tief Luft – „ umso wahrscheinlicher warst, dort zu leben, du weißt schon, *eines Tages* , dauerhaft. " ." Helen gab keine Antwort, und Sanders, der tief errötete, wendete klugerweise das Thema, indem er aufstand, an ein Fenster ging und den Vorhang beiseite zog.

„Sehen Sie diese Pferde?" fragte er mit einem Lächeln. „Ich habe sie mitgebracht, weil ich dachte, ich könnte dich heute Morgen dazu überreden, mit mir eine Fahrt zu machen. Es liegt mir am Herzen, etwas vom Land rund um die Stadt zu sehen, und das möchte ich mit Ihnen unternehmen. Ich hoffe, du kannst gehen."

„Oh, heute nicht! Daran konnte ich heute nicht denken!" Helen weinte impulsiv.

"Nicht heute?" sagte er niedergeschlagen.

"NEIN. Hast du noch nichts von Mam' Lindas schrecklichen Problemen gehört?"

„Oh, das ist *ihr* Sohn!" Sanders sagte. „Ich habe im Hotel etwas davon gehört. Ich verstehe. Sie muss wirklich beunruhigt sein."

„Es ist ein Wunder, dass es sie nicht getötet hat", antwortete Helen. „Ich habe noch nie einen Menschen unter solch schrecklicher Folter gesehen."

„Und kann nichts getan werden?" fragte Sanders. „Ich würde wirklich gerne von Nutzen sein – wissen Sie, irgendwie helfen . "

„Es gibt nichts zu tun – nichts, was getan werden *kann* ", sagte Helen. „Sie weiß das und wartet einfach auf das Ende."

„Es ist schade", bemerkte Sanders verlegen. „Darf ich sie besuchen gehen?"

„Ich denke, das solltest du besser nicht tun", sagte das Mädchen. „Ich glaube nicht, dass sie gerne andere als sehr alte Freunde sehen würde. Früher dachte ich, ich könnte sie trösten, aber jetzt scheitere ich selbst. Sie ist für nichts anderes als diesen eindringlichen Horror empfänglich. Sie hat ein Dutzend Mal versucht, in die Berge zu gehen, aber mein Vater und Onkel Lewis haben es verhindert. Dieser Mob, so wütend er auch ist, könnte sie wirklich töten, denn sie würde wie eine Tigerin für ihre Jungen kämpfen, und Leute, die so aufgedreht sind, sind verrückt genug, alles zu tun."

„Und manche Leute denken, dass der Neger vielleicht nicht wirklich schuldig ist, nicht wahr?" fragte Sanders.

„Das ist er sicher nicht", seufzte Helen. "Ich fühle es; Ich weiß es."

Das Geräusch eines sich schließenden Tors war zu hören, und Helen blickte hinaus.

„Es ist mein Vater", sagte sie. „Vielleicht hat er etwas gehört."

Sie verließ ihren Gast und ging auf die Treppe hinaus. „Wessen Wahlbeteiligung?" fragte der Major mit bewundernder Neugier und deutete auf die Pferde und den Wagen.

"Herr. „Sanders ist gekommen", sagte sie schlicht. „Er ist im Wohnzimmer. Gibt es Neuigkeiten?"

"Nichts." Der alte Mann nahm seinen Hut ab und wischte sich den Schweiß von der Stirn. „Nichts, außer dass Carson Dwight auf einem schnellen Pferd dorthin gefahren ist. Linda schickte ihm eine Nachricht und bat ihn, sich noch einmal anzustrengen, und er ging. Alle seine Freunde versuchten, ihn aufzuhalten, aber er rannte wie ein Verrückter aus der Stadt. Er wird nichts erreichen und es könnte ihn das Leben kosten, aber er ist der richtige Typ, Tochter. Er hat ein Herz in sich, so groß wie alle Menschen im Freien. Blackburn erzählte ihm, dass da drüben Dan Willis sei, ein wütender Dämon in Menschengestalt, aber das machte Carson nur noch entschlossener. Sein Vater sah ihn und befahl ihm zurück und war sprachlos vor Wut, als Carson einfach mit der Hand winkte und weiterritt. Geh zurück in den Salon. Ich komme gleich zu Ihnen."

„Hast du etwas gehört?" fragte Sanders, als Helen den Raum wieder betrat und bleich und verstört vor ihm stand.

Sie zögerte, ihr Blick wanderte zu Boden, und dann starrte sie ihn fast wie in einem Traum an. „Er hat nichts gehört, außer – außer, dass Carson Dwight dorthin gegangen ist. Er ist gegangen. Mam' Linda flehte ihn an, sich noch einmal anzustrengen, und er konnte ihr nicht widerstehen. Sie – sie war gut zu seiner Mutter und zu ihm, als er ein Kind war, und er ist dankbar. Sie glaubt, er sei der Einzige, der helfen kann. Sie erzählte mir gestern Abend, dass sie an ihn glaubte, wie sie einst an Gott glaubte. Er kann nichts tun, aber er wusste, dass es sie trösten würde, wenn er es versuchen würde."

„Dieser Mr. Dwight ist einer Ihrer – Ihrer alten Freunde, nicht wahr?"

Sanders' Gesicht war der Spielplatz widersprüchlicher Gefühle, als er dastand und sie anstarrte.

„Ja", antwortete Helen; „einer meiner besten und wahrsten."

„Er hat etwas Gefährliches unternommen, nicht wahr?" Sanders schaffte es zu sagen.

"Gefährlich?" Helen schauderte. „Er hat dort einen Feind, der jetzt sein Leben sucht. Sie werden sich bestimmt treffen. Sie haben sich bereits gestritten , und zwar *über genau diese Sache* ."

Sie setzte sich auf den Stuhl, den sie gerade verlassen hatte, und Sanders stellte sich neben sie. Da war eine Stimme im Saal. Es war der Major, der einem Diener befahl, Mint Julep hereinzubringen, und im nächsten Moment befand er sich im Salon und stellte sich dem Besucher gastfreundlich vor.

Als Helen ihre Chance erkannte, stand sie auf und ließ sie zusammen zurück. Mit schweren, schleppenden Schritten ging sie in ihr Zimmer und stellte sich ans Fenster mit Blick auf den Dwight-Garten und den Rasen.

Carson wusste, dass Sanders in der Stadt war, sagte sie sich in düsteren Selbstvorwürfen. Er wusste, dass sein Rivale auf ihrer Seite war, und als der arme Junge gerade auf seinen Tod zuraste, dachte er, Sanders würde mit ihr schlafen. Helen biss sich auf die zitternde Lippe und ballte die Finger. "Armer Junge!" Sie dachte fast schluchzend: „Er verdient eine bessere Behandlung."

Kapitel XVII

Auf seiner Flucht vor dem Sheriff und seinem Stellvertreter rannte Pete Warren mit der Geschwindigkeit eines Hirschhundes durch die nahegelegenen Wälder. Da er glaubte, seine Verfolger seien dicht hinter ihm, blieb er nicht einmal stehen, um ihren Schritten zu lauschen. Durch Täler und Moore, bergauf und bergab, über Felsen und durch verworrenes Unterholz bahnte er sich seinen Weg, wobei seine Zunge aus dem Winkel seines aufgerissenen Mundes hing. Die Dornen und Dornen hinterließen tiefe Schnittwunden an seinen Wangen, seinem Hals und seinen Händen und ließen seine Kleidung in Streifen zurück. Der wilde Glanz eines gejagten Tieres lag in seinen Augen. Das Land fiel allmählich an. Er stieg auf den Berg. Für einen Moment hielt das verstörte Geschöpf inne, beugte sein Ohr, um zu lauschen und zu versuchen, rational und ruhig zu entscheiden, was der bessere Plan war: sich in den Höhlen und schroffen Nischen der düsteren Höhen darüber zu verstecken oder über flacheres Gelände weiterzurasen. Für einen Moment war das trommelartige Pochen seines Herzens das einzige Geräusch, das er hörte, und dann durchbrach der Klang eines Jägerhorns die Stille, keine zweihundert Meter entfernt, und wurde in hallenden Echos vom Berghang zurückgeworfen. Darauf folgte aus der Ferne ein Antwortruf, der Knall einer Signalpistole, und dann drang das sanfte, furchteinflößende Gebell von Bluthunden an seine Ohren. Pete stand aufrecht da, seine Knie zitterten. Kein Gedanke an ein Gebet ging ihm durch den Kopf. Seiner Meinung nach bestand das Gebet nur aus einer Reihe leerer Stimmlaute, die hauptsächlich in Kirchen zu hören waren, in denen schwarze Männer und Frauen in ihren besten Kleidern standen oder knieten, und schon gar nicht für Notfälle wie diesen, wo sich der Granithimmel über der steinigen Erde schloss, und das war er auch gefangen zwischen.

Plötzlich beugte er sich tiefer und frischer durch den zweiten Wind, den er bekommen hatte, und raste wieder weiter, wobei er sich lieber für das Tal als für den steileren Berghang entschied. Jetzt folgten ihm Schreie, Schüsse, Hupen und das Bellen der Hunde. Plötzlich gelangte er zu einem klaren Gebirgsbach, der etwa sechs Meter breit war und nicht tiefer als seine Hüfte war und an vielen Stellen kaum die schleimigen braunen Steine bedeckte, über die er floss. Hier kam ihm wie durch eine Eingebung die Erinnerung an eine Geschichte in den Sinn, die er gehört hatte, von einem verfolgten Neger, dem es gelang, der Spur von Bluthunden zu entkommen, indem er zum Wasser ging, und in den eisigen Bach stürzte Pete, und, ausrutschend, stolpernd, fallend, er machte sich auf den Weg.

Aber sein Verstand sagte ihm, dass ihm diese langsame Methode wirklich nichts nützen würde, denn seine Verfolger würden ihn bald einholen und ihn vom Ufer aus verfolgen. Er war etwa eine Viertelmeile bachaufwärts gewatet, als er an eine Stelle kam, wo die kräftigen Äste einer kräftigen, schiefen Buche in seiner Reichweite herabhingen. Die Idee, die ihm kam, war des Gehirns eines weißen Mannes würdig, denn als er am Ast zog und feststellte, dass er fest war, entschied er sich für den ursprünglichen Plan, aus dem Wasser dorthin zu gelangen, wo seine Spur für Sicht oder Geruch verloren gehen würde. und in das dichte Laub oben klettern. Seine Verfolger dachten vielleicht nicht daran, nach oben zu genau dieser Stelle zu blicken, und die Hunde, die darauf bedacht waren, die Witterung von dem Boden, auf dem er gelandet war, einzufangen, rannten immer weiter davon. Auf jeden Fall war es den Versuch wert.

Mit zitternden Händen zog er den Ast nach unten, bis seine Blätter im Wasser versanken. Er trug sein Gewicht gut und von dort aus kletterte er auf den massiven Stamm und weiter nach oben, bis er sich in einer Astgabel des Baumes ausruhte und mit einem Seufzer der Erleichterung bemerkte, dass sich der Ast wieder aufgerichtet hatte und wie zuvor über dem Ast hing Oberfläche des Baches. Da kamen die Hunde; Er konnte sie jetzt nicht hören, denn sie waren in ihre Arbeit vertieft und gaben keinen Ton von sich, aber die heiseren, wahnsinnigen Stimmen der Männer unter ihrer Führung drangen an seine Ohren. Das Rauschen durch das Unterholz, das Prasseln wie von Regen auf trockenen Blättern, wenn ihre Krallen den Boden hinter sich herschleuderten, das Schnupfen und Niesen – *das waren die Hunde* . Pete drückte sich immer fester an den Baum, atmete kaum und fürchtete nun, dass das Wasser, das von seiner Kleidung tropfte, oder die verletzten Blätter des Astes seine Anwesenheit verraten könnten. Aber die Hunde, einer auf beiden Seiten des Baches, stürmten mit der Nase zur Erde weiter. Pete sah nur einen Funken ihrer glatten, matten Mäntel, und schon waren sie verschwunden. Hinter ihnen folgte keuchend ein Dutzend Männer. Aus Angst, gesehen zu werden, wagte Pete nicht einmal, in ihre entzündeten Gesichter zu schauen. Mit geschlossenen Augen an den nassen Mantelärmel gepresst, klammerte er sich an seinen Platz, ein gejagtes Wesen, weder Fisch noch Vogel noch Tier, und doch, wie sie alle, ein Geschöpf der Wildnis, ausgestattet mit dem Instinkt der Selbsterhaltung .

„Sie werden mich überrennen ! " hörte er einen Mann sagen. „Diese Hunde haben nie versagt. Der schwarze Teufel dachte, er würde sie abwerfen, indem er ins Wasser ginge. Er wusste nicht, dass wir für jede Bank eine hatten."

Die Männer rannten weiter, und das Geräusch ihres Vorankommens wurde immer weniger hörbar, je weiter sie sich zurückzogen. War er jetzt in Sicherheit? Petes langsamer Verstand antwortete mit Nein. Er war sich seiner Gefahr immer noch voll bewusst. Er könnte eine Weile dort bleiben , aber nicht lange. Schon jetzt verspürte er, vielleicht aufgrund seines verzweifelten Laufens, einen fast wahnsinnigen Durst, einen Durst, den der bloße Anblick des kühlen Bachs beinahe quälte. Sollte er hinabsteigen, sein Verlangen befriedigen und versuchen, sein Versteck wiederzugewinnen? Nein, denn das nächste Mal würde er sich vielleicht nicht so erfolgreich zurückziehen. Dann, als sein Gesicht auf seinem Arm ruhte, begann er sich schläfrig zu fühlen. Nachdem er seinen Körper herumgedreht hatte, befand er sich schließlich in einer Position, in der er sich immer noch nahe am Baum zurücklehnen und ein wenig ausruhen konnte, obwohl seine mit Blut überströmten Füße und Beine schmerzhaft nach unten gedrückt wurden. Der Wald um ihn herum war sehr still. Einige Drosseln über seinem Kopf sangen fröhlich. Ein graues Eichhörnchen mit flauschigem Schwanz saß fragend auf dem braunen Ast einer nahegelegenen Kiefer. Pete lehnte sich mehrere Minuten lang zurück, und dann schienen die Gegenstände um ihn herum verschwommen zu sein. Die fernen Rufe, Hupen und Schüsse schlugen weniger eindringlich auf sein müdes Gehirn ein, und dann spielte er mit einem Kätzchen – dem seltsamsten und amüsantesten Kätzchen – im Sonnenlicht vor der Tür seiner Mutter.

Er muss stundenlang geschlafen haben, denn als er die Augen öffnete, versank die Sonne hinter der Spitze eines fernen Hügels. Er versuchte, seine schmerzenden Beine höher zu ziehen und spürte einen stechenden Schmerz von seinen Hüften bis zu seinen Zehen, als sein Blut wieder in den Kreislauf floss. Nach mehreren Versuchen gelang es ihm, auf dem Ast zu stehen. Zu seinen Durstattacken kamen nun auch die Hungerattacken hinzu. Stundenlang stand er so. Er sah, wie das Tageslicht erlosch, zuerst in der Landschaft und später am klaren Himmel. Nun, so sagte er sich, würde er im Schutz der Nacht fliehen, doch irgendetwas geschah, was den Versuch verhinderte. Durch die Dunkelheit sah er die flackernden Lichter vieler Kiefernfackeln. Sie gingen unter den Bäumen hin und her , manchmal ganz in seiner Nähe, und soweit er die Berghänge hinaufsehen konnte, flackerten sie wie die unheimlichen Nachtaugen seines Untergangs. Er stand so lange, bis er das Gefühl hatte, es nicht mehr tun zu können, dann ließ er sich wie zuvor auf den Ast nieder und schlief nach Stunden bewussten Hungers und Durstes und krampfartigen Schmerzen wieder ein. So verbrachte er diese Nacht, und als die goldenen Sonnenstrahlen die grauen Bergnebel durchdrangen und die Landschaft mit ihrer warmen Pracht überfluteten, hörte Pete Warren die Stimmen der schlaflosen Rache, die jetzt zahlreicher und rauer und voller Hass waren – er hörte sie von allen Seiten von nah und fern – wagte es nicht, sich zu rühren. Er blieb wie ein halbwissendes, urzeitliches Wesen in seiner grünen Nische sitzen und wich den Pfeilen mit Feuersteinspitzen der hochwangigen, glatthaarigen Männer aus, die darunter lauerten.

Kapitel XVIII

CARSON DWIGHT blieb zwei Tage in der Nähe seiner Farm und wartete düster auf die Entdeckung und Verhaftung von Pete Warren. Seine einzige Hoffnung bestand darin, dass er im letzten Moment die verstörten Menschenjäger dazu bewegen könnte, sich einen letzten Rechtsaufruf anzuhören Befehl. Er war jedoch gezwungen, nach Darley zurückzukehren, da er wie die anderen sicher war, dass Pete sich an einem unentdeckten Ort in den Bergen versteckte oder schlau und geschickt genug war, um der Annäherung von Menschen oder Hunden auszuweichen. Aber es würde nicht mehr lange dauern, sagten sich die Jäger, denn der gesamte Ort war umzingelt und gut bewacht , und sie würden ihn aushungern lassen.

„Die Bande" atmete freier auf, als sie Carson in der Nacht seiner Rückkehr in der Tür der Höhle erscheinen sahen und erfuhren, dass er durch ein Wunder Dan Willis nicht getroffen hatte, obwohl keiner von ihnen vom Äußeren positiv beeindruckt war Auftritt ihres Anführers. Seine Augen leuchteten in ihren dunklen Augenhöhlen wie verzweifelte Feuer; Auf seinen gebräunten Wangen zeichneten sich hektische Rötungen ab und seine Hände zitterten wie vor nervöser Erschöpfung. Keiner von ihnen wagte es, ihm den weiteren und vergeblichen politischen Fehler vorzuwerfen, den er begangen hatte. Er war ein ruinierter Mann, und doch bewunderten sie ihn umso mehr, je mehr sie auf ihn herabblickten, besudelt vom Bodensatz seines Versagens. Garners Meinung, die er selbst zum Ausdruck brachte, war, dass Dwight nur oberflächlich gesehen ein Versager war, dass es aber die Oberfläche war, die überall außer im Himmel zählte, und dass dort niemand wusste, welche Art von Münze gängig sein würde. Garner liebte ihn. Er liebte ihn für seine hoffnungslose Treue zu Helen, für sein festes Festhalten an einem bloßen Prinzip, etwa für den Versuch, eine alte Negerin, die an ihn glaubte, davon abzuhalten, ihr das Herz zu brechen, dafür, dass er den Tod selbst riskierte, um volle Gerechtigkeit zu erlangen – für den schwarzen Jungen, der sein Diener war. Ja, überlegte Garner, Carson hätte auf jeden Fall rundum ein besseres Angebot verdient, aber etwas zu verdienen, das der höchsten Ethik entsprach, und es zu bekommen, entsprechend der niedrigsten, war etwas anderes.

In der folgenden Nacht fand in der Stadt ein seltsames, geheimes Treffen von Negern statt. Heimlich verließen sie ihre Hütten und baufälligen Häuser und glitten einer nach dem anderen durch die dunkelsten Straßen und Gassen zum Haus eines gewissen Neb Wynn, eines Mannes, der sein physisches Wesen und seine schlichtweg einzigartige Persönlichkeit durch das Zusammenfließen dreier unterschiedlicher Blutströme erlangt hatte – der Weiße, der Cherokee-Indianer und der Neger. Er besaß eine Kutsche, die er durch die Straßen der Stadt fuhr, und da er sparsam war, hatte er genügend

Mittel angehäuft, um das zweistöckige Fachwerkhaus (noch nicht gestrichen) zu bauen, in dem er lebte. Die untere Etage wurde als Negerrestaurant genutzt, das von Nebs Frau geleitet wurde, die obere war dem Familienschlafzimmer, einem Gästezimmer für alle , die übernachten wollten, und einer ziemlich großen „Halle" mit Fenstern gewidmet die Straße, die an Farbige für jegliche Zwecke vermietet wurde, etwa für Tanzveranstaltungen, Logentreffen oder kirchliche Geselligkeit .

In diesem Raum, in dem kein Licht brannte, versammelten sich die Neger. Tatsächlich wurde unten keinerlei Beleuchtung eingesetzt, und als ein Neger, der heimlich herbeigerufen worden war, die Stelle erreichte, versicherte er sich, dass niemand in Sicht sei, und näherte sich dann auf Zehenspitzen der Restauranttür, klopfte zweimal mit den Fingerknöcheln und hielt inne einen Moment und klopfte dann dreimal. Daraufhin öffnete Neb, das Ohr am Schlüsselloch von innen, vorsichtig die Tür, zog den Antragsteller herein und fragte, indem er den Laden sanft schloss: „Wie lautet das Passwort?"

„Gnade", war die geflüsterte Antwort.

„Wie lautet das Gegenzeichen?"

„Frieden und Wohlwollen für alle Menschen." Dein Wille geschehe. Amen."

„Okay, ich kenne dich", würde Neb sagen. „Gehen Sie hinauf in die Halle und setzen Sie sich wieder ab, aber denken Sie daran, kein Wort zu sagen ! "

Und so versammelten sie sich – die Männer, die als die bedeutendsten farbigen Bürger der Stadt galten. Gegen zehn Uhr schlich Neb vorsichtig die schmale Treppe hinauf, betrat das Zimmer und setzte sich.

„Wir sind alle hier", verkündete er. „Bruder Hard-Castle, ich habe meinen Teil erledigt . Ich bin kein öffentlicher Redner; Den Rest überlasse ich dir ."

In einer der Ecken erhob sich eine Gestalt. Er war der führende Negerminister des Ortes. Er räusperte sich und sagte dann: „Ich würde mit einem Gebet beginnen, aber zum Beten sollten wir stehen oder knien, und beides würde zu viel Unruhe verursachen. Wir können Gott nur in unserem Herzen bitten, Brüder, dass er hier in der Dunkelheit bei uns ist und uns aus unserer Not herausführt. Helfen Sie uns zu entscheiden, ob wir einzeln oder gemeinsam entscheiden können, welchen Kurs wir in der ernsten Angelegenheit, mit der unsere Rasse konfrontiert ist, einschlagen sollen. Wir werden auf eine harte Probe gestellt, fast bis zur Unerträglichkeit, aber der Gott des Weißen ist der Gott des Schwarzen. Durch eine dunkle Haut scheint das Licht eines reinen Herzens in einem Hilferuf zum Thron des Himmels ebenso weit wie durch eine weiße. Ich bin nicht bereit, eine Rede zu halten. Ich kann nicht. Ich bin zu voller Kummer und Sorge. Ich habe gerade die Mutter des angeklagten Jungen verlassen und der Anblick ihres Leidens hat mich erschüttert. Ich habe auch keine harten Worte für die weißen Männer dieser Stadt. Jeder farbige Bürger mit Selbstachtung hat nichts als lobende Worte für die guten weißen Männer des Südens übrig, und in meinem Herzen kann ich den Männern der Berge, die auf Rache aus sind, kaum die Schuld für das Verbrechen geben, das einer von ihnen begangen hat Unsere Rasse war schrecklich genug, um ihre Wut zu rechtfertigen. Wir wollen nur, dass der Gerechtigkeit völlige Gerechtigkeit widerfährt und die absolut Unschuldigen geschützt werden. Ich habe heute mit Bruder Black gesprochen und ich habe das Gefühl –"

Er brach ab, denn ein warnendes Zischen, so leise wie das Rasseln einer versteckten Schlange, kam über Neb Wynns Lippen. Auf dem gemauerten Bürgersteig unten hallten die Stufen eines einsamen Passanten klar in der stillen Nachtluft wider. In der Ferne verstummte es, und wieder war alles still.

„Jetzt könnt ihr weitermachen", sagte Neb. „Wir müssen vorsichtig sein, meine Herren . Ob ein Treffen mit Lak Dis stattgefunden hat Wer auf der Hut ist, der letzte von uns würde in Schwierigkeiten geraten, de Sie würden mein Haus schnell abreißen. Das wissen Sie alle."

„Sie haben sicherlich recht", fuhr der Prediger fort. „Ich wollte Bruder Black nur bitten, etwas zu sagen, das mit dem Gespräch übereinstimmte, das ich heute mit ihm geführt habe. Er hat die richtige Idee."

„Ich bin kein Redner", begann Buck Black, als er aufstand. „Ein Mann, der einen Friseurladen betreibt, hat nicht viel Zeit zum Lesen und Lernen, aber ich habe diesem Thema erst einmal viel nachgedacht . Nach dem großen Ärger in Atlanta gebe ich fast auf; Ich dachte, es gäbe keinen Ausweg aus unserer misslichen Lage, aber ich denke jetzt, dass es schwierig ist . Ein *weißer* Mann hat es mir gezeigt. Ich habe gestern etwas in der größten Zeitung des Staates gelesen. Es wurde vom Herausgeber und seinem großen Eigentümer geschrieben. Meine Herren , es war das Erste, was ich gesehen habe, als ob es mir so vorkam , als würde es so gerade wie ein Blitz in die Höhe schießen . Bruder schwarze Männer, der Redakteur sagte , dass die Weiße es vierzig Jahre lang mit dem Peitschenhieb, dem Seil und dem Brandstifter versucht hatte und die Situation immer noch so schlimm sei wie eh und je. Er sagte, die Frage werde niemals endgültig geklärt, bis die überlegene Rasse dem unwissenden Schwarzen eine freundliche, hilfreiche Hand reichte und ihn aus seiner Dunkelheit in Sünde und Verbrechen „führte " . Meine Herren , diese Worte gingen doch de Thoo ich. Ich wusste es dieser Mann selbst, als ich in Atlanta lebte; Ich habe sein ehrliches Gesicht gesehen und weiß, dass er meinte, was er sagte. Er sagte, es sei an der Zeit , einen neuen Weg einzuschlagen, ähm, diesen Weg Ich bin noch nie zuvor gebahnt worden –

der Weg der Liebe und der Vergebung aus Mitleid, der Weg des Herrn Jesus Christus würde sich bahnen, wenn er mitten in diesem Kampf wäre."

„ Das ist so, das ist so!" rief Neb Wynn mit krächzendem Flüstern. „Ich weiß, dat de trufe ."

„Und ich bin heute Nacht hier " , fuhr Buck Black fort, „ um euch allen zu sagen , dass ich bereit bin, mich den Kräften anzuschließen . " Große weiße Männer mögen das. Der alte weiße Mann war der beste Freund von De Darky; Ihm gehörte ich , aber er half mir . In den alten Sklaventagen hat man von schwarzen Verbrechen , an denen unsere Rasse schuld ist, noch nie etwas gehört – noch nie ! „Da ist auch ein junger weißer Mann hier in dieser Stadt, den ich liebe", fuhr Black nach einer Pause fort. „Ich brauche seinen Namen nicht zu erwähnen; Ich habe dich gebunden, es steht in jedem Herzen in diesem Raum geschrieben. Sie alle wissen, was er gestern einen Tag zuvor getan hat – trotz aller Argumente und Überzeugungen seiner Freunde , dass er wieder in die Politik geht , ist er rausgegangen Ter de Berge im Dickicht davon. Ich habe es klar verstanden. Ich säe äh Mann -Fum Gestern sagte er , Marse Carson Dwight sei unter den Männern unterwegs gewesen und habe sie angefleht Ich übergebe Pete an ihn und das Gesetz. Er versprach dem Geber eine Anleihe , die groß genug sei, um alles, was er auf der Erde besaß , auszulöschen Sie würden nur das Leben des Jungen verschonen und ihm einen Prozess machen . Sie sagen, Dan Willis wollte ihn erschießen , aber Willis' eigene Freunde ließen ihn nicht in seine Nähe . Ich war letzte Nacht in meinem Laden, als er in die Stadt kam und mich dazu zwang, mich zu rasieren , damit er nach Hause gehen und seine Mutter beruhigen konnte. Sie war krank und hatte Angst um ihn. Er setzte sich auf meinen Stuhl. Meine Herren , ich habe die Prahlerei benutzt , weil ich General John B. Gordon einmal rasiert habe, als er hier oben gesprochen hat , aber wenn ich mich jetzt auf meine Prahlerei einlasse , werde ich Marse Carson Dwight rasieren . Er setzte sich auf den Stuhl und lehnte sich so müde zurück, dass er wie ein sterbender Mann aussah. Er war von Kopf bis Fuß völlig mit Schlamm bespritzt , den er gelaufen war, und war dann los . Es tat mir so leid, dass ich meine Arbeit kaum erledigen konnte. Ich habe die halbe Zeit geweint , obwohl er es nicht gesehen hat, weil er ja weiß gelegt Dar mit geschlossenen Augen. Hassen Sie die weiße Rasse , wie manche sagen, dass wir das tun?" Blacks Stimme wurde höher und zitterte. „Nein, na ja , ich werde niemals die Rasse hassen, die diesen weißen Mann in diese Welt gebracht hat . Als er aus dem Sessel herauskam, war er weg . Ich hatte gehört, wie es Mam' Lindy ging. Ich sagte ihr , dass es ihr ziemlich schlecht ginge und dass sie innerlich besorgt war ; dann dreht er sich um Während er sich mit zitternden Fingern die Krawatte band, fum de glass und sagte: „Ich dachte, ich könnte ihm etwas Hoffnung bringen, Buck, aber ich habe aufgegeben." Wenn ich nur Pete unter meiner Obhut hätte, sicher in einem guten, zuverlässigen Gefängnis, könnte ich ihn befreien , denn ich glaube nicht, dass er diese Leute getötet hat."'

Buck Black hielt inne. Es war offensichtlich, dass seine Zuhörer sehr berührt waren, obwohl ihnen überhaupt kein Ton entging. Der Redner wollte gerade weitersprechen, als er durch ein heftiges Klopfen auf der Treppe daran gehindert wurde.

"Stille!" befahl Neb Wynn mit einem warnenden Flüstern. Er schlich auf Zehenspitzen durch den teppichlosen Raum hinaus in den Flur und beugte sich über die Balustrade.

„Wer da ?" fragte er mit ruhiger, erhobener Stimme.

„Ich bin es, Neb. Ich möchte dich sehen. Herunter kommen!"

„Das ist meine Frau", informierte Neb den atemlosen Raum. „Hört sich so an, als hätte sie Angst vor irgendjemandem . Sag das Wort nicht, bis ich zurückkomme . Denken Sie daran, Sie müssen in der Nacht vorsichtig sein ."

Er stieg die knarrende Treppe hinunter zum Treppenabsatz. Sie hörten das leise Murmeln seiner Stimme, vermischt mit den verstörten Tönen seiner Frau, und dann kroch er zu ihnen zurück, seltsam still, wie sie dachten, denn nachdem er seinen Platz an der Wand im dunklen Menschenkreis wieder eingenommen hatte, hörten sie nur noch seinen schweres Atmen. Ganze fünf Minuten vergingen, und dann seufzte er, als würde er etwas aus seinem Kopf werfen, eine Last verwirrender Unentschlossenheit.

„Nun, machen Sie weiter so, wie Sie es waren „ Ich sage ‚Bruder Black‘", sagte er. „Ich gehe davon aus, dass unser Treffen nicht gestört wird ."

„Ich habe fast das erreicht, worauf ich hinaus wollte", fuhr Buck Black fort, erhob sich und lehnte sich bedeutungsvoll auf die Rückenlehne seines Stuhls. „Ich habe eine große Überraschung erlebt , meine Herren . Ich werde euch treuen Freunden ein Geheimnis verraten, ein Geheimnis, das uns alle hängen lassen könnte, wenn es ans Licht käme , wenn wir es wüssten . Bisher bleibt es bei mir und einem schwarzen Oman Dem kann man vertrauen, meine Frau. Meine Herren , ich weiß, wer Pete Warren ist. Ich kann jederzeit meine Hände auf mich legen . Er ist genau diese Nacht hier in dieser Stadt .

Ein gedämpfter Ausbruch der Überraschung stieg aus dem dunklen Raum auf, dann war alles still, so still, dass der Griff des Sprechers nach seinem Stuhl ein raues, krächzendes Geräusch von sich gab.

„Ja, meine Frau sitzt auf dem alten Holzplatz hinter unserem Haus, und er wollte unbedingt sehen, dass sie fast ihre Sinne verloren hat . Er hatte Schnittwunden im Gesicht, seine Kleidung und Schuhe hingen an Schnüren an ihm fest , und seine Augen schossen ihm aus dem Kopf. Er war dem Verhungern nahe – er hatte seit seiner Flucht nichts mehr gegessen. Als sie mich säte , dauerte es ungefähr eine Stunde bis zum Sonnenaufgang, und er flehte sie an, mir ein paar Lebensmittel zu holen . Meine Herren , er war so hungrig, dass sie sagte , er habe ihren Schwanz abgeleckt Der Seehund schrie und machte sich mächtig auf den Weg. Sie kam nach Hause und sagte mir, was ich tun solle . Meine Herren , für Gott in der Höhe, ich möchte meine Pflicht gegenüber meiner Rasse erfüllen und auch weiß, aber ich sah keinen sicheren Weg, mich einzumischen . Die Weißen, zumindest einige von ihnen , sagen, dass wir Verbrechen unter unserem Volk unterstützen und begünstigen, und während mein Herz für diesen Jungen und seine Leute blutete , konnte ich ihn nicht hinterlistig austricksen ohne Gehen Sie nach dem Gesetz an die Macht .

„Und Sie haben es richtig gemacht", sagte der Minister. „So sehr ich auch Mitleid mit dem Jungen habe, ich hätte so gehandelt wie du. Ihm wird Mord vorgeworfen und er ist ein entflohener Gefangener. Zu entscheiden, dass er unschuldig war und ihm zur Flucht zu verhelfen, ist genau das, was wir seinen Verfolgern vorwerfen – sie nehmen das Gesetz in Hände, die nicht von der Autorität sanktioniert werden. Es gibt nur eine Sache, die die Angelegenheit entscheiden kann, und das ist die Entscheidung eines Richters und einer Jury."

„ Das ist genau so, wie ich es gesehen habe", sagte Black, „ und deshalb habe ich meiner Frau gesagt , dass sie nicht in seine Nähe kommen soll ." Ergin . Ich wusste , dass das Treffen in der Nacht stattfinden würde , und ich dachte, ich hole es hierher und lege es nieder , damit ihr alle darüber abstimmen könnt. "

„Eine gute Idee", sagte der Minister von seinem Stuhl aus. „Und, Brüder, es scheint mir, dass wir als Gruppe repräsentativer Neger dieser Stadt jetzt eine einmalige Gelegenheit haben, der weißen Rasse unsere tatsächliche Aufrichtigkeit zu beweisen. Wie Sie sagen, Bruder Black, wurde uns vorgeworfen, untätig zu bleiben, als ein Krimineller wegen Verbrechen gegen die Weißen verfolgt wurde. Wenn wir einer Einheit zustimmen können und den Gefangenen jetzt ausliefern können, nachdem alle Bemühungen der Weißen, ihn festzunehmen, gescheitert sind, wird unsere Tat in der ganzen zivilisierten Welt bekannt gemacht und die fragliche Anklage Lügen gestraft. Glaubst du, Bruder Black, dass Pete Warren sich immer noch in der Nähe deines Hauses versteckt?"

„Ja, das tue ich", antwortete der Friseur. „Er hätte Angst, diesen Ort zu verlassen, und ich schätze , er wartet jetzt auf meine Frau, um ihn abzuholen ein paar essen .

„Nun, dann müssen wir nur noch sehen, ob wir uns vollständig auf den vorgeschlagenen Plan einigen können. Ich nehme an, eines der ersten Dinge, wenn wir uns darauf einigen, ihn dem Gesetz zu übergeben, besteht darin, Herrn Carson Dwight zu konsultieren und zu sehen, ob er eine Vorgehensweise finden kann, die für den Gefangenen und alle Beteiligten völlig sicher ist. Wenn er kann, ist unsere Pflicht klar."

„Ja, er ist der Mann, Gott weiß das ", sagte Black begeistert. „Er lässt uns kein Risiko eingehen."

„Na dann", sagte der Minister, der das Wort hatte, „lasst uns darüber abstimmen." Natürlich muss es einstimmig sein. Ohne eine gründliche Vereinbarung können wir in einer so gefährlichen Angelegenheit nicht handeln. Nun haben Sie alle den vorgeschlagenen Plan gehört. Diejenigen, die dafür sind, machen es kund, indem sie so leise wie möglich aufstehen, damit ich euch zählen kann."

Sehr leise, da so viele gemeinsam auftraten, standen Männer auf allen Seiten des Saals auf. Dann begann der Minister im Saal herumzutasten und berührte mit seinen Händen die stehenden Wähler.

"Wer ist das?" rief er plötzlich, als er Neb Wynns Stuhl erreichte und seine Hände auf den Fuhrmann senkte, der der einzige war, der nicht stand. „Ich bin es", antwortete Neb; „Ich, das ist wer – *ich!* "

"Oh!" Es entstand eine erstaunte Pause.

"Ja, ich bin es. Das bin ich nicht „Voting , yo ' way", sagte Neb. „Ihr solltet alle für euch selbst handeln . Ich weiß, worum es geht."

„Aber was ist los mit dir?" forderte Buck Black ziemlich scharf. „Die ganze Zeit warst du am meisten darauf bedacht, etwas zu tun , und jetzt, wo wir die Chance hatten , mit Urteilsvermögen und Vorsicht zu handeln , alle in einem Körper, und , wie Bruder Hardcastle sagt, um der Ehre unserer Rasse willen , warum bist du aufgestanden – "

„Warten Sie, behalten Sie Ihr Hemd an!" sagte Neb mit seltsamer, zitternder Stimme. „ Meine Herren , ich bin nicht derselbe wie Sie. Ich will nicht, ter Ich trage die ganze Verantwortung auf meinen Schultern, und das habe ich nicht vor."

„Du nimmst nicht alles auf deine Schultern, Bruder", sagte der Pfarrer ruhig; „Wir handeln in einem Körper."

„Nein, es liegt alles an *mir* ", sagte Neb. „Du hast gesagt, Buck Black, dass Pete auf dem Holzplatz hinter deinem Haus war. Er ist es nicht . Sie könnten jeden Stapel Bretter und jeden Trockenofen durchsuchen , aber Sie würden sie nicht finden . Er ist ein Cousin meiner Frau, en Männer Der Junge war ein guter, treuer Freund, und so kam er jetzt hierher, als du hörtest, wie meine Frau mich rief, und sagte Zisch auf meine Gnade. Er ist jetzt draußen in meinem Stall, oben auf dem Heuboden, und wartet darauf , dass ich ihn abhole suppin Ich werde essen, sobald ihr alle losgeht. Meine Frau sagt , er sei das Erbärmlichste , was Gott je geschaffen hat, und , meine Herren , es tut mir leid für ihn . Gesetz hin oder her, es tut mir *leid* . Es ist alles in Ordnung, wenn Sie hier in Ihrer guten Kleidung sitzen , gute Mahlzeiten und Proviant in sich haben und wissen, dass Sie ein gutes, sicheres Geld haben Es ist alles schön und gut, wenn Sie darüber abstimmen , was getan werden soll, aber wenn Sie darüber abstimmen , klatschen Sie, ich werde *hinter* Gittern und er wird aufgehängt – am Hals aufgehängt, bis er so steif wie ein Knochen ist. Du wirst mir dabei helfen . Gesetz ist eine Sache, wenn es Gesetz ist, und eine andere, wenn es nicht in Ordnung ist, darauf zu spucken. Ihr alle redet *Scherz* , *Scherz* , und ihr denkt , es wäre eine sehr gute Sache, der Welt zu beweisen , wie ehrlich ihr alle seid , indem ihr euren Hund dem Gesetz ausliefert . Versetzen Sie sich in die Lage von Pete, und es wird Ihnen nicht so leichtfallen, hinter Gittern zu stimmen . Man würde sagen, der Vogel im Han ist mit drei im Busch, und Sie würden dem Gerichtsgebäude des weißen Mannes fernbleiben. Die weißen Männer sagen selbst dat Dar ist kein Scherz , de Sie haben recht. Carson Dwight ist ein guter Anwalt, und er würde kämpfen, bis er aufgibt , aber der Staatsanwalt würde gegen Pete Warren genug aufbringen , um das Blut der Geschworenen in Wallung zu halten . Whar'd Sie haben eine Jury, aber sie haben die Reihen der Männer, die da sind Jagen Sie jetzt Pete Lake, ein Kaninchen? Whar'd Da gibt es eine Jury Glauben Sie an seine Unschuld, wenn Sie beweisen können, dass er den Mann bedroht hat? Kein Whar in diesem Bundesstaat. Es ist noch nie ein unschuldiger Nigger gehängt worden, oder ? Kein unschuldiger Nigger ist in der Kettenbande, oder ? Huh, das sind so dicke Flöhe .

Als Neb aufgehört hatte zu sprechen, durchbrach mehrere Minuten lang keine Stimme die Stille im Raum, dann sagte der Pfarrer mit tiefem Atem: „Nun, es schadet wirklich nicht, die Frage von allen Seiten zu betrachten. Die von Ihnen vertretene Ansicht, Bruder Wynn, könnte farbige Menschen wirklich davon abgehalten haben, sich aktiver für die rechtliche Bestrafung ihrer Rasse einzusetzen. Aber es scheint mir, da Sie sagen, dass Pete Warren in der Nähe ist, nur fair wäre, wenn man ihm die Situation mitteilt und es ihm überlässt, selbst zu entscheiden."

„Ich bin bereit , das zu tun , Gott weiß", sagte Neb, „ de. " Wenn ihr es sagt , werde ich mich hierher holen und ihr könnt es mir erklären ."

„Ich bin sicher, das wird das Beste sein", sagte Hardcastle. "Beeil dich. Um Zeit zu sparen, könnten Sie sein Essen hierher bringen – sofern Ihre Frau es ihm nicht gebracht hat."

„Nein, sie hatte Angst , rauszugehen . Ich werde mir vorstellen , dass er es hier hochholt, während ich ihm nachgehe. Es mag an der Zeit sein, weil er vielleicht Angst hat, hereinzukommen. Aber wenn ich sage, dass ich hier bin, verspreche ich dir, dass er eilig herkommen wird ."

Sie hörten unten, wie Neb seiner Frau Anweisungen gab, und dann wurde die Außentür im hinteren Teil geöffnet und geschlossen. Plötzlich waren Schritte auf der Treppe zu hören und sie hielten erwartungsvoll den Atem an, aber es war nur Nebs Frau mit einem Tablett mit Essen. Sie legte es tastend auf ein Tischchen, zog es sanft aus einer Ecke in die Mitte des Zimmers und zog sich wortlos zurück. Eine Tür unten knarrte in ihren Angeln; Schlurfende und unsichere Schritte hallten hohl vom Boden darunter, und Nebs drängende, friedliche Stimme erklang zu den angespannten Ohren der Zuhörer: „Komm schon; Sei kein Baby, Pete!" hörten sie Neb sagen. „Alle , die eure Freunde wollen Er macht dir Ärger und Ärger Dey Verwandter."

„ Whar Dieses Fleisch? Was ist das? Oh Gott! Was ist das?" Es war die Stimme des verfolgten Jungen, und sie hatte einen seltsamen, unheimlichen Klang, der die Herzen der Zuhörer fast in Angst und Schrecken versetzte.

„Sie hat es verlassen, Dar was „Das ist alles", sagte Neb. "Komm schon! Ich gebe es dir!"

Damit schien die Sache erledigt zu sein, denn die Stufen kamen näher; und dann betraten zwei Gestalten, etwas dichter als die Dunkelheit, den Raum.

"Warten; „Lass mich dir den Stuhl geben", sagte Neb.

„ Was ist das? Was ist das? mein Gott! was Welches Fleisch?" Pete schrie mit rauer, rauer Stimme.

„ Wie hat sie es ausgedrückt?" fragte Neb. „Gehängt, wenn ich weiß."

„Auf dem Tisch", sagte Hardcastle.

Neb griff nach dem Tablett und hatte es kaum berührt, als Pete mit einem Geräusch auf ihn zusprang, das an das Knurren eines wütenden Hundes erinnerte. Das Tablett fiel krachend zu Boden und das Essen mit ihm.

"Dort!" rief Nab aus; "du hast es geschafft."

Dann erlebten die Zuschauer eine erbärmliche, ja abstoßende Szene, denn der Junge lag auf dem Boden, einen großen Schinkenknochen in seinem Gelege. Einen Moment lang war nichts zu hören außer dem Schnüffeln, Schlucken und Knirschen, das aus Petes Nase, Mund und Kiefer kam. Dann war unten ein Geräusch zu hören. Es war ein lautes Klopfen an der Außentür.

„ Sch !" Neb zischte wärmend ; aber das Heißhungeressen des hungernden Negers hörte nicht auf. Neb schaute vorsichtig aus dem Fenster und ließ nur seinen Kopf über das Fensterbrett ragen. „Wer soll das tun ?" rief er.

„Ich, Neb; Jim Lincum ", antwortete der Neger unten. „Du hast mir gesagt, ob ich auf meinem Weg Neuigkeiten gehört habe, um es dir mitzuteilen."

„Oh ja", sagte Neb.

„Die Leute glauben, dass Pete den Wald verlassen hat , Neb. Der Mob hat sich verstreut , um im ganzen Land zu jagen. Eine Bande von ihnen machte sich bei Sonnenuntergang auf den Weg."

„Oh, ist das so?" Nab sagte; „Nun, wir haben es geschafft „Bitte , Jim, sonst würde ich die Tür aufmachen und dir einen Platz zum Schlafen geben ."

„Ich brauche keinen Platz zum Schlafen, Neb", war die Antwort in einem halb humorvollen Ton. „Ich will jetzt nicht schlafen , solange meine Laigs so lange liegen. Ähm, die Menschenmenge , die weißen Männer versuchten, mich zu schnappen, während ich in meinem Baumwollbeet bei der Arbeit war , aber ich habe mich rar gemacht. Dey heiß und heftig nach Sam Dudlow ; Manche glauben, er hätte seine Hand an dem Mord gehabt . Sie können diesen Nigger nicht finden , Kumpel.

„Gute Nacht, Jim. Ich habe mir etwas Ruhe gönnen können", und Neb zog den Kopf zurück und ließ den Fensterflügel herunter.

„Jim geht es gut", sagte er, „aber ich konnte nicht erkennen , dass ich hier bin. Diesen Männern sind sie vielleicht gefolgt, ich bin schlau .

Er ging in die Mitte des Raumes und stellte sich über die hockende Gestalt, die immer noch geräuschvoll auf dem Boden aß.

„Pete, Bruder Hardcastle hat Unterstützung bekommen Wir posieren für Sie, und wir haben nicht mehr allzu viel Zeit. Wir erzählen Ihnen davon und überlassen es Ihnen . Eines ist sicher: Du bist nicht so sicher , wenn du dich versteckt hältst , und niemand ist davor sicher Er wird dich verstecken, also sage ich, dass in deinem Fall die Versorgung erledigt werden muss ."

„Ich will euch alle „Sen 'fer Marse Carson", murmelte Pete zwischen seinen Schlucken. „Er kann mich reparieren , wenn es irgendjemand sonst tut."

„Das wollten wir gerade vorschlagen, Pete", sagte der Prediger. „Sehen Sie –"

„ Sch !" Es war wieder Nebs warnendes Zischen. Im Raum herrschte Stille; Sogar Pete hielt inne, um zuzuhören. Es war das leise Dröhnen menschlicher Stimmen, und zwar zahlreicher, unmittelbar darunter. An den Wänden blitzte das Licht einer plötzlich freigelegten Laterne auf. Neb näherte sich dem Fenster, aber er hatte Angst, auch nur vorsichtig den

Schieber hochzuheben, und stand atemlos da. Dann kamen durch seine geschlossenen Zähne die Worte: „Wir sind gefangen; Meine Herren , wir schließen es mit Sicherheit sho ! Sie haben uns aufgespürt!"

Es klopfte laut an der Tür unten, ein unterdrückter Schrei von Nebs Frau am Fuß der Treppe, und dann ertönte draußen eine scharfe, befehlende Stimme.

„Mach auf, Neb Wynn!" es sagte. „Wir sind bei Ihrem Spiel dabei. Irgendein Teufel ist im Wind und wir werden wissen, was es ist."

Neb warf plötzlich und kühn die Schärpe hoch und schaute hinaus. „In Ordnung, meine Herren , brechen Sie nicht mein neues Schloss auf. Ich werde in einer Minute unten sein . " Dann drehte er sich schnell zu Pete um, bückte sich und zog ihn hoch. „ Machen Sie eine Pause , damit Sie sich zurückziehen können , rutschen Sie vom Schuppendach herunter und rennen Sie durch Ihr Leben." Laufen!"

Es gab ein lautes Klappern von Stühlen und Füßen in der Männergruppe, das Krachen eines dünnen Fensterrahmens im hinteren Teil, ein schweres, pochendes Geräusch auf einem Dach draußen und einen lauten Schrei aus lustvollen Kehlen unten.

"Da geht er! Fang mich ! Kopf, ich bin weg! Erschieß mich !"

Dann herrschten Dunkelheit, Chaos und Terror.

KAPITEL XIX.

Während diese Dinge inszeniert wurden, saßen Sanders, der bei Warren zu Abend gegessen hatte, und Helen auf der vorderen Veranda im Mondlicht. Kaum ein anderes Thema als Mam' Lindas Probleme waren zwischen ihnen zur Sprache gekommen, obwohl der leidenschaftliche Besucher viele vergebliche Anstrengungen unternommen hatte, die Gedanken des Mädchens in fröhlichere Bahnen zu lenken. Es war kurz nach zehn Uhr und Sanders wollte sich gerade verabschieden, als der alte Lewis aus dem Schatten des Hauses auftauchte und den Weg entlang zum Tor schlurfte, das in das Dwight-Gelände führte, als Helen ihm zurief: „Wohin gehst du, Onkel Lewis?"

Er nahm seinen alten Schlapphut ab und stand nackt und kahl da, sein glatter Schädel glänzte im Mondlicht.

„Ich habe von vorne angefangen, um Marse Carson zu sehen , Missy", sagte er mit leiser, heiserer Stimme. „Ich weiß ganz genau , dass er nichts tun kann, aber Linda fleht mich an, seit sie ihn abgesetzt hat, als Mr. Garner am Hintertor vorgefahren ist. Sie denkt, vielleicht ja l'arnt Suppin 'bout Pete. Ich weiß dey Nicht wahr , Schatz, das ist der Fall dey ud 'a' war vorbei ' fo ' dis. Darum ist er jetzt auf der Veranda – oh, Marse Carson! „Kann ich dich gleich sehen, oder ?"

„Ja, ich bin gleich unten, Lewis", antwortete Carson und beugte sich über das Geländer.

Als er aus dem Haus kam und über das Gras auf ihn zukam, gingen Sanders und Helen ihm entgegen. Er verneigte sich vor Helen und nickte Sanders, dem er kaum vorgestellt worden war, kalt zu. Dann stand er mit gerunzelter Stirn da und hörte zu, wie der alte Mann demütig seine Wünsche kundtat.

„Es tut mir leid, sagen zu müssen, dass ich nichts gehört habe, Onkel Lewis", sagte er. „Wenn ich es getan hätte, wäre ich sofort zu Mam' Linda gekommen. Soweit ich sehen kann, ist alles beim Alten."

„Oh, junger Mann , ich weiß nicht, was ich jetzt tun soll ", stöhnte der alte Neger. „Ich verstehe nicht, wie es Linda geht Ich werde noch eine Nacht verbringen . Sie brennt auf dem Scheiterhaufen, Marse Carson, aber trotz allem segnet sie dich, na ja , weil sie sich so viel Mühe gibt. Meine Güte, wie kann sie jetzt kommen? Sie konnte es kaum erwarten."

Er eilte über das Gras zu der Stelle, an der die alte Frau stand, und ergriff ihren Arm.

„ Whar Marse Carson? Was für ein junger Mann ?" Linda weinte, und als sie das Trio erblickte, taumelte sie ohne Hilfe auf sie zu.

„Oh, junger Mann , ich kann es nicht ertragen; Ich *kann nicht!* „ stöhnte sie, als sie Dwights Hand ergriff und sich daran festklammerte. „Ich bin Mutter , obwohl ich schwarz *bin* , und mein einziges Kind. Mein einziges Kind, ein junger Mann und ein Junge , ist weit drüben in den Bergen und verhungert mit den Männern und Hunden, die ihm auf der Spur sind . Oh, junger Mann , die alte Mammy Lindy ist wirklich am Boden zerstört. Wenn ich Pete in seinem Sarg sehen könnte, könnte ich ihn ertragen , aber das hier – das hier" – sie schlug sich mit der Hand auf ihre große Brust – „ dieser schreckliche Schmerz!" Ich kann es nicht ertragen – ich will es nicht!"

Carson senkte den Kopf. Auf seinem starken Gesicht lag ein Ausdruck tiefen und gequälten Mitgefühls. Garner kam aus dem Haus, eine Zigarre rauchend, und schlenderte über das Gras auf sie zu, aber als er die Situation beobachtete, blieb er an einem blühenden Rosenstrauch stehen und blickte die mondbeschienene Straße hinunter zum Gerichtsgebäude und dem in der Ferne undeutlich erkennbaren Gelände. Garner galt nie als sehr emotional; Niemand hatte jemals Anzeichen von Überraschung oder Trauer in seinem Gesicht entdeckt. Er stand heute Nacht einfach da und vermied den Kontakt mit dem Unvermeidlichen. Als Strafverteidiger war er gezwungen, sich an die Zurschaustellung seelischen Leidens zu gewöhnen, so wie sich ein Arzt an körperliche Schmerzen gewöhnt, und doch hätte Garner zugegeben, dass er Carson Dwight für die Fülle bewunderte, wenn man ihn zu diesem Thema befragt hätte Besitz der Eigenschaften, die ihm fehlten. Er beneidete seinen Freund heute Abend geradezu. Die herzzerreißende Hommage, die die alte Frau Carson erwies, hatte etwas fast Transzendentales. Es lag noch etwas anderes in der Tatsache, dass der wunderbare Tribut an Mut und Männlichkeit dort ohne Vorbehalt und ohne Zögern vor den Augen der Frau (und Garner kicherte) gezollt wurde, die Carsons Liebe zurückgewiesen hatte, und in der bloßen Gegenwart der männlichen Inkongruenz (wie Garner ihn sah) an ihrer Seite. Die ganze Zurschaustellung von Gefühlen erhob *an sich* keinen Anspruch auf Garners Interesse, aber das schiere, großartige Spiel davon und ihr spürbarer Griff auf Dinge der Vergangenheit und mögliche Ereignisse der Zukunft hielten ihn ebenso fest wie die sich entfaltenden Beweise in einem wichtiger Rechtsfall.

„Aber oh, junger Mann ", sagte die alte Linda; „ Trotzdem warst du mein Aufenthalt und Trost; Nicht einmal Gott war so gut zu mir wie du; Du hast es versucht Er hat die alte Lindy verprügelt , aber de Lawd hat sie im Stich gelassen. Es ist kein gerechter, vernünftiger Gott , dass er meine alten Schwarzen behandeln wird . Ich werde behandelt, Schatz. In der Sklaverei habe ich das Beste getan – das Allerbeste, was ich für Weiße und Schwarze tun konnte, und jetzt, wo ich hier stehe, nach einem langen Leben, mit meinen Füßen im Grab, verdiene ich es nicht, dafür bestraft zu werden dis langsames Feuer. Gehen Sie davon aus , dass die großen New Yorker Staaten wissen , wie sie sich in meiner Situation fühlen würden. Wenn die Mütter auf der Welt mich nachts sehen und in meinem Herzen lesen könnten, würde ein Strom von Tränen über mich fließen . Das ist so, und doch habe ich in der Nacht zu Gott gebetet Morgen , in der Sklaverei und draußen, hat er mir den Rücken gekehrt. Ich habe gebetet, junger Mann , bis mein Hals wund ist, bis jetzt habe ich weder die Kraft noch den Glauben mehr in mir, und – nun, hier stehe ich. Ihr alle seht mich." Wortlos ergriff Carson mit schmerzverzerrtem Gesicht ihre Hand, verneigte sich vor Helen und ihrer Begleiterin, ging weg und gesellte sich zu Garner.

„Es war höchste Zeit, dass du da rauskommst", sagte Garner, während er an seiner Zigarre zog und seinen Freund zurück zum Haus zog. „Man kann nichts tun, und wenn man Linda so weiterlaufen lässt, wird sie nur noch aufgeregter. Aber sagen Sie, alter Mann, was ist mit Ihnen los?"

Carson war weiß und der Arm, den Garner genommen hatte, zitterte.

„Ich weiß es nicht, Garner, aber ich kann so etwas einfach nicht ertragen", sagte Dwight und blickte auf die Gruppe, die sie verlassen hatten. „Es macht mich tatsächlich krank. Ich – ich kann es nicht ertragen. Gute Nacht, Garner; Wenn du nicht hier bei mir schläfst, gebe ich nach. Ich – ich –"

"Stille! was ist das?" Garner unterbrach ihn und richtete sein Ohr auf die Innenstadt .

Es war ein lauter und zunehmender Aufschrei aus der Richtung von Neb Wynns Haus. Mehrere Berichte über Revolver waren zu hören und Schreie und Rufe: „Kopf, ich bin weg! " Erschieß mich ! Da geht er!"

"Großer Gott!" Garner weinte aufgeregt; „Glaubst du, es ist –"

Er war nicht fertig, denn Carson hatte die Hand erhoben, um ihn zu kontrollieren, und starrte durch das Mondlicht in die Richtung, aus der die Geräusche kamen. Nun waren die schnellen und schweren Schritte vieler Läufer hörbar. Sie kamen weiter, und das Geräusch wurde immer lauter, je näher sie kamen. Sie waren jetzt nur noch ein paar Blocks entfernt. Carson warf einen hastigen Blick auf das Warren-Haus. Dort stand Linda, an den Zaun gelehnt, gestützt von Helen und Lewis, schweigend, regungslos und mit offenem Mund. Sanders stand allein, nicht weit entfernt. Die strömende Menschenmenge kam heran. Sie bogen um die nächste Ecke. Jemand oder etwas war an der Spitze. War es ein Mann, ein Tier, ein tollwütiger Hund, ein –

Es bildete die Spitze eines menschlichen Dreiecks. Es war ein Mann, aber ein Mann, der auf die Erde stürzte. Müdigkeit und Schwäche, ein Mann, der bei jedem verzweifelten Sprung nach vorne rannte, als wäre er kurz davor, zu Boden zu fallen. Sein schwerer Atem drang nun an Carsons Ohren.

„Es ist Pete!" sagte er einfach.

Garner legte eine feste Hand auf den Arm seines Freundes.

„Jetzt ist es an der Zeit, dass Sie gesunden Menschenverstand haben", sagte er. „Denken Sie daran, dass Sie durch diese Sache alles verloren haben, was Ihnen wichtig ist – werfen Sie nicht Ihr ganzes Leben in den verdammten Schlamassel. Bei Gott, das sollst du *nicht tun*! Krank-"

„Oh, Marse Carson, hier ist Pete!" Es war Lindas Stimme, und sie klang hoch, schrill und flehend über dem Gebrüll und dem Lärm. „Rettet mich! Rette mich!"

Dwight riss seinen Arm aus Garners angespanntem Griff, rannte durch das Tor und war gerade auf der Straße, als der Neger ihn erreichte, in atemloser Bitte seine Arme ausstreckte und ihm zu Füßen fiel. Der Flüchtling blieb dort auf den Knien und umklammerte mit seinen Händen die Beine des jungen Mannes, während sich der Mob um ihn versammelte.

"Er ist der Eine!" rief eine heisere Stimme. „Tötet mich!" Verbrennt den schwarzen Teufel!"

Carson stand da, durch Petes entsetzten Griff am Boden festgehalten, und hob die Hände über den Kopf. "Stoppen! Stoppen! Stoppen!" Er weinte ununterbrochen, während die Menge ihn hin und her wiegte, in ihrem Versuch, den Flüchtling festzuhalten, der sich mit dem verzweifelten Griff eines Ertrinkenden an seinen Herrn klammerte.

"Stoppen! Hören!" Carson schrie weiter, bis diejenigen, die ihm am nächsten standen, ruhiger wurden, und er bildete einen entschlossenen Ring und drängte die Außenstehenden zurück.

„Na, hör zu!" die nächsten weinten. „Sehen Sie, was er zu sagen hat. Es ist Carson Dwight. Hören! Er wird nicht für ihn eintreten; er ist ein weißer Mann. Er wird keinen schwarzen Teufel verteidigen, der …"

„Ich glaube, dieser Junge ist unschuldig!" Carsons Stimme erklang: „Und ich flehe Sie als Männer und Mitbürger an, mir die Chance zu geben, es zu Ihrer vollsten Zufriedenheit zu beweisen. Ich werde mein Leben auf das setzen, was ich sage. Einige von Ihnen kennen mich und werden mir glauben, wenn ich sage, dass ich jeden Cent, den ich habe, alles, was mir auf Erden am Herzen liegt, aufbringen werde, wenn Sie mir nur die Chance dazu geben."

Am Rande der Menge erhob sich ein heftiger Protestschrei, der von Mund zu Mund ging, bis der Sturm wieder seinen Höhepunkt erreichte. Dann tat

Garner, was Carson mehr überraschte als alles, was er jemals von diesem geheimnisvollen Mann gesehen hatte.

"Stoppen! Hören!" Garner donnerte in einem Tonfall , der so gebieterisch war, dass er alle anderen Geräusche aus dem Tumult zu verdrängen schien. „Lass uns hören, was er zu sagen hat. Es kann nicht schaden! Hört zu, Jungs!"

Der Trick funktionierte. Nicht drei Männer in der aufgeregten Menge assoziierten ihre Stimme oder Persönlichkeit mit dem Freund und Partner des Mannes, der ihre Aufmerksamkeit forderte. Der Tumult ließ nach; es verstummte, bis nur noch das leise, wimmernde Stöhnen des verängstigten Flüchtlings zu hören war. Am Rand des Bürgersteigs befand sich ein Granitblock, und als er ihn hinter sich spürte, stand Carson darauf, die Hände auf dem wolligen Schädel des Negers, der immer noch zu seinen Füßen hockte. Während er dies tat, erfasste sein schneller Blick viele Dinge an ihm: Er sah Linda am Zaun, den Kopf auf die Arme gesenkt, als wollte sie die schreckliche Szene vor ihren Augen verbergen; In ihrer Nähe standen Lewis, Helen und Sanders und blickten ihn erwartungsvoll an. Am Fenster des Zimmers seiner Mutter sah er die Umrisse der Kranken deutlich im Licht der Lampe hinter sich. Noch nie hatte Carson Dwight so viel von seiner jungen, sympathischen Seele in Worte gefasst. Seine Beredsamkeit strömte aus ihm heraus wie ein anschwellender Strom der Logik. In der stillen Nachtluft erklang seine Stimme klar, fest und selbstbewusst. Es war kein Aufruf an sie, der Mutter des Jungen gegenüber gnädig zu sein, die sich dort wie ein aus Stein gemeißeltes Ding verneigte, denn solch ein Rat hätte eine Leidenschaft wie die ihre entfacht, wenn man bedenkt, dass der Flüchtling beschuldigt wurde, eine Frau getötet zu haben. Aber es war ein ruhiger Aufruf zum Patriotismus. Carson Dwight flehte sie an, ihr gemäßigtes Vorgehen an diesem Abend der ganzen Welt zu zeigen, dass der Tag der ungezügelten Gesetzlosigkeit im schönen Southland zu Ende sei. Recht und Ordnung waren für den Süden die einzige Lösung für das Problem, das einem schwer geprüften und leidenden Volk wie eine weitere ungerechtfertigte Bürde auferlegt wurde.

"Gut gut! Das ist das Zeug!" Es war die erhobene Stimme des geschickten Garner unter seinem breitkrempigen Hut am Rande der Menge. „Hört zu, Nachbarn; lass ihn weitermachen!"

In der Stille, die Garners Worten folgte, lag ein Hauch von Zustimmung. Aber es sollten noch andere Hindernisse auftauchen. Um die Ecke in der nächsten Seitenstraße war das Klappern galoppierender Pferde zu hören, und drei Männer, offensichtlich Bergsteiger, ritten wie wild darauf zu. Sie zügelten ihre keuchenden und schnaubenden Reittiere.

"Was ist los?" fragte einer von ihnen mit einem Eid. "Worauf wartest du? Das ist der verdammte schwarze Teufel."

„Sie warten wie vernünftige Menschen darauf, diesem Mann die Chance zu geben, seine Unschuld zu beweisen", rief Carson entschieden.

„Das sind sie, verdammt noch mal, oder?" erwiderte dieselbe Stimme. Es entstand eine Pause; der Reiter hob den Arm; ein Revolver glänzte im Mondlicht; Es gab einen Blitz und einen Bericht. Die Menge sah, wie Carson Dwight sich plötzlich zur Seite neigte und seine Hände seitlich an seinen Kopf hob.

"'MY GOD, HE'S SHOT!' GARNER CALLED OUT"

„Mein Gott, er ist angeschossen!" rief Garner. „Wer hat diese Waffe abgefeuert?"

Für einen Moment herrschte entsetztes Schweigen; Carson stand immer noch da und presste seine Hände an seine Schläfen.

Niemand sprach; Die drei unruhigen Pferde bäumten sich auf und tänzelten aufgeregt umher. Garner bahnte sich seinen Weg durch die Menge und stieß sie mit den Ellbogen nach rechts und links, bis er neben dem Flüchtigen und seinem Verteidiger stand.

„Ein guter weißer Mann wurde erschossen", rief er − „ erschossen von einem Mann auf einem dieser Pferde." Ruhig sein. Das ist ein ernstes Geschäft."

Aber Carson stand jetzt aufrecht da, die linke Hand an die Schläfe gedrückt.

„Ja, irgendein Feigling da hinten hat mich erschossen", sagte er kühn, „aber ich glaube nicht, dass ich ernsthaft verletzt bin. Er könnte erneut auf mich schießen, wie es ein schmutziger Feigling auf einen wehrlosen Mann tun würde , aber während ich hier stehe und ihn herausfordere, es noch einmal zu versuchen , flehe ich Sie, meine Freunde, an, mir zu erlauben, diesen Jungen ins Gefängnis zu stecken. Viele von Ihnen kennen mich und wissen, dass ich mein Wort halten werde, wenn ich verspreche, Himmel und Erde zu bewegen, um ihm einen fairen und gerechten Prozess für das Verbrechen zu ermöglichen, das ihm vorgeworfen wird."

„Schläger für dich, Dwight! Mein Gott, er hat Mut!" rief eine Stimme. „Lasst ihn seinen Willen machen, Jungs. Der Sheriff ist da hinten. Heigh, Jeff Braider, komm nach vorne! Du wirst gesucht!"

„Ist der Sheriff da hinten?" fragte Carson ruhig in der seltsamen Stille, die plötzlich herrschte.

„Ja, hier bin ich." Braider schlängelte sich durch die Menge auf ihn zu. „Ich habe versucht, den Mann zu finden, der den Schuss abgefeuert hat, aber er ist weg."

„Wetten, dass er weg ist!" rief einer der beiden verbliebenen Reiter, und in Begleitung des anderen drehte er sich um und sie galoppierten davon. Dies schien ein letztes Signal an die Menge zu sein, dem vorgeschlagenen Plan zuzustimmen, und sie standen stumm und still da, ihre Wut war seltsam erschöpft, während Braider den schlaffen und kauernden Gefangenen am Arm nahm und ihn vom Block herunterzog. Pete, der es nur halb verstand, wimmerte mitleiderregend und klammerte sich an Dwight.

„Es ist alles in Ordnung, Pete", sagte Carson. „Komm schon, wir sperren dich ins Gefängnis, wo du in Sicherheit bist." Zwischen Carson und dem Sheriff, gefolgt von Garner, war Pete der Mittelpunkt der drängelnden Menge, als sie sich auf den Weg zum Gefängnis machten.

„Was für ein Teufel Wein Machst du das, Schatz?" fragte die alte Linda und fand zum ersten Mal ihre Stimme wieder, als sie sich zu ihrer jungen Herrin beugte.

„Schicken Sie ihn ins Gefängnis, wo er in Sicherheit ist", sagte Helen. „Jetzt ist alles vorbei, Mama."

„Gott sei Dank, Gott sei Dank!" Linda weinte inbrünstig. „Ich wusste es Marse Carson würde nicht zulassen, dass sie meinen Jungen töten – ich wusste es – ich wusste es!"

„Aber hat nicht jemand gesagt, dass Marse Carson erschossen wurde, Schatz?" fragte der alte Lewis. „Mir kommt es so vor , als hätte ich gehört – "

Blass und regungslos stand Helen da und starrte der sich entfernenden Menge hinterher, die nun fast außer Sichtweite war. Carson Dwights mitreißende Worte hallten noch immer in ihren Ohren wider. Er hatte ihr das Herz aus der Brust gerissen und hielt es beim Sprechen in seinen Händen. Er hatte wie ein Gott unter einfachen Menschen gestanden und wie sie um dieses einfache Menschenleben gefleht, wie sie gefleht hätte, und sie hatten zugehört; Sie waren durch die furchtlose Aufrichtigkeit und Überzeugung seiner jungen Seele von ihrem wahnsinnigen Vorhaben abgelenkt worden. Sie hatten auf ihn geschossen, während er das Ziel ihrer ungezügelten Leidenschaft war, und selbst dann hatte er es gewagt, sie mit Feigheit zu verspotten, während er seinen Appell fortsetzte.

„Tochter, Tochter!" rief ihr Vater im Obergeschoss der Veranda zu ihr hinunter.

„Was ist los, Vater?" Sie fragte.

„Wissen Sie, ob Carson verletzt war?" fragte der Major besorgt. „Wissen Sie, er hat gesagt, dass er das nicht getan hat, aber es wäre ihm ähnlich, das so zu tun, selbst wenn er verwundet wäre. Vielleicht ist es nur die Aufregung, die ihn auf Trab hält, und der arme Junge könnte ernsthaft verletzt werden."

„Oh, Vater, denkst du –?" Helens Herz sank; ein Gefühl wie Übelkeit überkam sie, sie schwankte und wäre fast gestürzt. Sanders, ein seltsamer, blasser Gesichtsausdruck, ergriff ihren Arm und trug sie zu einem Platz auf der Veranda. Sie richtete ihren Blick auf das Gesicht ihrer Begleitperson, während sie sich auf einen Stuhl sinken ließ. „Glauben Sie – sah er aus, als wäre er verwundet?"

„Ich konnte es nicht erkennen", antwortete Sanders besorgt, und doch war seine Lippe fest zusammengezogen und er stand ganz aufrecht da. „Ich – ich dachte zuerst, dass er es wäre, aber als er später weiter redete, glaubte ich, ich hätte mich geirrt."

„Er legte seine Hände an seine Schläfen", sagte Helen, „und wäre fast gestürzt. Ich sah, wie er sich wieder beruhigte, und dann wirkte er für einen Moment wirklich fassungslos."

Sanders schwieg. „Ich erinnere mich, dass ihre Tante sagte", dachte er mit grimmigem Kummer und zusammengezogenen Brauen, „dass sie hier oben einmal eine Geliebte hatte. *Ist das der Mann?*"

KAPITEL XX

Zehn Minuten später, als sie immer noch auf der Veranda saßen und auf Carsons Rückkehr warteten, sahen sie Dr. Stone, den Hausarzt der Dwights , an der nahegelegenen Anhängevorrichtung von seinem Pferd steigen.

„Ich frage mich, was das bedeutet?" fragte der Major. „Er muss auf Carsons Rechnung geschickt worden sein und denkt, er sei zu Hause. Sprich mit ihm, Lewis."

Als Dr. Stone seinen Namen hörte, kam er mit seinem Medikamentenkoffer in der Hand auf ihn zu.

„Haben Sie nach Carson gesucht?" fragte Major Warren.

„Warum, nein", antwortete der Arzt überrascht; „Sie sagten, Mrs. Dwight sei schwer geschockt gewesen. War Carson wirklich verletzt?"

„Wir haben versucht, es herauszufinden", sagte der Major. „Er ging mit dem Sheriff ins Gefängnis, fest entschlossen, Pete zu beschützen."

Es gab ein Geräusch, als sich eine Tür öffnete, und der alte Dwight kam ohne Hut, Mantel und blass zum Zaun. „Kommen Sie herein, Doktor", sagte er grimmig. „Es gibt keine Zeit zu verlieren."

„Ist es so schlimm ?" fragte Stone.

„Sie liegt im Sterben, wenn ich das beurteilen kann", war die Antwort. „Sie stand am Fenster und hörte den Pistolenschuss und sah, wie Carson getroffen wurde. Sie fiel flach auf den Boden. Wir haben alles getan, aber sie ist immer noch bewusstlos."

Die beiden Männer gingen hastig in den Raum, in dem Mrs. Dwight lag, und waren kaum außer Sichtweite, als Helen bemerkte, dass sich jemand schnell aus der Richtung des Gefängnisses näherte. Es war Keith Gordon, und als er das Tor betrat , legte er seine Hand auf Lindas Schulter und sagte fröhlich: „Mach dir jetzt keine Sorgen; Pete ist in Sicherheit und die Menge zerstreut sich."

„Aber Carson", fragte Major Warren; „War er verletzt?"

„Wir wissen es noch nicht genau." Keith war jetzt an Helens Seite und blickte in ihre weit geöffneten, besorgten Augen. „Er würde keine Sekunde innehalten, um sich untersuchen zu lassen. Er befürchtete, dass etwas geschehen könnte, was die Stimmung der Menge verändern könnte, und wollte kein Risiko eingehen. Zum Glück für Pete bestand die Menge hauptsächlich aus Stadtbewohnern. Ein Mann aus den Bergen, ein Blutsverwandter der Johnsons, hätte das Feuer mit einem Wort wieder entfachen können, und Carson wusste es. Er machte sich mehr Sorgen um seine Mutter als um alles andere. Sie stand am Fenster und er sah sie fallen; Er forderte mich auf, schnell zurückzukommen und ihr zu sagen, dass alles in Ordnung sei. Ich gehe hinein."

Aber er wurde durch den Klang der Stimmen auf der Straße aufgehalten. Es war eine Gruppe von einem halben Dutzend Männern, und in ihrer Mitte war Carson Dwight, der heftig gegen die Unterstützung protestierte.

„Ich sage dir, mir geht es gut!" Helen hörte ihn sagen. „Ich bin kein Baby, Garner; lassen Sie mich allein!"

„Aber Sie bluten wie ein steckengebliebenes Schwein", sagte Garner. „Dein Taschentuch ist buchstäblich durchnässt. Und sieh dir dein Hemd an!"

„Es ist nur oberflächlich", rief Carson. „Ich war für einen Moment fassungslos, als es mich traf, das ist alles." Helen, gefolgt von ihrem Vater und Sanders, schritt eilig auf die herannahende Gruppe zu. Sie gaben nach, als sie näher kam, und sie und Dwight standen sich gegenüber.

„Der Arzt ist im Haus, Carson", sagte sie zärtlich; „Geh rein und lass ihn deine Wunde untersuchen."

„Es ist nur ein Kratzer, Helen, ich gebe dir mein Wort", lachte er leicht. „Ich habe noch nie in meinem Leben so zimperliche Männer gesehen. Sogar der spießige alte Bill Garner hatte beim Anblick meines roten Taschentuchs sieben Entenkrämpfe. Wie geht es meiner Mutter?"

Helens Blick fiel. „Dein Vater sagt, er habe Angst, dass es sehr ernst sei", sagte sie. „Der Arzt ist bei ihr; sie war bewusstlos."

Sie sahen, wie Carson zusammenzuckte; sein Gesicht wurde plötzlich starr. Er seufzte. „Vielleicht ist es doch nicht so gut. Pete ist für eine Weile in Sicherheit , aber wenn sie – wenn meine Mutter …" Er ging nicht weiter und starrte Helen einfach ausdruckslos ins Gesicht. Plötzlich legte sie ihre Hand an seine blutbefleckte Schläfe und strich sanft das verfilzte Haar zur Seite. Ihre Blicke trafen sich und blieben aneinander hängen.

„Sie müssen Dr. Stone das sofort anziehen lassen", sagte sie, sanfter, dachte Sanders, als er jemals in seinem Leben eine Frau sprechen gehört hatte. Er wandte sich ab; Es lag etwas in der Berührung der beiden, das ihn sofort wahnsinnig machte und zur Verzweiflung trieb. Er hatte zu hoffen gewagt, dass sie zustimmen würde, seine Frau zu werden, und doch war der Mann, den sie so sanft betreute, einst ihr Liebhaber gewesen. Ja, das war der Mann. Da war er sich jetzt sicher. Dwights Haltung, sein Tonfall und sein Blick waren Beweis genug. Außerdem fragte sich Sanders: Wo war der lebende Mann, der Helen Warren kennen konnte und danach nicht für immer ihr Sklave sein konnte?

„Nun, ich gehe gleich rein", sagte Carson düster. Er und Keith und Garner gingen gerade durch das Tor, als Linda ihn rief, während sie hastig nach vorne kam, aber Keith und Garner unterhielten sich und Carson hörte die Stimme der alten Frau nicht. Helen kam ihr entgegen und hielt inne. „Lass ihn heute Nacht in Ruhe, Mama", sagte sie fast bitter, wie es Sanders vorkam, der in neue Tiefen ihres Charakters blickte. „ *Ihr* Junge ist in Sicherheit, aber Carson ist verwundet – *verwundet* , sage ich Ihnen, und seine Mutter liegt möglicherweise im Sterben. Lass ihn jedenfalls heute Nacht in Ruhe.

„Alles klar, Schatz", sagte die alte Frau; „Aber ich bin Gwine Ich bleibe hier, bis der Arzt rauskommt, und ich weiß nicht , wie es dir geht bofe ist. Mein Herz ist voll in der Nacht, Schatz. Es kommt mir so vor, als hätte Gott doch meine Gebete erhört. "

Sanders blieb mit der blassen, zutiefst verstörten jungen Dame auf der Veranda, bis Keith das Haus verließ, durch das Tor ging und über das Gras auf sie zuschritt.

„Es geht beiden gut, Gott sei Dank!" er kündigte an. „Der Arzt sagt, dass Mrs. Dwight einen schrecklichen Schock erlitten hat, aber sie wird es überstehen. Carson hatte recht; Seine Wunde war nur ein Kratzer, den die streifende Kugel verursacht hatte. Aber Gott weiß, es war eine knappe Entscheidung, und ich glaube, es gibt nur einen Mann im Staat, der niedrig genug ist, um den Schuss abgefeuert zu haben."

Als Keith und Sanders sie verlassen hatten, ging Helen mit schleppenden, lustlosen Füßen die Treppe zu ihrem Zimmer hinauf.

Sie zündete ihre Lampe an und betrachtete ihr Bild im Spiegel auf ihrer Kommode. Wie seltsam gezeichnet und ernst wirkten ihre Züge! Es schien ihr, dass sie älter und ernster aussah als je zuvor in ihrem Leben.

Als sie ihren Blick auf ihre Hände richtete, bemerkte sie etwas, das sie von Kopf bis Fuß erregte. Es war ein violetter Fleck, der durch den Kontakt mit Carson Dwights Wunde auf ihren Fingern zurückgeblieben war. Sie trat an ihren Waschtisch, goss etwas Wasser in das Waschbecken und wollte gerade den Fleck entfernen, als sie innehielt und ihn impulsiv an ihre Lippen hob. Sie blieb erneut stehen und stand mit erhobener Hand da. Dann schoss ihr ein Gedanke durch den Kopf. Sie erinnerte sich an den Inhalt von Carsons verhängnisvollem Brief an ihren armen Bruder; das heiße Blut strömte über sie hinweg. Sie schauderte, tauchte ihre Hände ein und begann, sie im kühlenden Wasser zu waschen . Carson war edel; er war mutig; Er hatte eine große und schöne Seele und dennoch hatte er diesen Brief an ihren toten Bruder geschrieben. Ja, sie hatte Sanders offen ermutigt, und sie musste ehrenhaft sein. Auf jeden Fall war er ein guter, sauberer Mann und sein Glück stand auf dem Spiel. Ja, sie nahm an, dass sie ihn endlich heiraten würde. Sie würde ihn heiraten.

KAPITEL XXI.

CARSON war durch den Blutverlust und die ungewöhnliche Beanspruchung seiner Kräfte leicht geschwächt, und dennoch war er am nächsten Morgen pünktlich im Büro, da er als einziges Zeichen seiner Wunde einen Heftpflasterstreifen trug, und wollte unbedingt früh zur Arbeit kommen beginnt mit den Vorbereitungen für ein eiliges vorläufiges Verfahren gegen seinen Mandanten. Garner, wie es die Gewohnheit dieses Würdenträgers war, wenn er bis spät in die Nacht wach gehalten wurde, schlief noch in der Höhle, als Helen anrief.

Carson saß an seinem Schreibtisch, über ein Gesetzbuch gebeugt, die Pfeife im Mund, als er aufblickte, sie in der Tür stehen sah und sofort mit einer Röte der Befriedigung im Gesicht aufstand.

„Ich bin wegen des armen Pete zu dir gekommen", begann sie, während ihr blasses Gesicht Farbe annahm, als rührte es von der Hitze seines eigenen her. „Ich weiß, es ist früh, aber ich konnte es kaum erwarten. Mam' Linda war heute Morgen bei Tagesanbruch in meinem Zimmer, saß an meinem Bett, schaukelte hin und her und stöhnte."

„Sie ist natürlich unruhig", sagte Carson. „Das ist für eine Mutter in ihrer Lage nur natürlich."

„Oh ja", antwortete Helen mit einem Seufzer. „Gestern Abend war sie überglücklich über seine Rettung, aber jetzt sieht man, dass sie sich um etwas anderes Sorgen machen muss. Sie fragt sich nun, ob ihm ein faires Verfahren gewährt wird."

„Der Junge muss das haben", sagte Carson, und dann verdunkelte sich sein Gesicht und er richtete sich aufrechter auf, als er an ihr vorbei zur Tür blickte. „Ist Mr. Sanders – ist er mit Ihnen gekommen? Sehen Sie, ich traf ihn auf dem Weg zu Ihrem Haus, als ich herunterkam.

„Ja, er ist da und redet über die Probleme mit meinem Vater", antwortete Helen ziemlich unbeholfen. „Er kam zum Frühstück herein, aber – aber ich saß nicht am Tisch. Ich war bei Mam' Linda." Und daraufhin errötete Helen noch tiefer bei dem Gedanken, dass diese letzten Worte wie absichtlicher und sogar anmaßender Balsam für die Empfindlichkeit eines abgelehnten Bewerbers klingen könnten.

„Ich hatte Angst, er könnte draußen warten", sagte Carson verlegen. „Ich möchte einem Fremden in der Stadt Gastfreundschaft erweisen, wissen Sie, aber irgendwie kann ich in seinem Fall nicht ganz meiner Pflicht nachkommen."

„Das wird von Ihnen nicht erwartet", und Helen war erneut gestolpert, wie ihre frische Farbe bewies. „Ich meine, Carson –" Aber sie konnte nicht weiter gehen.

„Nun, ich bin dem sowieso nicht gewachsen", antwortete Carson mit zusammengepressten Lippen und einem festen, ehrlichen Blick. „Ich mag ihn persönlich nicht. Ich hege keinen wirklichen Groll gegen ihn. Nach allem, was ich von ihm gehört habe, verdient er die Liebe und den tiefsten Respekt jeder Frau. Ich bin während seines Aufenthalts einfach nicht im Unterhaltungsausschuss vertreten."

„Ich – ich – bin nicht hergekommen, um über Mr. Sanders zu sprechen", sagte Helen auf dem kürzesten Weg von dem schwierigen Thema. „Mir scheint, du solltest mich hassen. Ich weiß, dass ich Ihnen durch meine Sorge um Pete endlosen Ärger und den Verlust politischen Einflusses bereitet habe. Letzte Nacht hast du getan, was kein anderer Mann getan hätte oder hätte tun können. Oh, es war so mutig, so edel, so herrlich! Ich lag fast die ganze Nacht wach und dachte darüber nach. Deine wundervolle Rede hallte immer wieder in meinen Ohren wider. Während es tatsächlich losging, war ich zu aufgeregt, um zu weinen, aber ich weinte vor Freude, als ich hinterher noch einmal darüber nachdachte."

„Oh, das war doch nichts!" „Sagte Dwight und zwang sich zu einem leichten Ton, obwohl seine Röte abgeklungen war. „Ich wusste, dass du und Linda den Jungen retten wollten, aber es war nichts. Ich bin kein Risiko eingegangen. Es hat nur Spaß gemacht – ein Fußballspiel mit einem menschlichen Schweinsleder, das hier und da von einer rasenden Horde von Spielern geklaut wurde. Als es von selbst zu meinen Füßen fiel und ich es in die Hand genommen hätte, hätte ich es über die Ziellinie gebracht oder wäre bei dem Versuch gestorben, besonders als du und Sanders – der mich in einem größeren Spiel geschlagen hat – dabeistanden und zusahen. Oh, ich bin nur natürlich! Ich wollte gewinnen, weil – erstens, weil es Ihr Wunsch war, und – weil *dieser Mann da war.* "

Helens Blick fiel auf den zerlumpten Teppich, der sich von ihren Füßen bis zur Tür erstreckte und mit dem getrockneten Schlamm eines kürzlichen Regens verstopft war. Dann schaute sie sich hilflos im Raum um und betrachtete die staubigen, offenen Bücherregale und Garners verrufenen Schreibtisch, der mit Broschüren, gedruckten Formularen für Schuldscheine und Hypotheken, Zigarrenstummeln und alten Briefen übersät war. Ihr Blick blieb länger auf den schmuddeligen, kleinverglasten Fenstern hängen, an denen Spinnweben hingen.

„Du erwähnst immer seinen Namen", sagte sie fast verärgert. „Ist es ihm gegenüber wirklich ganz fair?"

„Nein, ist es nicht", gab er schnell zu. „Und von diesem Moment an hat diese Art von Scherz ein Ende. Was kann ich nun für Sie tun? Du bist gekommen, um über Pete zu sprechen."

Sie zögerte einen Moment. Nach allem, was sie gesagt hatte, war es fast so, als ob, wenn das Thema fallen gelassen werden sollte, ihr und nicht seines das letzte Wort sein sollte.

„Ich bin gekommen, um Ihnen zu sagen, dass Mam' Linda und ich gerade das Gefängnis verlassen haben. Sie war so aufgeregt und schwach, dass ich Onkel Lewis dazu brachte, sie in einem Kinderwagen nach Hause zu bringen. Er sagt, sie habe die ganze letzte Nacht die Augen nicht geschlossen und sich heute Morgen geweigert, ihr Frühstück anzurühren. Dann verunsicherte sie der Anblick von Pete in seinem schrecklichen Zustand völlig. Hast du ihn letzte Nacht gut sehen können, Carson – ich meine im Licht?"

"NEIN." Dwight zuckte mit den breiten Schultern. „Aber er sah schon schlimm genug aus."

„Der Anblick hat mich krank gemacht", sagte Helen. „Der Gefängniswärter ließ uns in den engen Gang gehen und wir sahen ihn durch die Gitterstäbe der Zelle. Ich hätte ihn nie auf der Welt gekannt. Seine Kleidung war völlig zerfetzt und sein Gesicht und seine Arme waren aufgerissen und verletzt, seine Füße waren nackt und bluteten. Die arme Mama stand einfach da, starrte ihn an und rief: „Mein Junge, mein Baby, mein Baby!" Carson, ich glaube fest daran, dass er unschuldig ist."

„Das tue ich auch", antwortete Dwight prompt. „Das heißt, ich bin mir einigermaßen sicher. Ich werde es *sicher wissen*, wenn ich heute mit ihm rede."

„Dann werden Sie seine Freiheit sichern, nicht wahr?" fragte Helen eifrig. „Ich habe Mama versprochen, mit dir zu reden und ihr einen Bericht darüber zu bringen, was du gesagt hast."

„Ich werde alles tun, was in meiner Macht steht", sagte Dwight; „Aber ich möchte keine falschen Hoffnungen wecken, nur um dich und Linda später nur noch mehr zu enttäuschen."

„Oh, Carson, sag mir, was du meinst. Sie scheinen sich des Ergebnisses nicht sicher zu sein."

„Du musst versuchen, das Ding mutig anzusehen, Helen", sagte Dwight bestimmt. „Da steckt mehr drin, als sich ein unerfahrenes Mädchen vorstellen kann. Ich denke, wir können morgen einen Prozess veranstalten, aber es scheint oft so, dass die Leute gerade während solcher Prozesse am meisten aufgeregt sind; und dann, wissen Sie, müssen der heutige Tag und die heutige Nacht vergehen, und –" Er brach ab und wich ihrem ernsten, fragenden Blick aus.

„Mach weiter, Carson, du kannst mir vertrauen, wenn ich nur ein Mädchen *bin*.“

„Um die Wahrheit zu sagen“, gab Dwight nach, „es sind die nächsten vierundzwanzig Stunden, die mir am meisten Angst machen.“ Der Mob gestern Abend bestand offenbar größtenteils aus Männern hier in der Stadt, Arbeitern in den Fabriken und Eisengießereien – von denen viele mich persönlich kennen und an meine Versprechen glauben. Wenn es bei ihnen bliebe, hätte ich wenig zu befürchten, aber es sind die unmittelbaren Nachbarn des toten Mannes und der toten Frau, die Mitglieder der Bande der White Caps, die Pete ausgepeitscht haben, und fühlen sich persönlich beleidigt durch das, was sie für sein Eigentum halten Verbrechen – das sind die Männer, Helen, von denen ich Ärger fürchte.“

Helen war blass und ihre Hände zitterten, obwohl sie sich tapfer bemühte, ruhig zu bleiben.

„Befürchten Sie immer noch, dass sie aufstehen und ihn aus dem Gefängnis holen könnten? Oh!" Sie faltete fest ihre Hände und stand ihm gegenüber, in ihren wunderschönen Augen wuchs ein Ausdruck des Entsetzens. „Und lässt sich nichts machen? Herr Sanders sprach heute Morgen davon, dem Gouverneur zu telegrafieren, er solle Truppen zur Bewachung des Gefängnisses schicken.“

"Ah, das ist es!" sagte Carson grimmig. „Aber wer soll diese Verantwortung auf sich nehmen? Ich kann nicht, Helen. Es könnte der schwerste und schrecklichste Fehler sein, den ein Mensch je gemacht hat, und er würde ihn bis ins Grab verfolgen. Der Gouverneur, der den Puls der Leute hier nicht versteht, könnte dem Wort von irgendjemandem sofort Glauben schenken. Garner und ich kennen ihn ziemlich gut. Wir haben ihm persönlich einen politischen Dienst erwiesen, und er würde alles tun, was er könnte, wenn wir ihm telegrafieren würden, aber – wir konnten es nicht tun. Durch einen Strich unserer Feder könnten wir die Kinder Dutzender ehrlicher weißer Männer zu Waisen machen und ihre Frauen zu Witwen, denn die Bajonette und Schüsse eines Soldatenregiments würden solche Männer nicht von dem abhalten, was sie als heilige Pflicht ihnen gegenüber betrachten Familien und Häuser. Wenn die Truppen des Gouverneurs Militärdienst leisten würden, müssten sie Menschen niederhauen wie Weizen vor einer Sense. Der bloße Anblick ihrer Uniformen wäre für einen wütenden Stier wie ein rotes Tuch. Es wäre eine Katastrophe, wie sie in diesem Staat noch nie stattgefunden hat. Daran kann ich nicht beteiligt sein, Helen, und das würde auch kein anderer denkender Mann im Süden tun. Ich liebe die Männer der Berge zu sehr. Sie wenden sich politisch gegen mich, weil wir etwas unterschiedlicher Meinung sind, aber ich kann mir einfach nicht vorstellen, dass sie wie die Kaninchen im Netz erschossen werden. Pete ist schließlich nur *einer* – sie sind viele und sie handeln gewissenhaft nach ihren Vorstellungen. Die Maschinerie des modernen Rechts bewegt sich für sie zu langsam. Sie haben zu oft erlebt, wie das Verbrechen siegte, als dass sie sich auf ein anderes Urteil als das verlassen hätten, was sie auf ihrer eigenen Vernunft beruhten."

"Ich verstehe; Ich verstehe!" Helen weinte, ihr Gesicht wurde bleich. „Ich gebe dir keine Vorwürfe, Carson, aber die arme Mama; Was kann ich ihr sagen?"

„Geben Sie Ihr Bestes, um sie zu beruhigen und zu ermutigen", antwortete Dwight, „und wir hoffen auf das Beste."

Er stand in der Tür und sah ihr zu, wie sie die kleine Straße entlangging. „Armes, liebes Mädchen!" er überlegte. „Ich musste ihr die Wahrheit sagen. Sie ist zu mutig und stark, um wie ein Kind behandelt zu werden."

Er wandte sich wieder seinem Schreibtisch zu und setzte sich. Auf seinem Gesicht lag ein tiefes Stirnrunzeln. „Ich war kurz davor, die Kontrolle über mich selbst zu verlieren", fuhren seine Gedanken fort. „Noch einen Moment und ich hätte sie wissen lassen, wie sehr ich leide. Das darf sie niemals erfahren – niemals!"

KAPITEL XXII

Eine halbe Stunde später kam Garner herein. Er ging mit einem halben Lächeln im Gesicht durch den Raum, schnupperte wie mit salbungsvoller Freude in der Luft und warf ab und zu einen amüsierten Blick auf seinen unaufmerksamen Partner.

"Wie meinst du das? Was machst du jetzt?" fragte Carson, leicht verärgert darüber, dass seine Gedanken gestört wurden.

„Sie war hier", antwortete Garner. „ Sie hat es mir gerade gesagt, und ich möchte den himmlischen Duft einatmen, den sie in diesem verrufenen Loch hinterlassen hat. Mein Gott, du meinst nicht, dass du sie meine faulen Hausschuhe sehen lässt! Wenn du ein halber Freund gewesen wärst, hättest du sie aus dem Blickfeld geworfen, aber das war dir egal; Sie tragen einen sauberen Kragen und eine Krawatte, und das Pflaster auf Ihrer Alabaster-Stirn würde Sie in das höchste Reich der Auserwählten einweisen – vorausgesetzt, der Türhüter wäre eine Frau und wüsste, wie Sie an Ihre Eintrittskarte gekommen sind. Huh! Ich weiß wirklich nicht, was aus mir wird, wenn ich noch länger mit dir zusammen bin. Ihr Verhalten letzte Nacht hat mich verärgert. Ich ging gegen zwei Uhr ins Bett. Bob Smith leistete Nachtarbeit im Hotel, und als er hereinkam, musste ihm alles erzählt werden; Und kaum war er im Bett, kam Keith herein und Bob musste sich *seine* Version anhören. Ich hatte einen tollen Roman, aber nach dem ganzen Trubel, den Sie durchgemacht haben, war er zu langweilig. Der *Red Avenger*, für den ich mich interessieren wollte, konnte nicht mithalten, selbst als er ohne Sattel an einem wilden Mustang festgeschnallt in einem wahnsinnigen Rennen durch eine brennende Prärie zu Ihrem Pferdeblock-Rettungsakt ritt. Was *du* getan hast, war *neu* , und ich war *dabei* . Das Geschäft mit der brennenden Prärie war übertrieben und das Liebesinteresse an der *Red Avenger* war schwach, während Ihres – *nun ja!* "

Garner setzte sich in seinen knarrenden Drehstuhl und steckte seine Daumen in die Armlöcher seiner Weste.

"Meins?" sagte Carson kalt. „Ich verstehe Ihren Standpunkt nicht ganz."

„Nun, das Liebesgeschäft war trotzdem da", lachte Garner bezeichnend; „Denn so aufregend das alles auch war, ich hatte ein Auge darauf. Ich konnte nicht umhin, mich zu fragen, wie ich mich gefühlt hätte, wenn ich an deiner Stelle gewesen wäre und deine Chancen gehabt hätte."

„ *Meine* Chancen!" Dwight runzelte die Stirn. Es war offensichtlich, dass ihm Garners kühne Eingriffe in sein natürliches Reservat nicht gefielen.

„Ja, deine Chancen, verdammt!" Garner erwiderte lachend. „Weißt du, mein Junge, dass aus psychologischer Sicht der größte, ernsthafteste und leichtgläubigste Esel der Welt der Mann ist, der in eine fremde Stadt kommt, um ihm den Hof zu machen, und nichts anderes zu tun hat als das eine: zu bestimmten Zeiten tagsüber oder abends, während sich alle um ihn herum ihren Geschäften widmen. Ich habe beobachtet, wie dieser Kerl im Büro des Hotels herumlungerte und sich die Zeit zwischen den Besuchen vertrieb, und trotz allem, was ich über seine Stabilität und seinen moralischen Wert gehört habe, kann ich ihn nicht respektieren. Wenn ich an seiner Stelle wäre und eine Woche hier verbringen wollte, würde ich auf der Straße Zigarren verkaufen – ich hätte bestimmt *etwas* , womit ich meine Freizeit verbringen kann. Aber ich wäre entsetzt , wenn du ihm letzte Nacht nichts zum Nachdenken gegeben hättest. Es scheint mir, dass einem solchen Mann ausgerechnet der Anblick einer ehemaligen Geliebten seines schönen Charmeurs, der unter Beschuss und Granatenbeschuss vor ihrem Vorfahren steht, krank werden könnte – krank wie ein Hund im Magen seiner Hoffnungen Villa, die ihre Diener vor einem heulenden Mob wie dieser beschützte, und später zu sehen, wie der Verteidiger mit dem Schritt eines David mit einer Schleuder siegreich für ihre Sache zurückkam, ganz mit Blut bedeckt und immer noch höllisch kämpfend, um seine Freunde zu behalten davor, ihn vor lauter Bewunderung zu ersticken. Sie und Sanders sind vielleicht verlobt, aber ich würde mir die Schuld geben, wenn ich mir an seiner Stelle keine Sorgen machen würde."

„Ich wünschte, du würdest nachlassen, Garner", sagte Dwight fast wütend. „Ich weiß, dass du es gut meinst, aber du verstehst die Situation nicht, und ich habe dir schon einmal gesagt, dass ich nicht gerne darüber rede."

„Ich *wollte* Ihnen sagen, wie es ihm heute Morgen eingebrannt wurde", sagte Garner, nur halb entschuldigend, „und wenn es Ihnen egal ist, werde ich zu Ende kommen."

Carson sagte nichts. Auf seinen Wangen waren rote Flecken, und mit einem neckenden Lächeln fuhr Garner fort: „Ich war gerade an der Ecke stehen geblieben, um mit ihr zu sprechen, als der Major und seine Hoheit aus Augusta zu uns kamen. Der alte Mann platzte vor Begeisterung über das, was Sie letzte Nacht erreicht haben. Nach Aussage des Majors waren Sie der Südstaatler vom höchsten Typ seit George Washington, und der stumpfsinnige alte Kerl wandte sich immer wieder an Sanders, um jede einzelne Aussage zu bestätigen. Sanders tat es mit langsamem Nicken und unartikuliertem Grunzen, etwa so bereitwillig, wie ein seekranker Passagier die Speisen für sein Abendessen angibt, während Helen da stand und errötete wie eine rote Rose. Nun ja", schloss Garner, während er einen seiner ungebundenen Schuhe auszog, um einen Pantoffel anzuziehen, „es mag für

Sie ein kalter Trost sein, wenn man es unter dem Scheinwerferlicht all des Klatsches in der Luft betrachtet, aber Ihr blonder Rivale ist es." eifersüchtig, dass der grüne Saft davon aus den Poren seiner Haut sickert."

„Es ist ihm gegenüber nicht fair, die Sache so zu sehen wie Sie", sagte Dwight. „Unter den gleichen Umständen hätte er meinen Platz einnehmen können."

„Unter den gleichen Umständen, ja", grinste Garner. „Aber es sind die Umstände, die die Dinge auf dieser Welt zu dem machen, was sie sind, und ich sage Ihnen, dieser Mensch braucht die Umstände schlimmer als jeder andere Mann, den ich je gesehen habe. Er macht sich Sorgen. Ich blieb stehen und beobachtete ihn, während er mit ihr weiterging, und ich behaupte, dass es für mich aussah, als hätte er sich bei jedem Schritt unter seinem langen Mantel einen Tritt versetzt. Sag, schau! Ist das nicht Pole Baker auf der anderen Straßenseite? Der Kerl hinter dem Schimmel. Ja, das ist es. Ich werde ihn anrufen. Vielleicht hat er Neuigkeiten aus den Bergen."

Baker folgte der Aufforderung und führte sein Pferd über die Straße, wo die beiden Freunde am Rand des Bürgersteigs warteten.

„Haben sie von der Verhaftung dort gehört, Pole?" Fragte Garner.

„Ja", sagte der Bauer gedehnt. „Ich war heute Morgen in George Wilsons Laden, wo eine große Bande auf Lebensmittellieferungen aus ihren Häusern wartete. Dan Willis hat den Bericht geholt – übrigens, Leute, wir drei, ich wette, er war der Stinktier, der diesen Schuss abgefeuert hat. Ich bin mir da ziemlich sicher, nach dem, was ich von einigen seiner Kumpels erfahren habe."

„Aber was werden sie tun?" fragte Carson besorgt.

„Das ist genau das, was ich dir in der Stadt sagen will ", antwortete der Bergsteiger. „Sie gehen einen völlig neuen Weg. Es ist ein Bericht durchgesickert, wonach Sam Dudlow in der Nacht des Mordes gesehen wurde, wie er in Johnsons Haus umherstreifte, und sie sind ihm auf der Spur. Sie konzentrieren ihre Kräfte, um ihn zu fangen, und da Pete Warren in Sicherheit im Gefängnis ist, sagen sie, dass sie ihn sowieso eine Weile bleiben lassen werden ."

"Gut!" Garner weinte und rieb seine Hände aneinander. „Wir haben jetzt zwei Chancen, mein Junge – entweder Pete vor Gericht als unschuldig zu beweisen oder indem sie den richtigen Mann fangen. Meiner Meinung nach ist Dudlow der Waschbär, der den Job gemacht hat, und ich glaube, er hat es alleine gemacht. Pete ist zu feige und wurde zu gut erzogen. Jetzt machen wir uns an die Arbeit. Du gehst mit dem Gefangenen reden, Carson, und schickst ihn auf deinen verrückten dritten Grad. Er wird es gestehen, wenn er es getan hat, und wenn ja, möge der Herr seiner Seele gnädig sein! Ich werde nicht helfen, ihn zu verteidigen."

„Dafür stehe ich", sagte Pole Baker. „Es ist heutzutage genug Mühe, unschuldige Nigger zu retten, ohne sich um die Schuldigen zu kümmern . *Der Grund für all diese Gesetzlosigkeit ist ohnehin* der Versuch, die Bösen gegen ein kleines Honorar zu beschützen.

KAPITEL XXIII.

Als Anwalt des Gefangenen hatte Carson keine Schwierigkeiten, ihn zu sehen. An der Außentür des roten Backsteingebäudes mit Schieferdach und Dachfenstern traf Dwight Burt Barrett, den Gefängniswärter, einen großen, aber kräftigen jungen Mann, der einst in den Bergen gelebt und Schwarzbrenner gewesen war und für den er bekannt war sein grimmiger Mut in jedem Notfall.

„Soweit ich weiß, ist der Prozess für morgen angesetzt", bemerkte er, als er die Außentür öffnete, die in einen Flur führte, an dessen Ende sich der Teil des Hauses befand, in dem er mit seiner Frau und seinen Kindern lebte.

„Ja", antwortete Carson; „Der Richter hat telegraphiert, dass er unbedingt kommen wird."

Der Gefängniswärter zuckte mit den Schultern und lachte. „Ich fühle mich ein bisschen besser darüber als letzte Nacht. Ich verstehe, dass die Mafia uns in Ruhe lassen wird, bis sie Sam Dudlow fangen können ; Wenn sie diesen Kerl in die Finger bekommen, werden sie bestimmt grillen – ich lebe. Was Pete betrifft, kann ich mir keine Meinung über ihn bilden; Er ist ein kleiner Nigger und kein Fehler. Er hat eine gute, alte Mutter und einen guten Papa, und keiner von Major Warrens Niggern war jemals in der Kettenbande, aber dieser Junge hat viel geredet und war in mächtiger, schlechter Gesellschaft. Wenn Sie ihn aus den Fängen der Mafia heraushalten können, können Sie ihm vielleicht den Hals retten, aber Sie haben einen Job vor sich."

„Ich möchte Sie fragen, was Sie davon halten, das Gefängnis mit einem Wachmann zu bewachen", sagte Carson, als sie am Fuß der Treppe standen, die zu den Zellen im darüber liegenden Stockwerk führte.

„Was mich betrifft, hoffe ich, dass Sie es nicht machen lassen", sagte Barrett. „Um deinen Hals zu retten, könntest du keine Männer herbeirufen, die keine Vorurteile gegenüber dem Nigger hätten , und wenn die Meldung herauskäme, dass wir im Gefängnis eine Truppe eingesetzt hätten, würde das die Menge nur noch wütender machen und sie noch wütender machen." schneller handeln. Hundert bewaffnete Bürger würden eine Lynchbande nicht aufhalten – kein einziger Schuss würde von weißen Männern auf weiße Männer abgefeuert werden, was hätte das also für einen Nutzen?"

„Genau das denkt der Sheriff, Burt", antwortete Carson. „Ich gehe davon aus, dass das Einzige, was wir tun können, darin besteht, die Festnahme wie gewohnt zu behandeln. Ich tue alles, was ich kann, um den Menschen zu versichern, dass es ein faires und schnelles Verfahren geben wird."

Sie hatten das obere Ende der Treppe erreicht und befanden sich in der Nähe von Petes Zelle, als sich der Gefängniswärter umdrehte und mit leiser Stimme fragte: „Sind Sie bewaffnet?"

„Warum, nein", sagte Carson überrascht.

„Guter Gott! Dann würde ich Ihnen nicht raten, in die Zelle zu gehen. Ich kenne Nigger, die ihre besten Freunde töten, wenn sie verzweifelt sind."

„Davor habe ich keine Angst", lachte Dwight. „Ich muss rein. Ich will die ganze Wahrheit wissen und kann durch das Gitter nicht mit ihm reden. Ist er in der Zelle rechts?"

„Nein, der erste links; Es ist das einzige im Gefängnis, das eine doppelte Sperre hat ."

In einer Ecke des einigermaßen gut beleuchteten Raumes stand ein wahrer Käfig, dessen Seiten, Ober- und Unterseite aus schwerem Stahlgitterwerk bestanden. Als der Gefängniswärter die massive Tür aufschloss, spähte Carson durch einen der Plätze und bot einen äußerst erbärmlichen Anblick, denn als er den Schlüssel im Schloss hörte, hatte sich Pete in seinen Lumpen und seinem aufgerissenen und geschwollenen Gesicht niedergekauert seine schmuddelige Decke und blieb vor Angst zitternd liegen.

"Aufstehen!" befahl der Gefängniswärter in einem nicht unfreundlichen Ton; „Es ist Carson Dwight, Sie zu sehen."

Bei diesen Worten erhellte sich das Gesicht des Negers, seine Augen strahlten in einem plötzlichen Aufflackern der Erleichterung, und er erhob sich schnell. „Oh, Marse Carson, ich hatte Angst –"

„Sperren Sie uns ein", sagte Dwight zum Gefängniswärter; „Wenn ich fertig bin, rufe ich dich an."

„In Ordnung, du kennst ihn besser als ich", sagte Barrett. „Ich werde unten warten."

„Pete", sagte Carson sanft, als sie allein waren, „deine Mutter sagt, sie möchte, dass ich dich im Rahmen der gegen dich erhobenen Anklage verteidige. Wünschst du es dir auch?"

„Yasser, Marse Carson; Aber, Marse Carson, ich weiß überhaupt nichts darüber , was du tust. „ Fo " Gott, Marse Carson, ich sage dir de trufe . Lawsy, Marse Carson, ihr solltet mich hier rausholen, wenn ihr es ihnen sagt Lass mich gehen. Sie alle kennen dich, Marse Carson, en Sie wissen, dass niemand ähm ist, ähm , die netten schwarzen Leute sind nicht ähm Ich habe etwas Schlimmes getan . Schauen Sie, wie sie sich gestern Abend geschlagen haben! Mist! Sie würden nicht genug von meinem Haar für das Kolibri-Nest lassen, wenn ich nicht rechtzeitig bei dir gewesen wäre. Der Packer, die heulenden Rapscallions, wollte mir das Hackfleisch zerreißen, als du diese große Rede gehalten hast, und sie haben ihnen allen das Gefühl gegeben, Lak zu sein in Löchern kriechen . Sag es ihnen , Marse Carson – sag dem Gefängniswärter, dass er mich rauslässt . Der Mann weiß, dass du kein Dummkopf bist . Er weiß, dass Sie der größte Anwalt in de Souf sind . Habe ich nicht gehört, wie der alte Marster sagte: „Du gibst dich auf, auf , auf, auf, bis du auf dem Platz von de Jedge in de Cote Platz nimmst?" Letzte Nacht, als du auf sie geschossen hast und sie auf diese Weise losgelassen hast , wusste ich , dass ich in Sicherheit war, aber ich verstehe nicht, worauf ihr alle wartet . Ich möchte nach Hause gehen , zu Mama, Marse Carson. Sieh mal , sie war krank, und sie hat geweint, und das junge Mädchen war auch krank. Marse Carson, *was ist los mit mir?* Was habe ich getan? Ich bin kein schlechter Nigger. Unc 'Richmond, auf der Farm, das war's für mich, weil ich schon Drohungen ausgesprochen habe Dieser weiße Mann hat mich ausgepeitscht . Ich habe viel geredet, Marse Carson, aber ich habe es nie böse gemeint. Ich war wahnsinnig verrückt , und –"

„Hör auf, Pete!" In der Zelle stand ein einfacher Holzhocker, auf den sich Carson setzte. Sein Herz strömte über vor Mitleid mit dem einfachen, vertrauensvollen Wesen vor ihm, als er sanft und doch bestimmt fortfuhr: „Du bist dir dessen nicht bewusst, Pete, aber du bist in der gefährlichsten Lage, in der du jemals warst. Ich bin dazu machtlos lass dich los. Sie müssen vor Gericht gestellt und wegen der Ihnen zur Last gelegten Straftat ernsthaft vor Gericht gestellt werden. Pete, ich werde dich verteidigen, aber ich kann nichts für dich tun, wenn du mir nicht die ganze Wahrheit sagst. Wenn Sie das getan haben, müssen Sie es mir sagen – *ich* , verstehen Sie? Wir sind allein. Niemand kann dich hören, und wenn du es mir gestehst , wird es nicht weitergehen. Verstehst du?"

Dwights Blick war auf den Boden gerichtet. Bis zu diesem Punkt hatte er sich gegen einen zu impulsiven Glauben an die Worte des Negers gewehrt, als dass er sich logischerweise über jeden Zweifel von der Unschuld oder Schuld seines Klienten überzeugen könnte. Es herrschte Stille. Er wagte es nicht, in das zerfetzte Gesicht vor ihm zu schauen, weil er fürchtete, zu lesen, was die zitternde Hand der Selbstverurteilung dort schreiben könnte. Die schiere Länge der darauffolgenden Pause jagte ihm kalte Angststrahlen entgegen. Er wartete noch einen Moment, dann richtete er seinen Blick auf die, die ihn anstarrten. Zu seinem Erstaunen waren sie voller Tränen; die große, schwere Lippe des Negers zitterte wie die eines weinenden Kindes.

„Warum, Marse *Carson!* „Er schluchzte; „Mein Gott, ich dachte, du wüsstest, dass ich es nicht getan habe! Als du ihnen die ganze Nacht erzählt hast , dass ich nicht der Richtige bin, dachte ich, dass du es ernst meinst . Ich habe nie gedacht, dass du – *du* War Wein „Du drehst dich um , ergin mich."

Carson hielt sich mit Mühe zurück und fuhr fort, immer noch ruhig, mit der eindringlichen Beharrlichkeit der grimmigen Gerechtigkeit selbst.

„Wissen Sie dann etwas darüber?" fragte er : „ *Überhaupt irgendetwas?* "

„Nichts, worauf ich schwören könnte, Marse Carson", antwortete Pete und wischte sich die Augen an seinem zerrissenen und ärmellosen Arm.

„Verdächtigst du irgendjemanden, Pete?"

„Yasser, das tue ich, Marse Carson. Irgendwie glaube ich Dass Sam Dudlow es getan hat. Ich glaube es, weil die Leute sagen, er sei weggelaufen; Und was hat er davonlaufen lassen, um zu verhindern, dass er einer ist? Oh, Marse Carson, ich habe geweint, dass ich so viel Zeit hatte, wie es ist , aber ef *Du* Wein jine de rest uv um en –"

"Stoppen; denken!" Carson fuhr fast streng fort, so sehr war er darauf bedacht, wichtige Fakten über die Situation zu erfahren. „Ich möchte wissen, Pete, warum du denkst, dass Sam Dudlow die Johnsons getötet hat. Haben Sie einen anderen Grund, außer dass er gegangen ist?"

geschafft , Marse Carson, denn eines Tages, als ich mit ihm und noch ein paar Niggern Baumwolle in das Lagerhaus deines Vaters lud , hat mich irgendjemand belästigt „Die Streifen von Johnson und Willis blieben auf meinem Rücken, und ich war – ich schoss von meinem Muff ab ." Ich habe es nicht so gemeint, Marse Carson, aber ich habe zu viel geredet , und Sam kam zu mir, er tat es und sagte: „ Du Narr, Nigger; Du kennst das nie, auch wenn es so ist . Es ist nett , dass du dich zurücklegst und das Richtige tust . ' Und , Marse Carson, wenn ich höre, dass die Leute da waren , habe ich es Sam gesagt , in meinem Kopf."

„Pete", sagte Dwight, als er aufstand, um zu gehen, „ich bin fest davon überzeugt, dass du unschuldig bist."

„Gott sei Dank, Marse Carson! Ich dachte, du würdest mir glauben . Also, warum hast du mich rausgelassen ?"

„Das kann ich nicht sagen, Pete", antwortete Dwight so fröhlich wie möglich. „Du brauchst einen Anzug. Ich schicke dir gleich eins."

„Einmal , Marse Carson ?" Das zerfetzte Gesicht strahlte tatsächlich vor Freude wie ein Kind über ein neues Spielzeug.

„Ich wollte ein neues bestellen", antwortete Carson. „Ich hätte lieber eins, ähm „ Wenn du eins hast, kannst du das auch tun ", sagte Pete eifrig. „Verdammt, in dieser Stadt gibt es keinen , du Idiot von New York. Hörst du auf, das braun karierte Modell zu tragen , das du letzten Frühling bekommen hast?"

„Oh ja, das kannst du haben, Pete, wenn du möchtest, und ich schicke dir ein paar Schuhe und andere Dinge."

"Mein Gott! Willst du , Chef? Lawd , werde ich nächsten Sonntag nicht in der Kirche glänzen ? Sag mal, Marse Carson, das bist du nicht Wein „ Lasst mich ähm über den Sonntag hier behalten, oder?"

„Ich werde mein Bestes für dich tun, Pete", sagte der junge Mann, und als der Gefängniswärter die Tür geöffnet hatte , stieg er mit schweren, mutlosen Schritten die Treppe hinunter.

„Armer, armer Teufel!" er sagte zu sich selbst. „Er ist nicht verantwortungsbewusster als ein Baby. Und doch halten unsere Gesetze ihn in seiner finsteren Unwissenheit fester und gnadenloser fest als die höchsten im Land."

KAPITEL XXIV.

TROTZ der Nachricht, die Pole Baker in die Stadt gebracht hatte, über die Absicht der Bergsteiger, im Fall des bereits verhafteten Negers der Gerechtigkeit ihre formale Richtung zu überlassen, herrschte in der ganzen Stadt eine gewisse Aufregung, als der Tag sich seinem Ende näherte. Männer, die jetzt in Darley lebten, aber ehemalige Bewohner des Landes gewesen waren und die Stimmung und den Charakter der geschädigten Menschen kennen sollten, schüttelten den Kopf und lächelten grimmig, als das Thema von Petes bevorstehendem Prozess erwähnt wurde. „Huh!" Einer dieser Männer, der einen kleinen Lebensmittelladen an der Hauptstraße hatte, sagte: „Dieser Nigger wird die Tür des Gerichtsgebäudes nie sehen."

Und diese Meinung wuchs und schien das Gewand der nahenden Nacht zu durchdringen. Die Neger, die auf verschiedene Weise im Geschäftsviertel der Stadt arbeiteten, verließen ihre Posten frühzeitig, und ohne den Weißen oder auch nur ihresgleichen etwas zu sagen, machten sie sich auf den Weg zu ihren Häusern – oder woanders hin. Die Neger, die das unterbrochene Treffen in Neb Wynns Haus abgehalten hatten, waren den ganzen Tag über weniger zu sehen als alle anderen. Der Versuch, Recht und Ordnung zu fördern und der weißen Rasse auf einer gemeinsamen Basis zu begegnen, war grob und doch aufrichtig unternommen worden. Sie hatten innerhalb ihrer begrenzten Möglichkeiten alles getan, was sie konnten; Es lag nun an ihnen persönlich, den wahrscheinlichen Überschwang der kommenden Krise zu vermeiden. Sie befürchteten, dass ihr heimliches Treffen nicht verstanden wurde. Tatsächlich musste der jetzige Gefangene allem Anschein nach wissentlich von ihnen beherbergt worden sein. Es wäre leicht zu erklären; Es wäre unmöglich, eine wütende, rassenverrückte Meute von ihren freundlichen, hilfsbereiten Absichten zu überzeugen. Daher schloss Neb Wynn, der lange Kopf und jetzt eine schweigsame Zunge, sein Domizil ab und schlich mit seiner Frau und seinen Kindern durch die dunkelsten Straßen und Gassen zum Haus eines Bürgers, dem einst sein Vater gehört hatte.

„ Marse George", sagte er. „Ich möchte, dass du mich und meine Eltern nachmittags mitnimmst . "

„Alles klar, Neb", antwortete der Weiße; „Wir haben viel Platz. Gehen Sie in die Küche und holen Sie sich Ihr Abendessen. Ich wusste nicht, dass es so schlimm ist, aber um auf der sicheren Seite zu sein, kann es gut sein."

Kurz nach Einbruch der Dunkelheit ging Carson zum Abendessen nach Hause. Als er sich dem Eingangstor näherte, bemerkte er, dass das Warren-Haus sowohl im oberen als auch im unteren Teil beleuchtet war und dass eine Gruppe von Personen auf der Veranda stand. Er bemerkte die gewaltige Gestalt des alten Lewis und den gesenkten, mit Kopftüchern bekleideten

Kopf von Linda, und neben ihnen standen Helen, der Major, Sanders und Keith Gordon, die offensichtlich Trost spendeten.

Carson betrat gerade das Tor, als Keith ihn in der Dämmerung erkannte und ihm ein Zeichen gab, zu warten. Und Keith verließ die anderen und kam zu ihm.

„Ich muss dich sehen, Carson", sagte er mit einer Stimme, die noch nie so ernst geklungen hatte. „Können wir reingehen? Wenn Mam' Linda dich sieht, ist sie hinter dir her. Sie ist furchtbar verärgert."

„Komm in die Bibliothek", sagte Carson. „Ich sehe, es ist beleuchtet. Dort werden wir nicht gestört."

In dem großen, quadratischen Raum mit seinen einfachen Möbeln und tristen Farbtönen ließ sich Carson, erschöpft von seiner nervösen Anspannung und dem Schlafmangel, in einen Sessel sinken und bedeutete seinem Freund, sich einen anderen zu nehmen, während Keith nervös seinen Hut in seinem wirbelte Hände, stand weiter.

„Es ist schrecklich, alter Mann, einfach schrecklich!" er sagte. „Seit Sonnenuntergang bin ich dort gewesen und habe versucht, diesen alten Mann und diese alte Frau zu beruhigen, aber welchen Nutzen hatte das?"

„Dann hat sie Angst ...", begann Carson.

"Besorgt? Guter Gott! Wie konnte sie es verhindern? Der Negerprediger und seine Frau kamen zu ihr und Lewis und versuchten offen gesagt, sie auf das Schlimmste vorzubereiten. Onkel Lewis ist sprachlos und Linda hat das Tränenvergießen hinter sich. Hand in Hand gehen die alten beiden einfach auf dem Boden auf und ab wie aufgestachelte Tiere, in denen Menschenherzen und -seelen verschlungen sind. Dann Helen – das arme, liebe Mädchen! Ist das nicht eine schöne Heimkehr für sie? Ich habe Lust zu kämpfen, und doch gibt es nichts zu treffen als leere, herzlose Luft. Es ist mir egal, ob du es weißt, Carson." Keith ließ sich auf einen Stuhl sinken und beugte sich vor, seine Augen glitzerten im verdichteten Tau angespannter Emotionen. „Ich leugne es nicht. Helen ist das einzige Mädchen, das mir jemals etwas bedeutet hat. Sie hat mich sehr freundlich behandelt, seit sie meine Gefühle entdeckte, und mir auf die süßeste Weise die völlige Hoffnungslosigkeit meines Falles klar gemacht, aber mir geht es immer noch genauso. Ich dachte, ich würde darüber hinauswachsen, aber als ich heute ihren Kummer sah, wurde mir gezeigt, was sie für mich bedeutet – und was sie immer sein wird. Ich werde sie mein ganzes Leben lang lieben, Carson. Sie leidet schrecklich darunter. Sie liebt ihre alte Mutter so sehr, als wären sie aus Fleisch und Blut. Oh, es war erbärmlich, einfach erbärmlich! Helen versuchte gerade, sie zu beruhigen, und die alte Frau legte plötzlich ihre Hand auf ihre Brust und schrie: „Sprich nicht mit mir , Schatz, ich habe dich und

- 139 -

Pete an dieser Brust gestillt, an der Brust dieses Jungen." *ich* – mein eigenes Selbst, Herz und Seele, en Gott sei Dank , lasst uns die Männer hängen In dieser Nacht werde ich mich verfluchen in meinem Grab.'"

„Arme alte Frau!" Carson seufzte. „Wenn es zu ihr kommen muss, wäre es besser, es hinter sich zu bringen. Es wäre besser gewesen, wenn ich gestern Abend zurückgeblieben wäre und ihnen ihren Willen gelassen hätte."

„Oh nein", protestierte Keith; „Das ist Lindas einziger Trost. Sie holt kaum einen Atemzug, ohne Ihren Namen auszusprechen. Sie glaubt immer noch, dass ihre einzige Hoffnung in dir ruht. Sie sagt, dass dir noch etwas einfallen wird – dass du noch etwas tun wirst, um die Sache zu verhindern. Das schreit sie hin und wieder. Oh, Carson, ich zähle nichts, aber vor Gott kann ich ehrlich sagen, dass ich mein Leben dafür geben würde, dass Linda so über mich redet – vor Helen."

Carson stöhnte, seine angespannten Hände waren wie Stahlzinken vor ihm verschränkt, sein Gesicht war totenbleich. „Du würdest kein Gerede oder leere Komplimente mögen, wenn du wie ich an Händen und Füßen gefesselt wärest", sagte er. „Es ist Spott. Es ist Essig, der in meine Wunden gerieben wird. Es ist die Hölle!"

Er riss sich von seinem Stuhl auf und begann im Zimmer umherzulaufen wie ein ruheloser Tiger im Käfig. Sein Spaziergang führte ihn in die Halle, völlig vergessend für die Anwesenheit seines Freundes. Dort kam ein farbiges Dienstmädchen zu ihm und sagte: „Ihre Mutter will Sie, Herr."

Er starrte das Mädchen einen Moment lang ausdruckslos an, dann schien er sich zusammenzureißen. „Hat meine Mutter gehört –?"

„Nein, Sir, Ihr Vater hat uns gesagt, wir sollen sie nicht erregen."

„In Ordnung, ich gehe hoch", sagte Carson. „Sagen Sie Mr. Gordon in der Bibliothek, er soll auf mich warten."

„Ich habe mich gefragt, ob du gekommen bist", sagte der Kranke, als er sich über ihr Bett beugte, ihre Hand nahm und sie küsste. „Ich nehme an, Sie waren den ganzen Tag mit Petes Fall beschäftigt?"

„Ja, sehr beschäftigt, liebe Mutter."

„Und ist jetzt alles in Ordnung? Dein Vater hat mir gesagt, der Prozess sei für morgen angesetzt. Oh, Carson, ich bin sehr stolz auf dich. Gestern Abend habe ich Ihre Rede gehört, und sie schien mich auf den Thron Gottes zu erheben. Oh, du hast recht, du hast recht! Es ist unsere Pflicht, diese armen Geschöpfe zu lieben und mit ihnen zu sympathisieren. Sie sind immer noch Kinder in den Wiegen ihrer früheren Sklaverei. Sie können nicht für sich selbst handeln. Ihre Verbrechen sind hauptsächlich auf das Fehlen der führenden Hände zurückzuführen, die sie einst hatten. Oh, mein Sohn, dein Vater ist wütend auf dich, weil du durch solch eine radikale Haltung deine politischen Chancen verspielt hast, aber selbst wenn du dadurch das Rennen verlierst, werde ich umso stolzer auf dich sein, denn du hast gezeigt, dass du das nicht tun wirst Verkauf dich. Ich wünschte, ich könnte morgen zum Gerichtsgebäude gehen, aber der Arzt lässt mich nicht. Er sagt, dass ich gestern Abend keinen weiteren Schock wie diesen erleiden darf, als ich den Schuss hörte, dich taumeln sah und dachte, du wärst getötet. Sohn, hörst du zu?"

„Warum, ja, Mutter. Ich …" Seine Gedanken waren wirklich woanders. Er hatte ihre Hand losgelassen und stand mit gerunzelter Stirn und zusammengezogenen Lippen im Schatten, den die Lampe auf einen Tisch daneben und die hohen Pfosten des altmodischen Bettgestells warf.

„Ich dachte, du denkst an etwas anderes", sagte der Kranke klagend.

„Ich hatte wirklich Bedenken, Keith alleine unten zu lassen", sagte Carson. „Vielleicht sollte ich jetzt besser runterlaufen, Mutter."

„Oh ja, ich wusste nicht, dass er da ist. Bitte ihn zum Abendessen."

„Alles klar, Mutter", und er verließ das Zimmer mit langsamen Schritten und fand Gordon unten auf der Veranda, der unruhig an einer Zigarre paffte, während er hin und her ging .

„Helen hat mich gerade an den Zaun gerufen", sagte Keith. „Sie ist völlig in Stücke gerissen. Sie verlässt sich jetzt ausschließlich auf dich. Sie hat dir eine Nachricht geschickt."

"Mich?"

„Ja, während ihr die Tränen über die Wangen liefen, sagte sie einfach: ,Sagen Sie Carson, dass ich bete, dass ihm eine Möglichkeit einfällt, diese Katastrophe abzuwenden."

"Sie sagte, dass!" Carson drehte sich um und starrte durch die zunehmenden Schatten zum Gefängnis. Es gab eine kurze Pause, dann fragte er in einem rauhen, scharfen und krächzenden Tonfall: „Keith, könntest du heute Abend fünfzehn Männer zusammenbringen, die mir durch persönliche Freundschaft treu bleiben und mir helfen würden, eine Entscheidung zu treffen?" zu – zu dem, was am besten ist?"

„Zwanzig, Carson – zwanzig, die bei einem Wort von dir ihr Leben riskieren würden."

„Vielleicht müssen sie Opfer bringen –"

„Das würde keinen großen Unterschied machen; Ich kenne diejenigen, auf die Sie sich verlassen können. Du hast echte Freunde, die treuesten und mutigsten, die ein Mann jemals hatte."

„Dann nehmen Sie so viele wie möglich mit und treffen Sie mich um neun Uhr in Blackburns Laden. Wir erreichen vielleicht nichts, aber ich möchte mit ihnen reden. Gott weiß, dass es die einzige Chance ist. Nein, das kann ich jetzt nicht erklären. Es gibt keinen Moment zu verlieren. Sagen Sie Blackburn, er soll die Türen geschlossen halten und sie so heimlich und leise wie möglich im hinteren Teil versammeln.

„In Ordnung, Carson. Ich werde die Männer dort haben."

KAPITEL XXV.

Als Carson gegen neun Uhr abends die Eingangstür von Blackburns Laden erreichte, stellte er fest, dass sie geschlossen war. Einen Moment lang stand er unter dem rohen Holzschuppen, der den Bürgersteig überdachte, und blickte die verlassene Straße auf und ab. Es war eine dunkle Nacht, und aus der Sicht der schweren, unruhigen Wolken schien hinter den Hügeln im Westen kein starker Wind zu wehen. Er überlegte gerade, wie er seine Anwesenheit am besten seinen Freunden im Laden signalisieren sollte, als er ein leises Pfeifen hörte und Keith Gordon, während der flackernde Schein einer Zigarre sein erwartungsvolles Gesicht beleuchtete, aus einer dunklen Tür trat.

„Ich habe auf dich gewartet", sagte er mit vorsichtigem Unterton. „Sie werden ungeduldig. Weißt du, sie dachten, du wärst früher hier."

„Ich konnte nicht entkommen, solange meine Mutter wach war", sagte Carson. "DR. Stone war da und warnte mich, nachts nicht zu gehen. Sie kann keine Aufregung mehr ertragen. Also musste ich bei ihr bleiben. Ich las ihr vor, bis sie einschlief. Wer ist hier?"

„Die Bande und ganze fünfzehn weitere treue Kerle – Sie werden sie im Inneren sehen, jeder von ihnen mit einer Waffe. Im letzten Moment hörte ich, dass Pole Baker unten auf dem Wagenhof war, und ich habe ihn geschnappt."

"Gut; Ich bin froh, dass du es getan hast. Jetzt lasst uns reingehen."

„Noch nicht, alter Mann", wandte Keith ein. „Blackburn gab den besonderen Befehl, die Tür nicht zu öffnen, wenn jemand in Sicht war. Lass uns zur Ecke gehen und uns umschauen."

Sie gingen zum alten Bankgebäude an der Ecke und stellten sich am Fuß der Treppe, die zum Arbeitszimmer hinaufführte. Niemand war in Sicht. Auf der anderen Seite der zahlreichen Gleise des Rangierbahnhofs stand eine Dampfmühle, die Tag und Nacht mahlte, und das gleichmäßige Schnaufen der Lokomotive hallte monoton in ihren Ohren wider. In einem roten Lichtschein sahen sie die schattenhafte Gestalt des Ingenieurs, der das Feuer schürte.

„Jetzt ist der Weg frei", sagte Keith; „Wir können hineingehen, aber ich möchte dich auf eine Enttäuschung vorbereiten, alter Mann."

Carson starrte durch die Dunkelheit, während sie Arm in Arm zurück zum Laden gingen. "Was meinen Sie-"

„Ich werde es dir sagen, Carson. Das Treffen dieser Leute heute Abend ist ein großer Beweis für die wunderbare Wertschätzung, die sie Ihnen entgegenbringen. Kein anderer Mann hätte sie zu einem solchen Zeitpunkt zusammenbringen können; Aber trotzdem werden sie es nicht zulassen – sehen Sie, Carson, sie hatten dort Zeit, darüber zu reden, und sind sich einstimmig darüber einig, dass es schlimmer als Torheit wäre, mit Gewalt Widerstand zu leisten . Pole Baker brachte einige verlässliche Nachrichten, zuverlässig und schrecklich. Warum, hat er uns gerade gesagt – aber warten Sie. Er wird dir davon erzählen."

Mit einem Klopfen an der Tür, das man von innen erkannte, wurden sie von Blackburn eingelassen, der sich in den Schatten zurückzog, schnell den Fensterladen schloss und wieder verriegelte. Im unsicheren Licht einer Lampe mit trübem Schornstein sah Dwight auf der Plattform im Hintergrund, auf Kisten, Nagelfässern, Stühlen, einem Tisch und einem Schreibtisch sitzend, eine bunte Ansammlung seiner Freunde und Unterstützer. Kirk Fitzpatrick, der muskulöse, schwarzhändige Kesselflicker, der für jeden Moment einen Scherz parat hatte, war da; Wilson, der Schuhmacher; Tobe Hassler, der deutsche Bäcker; Tom Wayland, der gutherzige Drogenbeamte, dessen Haar so rot wie Blut war; Bob Smith, Wade Tingle und Garner, dicht an die Lampe geschmiegt und wie ein Buckliger aussehend, so tief in einer Zeitung versunken, dass er völlig taub und blind für Geräusche und Dinge um ihn herum war. Außer den genannten gab es noch mehrere andere glühende Freunde des Kandidaten.

„Nun, hier sind Sie endlich", rief Garner und warf seine Zeitung weg. „Wenn ich nichts zum Lesen gehabt hätte, wäre ich geschlafen. Ich weiß zwar nicht mehr als ein Kaninchen, was Sie vorschlagen wollen, aber was auch immer es ist, wir sind spät genug dabei."

Eilig erklärte Carson den Grund für seine Verzögerung und setzte sich auf den Stuhl, den ihm der Tinner mit der Miene eines stolzen Untergebenen entgegenschob. Als er sich setzte und das Lampenlicht auf sein verhärmtes Gesicht fiel, war die Gruppe von Mitgefühl und einem seltsamen, weitreichenden Respekt überwältigt, den sie kaum verstehen konnten. Heute Nacht standen sie mehr als sonst im Bann jener inneren Kraft, die sie alle an ihn gebunden hatte und die, wie sie spürten, nur durch Schande gebrochen werden konnte. Und doch saßen sie dort so grimmig aneinandergeschmiegt an ihm, dass er es schon in ihrer Haltung spürte.

„Die Wahrheit ist" – Garner unterbrach die unangenehme Pause – „ wir gehen davon aus, dass Sie uns heute Abend zusammengebracht haben, um offenen Widerstand zu leisten – natürlich für den Fall, dass der Mob Ihrem Mandanten Schaden zufügt." Das scheint das Einzige zu sein, was eine Gruppe von Männern tun kann. Aber, mein lieber Junge, diese Frage hat zwei Seiten. Aus Ihren eigenen Gründen, zu denen vor allem der schönste Grundsatz gehört, dafür zu sorgen, dass der bescheidenste Mensch gerecht wird – aus diesen Gründen fordern Sie Ihre Freunde auf, Ihnen beizustehen, und sie werden, denke ich, bis zum Ende stehen, aber Es liegt an Ihnen, Carson, vernünftig zu handeln und ebenso bereitwillig an die Interessen von uns allen zu denken wie an die des unglücklichen Gefangenen. Heute Abend diesem Mob durch Opposition zu begegnen, würde – nun ja, fragen Sie Pole Baker nach den neuesten Nachrichten. Wenn Sie gehört haben, was er für wahr hält, werden Sie sicher die völlige Sinnlosigkeit jeglicher Bewegung erkennen."

Alle Augen waren nun auf den hageren Bergsteiger gerichtet, der auf einem umgedrehten Nagelfass saß und ein Stück Holz zu einer feinen Spitze schnitzte, das er ab und zu automatisch zwischen seine weißen Vorderzähne schob.

„Nun, Carson", begann er in gedehntem Tonfall, „ich habe dich gegrüßt – wir würden gerne wissen, wie das Land liegt, und da ich eine Art unterirdische Art hatte, an Fakten aus erster Hand zu gelangen , habe ich mich darauf eingelassen." Alle Informationen, die ich konnte, und kommen Sie in die Stadt. Ich hatte gehört, wie niedergeschlagen es deiner Mutter ging und wie leicht sie sich vor Aufregung aufregen konnte, also bin ich nicht zu dir nach Hause gegangen. Ich habe Keith getroffen, und er hat mir gesagt, dass ich dich bei diesem Treffen sehen könnte , und also habe ich gewartet. Carson, mit dem Waschbär ist alles klar. Keine Macht unter dem Himmel konnte seinen Hals retten. Der Bericht, der heute Morgen verbreitet wurde, zielte bewusst darauf ab, die Behörden aus der Fassung zu bringen. Nur noch etwa dreißig Männer sind Sam Dudlow auf der Spur – der Rest, Hunderte und Aberhunderte, in Gruppen und Fraktionen, jede Fraktion trägt eine Flagge, um zu zeigen , woher sie kommt, und alle in weiße Laken gekleidet, ist auf dem Weg hierher. "

„Meinst du genau in diesem Moment?" fragte Carson, als er aufzustehen begann.

Pole bedeutete ihm, sich zu setzen.

„Sie werden erst gegen zwölf Uhr hier sein", sagte er. „Sie haben die Nachricht untereinander weitergegeben und ein Treffen vereinbart, damit alle Fraktionen am alten Sandsome- Platz, zwei Meilen außerhalb der Springtown Road, teilnehmen können . Von dort aus werden sie um halb elf zum Marsch zum Gefängnis aufbrechen. Es wird nach zwölf sein, bevor sie hier ankommen. Pete hat so lange Zeit, seinen Frieden zu schließen, aber nicht länger. Und hier, Carson, bevor ich aufhöre, möchte ich sagen, dass es keinen Mann in diesem Staat gibt, dem ich schneller einen Gefallen tun würde als Ihnen, aber viele von uns heute Abend hier sind

Familienmenschen. Und auch wenn dieser Nigger, wie Sie glauben, unschuldig sein mag, ist sein Leben doch nur ein Leben, während – nun ja" – Baker schnippte mit seinen trockenen Fingern mit einem Klicken, das so scharf war wie das Spannen eines Revolvers – „das würde ich nicht tun Geben Sie *das* für unser Leben, wenn wir uns diesen Männern widersetzen würden. Sie sind so verrückt wie verwundete Wildkatzen. Sie glauben, dass er es getan hat; Sie wissen aufgrund verlässlicher Zeugenaussagen, dass er sagte, er würde Johnson töten; und sie wollen sein Blut. Fünfhundert von uns würden sie keine Minute aufhalten. Ich möchte helfen, aber mir sind Hände und Füße gefesselt."

Nachdem Poles Stimme verstummt war, herrschte Stille. Dann klopfte Garner mit seiner kleinen Hand auf den Tisch und warf das lange, dichte Haar aus seiner massiven Stirn zurück.

„Du kannst genauso gut die Wahrheit wissen, Carson", sagte er ruhig. „Wir haben darüber abgestimmt, kurz bevor Sie kamen, und wir waren uns alle einig, dass wir – nun ja, versuchen würden, Sie zu einer Art Rücktritt zu bewegen; Versuchen Sie, Sie davon abzubringen und sich keine Sorgen mehr zu machen."

Zu ihrer Überraschung nahm Carson die Lampe und stand auf. „Warte einen Moment", sagte er und mit der Lampe in der Hand überquerte er den erhöhten Teil des Bodens und ging die Stufen hinunter in den Keller. Sie blieben für einen Moment in der Dunkelheit zurück, und die Strahlen der Lampe blitzten jetzt nur noch auf der Vorderwand und der Tür des langen Gebäudes.

„Huh, da versteckt sich niemand !" rief Blackburn vorsichtig. „Ich habe es in voller Länge durchgesehen und jede Kiste und jedes Fass umgedreht, bevor Sie kamen. Ich würde nicht das Risiko eingehen, in einer solchen Fraktion einen herumstreunenden Landstreicher zu haben."

In Dwights düsterem Gesicht lag etwas Unbewegliches, als er mit der Lampe vor sich herauskam, die Stufen hinaufstieg und wieder seinen Platz am Tisch einnahm.

„Sie dachten, dort könnte sich jemand verstecken", sagte der Ladenbesitzer. „Aber ich habe darauf geachtet, …"

„Nein, das war es nicht", sagte Carson. „Ich habe mich gefragt – ich habe versucht zu denken –"

Er hielt inne, als wäre er in Gedanken versunken, und Garner drehte sich fast streng zu ihm um. Noch nie zuvor hatte er seinem Partner gegenüber einen so harten Ton angeschlagen.

„Du bist weit genug gegangen, Carson", sagte er. „Selbst der tiefsten Freundschaft sind Grenzen gesetzt. Sie können Ihre besten Freunde nicht bitten, ihre Frauen zu Witwen und ihre Kinder zu Waisen zu machen, in dem blinden Versuch, den Hals eines elenden Negers zu retten, selbst wenn er so unschuldig ist wie die Engel im Himmel. Was Sie selbst betrifft: Ihr Heldentum hat Sie fast in eine Jauchegrube rücksichtsloser Absurdität geführt. Sie haben diesen alten Mann und die alte Frau da oben und Miss – diesen alten Mann und diese alte Frau *jedenfalls* – an Ihrem Mitgefühl arbeiten lassen, bis Sie Ihr gewohntes Urteilsvermögen verloren haben. Ich bin dein Freund und –"

"Stoppen! Warten!" Carson stand auf, die Hände auf der Tischkante, die Lampe unter ihm warf sein bewegliches Gesicht in den Schatten seines festen, massiven Kiefers. "Stoppen!" er wiederholte. „ Du sagst, du hast aufgegeben. Jungs, ich kann nicht. Ich sage dir, ich *kann nicht* . Ich kann einfach nicht zulassen, dass sie diesen Jungen töten. Jeder Nerv in meinem Körper, jeder Puls meiner Seele schreit dagegen. Es ist mir ein Anliegen, dieses Grauen abzuwenden. Vor zehn Jahren hätte ich in mein Bett gehen und friedlich schlafen können, wie viele gute Bürger dieser Stadt heute Nacht, in dem Wissen, dass das Urteil des Pöbelgesetzes vollstreckt werden sollte, aber bei der Bearbeitung dieses Falles habe ich es getan hatte eine neue Geburt. Es gibt keinen Gott im Himmel, wenn – ich sage wenn – Er es dem Verstand und Willen des Menschen nicht *ermöglicht hat, diesen Schrecken zu verhindern*. Es muss einen Weg geben; Es *gibt* einen Weg, und wenn ich heute Abend meine Ideen in Ihr Gehirn einbringen könnte – meinen Glauben und meine Zuversicht in Ihre Seelen – würden wir dieses Unglück verhindern und unseren Mitmenschen ein Beispiel geben, dem sie in Zukunft folgen können."

„Ihre Ideen in unser Gehirn!" Sagte Garner in einem Ton amüsierter Verärgerung. „Nun, das gefällt mir, Carson; Aber wenn Sie den Hauch einer Chance sehen, den Hals dieses Jungen mit Sicherheit für uns zu retten, möchte ich, dass Sie ihn durch meinen Schädel stecken, wenn Sie es mit einem Stahlbohrer tun müssen. Derzeit bin ich das leitende Mitglied der Kanzlei Garner & Dwight, aber ich werde später den zweiten Platz einnehmen, wenn Sie das erreichen können, was Sie anstreben."

„Ich möchte nicht über Ihre Intelligenz nachdenken", fuhr Dwight leidenschaftlich mit lauter werdender Stimme fort, „aber ich *sehe* einen Weg, und ich bete in diesem Moment zu Gott, dass er Sie ihn so sehen lässt, wie ich es tue und bin." bereit, mir bei der Durchführung zu helfen."

„Lass los, alter Mistkerl", meldete sich Pole Baker von seinem Platz auf dem Nagelfass zu Wort. „Ich bin keineswegs ein Nigger-Liebhaber, aber wenn ich sehe, was du für diesen einen und seine Verbindungen fühlst, bin ich irgendwie genauso darauf bedacht, ihn zu retten, als ob ich ihn in der guten alten Zeit besessen hätte und seine Sorte brachte zweitausend pro Stück ein. Du gehst vor. Ich fühle mich sowieso ein wenig verstohlen , weil ich für dich gestimmt habe , während du wach warst und deine kranke Mama gepflegt hast . Von Gummi! Du gibst mir das Ende eines Baumstamms, den ich mit mir herumtrage, und ich werde es tun oder mir den Rücken brechen."

„Ich möchte verstehen, Carson", sagte Wade Tingle an dieser Stelle, „dass ich nur gegen unseren Versuch gestimmt habe, diesen Mob mit Gewalt aufzuhalten, und um meiner Gerechtigkeit gerecht zu werden, habe ich im Interesse der Familienväter hier gestimmt." heute Abend. Gott weiß, wenn Sie einen *anderen* Weg sehen –"

„Wir dürfen keine Zeit verlieren", sagte Carson. „Wenn wir etwas erreichen wollen, müssen wir es tun. Meine Herren, was ich vorschlagen möchte, könnte in gewisser Weise bedeuten, dass Sie ein Opfer verlangen, das fast so groß ist wie das des offenen Widerstands. Ich werde Sie, gesetzestreue Bürger, bitten, das Gesetz, wie Sie es verstehen, zu brechen, aber nicht das Gesetz, wie es die beste menschliche Weisheit vorgesehen hat. Dieser Abschnitt befindet sich in einem Zustand offener Gesetzlosigkeit. Das Gesetz, zu dessen Brechen ich Sie auffordern werde, ist bereits gebrochen. Das höchste Gericht könnte entscheiden, dass wir *tatsächlich* nicht besser wären als die Armee von Gesetzesbrechern, die mit dem Schaum des Rassenhasses auf den Lippen und dem wahnsinnigen Leuchten in ihren Augen, die bis vor Kurzem nur in Sanftmut und Menschlichkeit strahlten, hierher zogen Liebe. Aber ich bitte Sie, zwischen zwei Übeln zu wählen : zuzulassen, dass eine ewige Ungerechtigkeit durch die Hand eines Hasses geschieht, der in Zukunft in Tränen des Bedauerns ertrinken wird, oder das kleinere Übel, ein bereits gebrochenes Gesetz zu brechen. Sie sind alle gute Bürger, und ich zittere und erröte wegen meiner Kühnheit, Sie zu bitten, etwas zu tun, was Sie noch nie zuvor in irgendeiner Form getan haben."

Carson hielt inne. Verwundertes Schweigen breitete sich über die Gruppe aus. Auf jedem Gesicht drückte sich der fast schmerzhafte Wunsch aus, seine Bedeutung zu begreifen. Niemand dort zweifelte daran, dass es bedeutsam war. Sogar der immer gleichmütige Garner war von seiner gewohnten stoischen Haltung erschüttert, und mit seinen zarten Fingern, die seinen großen Kopf starr stützten, starrte er mit offenem Mund den Sprecher an.

„Na ja, was ist das?" fragte er sofort.

„Ich sehe nur eine Chance", und Dwight stand aufrecht mit verschränkten Armen da und trat einen Schritt zurück, sodass das Licht der Lampe vollständig auf seine angespannten Gesichtszüge fiel . Der Heftpflasterfleck ragte von seiner blassen Haut ab und verlieh seiner schwitzenden Stirn ein unheimliches Aussehen. „Es gibt nur eines zu tun, meine Freunde, und ohne eure Hilfe bin ich machtlos. Ich schlage vor, dass wir uns zu einer vermeintlichen Meute verkleideter Männer formieren, dass wir vor den anderen ins Gefängnis gehen und *Burt Barrett tatsächlich zwingen, den Gefangenen an uns auszuliefern* ."

"Großer Gott!" Garner stand auf und lehnte sich an den Tisch. „ Was würden Sie *dann tun? Guter Gott!"*

Carson deutete fest auf die Kellertür und schluckte den Kloß der Aufregung in seiner Kehle hinunter. „Wenn möglich, würde ich ihn, unbemerkt von irgendjemandem, hierher bringen und in diesem Keller einsperren, wo wir ihn nur so lange bewachen, bis – bis wir ihn sicher einem Gericht übergeben könnten."

„Bei Gott, du *bist* ein Spinner!" platzte es aus Pole Bakers Lippen. „Das ist so einfach, als würde man aus dem Baumstamm scheitern."

„Wollen Sie Burt Barrett glauben machen, dass wir tatsächlich darauf aus sind, den Neger zu lynchen?" forderte Keith Gordon, neugeborene Begeisterung sprudelte aus seinen Augen und seiner Stimme.

„Ja, das wäre der einzige Weg", sagte Carson. „Barrett ist ein vereidigter Gesetzeshüter und seine Position ist sein Lebensunterhalt. Selbst wenn wir ihn überreden könnten, sich uns anzuschließen, wäre das ihm gegenüber nicht fair, denn er würde mehr Verantwortung tragen als wir. Der einzige Weg besteht darin, uns gründlich zu tarnen und ihn zum Nachgeben zu zwingen, da er von den anderen dazu gezwungen wird, wenn wir nicht zuerst handeln. Ich weiß, dass er nicht auf uns schießen würde."

„Für mich sieht es nach einer tollen Idee aus", sagte Blackburn. „Wenn möglich, möchte ich Originalität dadurch belohnen, dass ich die Sache mache. Was diesen Keller betrifft, er ist sowieso so stark wie eine alte Festung und, Carson, Pete würde nicht versuchen zu fliehen, wenn du ihm befohlen hättest, es nicht zu tun. Was die Verkleidungen betrifft, kann ich Ihnen alle gebleichten Laken leihen, die Sie benötigen. Ich habe gestern einen frischen Ballen davon bekommen. Ich könnte es in zehn Meter lange Stücke schneiden, was dem Verkauf nicht schaden würde. Reststücke sind ohnehin günstiger als normale Sachen. Jungs, lasst uns darüber abstimmen. Alle, die dafür sind, stehen auf."

Es gab ein Klappern von Schuhen und ein Klappern von Stühlen, Kisten, Fässern und anderen Gegenständen, die als Sitzgelegenheiten verwendet wurden. Es war eine unmittelbare und einhellige Hommage an den Einfluss, den Carson Dwights Persönlichkeit lange auf sie ausgeübt hatte. Sie standen ihm gegenüber einem Mann zur Seite. Sogar Garner degradierte sich plötzlich und seltsamerweise für seine kruste Individualität in den Rang eines gewöhnlichen Gefreiten unter dem offensichtlichen Anführer.

„Warte mal, Jungs!" rief einer aus, der nicht so leicht auf eine Position verwiesen wurde, die nicht voller Tatendrang war, und Pole Baker wurde in einem weiteren Vorschlag gehört. „ Bisher sind die Arrangements gut und solide, aber Sie haben nicht weit genug nach vorne geschaut. Wenn wir im Gefängnis ankommen, muss es sich um verdammt gutes Gerede von genau der richtigen Art handeln, sonst wittert Burt Barrett eine Maus und lehnt unsere Forderungen ab. In einem Fall wie diesem ist Schweigen ein eindrucksvollerer Anblick als viel Geschwätz. Jetzt schlage ich vor, einen Mann zu haben, und zwar einen Mann, der *nur* das Reden übernimmt."

„Ja, und du bist der Mann", sagte Carson. "Du musst es tun."

„Nun, ich bin bereit ", stimmte Baker zu. „Die Wahrheit ist, dass die Leute sagen, ich sei gut in solchen Teufeleien und der Job würde mir irgendwie gefallen."

„Du bist genau der richtige Mann", sagte Carson mit einem Lächeln.

„Darauf können Sie wetten", stimmte Blackburn zu. „Jetzt komm doch mal in den Laden und lass mich dir Spuke zusammenbasteln. Wir haben nicht viel Zeit zu verlieren."

„Das ist noch eine Sache, mit der Sie offenbar nicht gerechnet haben", sagte Baker, als Blackburn sie zur Trockenwarentheke führte. „Es kann einige Zeit dauern, die öffentliche Aufregung zu beruhigen, selbst wenn wir diese Sache heute Abend durchziehen. Sie schlagen vor, den Eindruck zu erwecken, dass es sich um einen Lynchmord handelte . Wie willst du sie davon abhalten , zu denken , es sei eine Fälschung, es sei denn, sie sehen welche und hängen morgens an einem Ast ? Wenn sie dachten, wir würden ihnen einen Auftrag geben , würden sie herumschnüffeln, bis sie das ganze Geschäft verstanden hätten , und dann müssten sie den Teufel bezahlen."

„Da haben Sie Recht", sagte Garner. „Wenn wir die große Menge davon überzeugen könnten, dass Pete auf irgendeine geheime Weise oder an einem geheimen Ort von einer anderen Partei gelyncht wurde, die in der Angelegenheit nicht bekannt werden möchte, würde die Aufregung in etwa einem Tag nachlassen."

„Eine absolut gute Idee!" war Poles Ultimatum. „Überlass es mir und ich werde mir einen Weg überlegen, wie ich es Burt sagen kann – per Kaugummi! Wie wär 's , wenn du mir sagst , dass wir aus eigenen Gründen beabsichtigen, die Leiche dort zu verstecken, wo die Nigger sie nicht erreichen können, um sie anständig zu beerdigen? Ich glaube wirklich, dass das sinken würde."

„Großartig, großartig!" sagte Garner. „Mach das gut genug, Pole, dann haben wir mehr Zeit für alles."

„Nun, ich schaffe es ganz gut, wenn ich reden soll " , sagte Pole, während er nach seinem Teil der Folie griff.

KAPITEL XXVI.

FÜNFZEHN Minuten später trat tatsächlich eine geisterhafte Gruppe durch die Hintertür des Ladens hinaus und blieb im Schatten der Wand des angrenzenden Bankgebäudes stehen, um weitere Bestellungen einzuholen. Der Himmel war immer noch dunkel bedeckt und ein Nieselregen, so fein wie Nebel, lag in der Luft.

Mit Carson und Pole an der Spitze marschierte die Gruppe grimmig zwei und zwei, selbst für sie selbst ein seltsamer Anblick. Sie gingen direkt die Gasse hinter den Geschäften entlang der Eisenbahn entlang und hielten Schritt wie ausgebildete Militärs. Aus optischen Gründen trug Pole eine Rolle neuen Hanfseils und schwang es in seiner weißen, flügelähnlichen Handtasche mit der Leichtigkeit eines Cowboys hin und her, während er kehlige Befehle zu Drehungen und vorsichtigen Pausen gab. Ab und zu ließ er die anderen stehen, schritt durch die Dunkelheit voran und gab ihnen ein Zeichen, hinaufzukommen. Auf diesem Weg kamen sie mit vielen Zwischenstopps und vielen vorsichtigen Umwegen voran, um dem Licht zu entgehen, das ständig durch ein Fenster eines Häuschens oder einen Spalt in einer Tür schimmerte, oder um einem Wächter auf seinem Posten in einer Mühle oder Fabrik nachzugehen, bis sie schließlich das umliegende Gelände erreichten das Gerichtsgebäude und das Gefängnis.

„Ich weiß nicht, wie weichherzig du bist, Carson", flüsterte Baker dem jungen Mann ins Ohr, „aber das ist eine Sache, vor der sich ein Mann voller Gefühle wie du zu hüten bereit sein sollte . "

„Was ist das, Pole?"

„Na, wissen Sie, wenn wir den armen Teufel rausholen, ist er sicher erledigt, und er wird leicht einen schrecklichen Krach auslösen, betteln und beten und nicht sagen , was sonst noch . Aber bei allem, was Sie tun, öffnen Sie nicht Ihren Mund. Ich werde es ertragen – so hart es auch sein mag –, bis wir an einen sicheren Ort gelangen. In den Häusern auf dem Weg zum Laden wird es Leute geben , die zuhören , und wenn man auch nur ein freundliches Wort sagt, könnte die Wahrheit ans Licht kommen . Allem Anschein nach sind wir Lyncher der tollwütigsten Sorte."

„Das verstehe ich, Pole", sagte Carson. „Ich werde mich nicht in Ihre Arbeit einmischen."

„Nennen Sie es nicht *meine* Arbeit", sagte Baker bewundernd. „Ich habe in meinem Leben schon den Anblick geheimer Dinge erlebt, aber ich habe noch nie von einem so raffinierten und tiefgründigen Plan wie diesem gehört. Wenn sie heil durchkommt, setze ich dich ganz oben auf meine Liste. Es sieht so aus, als würde es funktionieren, aber man kann es nie verraten. Burt

Barrett ist der nächste Hügel, den es zu erklimmen gilt. Ich kenne ihn nicht gut genug, um vorhersehen zu können, welchen Standpunkt er einnehmen wird. Jungs, haltet eure Waffen bereit, und wenn ich euch befehle, zu zielen, tut ihr das, als wolltet ihr ein Loch in alles schlagen, was vor euch liegt. Unser Bluff ist der größte, der jemals in Betracht gezogen wurde, aber er muss verschwinden. Jetzt komm schon!"

Durch das offene Tor marschierten sie über den mit frischem grünem Gras bedeckten öffentlichen Rasen zum nahegelegenen Gefängnis . Ein Hund, der in einem Zwinger hinter dem Haus angekettet war, wachte auf und knurrte, aber er bellte nicht. Am Eingang des Gebäudes befand sich eine kleine Veranda, auf der sich die Geisterbande schweigend aufstellte.

„Hallo, Burt Barrett!" Plötzlich schrie Pole in scharfem, strengem Ton auf, und es entstand eine Pause. Dann ertönte aus der Dunkelheit im Inneren das Geräusch, als würde jemand ein Streichholz anzünden. Im Raum rechts vom Eingang flackerte ein flackerndes Licht auf; Dann war die Stimme einer Frau zu hören.

„Burt, was ist los?" fragte sie erschrocken.

"Ich weiß nicht; Ich werde sehen", antwortete eine rauere Stimme. Nach einer weiteren Pause wurde eine Tür im Inneren geöffnet, dann die schwerere Außentür, und Burt Barrett stand, halb bekleidet, da und starrte auf die gewachsene Ansammlung vor ihm.

„Wir sind hinter diesem verdammten Nigger her", sagte Baker kurz und bündig, sein Tonfall war so tief in seiner Kehle, dass nicht einmal ein enger Freund ihn erkannt hätte, und während er sprach, hob er seine Seilrolle und klopfte auf den Boden des Zimmers Veranda.

Barrett stand, wie es so mancher tapfere Mann an seiner Stelle getan hätte, hilflos und verwirrt da. Dann riss er sich zusammen und sagte mit fester Stimme: „Meine Herren, ich bin ein vereidigter Gesetzeshüter. Ich habe eine Pflicht zu erfüllen und ich werde sie erfüllen." Und da sahen sie den Lauf eines Revolvers, den der Gefängniswärter in der Hand hielt. In der schrecklichen Stille, die seine Worte umgab, klang das Klicken des Hammers, als die Waffe gespannt wurde, scharf und deutlich.

„Schade, aber er wird sich hässlich benehmen, Jungs", sagte Pole mit grimmiger Endgültigkeit. „ *Vom Aussehen her* ist er ein weißer Mann , aber er hat sich mit den schwarzen Teufeln verbündet, die darauf aus sind, unser Land zu beherrschen . Ruhig, zielen! Wenn er bei der morgendlichen Untersuchung weniger als zwanzig Löcher in seinem Kadaver hat, bedeutet das die ewige Schande eines Mitglieds. Zielen Sie vorsichtig!"

Aus dem halbgeöffneten Fenster des Schlafzimmers auf der rechten Seite ertönte ein erschrockener Schrei, und die Frau des Gefängniswärters streckte den Kopf heraus.

mich nicht !" Sie schrie. "Nicht! Gib ihnen die Schlüssel, Burt. Bist du ein Dummkopf?"

„Er sieht auf jeden Fall so aus", war Bakers Kommentar in einem Tonfall wohlvermuteter, nur halb gezügelter Wut. „Gebt mir zehn Sekunden, um ihnen die Schlüssel zu geben , Jungs. Ich werde zählen. Wenn ich zehn sage , brenne weg, und lass mich verdammt noch mal gähnen . "

„Meine Herren, ich –"

„Burt! Burt! Wie meinst du das?" Die Frau weinte erneut. „Bist du verrückt nach Lot?"

"Eins!" zählte Pole – „ zwei! – drei –"

„Ich möchte tun, was richtig ist", hielt der Gefängniswärter zurück. „Natürlich bin ich überwältigt, und wenn –"

„ Fünf! – sechs!" fuhr Pole fort, seine Stimme klang klar und durchdringend.

Es gab ein Klirren von Stahl. Die Zuschauer, die durch zerfetzte Augenlöcher in ihren weißen Mützen spähten, sahen, wie der Schlüsselbund aus Barretts Tasche hervorkam und auf die Türschwelle fiel.

„Meine Herren, vielleicht werden Sie die Arbeit dieser Nacht noch bereuen", sagte er.

„Was kümmert es dich, was uns leid tut", sagte Pole grimmig, „nur damit du nicht in einen zweibeinigen Sieber verwandelt wirst? Jetzt" – als er sich bückte, um die Schlüssel aufzuheben – „ kehren Sie zu Ihrer Frau und Ihren Kindern zurück." Wir meinen es einfach ernst und wissen, worum es bei uns geht. Und schauen Sie mal, Burt Barrett" – Pole gab Carson einen Stoß, der dicht neben ihm stand – „ in ein paar Minuten wird eine weitere Bande hier sein, die sich mit derselben Sache befasst." Du kannst ihnen sagen, dass wir ihnen zuvorgekommen sind , und außerdem kannst du ihnen sagen , dass wir gesagt haben, wenn wir diesen Nigger erledigt haben, wird niemand sonst jemals Haare oder Fell davon finden können ' Ich bin . Eine Beerdigung vor den Niggern ist für sie die größte Freude und der größte Stolz, aber bei dieser Sache werden sie nie ausgelassene Scherze machen."

„Gut, beim Himmel!" Garner lachte, als er sich an Poles diplomatischen Vorschlag im Laden erinnerte.

Ohne ein weiteres Wort des Protests zog sich der Gefängniswärter ins Haus zurück, ließ die Tür offen, und unter der Führung von Pole betraten die anderen mit festem Schritt den Flur und stiegen die Treppe zum darüber liegenden Stockwerk hinauf. Alles war still und so dunkel, dass Baker eine Kerze anzündete und sie über seinen Kopf hielt. Carson kannte die Zelle, in der Pete eingesperrt war, und führte sie zur Tür. Als sie dort innehielten und Pole mit den Schlüsseln herumfummelte, ertönte ein leiser, unterdrückter Schrei des Gefangenen, und dann sahen sie im trüben, karierten Licht, das die Kerze durch die Gitterstäbe warf, den Neger dicht am hintersten Gitter stehen . Pole hatte den richtigen Schlüssel gefunden und die Tür geöffnet.

„Es liegt ganz bei dir, Pete Warren", sagte er; „Du brauchst keinen Streit zu machen. Du musst deine Medizin nehmen. Aufleuchten."

„Oh mein Gott, mein Gott!" rief der Neger, als er sie mit großen, leuchtenden Augen ansah. „Ich habe es nie getan. Ich habe es nie getan. Töte mich nicht!"

„Kommt her , Jungs!" Pole brachte mit Mühe einen künstlichen Eid hervor, denn er war wirklich tief bewegt. „Bring mich her !"

Zwei der Gespenster ergriffen Petes Hände, gerade als seine zitternden Knie unter ihm nachgaben und er zu Boden fiel. Er begann, sich zurückzuziehen, und dann, als ihm offenbar klar wurde, wie sinnlos es war, einer solch überwältigenden Kraft zu widerstehen, ließ er sich durch die Zellentür und die Treppe hinunter in den Hof führen.

„Ich habe es nie getan, vor Gott habe ich es nie getan!" Er fuhr fort und schluchzte wie ein Kind. „Tötet mich nicht, weiße Leute. Gib mir eine Chance. Tek me ter Marse Carson Dwight; Er wird dir sagen, dass ich nicht der Mann bin.

„Er wird uns viel erzählen!" knurrte Baker mit einem weiteren seiner mechanischen Flüche. "Austrocknen!"

„Oh mein Gott, erbarme dich!" Zum ersten Mal bemerkte Pete die Seilrolle, und ihr Anblick verstärkte sein Entsetzen. Er sank auf die Knie, versuchte seine Augen mit seinen gefangenen Händen zu bedecken und zitterte wie eine Espe. Kaum wissend, was er tat, beugte sich Carson Dwight impulsiv über ihn, doch bevor er seine Lippen öffnete, zog ihn der wachsame Baker grob zurück.

„Tu es nicht, um Gottes willen!" flüsterte der Bergsteiger warnend und zeigte auf die gegenüberliegende Straßenseite auf die Häuser in der Nähe . Tatsächlich wurde, als ob er seine Vorsichtsmaßnahme bekräftigen wollte, ein Fensterflügel im Obergeschoss des nächstgelegenen Hauses hochgezogen, und ein blasser, weißhaariger Mann schaute heraus. Es war der führende methodistische Prediger des Ortes. Einen Moment lang starrte er auf sie herab, als wäre er vom Schrecken der Szene sprachlos geworden.

„Im Namen Christi, unseres Herrn, unseres Erlösers , seid barmherzig, liebe Nachbarn", sagte er mit zitternder Stimme. „Begehen Sie dieses Verbrechen nicht gegen sich selbst und die Gemeinschaft, in der Sie leben. Verschonen Sie ihn! Übergeben Sie ihn im Namen Gottes wieder dem Schutz des Gesetzes."

„Das Gesetz wird gehängt, Pfarrer", erwiderte Pole im Rahmen seiner seltenen Rolle . „Wir kümmern uns darum; Es gibt in diesem Land kein Gesetz, das mit einem Haufen Bohnen vergleichbar wäre .

„Seien Sie barmherzig – geben Sie dem Mann eine Chance für sein Leben", wiederholte der Prediger. „Viele halten ihn für unschuldig!"

Als Pete dieses Flehen in seinem Namen hörte, schrie er auf und versuchte, flehend seine Hände nach seinem Verteidiger auszustrecken, aber auf Bakers eindringlichen Befehl hin wurde er, der jetzt verzweifelter kämpfte, weiter die Straße hinuntergezerrt.

„Ah, Pole, sag es den Armen ...", begann Keith Gordon, als der Bergsteiger scharf befahl: „Trocknen! Sie missachten Befehle. Beeil dich; Komm schon . Diese andere Bande könnte diesen Lärm hören, und dann – komm schon, ich sage es dir! Wenn Sie meine Führung verletzen, werde ich Sie vor ein Kriegsgericht stellen ."

Auf die eine oder andere Weise zogen sie weiter die Straße hinunter und nahmen nun einen direkteren Weg zum Laden, aus Angst, dass sie von den erwarteten Lynchern getroffen und in ihrem Vorhaben vereitelt werden könnten. Sie hatten die gesamte Straße vom Gerichtsgebäude zum Bankgebäude zurückgelegt und wollten gerade um die Ecke biegen, um die Hintertür des Ladens zu erreichen, als Pete in einem Anfall neuer Verzweiflung tatsächlich die Knie nachgab unter ihm und er sank schlaff auf den Bürgersteig.

„Herr, ich schätze, wir müssen ihn tragen !" sagte Pole.

„Hebt mich hoch, Jungs, und seid schnell. Das ist eine heikle Stelle. Lassen Sie uns von einer Person sehen, und das Spiel ist vorbei."

Pete hatte das offensichtlich falsch verstanden, und als er in den Worten einen Hinweis darauf sah, dass Hilfe oder Schutz nicht mehr weit entfernt waren, öffnete er plötzlich den Mund und begann zu schreien.

Blitzschnell schlug Carson, der direkt hinter ihm war, die Hand auf die Lippen und sagte: „Still, um Himmels willen, Pete, wir sind deine Freunde!"

Da sein Mund immer noch von der Hand darauf geschlossen war, konnte der Neger nur in Carsons Maske starren, zu verängstigt, um mehr zu begreifen, als dass er eine freundliche Stimme gehört hatte.

„Still, Pete, kein Wort! Wir versuchen dich zu retten", und Carson entfernte seine Hand.

„Wer da ? Oh mein Gott, wer ist das ? redest du ?" Pete schnappte nach Luft.

„Carson Dwight", sagte der junge Mann. „Jetzt sei still und beeil dich."

„Gott sei Dank, Marse Carson – oh, Marse Carson, Marse Carson, das bist du nicht Wein Lass mich umbringen!"

„Nein, du bist in Sicherheit, Pete."

In Eile trugen sie ihn nun um die Ecke, blieben dann an der Tür des Ladens stehen, um sicherzugehen, dass kein fremder Blick auf sie gerichtet war, und warteten atemlos auf einen Befehl ihres Anführers.

„Alles klar, rein mit dir!" kam plötzlich aus Poles tiefer Stimme, in einem großen Atemzug der Erleichterung. „Mach schnell die Tür auf!"

Der Fensterladen knarrte und schwang zurück in die schwarze Leere des Ladens, und die Menschenmenge drängte hinein. Die Tür war geschlossen. Die Dunkelheit war tief.

"Warten; Hören!" Pole warnte. „Das könnte jemand sein, der vorne auf dem Bürgersteig steht."

„Oh mein Gott, Marse Carson, bist du hier?" kam vom zitternden Neger.

„ Sch !" und Pole verordnete Schweigen. Einen Moment lang standen sie so still, dass nur das schnelle Keuchen des Negers zu hören war.

„In Ordnung, wir sind in Sicherheit", sagte Baker. „Aber meine Güte! es war eine knappe Rasur! Mach ein Licht an und lass uns versuchen, diesen Kerl zu beruhigen. Ich hasste es, grob zu sein, aber jemand musste es tun."

„Ja, das musste sein", sagte Dwight. „Pete, du bist bei Freunden. Mach ein Licht an, Blackburn, der arme Junge ist zu Tode erschrocken."

„Oh, Marse Carson, was bedeutet das? Was ihr alle gwint Was machst du mit mir?"

Blackburn hatte sich an die Lampe auf dem Tisch gewandt, zündete ein Streichholz an und richtete die Flamme auf den Docht. Das gelbe Licht blitzte auf, und ein seltsamer Anblick bot sich dem verwirrten Blick des Negers, als nach und nach freundliche Gesichter und vertraute Gestalten aus der Plane auftauchten. In seiner Nähe stand Dwight, und Pete ergriff seine Hand und klammerte sich verzweifelt daran fest.

„Oh, Marse Carson, was für ein Teufel Wein Was machst du mit mir?"

„Nichts, Pete, dir geht es jetzt gut", sagte Carson so zärtlich, als würde er mit einem verletzten Kind sprechen. „Der Mob kam und wir mussten tun, was wir getan haben, um dich zu retten." Er erläuterte den Plan, ihn für ein paar Tage im Keller zu verstecken, und fragte Pete, ob er damit einverstanden wäre.

„Ich werde alles tun, was du sagst, Marse Carson", antwortete der Neger. „Du weißt, was das Beste für mich ist."

„Ich habe hier eine alte Matratze", sagte Blackburn; „Jungs, lasst es uns in den Keller bringen. Es wird ihm ein angenehmes Gefühl geben."

Und ohne sich der Widersprüchlichkeit ihrer Tat bewusst zu sein, wenn man bedenkt, dass sie als Söhne ehemaliger Sklavenhalter noch nie in ihrem Leben einen Neger bedient hatten, holten Wade Tingle und Keith Gordon die staubige Matratze aus einer Trockenwarenkiste im Haus Ecke des Zimmers und trug das schwerfällige Ding durch die Kellertür in die mit Spinnennetzen übersäte Dunkelheit darunter. Blackburn folgte mit einer Kerze und zeigte damit den am besten belüfteten Ort für die Platzierung an. Dorthin führte Carson seinen immer noch benommenen Klienten, der sich nur auf seinen Befehl und dann wie ein ruckartiger Automat bewegte.

„Du wirst keine Angst haben, hier zu bleiben, oder, Pete?" er hat gefragt.

Der Neger starrte in kindlicher Unruhe um sich herum auf die zunehmenden Schatten.

„Du weinst „ Willst du mich einsperren, Marse Carson?" er hat gefragt.

Carson erklärte, dass er in gewisser Weise immer noch ein Gefangener sei, aber ein Gefangener in den Händen von Freunden – Freunden, die sich verpflichtet hatten, dafür zu sorgen, dass ihm Gerechtigkeit widerfuhr. Der Neger ließ sich langsam auf die Matratze nieder und streckte seine Beine auf dem Steinpflaster aus. Eine völlige Verzweiflung schien ihn zu überkommen. Aus den Tiefen seiner weit geöffneten Augen drang ein Ausdruck vollkommener Niedergeschlagenheit.

„Denn ich *bin nicht* frei?" er sagte.

„Nein, nicht ganz, Pete", erwiderte Carson; "noch nicht ganz."

„Trockne oben unten. Hören!" Es war Bakers Stimme in einem vorsichtigen Tonfall, als er in der Kellertür stand.

Die Gruppe um den Neger hielt den Atem an. Das Knirschen der Schritte auf dem Boden über ihren Köpfen verstummte. Dann war von draußen das stetige Trampeln vieler Füße auf dem gemauerten Bürgersteig zu hören, das Klappern von Pferdehufen auf der Straße.

„ Sch ! „Mach das Licht aus", sagte Carson und Blackburn löschte es. Tiefe Dunkelheit und Stille erfüllten den langen Raum. Wie eine Armee, immer noch stimmlos und grimmig entschlossen, floss die menschliche Strömung ins Gefängnis. Gemessen an der Zeit, die es gedauert hat, müssen es mehrere Hundert gewesen sein. Das Geräusch verstummte in der Ferne, als Carson, der Pete als letzter verließ, aus dem Keller kroch, die Tür abschloss und sich zu den anderen in der Dunkelheit oben gesellte.

„Dieser Mob würde jeden von uns hängen lassen, wenn er unseren Trick durchkäme", sagte Baker mit einem seltsamen, jubelnden Lachen.

Carson ging an ihm vorbei zur Haustür.

„Wohin gehst du?" fragte Pole scharf.

„Ich möchte sehen, wie das Land von außen aussieht", antwortete Carson.

„Du wirst verrückt, wenn du gehst", sagte Blackburn, und die anderen drängten sich um Dwight und schlossen sich ängstlich dem Protest an.

„Nein, ich muss gehen", beharrte Dwight entschieden. „Wir sollten genau herausfinden, was diese Menge heute Abend denkt, damit wir wissen, worauf wir uns verlassen können. Wenn sie glauben, dass ein Lynchmord stattgefunden hat, werden sie zufrieden nach Hause gehen; Wenn nicht, wie Pole sagt, könnten sie uns verdächtigen, und hier in dieser Stadt könnte der gottloseste Aufstand stattfinden, der jemals die Menschheitsgeschichte geschwärzt hat."

„Er hat recht", erklärte der Bergsteiger. „Jemand sollte gehen. Ich glaube wirklich, dass ich von Rechts wegen der Mann bin, und –"

„Nein, ich möchte mich selbst befriedigen", lautete Dwights Ultimatum. „Bleib hier, bis ich zurückkomme."

Blackburn begleitete ihn zur Haustür, blickte vorsichtig hinaus und ließ ihn dann durch.

„Klopfen Sie, wenn Sie zurückkommen – nein, hier, nehmen Sie den Schlüssel zur Hintertür und lassen Sie sich hinein. So weit, so gut, mein Junge, aber das ist absolut die heikelste Aufgabe, die wir je in Angriff genommen haben. Aber ich bin bei dir. Ich rühme mich deiner Wichse."

Aus der Richtung des Gerichtsgebäudes ertönte ein anschwellendes Murmeln, als würde ein Sturm heranbrausen. Stimmen, die immer lauter und lauter wurden, drangen an ihre Ohren.

"Warte auf mich. Halten Sie bei allem, was Sie tun, das Licht aus", sagte Dwight und schritt in der Dunkelheit davon.

In der Düsternis und Stille des Ladens warteten die anderen auf seine Rückkehr und wagten es kaum, ihre Stimme lauter als ein Flüstern zu heben. Er war fast eine Stunde weg, und dann hörten sie, wie sich der Schlüssel leise im Schloss drehte, und plötzlich stand er in ihrer Mitte.

„Sie haben sich fast zerstreut", sagte er in einem Tonfall großer Müdigkeit. „Sie beschuldigen die Hillbend- Fraktion, die heute Meinungsverschiedenheiten mit ihnen hatte. Sie scheinen zufrieden zu sein."

„Meine Herren" – es war Garners Stimme von seinem Stuhl am Tisch – „ es gibt eine Sache, die wir heute Abend als heilig betrachten müssen, und das ist die *absolute* Geheimhaltung dieser Sache."

„Mein Gott, du glaubst nicht, dass einer von uns dumm genug wäre, darüber zu reden!" rief Blackburn in einem fast erschrockenen Ton über den bloßen Vorschlag. „Wenn ich gedacht hätte, dass es hier einen Mann gäbe, der das einer lebenden Seele erzählen würde, würde ich …"

„Nun, das wollte ich euch allen nur einprägen", sagte Garner. „In jeder Hinsicht sind wir Gesetzesbrecher, und ich bin Mitglied der Anwaltskammer von Georgia. Wohin gehst du, Carson?"

„Runter, um mit Pete zu sprechen", antwortete Dwight. „Ich möchte versuchen, ihn zu beruhigen."

später zurückkam, sagte er: „Ich habe versprochen, bis zum Tagesanbruch hier zu bleiben. Nichts anderes wird ihn befriedigen; Er ist völlig zerbrochen und weint wie eine nervöse Frau. Sobald ich zustimmte zu bleiben, beruhigte er sich."

„Nun, ich werde dir Gesellschaft leisten", sagte Keith. „Auf einer der Ablagen kann ich wunderbar schlafen."

„Warte, da ist noch etwas", sagte Carson, als sie zur Hintertür gingen. „Du weißt, dass morgen früh die Nachricht rauskommt, dass Pete irgendwohin verschleppt und tatsächlich gelyncht wurde. Das wird ein schwerer Schlag für seine Eltern sein, und ich bitte Sie alle um die Erlaubnis, diese beiden zumindest wissen zu lassen, dass …"

"NEIN!" Garner weinte fest, sogar heftig, als er sich umdrehte und mit der offenen Hand auf die Theke in seiner Nähe schlug. „Da hast du dein ewiges Gefühl! Ich sage Ihnen, das ist heute Abend ein ernstes Ereignis –

ernst für uns und noch schlimmer für Pete. Wenn dieser Mob erst einmal herausfindet, dass er ausgetrickst wurde, wird er unseren Mann aufhängen oder diese Stadt niederbrennen."

„Ich verstehe das ganz gut", gab Dwight zu, „aber der Herr weiß, dass wir seinem eigenen Fleisch und Blut vertrauen können, wenn so viel auf dem Spiel steht."

„Ich bin nicht bereit, es zu *riskieren*, wenn Sie es sind", sagte Garner knapp und sah sich zu den anderen um, um deren Zustimmung zu erbitten. „Es wird für sie schrecklich sein, morgens den aktuellen Bericht zu hören, aber sie sollten es lieber ein paar Tage ertragen, als die ganze Sache zu verderben. Ein Neger ist ein Neger, und wenn Lewis und Linda die Wahrheit wüssten, würden sie schreien, anstatt zu weinen, und der Rest der Schwarzen würde die Wahrheit ahnen."

„Das ist eine Tatsache", warf Blackburn widerstrebend ein. „Neger sind schnell dabei, den Dingen auf den Grund zu gehen, und da keine Leiche in Sicht war, die eine Lynchmordgeschichte untermauern könnte, witterten sie eine Maus und jagten danach, bis sie sie fanden." Nein, Carson, *echtes* Weinen von Mama und Papa wird uns mehr als alles andere helfen. Ja, sie werden es ertragen müssen; Am Ende werden sie umso glücklicher sein."

„Ich nehme an, du hast recht", gab Dwight nach. „Aber es ist auf jeden Fall hart."

KAPITEL XXVII.

Es war gerade bei Tagesanbruch am nächsten Morgen. Major Warren, der sich wegen des Unglücks, das in der Luft schwebte, erst spät in der Nacht zurückgezogen hatte, schlief leicht, als er durch die fast geräuschlose Anwesenheit von jemandem in seinem Zimmer geweckt wurde . Er setzte sich im Bett auf und starrte durch die Halbdunkelheit auf eine Gestalt, die gerade und reglos zwischen ihm und dem offenen Fenster aufragte, durch das sich die ersten Berührungen des neuen Tages schlichen. "Wer ist da?" forderte er scharf.

„Ich bin es, Marse William – Lewis."

"Oh du!" Der Major legte seine Füße auf den Teppich neben seinem Bett, immer noch nicht ganz wach. „Na, ist es Zeit aufzustehen? Stimmt etwas nicht? Oh, ich erinnere mich jetzt – Pete!"

Ein Stöhnen aus der großen Brust des Negers ließ die Luft vibrieren, aber er sagte nichts, und der alte Herr sah, wie die Glatze plötzlich sank.

„Oh, Lewis, ich hoffe –" Major Warren hielt inne und konnte nicht weitermachen, so groß und immer größer waren die Ängste, die die Haltung seines Dieners geweckt hatte. Der alte Neger trat ein oder zwei Schritte vor und sagte dann: „Oh, Marster , sie haben es geschafft, mich für letzte Nacht wegzubringen – sie haben meinen Po weggebracht, Junge ..." Ein lautes Schluchzen stieg in der Brust des alten Lewis auf und platzte auf seinen Lippen.

„Wirklich, das meinst du nicht so – du kannst nicht, nachdem –"

„Jasser, Jasser ; er daid , marster . Pete ist weg! Sie haben ' im las' Nacht getötet, Marse William."

„Aber – aber woher weißt du das?"

„Ich möchte Jake Tobines sehen ; Er schlich sich zu mir nach Hause und rief mich raus. Jake lebt hinter dem Gefängnis, Marse William, und als der Mob zu ihm kam , hörte seine Frau den Schläger und schlüpfte ins Hinterzimmer , um sich zu verstecken. Er säte die Bande , riss seine eigenen Augen auf und hörte eine Axt für den Jungen. Bei fus Marse Barrett weigerte sich , ihn aufzugeben , befahl aber, ihn zu erschießen Dann überließ er ihm die Schlüssel. Jake hat Pete rausgeholt und ihn gehört Ich bettele darum , sein Leben zu schonen, aber die Drogen sind weg."

Es herrschte Stille, die nur durch das Schluchzen des alten Negers und die unterdrückten Bemühungen, seine Gefühle zu unterdrücken, unterbrochen wurde.

„Und Mama", begann der Major plötzlich; „Hat sie es gehört?"

„Nicht wahr , Herr , aber sie ist wach – sie war die ganze Nacht wach – auf den Knien und betete um Gnade – sie war wach, als Jake kam , und sie wusste, dass ich hinausging , um mit ihnen zu sprechen , und wann Ich kam zurück ins Haus, Herrchen , sie ging in die Küche. Ich weiß, was sie da getan hat – sie wollte es nicht wissen , ganz sicher, ob ich schlechte Nachrichten gehört habe oder nicht. Ich wollte es ihm sagen, aber ich hatte Angst, es ihm zu sagen und wegzukommen. Ich liebe meine Frau, Marster – ich – ich liebe sie , seit Pete so lange nicht mehr da ist . Ich liebe „er mo " , seit sie auf diese Art und Weise gelitten hat Töte ihn. Es glüht „Töte Lindy, Marse William."

„Was ist los, Vater?" Es war Helen Warrens Stimme, und mit einem Gesichtsausdruck zunehmender Angst stand sie da und spähte durch die offene Tür. Der Major gab eine hastige und gebrochene Erklärung von sich, und mit kurzen, unterbrochenen entsetzten Seufzern ging die junge Dame auf den alten Neger zu.

„Weiß Mam' Linda Bescheid?" fragte sie, ihr Gesicht war gespenstisch und in skulpturaler Starrheit versunken.

„Noch nicht, Missy, noch nicht – es glüht „Töte deine alte Mama , Kind."

„Ja, vielleicht", sagte Helen mit einem seltsamen, fremdartigen Unterton der Resignation in ihrer Stimme. „Ich schätze, ich gehe besser hin und bringe es ihr bei. Vater, Pete war unschuldig, absolut unschuldig. Carson Dwight hat es mir versichert. Er war unschuldig und doch – oh!"

Mit einem Schauder wandte sie sich wieder ihrem Zimmer auf der anderen Seite des Flurs zu. In der Stille war das Geräusch des Streichholzes, das sie anzündete, um ihre Lampe anzuzünden, krächzend zu hören. Ohne ein weiteres Wort und die ausgestreckte Hand seines wortlosen Meisters ringend, kroch Lewis die Treppe hinunter und hinaus in das blasse Licht des frühen Morgens. Wie ein alter Baum, der vom Sturm heftig gebeutelt wurde, neigte er sich zur Erde. Er sah sich einen Moment lang abwesend um, setzte sich dann auf den Rand des Verandabodens und senkte den Kopf auf seine braunen, sehnigen Hände.

Eine Negerin mit einem Milcheimer am Arm kam den Weg vom Tor herauf und ging um das Haus herum zur Küchentür, doch als sie ihn sah, blieb sie stehen und beugte sich über ihn. „Ist das, was Jake getan hat, de trufe ?" Sie fragte.

„ Yassum , yassum , es ist erledigt, Mary Lou – erledigt", sagte Lewis und blickte aus tränenden Augen zu ihr auf. „Aber wenn du Lindy siehst , lass es ihr nicht anmerken . Junge Frau Gwine Ich sag's ihm schnell.

„Oh mein Gott , es ist vorbei, Höhle!" sagte die Frau schaudernd; „Es glüht Ich werde hart mit Mam' Lindy und Unc ' Lewis zusammenarbeiten."

„Es glüht ter *Töte* sie, Mary Lou; Sie wird diese Woche nicht überleben. Ich weiß es. Sie hatte genug vom Leben mit allem, was sie für sich hatte und ihre weißen Leute, in Knechtschaft und draußen, und in der Hölle Ich werde dich beruhigen. Ich gebe ihm keine Vorwürfe. Ich bin aber fertig myse'f . Wenn de Lawd mein Kind verschont hätte, würde ich es nicht tun , aber, Mary Lou, ich hoffe, das tue ich nicht Wein Ich bleibe lange. Ich werde diesen Jungen jede Minute, solange ich lebe, um Gnade anflehen hören, und was will ich mehr davon? Mist! Nein, ich bin ein Raubtier – und , Gott , ich wünschte, sie hätten uns alle drei auf einmal untergebracht. Dat ud 'a' war ein Trost, aber für Pete sei ich bei ihm Beggin 'ähm ter spar' ' ich bin – ganz allein , ich und seine Mutter –"

Der Kopf des alten Mannes senkte sich und sein Körper zitterte vor Schluchzen. Die Frau sah ihn einen Moment lang an, dann wischte sie sich die Augen an ihrer Schürze ab und ging weiter.

Ein paar Minuten später, gerade als die rote Sonne am klaren Himmel aufging und die Feuchtigkeit der Nacht auf dem Gras und den Blättern von Bäumen und Büschen in schillernde Edelsteine verwandelte, wie das wohlwollende Lächeln Gottes über einer angenehmen Welt, stieg Helen die Treppe hinunter. Sie hatte das süße, blasse Gesicht einer leidenden Nonne, als sie innehielt, auf den alten Diener herabblickte und seinen mitleiderregenden und doch dankbaren, nach oben gerichteten Blick auffing.

„Ich gehe jetzt zu ihr, Onkel Lewis", sagte sie. „Ich möchte der Erste sein, der es ihr erzählt."

„Ja, du „Muss einer sein", seufzte Lewis und erhob sich steif; „Du bist der Einzige."

Er schlurfte hinter ihr her, seinen alten Hut aus Respekt vor ihrer Anwesenheit in seiner angespannten Hand. Als sie sich dem kleinen, durchhängenden Tor der Hütte näherten, waren drinnen Schritte zu hören, und Linda stand in der Tür und schützte ihre Augen mit ihrer dicken Hand vor den Sonnenstrahlen. Bis zum Ende ihres Lebens blieb Helen die Erinnerung an das Gesicht der alten Frau in ihrem Gehirn eingeprägt. Es war eine gelbe Maske, die sowohl einem toten als auch einem lebenden Wesen hätte gehören können, hinter der die Lichter der Hoffnung und die Schatten der Verzweiflung um die Vorherrschaft wetteiferten. In keiner Situation, die mit der Situation zu tun hatte, lag das Pathos so erbärmlich wie in der Tatsache, dass Linda absichtlich eine Rolle spielte – eine Rolle , die zu dem passte, worum der Schmerz ihrer Seele bat. Sie versuchte, die Schatten wegzulächeln, die ihre inneren Ängste und ihre Rassenintuition auf ihr Gesicht warfen .

„Mächtig früh, bis du kommst , Schatz", sagte sie; „Aber ich schätze , du machst dir Sorgen um deine alte Mama."

„Ja, es ist noch früh für mich, aufzustehen", sagte Helen und wich dem schwankenden Blick aus, der in Wirklichkeit ihrer Offenbarung aus dem Weg zu gehen schien. „Aber ich sah Onkel Lewis und dachte, ich würde mit ihm zurückkommen."

„Du hast noch nicht gefrühstückt , Schatz, ich weiß", sagte Linda, griff halbherzig nach einem Stuhl und stellte ihn für ihre junge Herrin hin, und dann fiel ihr Blick auf die barhäuptige, gebeugte Haltung ihres Mannes, als er aufstand am Tor, und etwas darin versetzte ihr durch ihren Sehsinn einen tödlichen Schlag. Einen Moment lang schwankte sie fast; Sie holte tief Luft, ein Atemzug, der ihre große, mütterliche Brust anschwellen ließ, dann stand sie mit schlaff herabhängenden Händen vor Helen. Einen Moment lang schwieg sie, und dann beugte sie sich mit glühendem Gesicht und leuchtenden großen, schläfrigen Augen plötzlich vor, legte ihre Hände auf Helens Knie und sagte: „Schau her, Schatz, ich hatte Angst davor . " Es die ganze Nacht lang, und ich habe es ausgezogen und es ausgezogen, und ich bin aufgestanden und habe gekämpft, um es abzuwehren , aber wenn du so früh hierherkommst, dann – wenn du hierherkommst , um es zu sagen Ich , mein Kind – wenn du hierher kommst – wenn du hierher kommst – Gott sei Dank in der Höhe, das ist nicht so! So kann es nicht sein ! Schau mir in die Augen, Schatz, ich bin verrückt de Ich warte darauf, dass du es gibst. "

Einen Moment lang starrte sie Helen wütend an, während das Mädchen weiß und zitternd dasaß, den Blick auf den Boden gerichtet, dann stieß sie einen durchdringenden Schrei aus, der dem eines verängstigten Tieres ähnelte, und ergriff die Hand ihres Mannes, der jetzt an ihrer Seite war, Sie zeigte mit einem steinernen Finger auf Helen. "Sehen! Schau, Lewis; Mein Gott, das *ist sie nicht Schau mich an!* Schau mich an, Schatz, Chili ; Schau mich an! Hörst du mich sagen –" Sie stand einen Moment lang fest und taumelte dann in die Arme ihres Mannes.

„Sie hat es getan ; Was habe ich dir gesagt ? „Missy, yo , al ' Mammy Daid ", und er hob seine Frau auf seine Arme und trug sie zum Bett in der Ecke des Zimmers. „Ja, sie hat es geschafft ", stöhnte er, als er sich aufrichtete.

„Nein, sie ist nur ohnmächtig geworden", sagte Helen; „Bring mir schnell den Kampfer!"

KAPITEL XXVIII.

An jenem Morgen öffneten die Ladenbesitzer zur gewohnten Stunde ihre schmuddeligen Häuser in der Hauptstraße und stellten die staubigen, abgenutzten Muster ihrer Waren auf die schmalen gemauerten Bürgersteige. Während die Angestellten und Träger den Boden fegten, hielten sie inne, um über die Ereignisse der gerade vergangenen Nacht zu sprechen. Der Sohn des alten Onkels Lewis und Mammy Linda Warren war kurzerhand erledigt worden, das war alles. Das soeben verwendete längere Wort war in den letzten Jahren Teil des engsten Vokabulars geworden und suggerierte groben Geistern viele Bedeutungen, an die Lexikographen nicht gedacht hatten, von denen nicht die geringste etwas mit der Gerechtigkeit zu tun hatte, die heutzutage weitreichend, düster und unfehlbar ist von Bestechung und Bestechung. Nur wenige der analytischeren und philosophischeren Menschen wagten die Frage, ob der Junge vielleicht doch unschuldig war. Wenn sie die Frage dem Durchschnittsbürger stellten, wurde er mit einem Schulterzucken und einem „Nun, was ist der Unterschied?" abgewiesen. Es ist das Gerede, dessen er sich schuldig gemacht hat, das allen schwarzen Verbrechen im Süden zugrunde liegt." Ein solches Gift wie das von Pete war der Muskel der schwarzen Krallen, die überall nach hilflosen weißen Kehlen griffen. Tot? Ja, er war tot. Was davon? Wie sonst ließe sich der schwarze, immer größer werdende Strom eindämmen?

Und doch verstummten um zehn Uhr morgens selbst diese Zungen, denn aus den Bergen drangen seltsame und erschreckende Nachrichten ein. Die Gruppe, die den Desperado Sam Dudlow verfolgt hatte, hatte ihn überholt und ihn in einem mit Heu bedeckten Bam versteckt gefunden. Er war unbewaffnet, leistete keinen Widerstand und lachte, als wäre das Ganze ein Witz. Er sagte ihnen offen, dass er sich früher ergeben hätte, aber er hatte gehofft, noch lange genug zu leben, um sich mit dem anderen Anführer der Bande zu arrangieren, die ihn gegen Darley angegriffen hatte, einem gewissen Dan Willis. Er gestand ausführlich, wie er die Johnsons ermordet hatte und dass er es im Alleingang getan hatte. Pete Warren war in keiner Weise daran beteiligt. Um die ganze Wahrheit herauszufinden, bedrohten ihn die Lyncher; sie folterten ihn; Sie banden ihn an einen Baum und häuften Kiefernholzbündel um ihn herum, aber er blieb bei seiner Aussage, und als sie ihn gnädigerweise mit Kugeln durchlöchert hatten, ließen sie ihn, gerade als seine Kleidung in Flammen stand, hängend am Straßenrand hängen Vogelscheuche als Warnung an seinesgleichen, und unter der Führung von Jabe Parsons beeilten sie sich, die Fraktion auf der Spur von Pete Warren zu erreichen, um ihnen zu sagen, dass der Junge unschuldig sei.

Jabe Parsons, der eine Last auf seinen Gedanken trug und sich an den tapferen Einsatz seiner Frau für den jüngeren Angeklagten erinnerte, ritt schneller als seine müden Kameraden und traf in der Nähe seiner eigenen Farm auf die Lyncher, die aus Darley zurückkehrten. „Zu spät", sagten sie ihm als Antwort auf seine Nachricht, die Hillbend- Jungs hätten den Gefängniswärter von Darley beseitigt und die Leiche auf mysteriöse Weise versteckt, um den Negern Angst zu machen.

Bei Darley herrschte Bestürzung, als eine Geschichte nach der anderen über Tante Lindas Erschöpfung von Haus zu Haus ging. „Arme, treue alte Frau! Armer alter Onkel Lewis!" war von allen Seiten zu hören.

Gegen halb zehn kam Helen in Begleitung von Sanders in die Stadt. An der Tür von Carsons Büro trennten sie sich und Helen kam herein. Carson war zufällig allein. Er erhob sich plötzlich von seinem Sitz und kam auf sie zu, schockiert über den Anblick ihres blassen Gesichts und ihrer niedergeschlagenen Miene.

„Warum, Helen!" „Du denkst sicher nicht –" schrie er, und dann hielt er sich zurück und beeilte sich, einen Stuhl für sie zu holen.

„Ich habe gerade Mama verlassen", begann sie mit einer Stimme, die vor Emotionen heiser war. „Oh, Carson, das kannst du dir nicht vorstellen! Es ist einfach herzzerreißend, schrecklich! Sie liegt an der Schwelle zum Tod und starrt an die Decke, einfach betäubt."

Carson setzte sich an seinen Schreibtisch und stützte seinen Kopf auf seine Hand. Konnte er unter solchem Druck die Wahrheit zurückhalten? Zu diesem Zeitpunkt kam Garner herein. Als er den beiden einen hastigen Blick zuwarf und Helens trauernde Haltung bemerkte, verneigte er sich einfach.

„Entschuldigen Sie, Miss Helen, einen Moment", sagte er. „Carson, ich habe ein Papier in deiner Schublade gelassen", und als er sich bückte und einen leeren Umschlag vom Schreibtisch nahm, flüsterte er warnend: „Denk dran, kein Wort davon! Vergessen Sie die Vereinbarung nicht! Keine Menschenseele soll es wissen!" Und er steckte den Umschlag in die Tasche und verließ das Zimmer, wobei er von der Schwelle aus einen warnenden, fast drohenden Blick zurückwarf.

„Ich bin seit Sonnenaufgang bei ihr", fuhr Helen fort.

„Zuerst fiel sie in Ohnmacht, und als sie zu sich kam – oh Carson, du liebst sie genauso wie ich, und es hätte dir das Herz gebrochen, sie gehört zu haben!" Oh, was für ein jämmerliches Wehklagen und Flehen zu Gott, er möge ihr die Schmerzen ersparen!"

„Schrecklich, schrecklich!" Dwight sagte; „Aber, Helen –" Erneut hielt er sich zurück. Vor seinem geistigen Auge tauchten die Gesichter der treuen Gruppe auf, die ihm in der Nacht zuvor zur Seite gestanden hatte. Er hatte sich ihnen gegenüber verpflichtet, die Sache geheim zu halten, und ganz gleich, wie groß sein Vertrauen in Helens Diskretion war, er hatte kein Recht, selbst unter dem Stress ihrer Trauer, das Geschehene zu verraten. Nein, er konnte sie nicht aufklären – jedenfalls nicht jetzt.

„Ich war dabei, als Onkel Lewis hereinkam, um ihr zu sagen, dass der Beweis für Petes absolute Unschuld gekommen sei", fuhr Helen fort, „aber anstatt sie zu trösten, schien es sie nur noch verzweifelter zu machen." Sie – aber ich kann es einfach nicht beschreiben und werde es auch nicht versuchen. Du wirst froh sein zu erfahren, Carson, dass das Einzige, was ihr an Trost zuteil wurde, dein mutiger Einsatz für sie war. Immer wieder rief sie deinen Namen. Carson, sie betete immer zu Gott; Sie erwähnt ihn jetzt nie mehr. Sie und Sie allein repräsentieren alles, was für sie gut und aufopferungsvoll ist. Sie hat mich zu dir geschickt. Deshalb bin ich hier."

„Sie hat dich geschickt?" Carson mied ihren Blick, weil er fürchtete, sie könnte in seinen Augen einen Hinweis auf das Brennende erkennen, das er zurückzuhalten versuchte.

„Ja, wie Sie sehen, hat sie den Bericht darüber erhalten, was die Lyncher in Bezug auf das Verstecken von Petes Leiche gesagt haben. Sie wissen, wie abergläubisch die Neger sind, und sie ist einfach verrückt danach, die – die Überreste zu bergen. Sie möchte ihren Jungen Carson begraben und weigert sich zu glauben, dass ihn nicht jemand finden und nach Hause bringen kann. Sie scheint zu glauben, dass du das kannst."

„Sie möchte, dass ich –" Er ging nicht weiter.

„Wenn es möglich ist, Carson. Das Ganze ist so schrecklich, dass es mich fast in den Wahnsinn getrieben hat. Sie werden vielleicht wissen, ob etwas getan werden kann, aber natürlich, wenn es überhaupt nicht in Frage kommt –"

„Helen" – in seiner Verzweiflung hatte er einen Plan formuliert – „ Da gibt es etwas, das du wissen solltest." Sie haben jedes Recht, es zu erfahren, und dennoch bin ich in meiner Ehre verpflichtet, es niemandem preiszugeben . Gestern Abend", fuhr er bescheiden fort, „hatte ich Keith gebeten, ein paar meiner besten Freunde zusammenzubringen, in der Hoffnung, einen Plan auszuarbeiten, um die kommenden Probleme abzuwenden. Wir trafen uns in Blackburns Laden. Es wurden keine positiven, eidesstattlichen Gelübde abgelegt. Es war nur die heilige Übereinkunft zwischen den Menschen, dass die Angelegenheit aufgrund der persönlichen Interessen jedes Mannes, der sich verpflichtet hatte, unantastbar bleiben sollte. Sehen Sie, sie kamen auf meinen Vorschlag hin, als treue und treue Freunde von mir, und es scheint mir, dass ich auch jetzt noch ein moralisches Recht hätte, einen anderen in den Körper aufzunehmen

– einen anderen, dem ich genauso gründlich und vollkommen vertraue wie irgendjemand von denen. Verstehst du, Helen?"

„Nein, ich tappe im Dunkeln, Carson", sagte sie mit einem schwachen Lächeln.

„Sehen Sie, ich möchte frei mit Ihnen sprechen", fuhr er fort. „Ich möchte Ihnen einige Dinge sagen, die Sie wissen sollten, und doch steht es mir nicht frei, dies zu tun, es sei denn – es sei denn, Sie schließen sich uns stillschweigend an. Helen, verstehst du? Sind Sie bereit, einer von uns zu werden, wenn es um absolute Geheimhaltung geht?"

„Ich bin bereit, alles zu tun, was du mir raten würdest, Carson", antwortete das Mädchen und tastete durch die geheimnisvolle Wolke, die seine seltsamen Worte um ihn geworfen hatten, nach seiner möglichen Bedeutung. „Wenn etwas passiert ist, was ich wissen sollte, und Sie bereit sind, es mir anzuvertrauen, versichere ich Ihnen, dass man mir vertrauen kann. Ich würde lieber sterben, als es zu verraten."

„Dann werde ich es Ihnen als einer von uns sagen", sagte Carson eindrucksvoll. „Helen, Pete, ist nicht tot."

"Nicht tot?" Sie starrte ihn ungläubig aus ihren großen, wunderschönen Augen an. Langsam bewegte sich ihre weiße Hand, bis sie auf seiner ruhte und dort zitternd blieb.

„Nein, er ist am Leben und bisher in sicherer Obhut, im Moment jedenfalls unverletzt."

Ihre Finger schlossen sich fester um seine Hand, ihr süßes, ansprechendes Gesicht näherte sich seinem; sie holte tief Luft. „Oh, Carson, sag das nicht, es sei denn, du bist *ganz* sicher."

„Ich bin absolut sicher", sagte er; und dann, während sie saßen, während ihre Hand immer noch unbewusst auf seiner verweilte, erklärte er alles, wobei er den Teil, den er aus dem Vortrag herausgenommen hatte, so weit wie möglich wegließ und den Hauptverdienst seinen Anhängern überließ. Sie saß gebannt da, ihre mitfühlende Seele schmolz und floss in den warmen Strom seiner eigenen, während er sprach, wie es ihr vorkam, als hätte noch nie ein Mensch zuvor gesprochen.

Als er fertig war, zog sie ihre Hand weg und setzte sich aufrecht hin, ihr Busen bewegte sich, ihre Augen glitzerten.

„Oh, Carson", rief sie; „Ich war noch nie in meinem Leben so glücklich! Es tut mir tatsächlich weh." Sie drückte ihre Hand auf ihre Brust. „Mammy wird so sein – aber du sagst, sie darf nicht – darf noch nicht –"

„Das ist das Problem", sagte Dwight bedauernd.

„Ich bin mir sicher, dass ich sie und Lewis auf der Hut halten könnte, damit sie mit Diskretion handeln, aber Blackburn und Garner – eigentlich alle anderen – haben Angst, sie zu gefährden, jedenfalls im Moment. Sie denken nämlich, Linda und Lewis könnten es in ihren Gefühlen verraten – in ihrem Glück – und so alles, was wir erreicht haben, zunichtemachen."

„Nachdem der Bericht über Sam Dudlows Geständnis veröffentlicht wurde, würden sie Pete sicherlich in Ruhe lassen", sagte Helen.

„Ich möchte es noch nicht ganz riskieren", sagte Dwight. „Während sie im Moment den Eindruck haben, dass ein unschuldiger Neger gelyncht wurde, scheinen sie dazu geneigt zu sein, sich zu beruhigen, aber als sie einmal die Nachricht verbreiteten, dass ein paar Stadtbewohner den Gefangenen durch List befreit hatten, würden sie sich erheben wütender denn je. Nein, wir müssen vorsichtig sein. Und, Helen, du musst dich an dein Versprechen erinnern. Lass dich nicht einmal von deinem Mitgefühl für Linda entmutigen."

„Ich kann es behalten, und das werde ich auch wirklich", sagte Helen.

„Aber Sie müssen mich so schnell wie möglich freilassen."

„Das werde ich tun", versprach er, als sie aufstand, um zu gehen.

„Ich behalte es", wiederholte sie, als sie die Tür erreicht hatte; „Aber dazu muss ich mich von Mama fernhalten. Der Anblick ihrer Qual würde es mir entreißen."

„Dann komm ihr nicht nahe, bis ich dich sehe", warnte Dwight sie. „Ich werde heute alle anderen treffen und ihnen die Angelegenheit vorlegen. Vielleicht geben sie in diesem Punkt nach."

KAPITEL XXIX

An der Straßenecke traf Helen auf Sanders, der auf sie wartete. Als sie sah, wie er am Rande des Bürgersteigs stand und ungeduldig mit der Zwinge seines fest zusammengerollten Seidenschirms auf die Spitze seines ordentlich beschuhten Fußes klopfte, überkam sie einen Schock, der sich einer Analyse entzogen hätte. Er war so völlig aus ihren Gedanken verschwunden, und ihre gegenwärtige Stimmung war von so bezaubernder Natur, dass sie den Wunsch verspürte, sich ungestört dieser Stimmung hinzugeben. Der bloße Gedanke an die Plattitüden, die sie mit jemandem austauschen musste, der nichts von ihrer schillernden Entdeckung wusste, war unangenehm. Was war es schließlich an Sanders, das bei ihr wachsende Missbilligung hervorrief? Könnte es an diesem Morgen vielleicht an seiner tadellosen Kleidung liegen, an seinem tadellosen Anschein von Besitz in ihrem Körper und an ihrer Seele, weil sie sich nicht genau über seinen Anzug verstanden hatten, oder lag es daran – weil er es getan hatte, wenn auch ohne Verschulden Sein eigenes, nicht an der Sache beteiligt, die heute für Helen irgendwie mehr Gewicht hatte als alle anderen irdischen Ereignisse? Tatsächlich war das Schicksal nicht gerade freundlich mit dem Darley-Besucher umgegangen. Er war unwissentlich wie ein gesunder Soldat auf Urlaub, der sich im Salon nützlich machte, während von seinen Kameraden an der Front die Nachricht vom Sieg hereinströmte.

„Sie sehen, ich habe auf Sie gewartet", sagte er und hob anmutig seinen Hut; „Aber, Helen, was ist passiert? Warum, was ist los?"

„Nichts", sagte sie; "gar nichts."

„Aber", fuhr er fort und runzelte verwirrt die Stirn, als er seinen Schritt an ihren anpasste, „ich habe noch nie jemanden in meinem Leben so plötzlich verändert." Als Sie das Büro betraten, waren Sie nur ein Bild der Verzweiflung, aber jetzt sehen Sie aus, als ob Sie vor Glück platzen würden. Dein Gesicht ist gerötet, deine Augen tanzen förmlich. Helen, wenn ich dachte –"

Er hielt inne, sein Gesicht errötete, und ein tieferes Stirnrunzeln verdunkelte seine Stirn.

„Wenn du gedacht hättest, was?" fragte sie etwas irritiert.

„Oh" – er warf mit seinem Regenschirm einen Stein aus dem Weg – „ was nützt es, das zu leugnen!" Ich bin einfach eifersüchtig. Ich bin nur ein natürlicher Mensch und ich glaube, ich bin eifersüchtig."

„Sie haben keinen Grund dazu", sagte sie und biss sich dann verärgert über den Versprecher auf die Lippe. Warum sollte sie sich ihm gegenüber verteidigen? Sie hatte nie gesagt, dass sie ihn liebte. Sie hatte seiner Heirat noch nicht zugestimmt. Außerdem war sie nicht in der Stimmung, seine Eitelkeit zu befriedigen. Sie wollte einfach allein sein mit der grenzenlosen Freude, die sie mit niemandem teilen durfte außer – Carson – Carson! – demjenigen, der *ihr zuliebe* das Teilen davon ermöglicht hatte.

„Nun, ich bin unruhig und ich kann nichts dagegen tun", fuhr Sanders düster fort. „Wie kann ich ihm helfen? Sie haben mich so traurig und deprimiert zurückgelassen, dass Sie kaum ein Wort für mich hatten, und nachdem Sie diesen Mr. Dwight gesehen haben, kommen Sie heraus und schauen – wissen Sie", brach er ab, „dass Sie fast eine Stunde allein mit diesem Kerl dort waren? "

„Oh nein, es kann nicht so lange her sein", sagte sie, noch verärgerter über seine offene Verteidigung dessen, was er fälschlicherweise als seine Rechte ansah.

„Aber das war es, denn ich habe dich zeitlich festgelegt", bestätigte Sanders. „Der Himmel weiß, dass ich die tatsächlichen Minuten gezählt habe. Es gibt vieles an der ganzen Sache, das mir nicht gefällt, aber ich weiß kaum, was es ist."

„Sie sind nicht nur eifersüchtig, sondern auch misstrauisch", sagte Helen scharf. „Das sind Dinge, die ich an keinem Mann mag."

„Ich habe dich beleidigt, aber das hatte ich nicht vor", sagte Sanders mit einem plötzlichen Blick auf Vorsichtsmaßnahmen. „Du wirst mir verzeihen, nicht wahr, Helen?"

„Oh ja, es ist alles in Ordnung." Sie war plötzlich weicher geworden. „Wirklich, es tut mir leid, dass du dich verletzt fühlst. Denken Sie nicht mehr darüber nach. Es gibt einen Grund, den ich mir nicht erklären kann, warum ich mich gerade ziemlich fröhlich fühle." Sie hatten die nächste Straßenecke erreicht und sie patsierte . „Ich möchte zu Cousine Ida gehen. Sie wohnt hier unten."

„Und es wäre dir lieber, wenn ich nicht mitmache?"

„Ich habe ihr etwas Besonderes zu sagen."

„Oh, ich verstehe. Darf ich dann heute Nachmittag wie gewohnt kommen?"

Ihr schwankender, halb reuiger Blick senkte sich. „Heute Nachmittag nicht", sagte sie. „Ich sollte bei Mama sein. Könnten Sie heute Abend nicht anrufen?"

„Es wird mir lange vorkommen, an diesem trostlosen Ort zu warten, da es mich nichts gibt, was mich beschäftigen könnte", sagte er; „aber ich werde gut belohnt werden. Also kann ich heute Abend kommen?"

„Oh ja, dann erwarte ich dich", und Helen drehte sich um und verließ ihn.

Im Vorgarten des Tarpley- Hauses fand sie ihre Cousine beim Blumengießen. Als Miss Tarpley Helen am Tor bemerkte, stellte sie hastig den Blechstreuer ab und eilte zu ihr.

„Ich wollte gerade Mama besuchen", sagte Ida. „Ich weiß, dass ich nichts nützen kann, und dennoch wollte ich es versuchen. Oh, das arme Ding muss schrecklich leiden! Sie hatte schon genug zu ertragen, aber diese letzte Nacht – oh!"

„Ja – ja", sagte Helen. „Es ist hart für sie."

Ida Tarpley legte ihre beiden Hände auf die weißen Latten des Zauns und starrte Helen fragend ins Gesicht.

„Warum sagst du es in diesem Ton?" Sie fragte; „Und mit diesem seltsamen, fast lächelnden Ausdruck in deinen Augen? Nun, ich hatte erwartet, dich am Boden zu sehen, und – nun ja, ich glaube nicht – ich glaube eigentlich nicht, dass ich dich jemals in meinem Leben besser aussehen sah. Was ist passiert, Helen?"

"Oh nichts." Helen bemühte sich jetzt stark, ihre Gefühle zu verbergen, und es gelang ihr einigermaßen, denn Miss Tarpleys Gedanken gingen in eine andere Richtung.

„Und arm, lieber Carson", sagte sie mitfühlend. „Die Nachricht muss ihn fast umgebracht haben. Er kam gestern Abend hier vorbei und beeilte sich, wie er sagte, in die Stadt zu gehen, um zu sehen, ob sich etwas tun ließe. Er war furchtbar aufgeregt, und ich habe noch nie einen solchen entschlossenen Ausdruck in einem menschlichen Gesicht gesehen. „Es *muss etwas* getan werden", sagte er; „Es *muss etwas* getan werden!" Der Junge ist unschuldig und soll nicht wie ein Hund sterben. Es würde seine Mutter töten, und sie ist eine gute, treue alte Frau. Nein, er soll nicht sterben!' Und mit diesen Worten eilte er weiter. Oh, Helen, das ist auch traurig. Es ist traurig zu sehen, wie ein so edler junger Geist bei einem so lobenswerten Unterfangen scheitert . Stellen Sie sich vor, wie er sich vor dem anstürmenden Mob stellte und zuließ, dass sie auf ihn schossen, während er ihnen trotzig in die Zähne schrie, bis sie sich zusammenkauerten und davonschlichen! Stellen Sie sich einen solchen Triumph vor, und dann, schließlich, eine so bittere Niederlage zu erleiden, wie ihn letzte Nacht ereilt hat! Als ich von dem Lynchmord hörte, habe ich tatsächlich geweint. Ich glaube, ich habe genauso viel für ihn empfunden wie für Mam' Linda. Armer, lieber Junge! Du weißt, warum er es so sehr wollte – das weißt du genauso gut wie ich."

„Warum er es tun wollte!" wiederholte Helen, fast hungrig nach der süßen Bestätigung von Dwights Treue zu ihrer Sache.

„Ja, weißt du – du weißt, dass seine ganze junge Seele darauf fixiert war, weil es dein Wunsch war, weil du darüber so besorgt warst. Ich habe das in seinen Augen gesehen, seitdem die Angelegenheit zur Sprache kam. Gestern Abend habe ich es dort gesehen, und es kam mir vor, als würde sein Herz in ihm brennen. Oh, ich werde sauer auf dich – wenn ich daran denke, dass du diesen Augusta-Mann zulassen würdest, selbst wenn du tatsächlich vorhast, ihn eines Tages zu heiraten –, dass du ihn zu einem solchen Zeitpunkt hier sein lässt, als ob Carson nicht genug dazu hätte ohne das ertragen. Ah, Helen, kein anderer Mensch wird dich jemals so lieben wie Carson Dwight – niemals, niemals, solange die Sonne scheint."

Mit einem irreführenden, verleugnenden Lächeln im Gesicht wandte sich Helen nach Hause. Er liebte sie – Carson Dwight – *dieser Mann* aller Männer – liebte sie immer noch. Ihr Körper fühlte sich unwägbar an, als sie fröhlich ihren Weg schritt. In ihren Händen trug sie ein menschliches Leben – das Leben des armen Jungen, für den Carson so wunderbar gekämpft und es ihr anvertraut hatte. Für seine Mutter und seinen Vater war Pete tot, aber für sie und Carson, ihren ersten Schatz, lebte er noch. Das Geheimnis lag in ihren Händen und lag zwischen ihren pochenden Herzen. Die Trauer der alten Linda war nur ein Traum. Helen und Carson könnten den schwarzen Vorhang beiseite ziehen und ihr sagen, sie solle nachsehen und die Wahrheit sehen.

Als sie nach Hause kam, stand sie mit gesenktem Kopf am Eingangstor und sah den alten Onkel Lewis, dessen kahler Schädel der Sonne ausgesetzt war.

„Mam' Lindy kümmert sich um Sie, Missy", sagte er mitleiderregend. „Sie sagt, du bist in die Stadt gegangen, um Marse Carson zu sehen , und sie scheint fast verrückt zu sein, um zu wissen , ob du herausgefunden hast , wo die Leiche des Jungen ist. Das ist alles , was sie angefangen hat Bitte , Missy, en Wenn die weißen Männer es ablehnen, weiß de Law nur, was sie tut Ich werde es tun."

Helen sah ihn hilflos an. Ihr ganzes junges Wesen war von dem Wunsch erfüllt , ihm die Wahrheit zu sagen, und doch wie konnte sie ihm so streng vertraulich erzählen, was ihr offenbart worden war?

„Ich werde jetzt zu Mama gehen", sagte sie. „Ich habe noch keine Neuigkeiten, Onkel Lewis – keine Neuigkeiten, die ich dir geben kann. Ich freue mich darauf, dass Carson bald auftaucht."

Als sie sich dem Cottage näherte, wich die bunte Gruppe von Negern, Männern und Frauen mit ernsten Gesichtern, Teenagern mit ausdruckslosen Augen und halbbekleideten Kindern, die an der Tür standen, instinktiv und respektvoll zur Seite, und sie betrat das Cottage ohne Begleitung und unangekündigt. Linda war nicht im Wohnzimmer, wo sie sie erwartet hatte, und so ging Helen verwundert in die angrenzende Küche. Hier verstärkte der allgemeine Aspekt der Dinge ihre wachsende Überraschung, denn die alte Frau hatte die Vorhänge der kleinen, kleinverglasten Fenster zugezogen und saß vor einem kleinen Feuer im Schornstein auf dem mit Asche bedeckten Herd. Das allein wäre vielleicht nicht so überraschend gewesen, aber Linda hatte ihren Körper mit mehreren alten Schleppsäcken bedeckt und reichlich Asche darauf gestreut. Das gräuliche Pulver befand sich in ihrem kurzen Haar, auf ihrem Gesicht und auf ihren bloßen Armen und füllte ihren Schoß. Es gab eine Sache auf der Welt, die die alte Frau über alles schätzte – eine große, in Leder gebundene Familienbibel, die sie besaß, seit sie unter der Anleitung von Helens Mutter zum ersten Mal lesen gelernt hatte, und diese lag ebenfalls mit Asche bedeckt da offen an ihrer Seite.

„Ist ich Gwine ? „Hast du mein Chili begraben ?" sie verlangte, als sie zu ihrer Herrin aufblickte. „Was sagt der junge Mann ? Bin ich es, oder werde ich es nie sehen? Ergin ? Bin ich die einzige Nigger-Mutter, die jemals davon gelebt hat, ohne Grenzen ? Kannst du davon nicht viel haben ? Sag mir. Ef dey Wein Ter le' mich sehen' im Marse Carson, du weißt es. Was sagt er ?"

, in der sie sich befand, ziemlich sprachlos und konnte es nur hilflos ertragen, zu starren. Doch bald beugte sie sich vor, hob die Bibel vom Boden auf und legte sie auf den Tisch. Linda schaukelte mit ihren massiven Ellbogen auf den Knien, ihren dicken Händen vor ihrem Gesicht und fast bis zur Flamme, hin und her.

„Dey ist kein Gott!" Sie weinte; „ ef Sie sind einer. Er ist schwarz, es ist der Rücken Chimbley . Dieses Buch ist eine Lüge. Es gibt überhaupt keine Liebe und Gnade auf der Seite der blinkenden , grinsenden Sterne. Erzähl mir nicht, dass die Gebete des Niggers erhört wurden . Habe ich letzte Nacht nicht gebetet, bis meine Zunge in meinem Mund geschwollen war , um meinen Jungen zu verschonen? Und was zum Teufel war die Antwort? Als der Tag anbrach und die gleiche Sonne schien , die schien , als er mir die Zeit auf die Brust legte , kam mir die Nachricht , dass mein Baby mit einem Seil um seinen Hals herausgezerrt wurde und zu den Männern betete , während ich betete zu Gott . _ Schau mal , Lak Das ist genug, hein ? Aber nein, als nächstes kommen die Neuigkeiten Wenn er eine kurze Stunde länger gelebt hätte, würden sie ihn vielleicht gehen lassen dey Ich habe den Richtigen gefunden . Schau mal , Lak Das reicht auch, hein ? Aber als Nächstes kam das Wort und die Botschaft: Unschuldig oder nicht, richtig oder falsch, mein Chile wollte kein gemeinsames Grab haben – nicht einmal in der

Buchhandlung von Potter ungefähr so groß. Sprich nicht mit mir! Wenn meine Gebete , verdammte Nigger, erhört wurden, wurden sie in der Hölle erhört, und der alte Scratch und all seine Kobolde, die Dunkelheit, schafften es . Komm mir nicht zu nahe! Ich könnte dich verarschen . Ich bin nicht ich selbst. Ich hörte, wie ein weißer Mann mit niedrigem Müll einmal sagte , dass die Nigger die Paviane seien. Vielleicht bin ich einer, und zwar ein wilder, soweit ich weiß – oh Schatz, pass nicht auf Triff mich. Deine alte Mama wird auf dem Scheiterhaufen verbrannt und sie ist nicht dafür verantwortlich. Sie liebt dich, Schatz – sie liebt dich, selbst in großen Schwierigkeiten ."

„Ich verstehe, Mama", und Helen legte ihre Arme um den Hals der alten Frau. Ein fast überwältigender Drang war in ihr aufgestiegen, der alten Leidenden die Wahrheit zu sagen, aber sie dachte, dass einige der Neger vielleicht zuhörten und erinnerte sich an ihr Versprechen, und hielt sich zurück.

„Ich werde Carson eine Nachricht schreiben, dass er sofort vorbeikommt", sagte sie. „Er wird dir etwas zu sagen haben, Mama."

Und sie ging an den Negern an der Tür vorbei und ging zum Haus, eilte in die Bibliothek und schrieb und übermittelte einem Diener die folgende Notiz:

„Lieber Carson, – komm sofort und sei bereit, es ihr zu sagen. Ich kann es nicht länger ertragen. Kommen Sie, kommen Sie.

„Helen."

KAPITEL XXX

Eine halbe Stunde später sah Helen, die am Eingangstor wartete, ein Pferd und eine Kutsche um die Ecke biegen. Sie erkannte, dass es Keith Gordon gehörte. Tatsächlich fuhr Keith und bei ihm war Carson Dwight.

Helens Herz hüpfte, eine gewaltige Last unkalkulierbarer Verantwortung schien sich von ihr zu lösen. Sie entriegelte das Tor und schwang es auf.

„Oh, ich dachte, du würdest nie kommen!" Sie lächelte, als er heraussprang und auf sie zuging. „Ich hätte meinen Treueeid gegenüber dem Clan gebrochen, wenn du noch einen Moment länger gewartet hättest."

„Ich hätte wissen können, dass du es nicht behalten kannst", lachte Dwight. „Mam' Linda hätte es aus dir herausgeholt, genauso wie du es aus mir herausgeholt hast."

„Aber wirst du es ihr sagen?" fragte Helen, gerade als Keith, der zur Seite getreten war, um sein Pferd anzuschnallen, herankam.

„Ja", antwortete Carson. „Keith und ich haben einen blitzschnellen Ausflug gemacht und schließlich alle anderen überzeugt. Sie schüttelten ausnahmslos den Kopf, und dann sagten wir ihnen einfach, dass Sie es sich gewünscht hätten, und damit war die Sache erledigt. Sie alle scheinen von der Idee geschmeichelt zu sein, Mitglied zu sein."

„Aber sagen Sie, Miss Helen", warf Keith ernst ein, „wir müssen uns wirklich davor hüten, dass Lewis und Linda es verraten." Es ist eine äußerst ernste Angelegenheit, und abgesehen von unseren eigenen Interessen hängt das Leben des Jungen davon ab."

„Nun, wir müssen sie von der Hütte wegbringen", sagte Helen. „Sie sind jetzt buchstäblich von neugierigen Negern umgeben."

„Können wir sie nicht hier oben im Wohnzimmer haben?" fragte Carson. „Dein Vater ist in der Stadt; wir sahen ihn, als wir heraufkamen."

„Ja, das ist eine gute Idee", antwortete Helen eifrig. „Die Diener sind alle in der Hütte; wir sorgen dafür, dass sie dort bleiben und Onkel Lewis und Mam' Linda hier haben."

„Angenommen, ich renne runter und überbringe die Nachricht", schlug Keith vor, und er lief mit der Geschwindigkeit eines Ballspielers auf einem Homerun davon.

„Glauben Sie, dass es eine echte Gefahr für Mam' Lindas Gesundheit darstellt, wenn Sie es ihr plötzlich mitteilen?" fragte Carson nachdenklich.

„Wir müssen versuchen, es nach und nach ans Licht zu bringen", sagte Helen, nachdem sie einen Moment nachgedacht hatte. „Man kann es nicht sagen. Man sagt, große Freude tötet oft genauso schnell wie große Trauer. Oh, Carson, ist es nicht herrlich, das tun zu können? Fühlen Sie sich nicht glücklich in dem Bewusstsein, dass es Ihr großes, mitfühlendes Herz war, das dieses Wunder inspirierte, Ihr wundervolles Gehirn, Ihre Energie und Ihr Mut, die es tatsächlich zustande brachten?"

„Noch nicht durch", lachte er abwertend, während ihm das Blut heiß in die Wangen floss. „Im Moment wäre es einfach nur mein Glück, wenn dieses Ding sich direkt gegen uns wendet. Wir sind noch lange nicht über den Berg, Helen, bei weitem nicht. Die Wut dieses Mobs schläft nur, und ich habe Feinde, politische und andere, die ihn jederzeit zur Weißglut bringen würden, wenn sie einmal eine Ahnung von der Wahrheit bekämen." Er schnippte mit den Fingern. „Das würde ich nicht um Petes Leben geben, wenn sie unseren Trick entdecken. Pole Baker war gerade in die Stadt gekommen, als Keith und ich gingen. Er sagte, die Hillbend- Leute bestritten ernsthaft jegliche Kenntnis von einem Lynchmord oder dem Verbleib von Petes Leiche und dass einige Leute bereits seltsame Fragen stellten. Wenn also zusätzlich zu diesem wachsenden Misstrauen die alten Lewis und Linda anfangen, einen Freudentanz zu tanzen, anstatt zu weinen und zu jammern – nun, wissen Sie, so ist es eben."

„Oh, dann sollten wir es ihnen vielleicht doch besser nicht sagen", sagte Helen niedergeschlagen. „Sie leiden furchtbar, aber sie würden es lieber eine Weile ertragen , als die Ursache für Petes Tod zu sein."

„Nein", lächelte Carson; „Aus der Art und Weise, wie Sie geschrieben haben, weiß ich, dass Sie so viel erlebt haben, wie Sie ertragen können, und wir müssen einfach versuchen, ihnen den vollen Ernst der Sache verständlich zu machen."

An diesem Punkt kam Keith keuchend von seinem Lauf hoch und gesellte sich zu ihnen. „Großer Himmel!" schrie er und hob die Hände, die Handflächen nach außen. „So einen Anblick habe ich noch nie gesehen. Manches kann ich ertragen, aber einer solchen Folter bin ich nicht gewachsen."

"Kommen Sie?" fragte Carson.

„Ja, da ist jetzt Lewis. Natürlich konnte ich ihnen dort unten in diesem Schwarm von Negern keinen Hinweis auf die Wahrheit geben, und so schien meine Botschaft, dass Sie sie hier sehen wollten, sie nur noch weiter anzuregen."

in der Nähe stehengeblieben war und respektvoll darauf wartete, mit ihm gesprochen zu werden.

„Onkel Lewis", sagte er, „wir haben gute Neuigkeiten für dich und Linda, aber viel hängt davon ab, dass sie geheim gehalten werden. Ich muss Ihnen das heilige Versprechen abverlangen, das, was ich Ihnen sagen werde, nicht durch Mundpropaganda oder Taten an eine lebende Seele zu verraten. Versprichst du es, Lewis?"

Der alte Mann beugte sich schwankend vor, bis sich seine hageren Finger um einen der Zaunlatten schlossen; seine Augen blinzelten in ihren tiefen Höhlen. Er bemühte sich zu sprechen, aber seine Stimme blieb ihm im Mund stecken. Dann hustete er, räusperte sich, schob einen seiner schlecht beschuhten Füße nach hinten, wie er es immer beim Verbeugen tat, und sagte stockend: „Gott in der Höhe, weißt du, junger Mann, dass ich mein Wort dir gegenüber halten würde . " Der alte Onkel Lewis würde sein Wort halten Sie brannten , ich stand auf dem Scheiterhaufen. Du warst der beste Freund, den ich und meine Mutter Lindy jemals hatten, junger Mann . Du warst ein freundlicher Freund *ist* er Freund. Als du neulich Nacht so sehr versucht hast , meinen Jungen vor den Männern zu retten , selbst als sie auf dich geschossen haben Ich versuche , dich runterzuziehen – oh, junger Mann , ich wünschte, du würdest es mit mir versuchen. Ich möchte dir zeigen , wie ich mich hier unten in meinem Herzen fühle. Dem Leute ist es so, wie sie es wollten ; Mein Junge ist tot , aber Gott weiß, es macht es einfacher , mich aufzugeben , damit der junge, hochgesinnte weiße Mann dich liebt …"

„Halt, hier ist Mam' Linda", sagte Carson. „Erzähl es ihr jetzt nicht, Lewis; warte, bis wir im Haus sind; aber Pete ist am Leben und in Sicherheit."

Die Augen des alten Mannes weiteten sich zu einem fast tödlichen Blick, und er lehnte sich schwer gegen den Zaun.

„Oh, junger Mann ", keuchte er, „du meinst nicht – du kannst doch nicht meinen –"

"Stille! kein Wort." Carson warnte ihn mit erhobener Hand und alle blickten die alte Linda an, die langsam über das Gras kam. Ein Schauer des Entsetzens überkam Dwight angesichts der Veränderung in ihr. Das verzerrte, geschwollene Gesicht war das einer toten Person, die durch mechanische Kraft nur schwach belebt wurde. Die großen, immer geheimnisvollen Tiefen ihrer Augen glühten in bestialischem Feuer. Für einen Moment blieb sie in ihrer Nähe stehen und starrte sie mit unpassendem Trotz an, als ob nichts in sterblicher Gestalt etwas anderes als Böses für sie bedeuten könnte.

„Carson hat dir etwas – etwas sehr Wichtiges zu sagen, liebe Mama", sagte Helen, „aber wir müssen hineingehen."

„Er hat nichts zu sagen , das weiß ich nicht", murmelte Linda, „es sei denn, es ist was Sie haben den Körper meines Chiles fertig gelegt . Wenn du das weißt , junger Mann – ef –"

Aber der alte Lewis war an ihre Seite getreten, sein Gesicht strahlte. Er legte seine Hand gewaltsam auf ihre Schulter. „Still, Oman !" er weinte. „Im Namen, äh Gott, Shet Yo ' Muff Und hör zu , der junge Mann – hör mir zu , ich bin Linda, Schatz – beeil dich – beeil dich im Haus!"

„Ja, bring sie hier rein", sagte Carson mit einem vorsichtigen Blick in die Runde, und er, Helen und Keith gingen den Weg entlang, während Linda sich, mehr wie ein Automat als ein Mensch, halb ziehen, halb nach oben führen ließ die Stufen und in den Salon. Keith, der sie vage in die Kategorie der körperlich Kranken eingeordnet hatte, stellte einen Sessel für sie auf, aber aus Gewohnheit weigerte sich die alte Frau, in Anwesenheit ihrer Vorgesetzten Platz zu nehmen. Sie und Lewis standen Seite an Seite, während Carson vorsichtig die Tür schloss und zurückkam.

„Wir haben sehr, sehr gute Neuigkeiten für Sie, Mam' Linda", sagte er; „Aber du darfst mit keiner Menschenseele darüber reden. Linda, die Männer, die Pete aus dem Gefängnis holten, haben ihn nicht getötet. Er ist noch am Leben und bis jetzt sicher vor Schaden."

Zu ihrer aller Überraschung starrte Linda den zitternden Redner nur ausdruckslos an. Es war ihr Mann, der sich nun voller Feuer und neu gefundenem Glück über sie beugte. „Hast du den jungen Marster nicht gehört ?" er schluckte; „Hast du nicht gehört, dass ich gesagt habe, dass unser aller Junge Erlive war ? – *Erlive* , Schatz?"

Mit einem eisernen Arm stieß Linda ihn zurück und stellte sich vor Carson.

„Kommst du und erzählst mir das ?" sie weinte, ihre große Brust hob und stürmte. „Junger Herr , Gott , ich hatte genug. Erzähl mir das jetzt nicht , und dann sag mir, dass es ein großer Fehler ist, nachdem du es herausgefunden hast . "

„Pete geht es gut, Linda", sagte Carson beruhigend. „Keith und Helen werden dir davon erzählen."

Mit einem bittenden Blick streckte Linda ihm zurückhaltend die Hand entgegen, aber er war zur Tür gegangen und blickte vorsichtig hinaus, wobei seine Aufmerksamkeit durch das Geräusch von Schritten im Flur angezogen wurde. Es waren zwei Negermädchen, die gerade das Haus betraten, nachdem sie ein halbes Dutzend anderer Neger auf dem Weg davor zurückgelassen hatten. Als Carson in die Halle hinausging, befahl er den Mägden und den Herumlungernden, wegzugehen, und die erstaunten

Schwarzen beeilten sich, mit vielen neugierigen Blicken nach hinten, seinem Befehl Folge zu leisten. Auf seinem Gesicht lag ein tiefes Stirnrunzeln und er zuckte mit den breiten Schultern, als er seinen Platz auf der Veranda einnahm, um die Salontür zu bewachen. „Es ist eine heikle Angelegenheit", sinnierte er; „Wenn wir nicht sehr vorsichtig sind, werden diese Neger in kürzester Zeit auf die Wahrheit stoßen."

Er hatte die Müßiggänger gerade noch rechtzeitig entlassen, denn plötzlich ertönte ein freudiger Schrei von Linda, ein Chor warnender Stimmen. Die volle Bedeutung der guten Nachricht brach gerade erst in das fassungslose Bewusstsein des alten Leidenden ein. Schreie und Schluchzen, vermischt mit hysterischem Gelächter, drangen an Carsons Ohren, in denen das beharrliche Dröhnen von Keith Gordons männlicher Stimme als sanfte Ermahnung widerhallte. Die Tür des Salons öffnete sich und der alte Lewis kam heraus, sein schwarzes Gesicht war tränenüberströmt. Er ging zu Carson und versuchte etwas zu sagen, aber da er kein Wort herausbrachte, ergriff er die Hand des jungen Mannes, drückte sie an seine Lippen und stolperte davon. Ein paar Minuten später kam Keith heraus und versuchte hartnäckig, seinen jungenhaften Zügen einen gewissen verherrlichten Ausdruck zu entziehen, der sich auf ihnen festgesetzt hatte.

"Guter Gott!" Er lächelte grimmig, während er eine Zigarre aus der Tasche seiner Weste zog. „Ich bin froh, dass das vorbei ist. Es traf sie wie ein Tornado. Ich bin froh, dass ich nicht in deiner Lage bin. Sie wird dir buchstäblich um den Hals fallen. Guter Gott! Ich habe Leute sagen hören, Neger hätten keine Dankbarkeit – Linda brennt davon. Du bist ihr Gott, alter Mann. Sie weiß, was Sie getan haben, und sie weiß auch, dass wir uns Ihnen bis zur letzten Minute widersetzt haben."

„Du hast es ihr natürlich gesagt", sagte Carson vorwurfsvoll.

"Ich musste. Sie versuchte, alles auf mich abzuwälzen, da ich das einzige anwesende Mitglied der Bande war. Ich sagte ihr, das Ganze sei in deinem Gehirn entstanden und werde von deinem Rückgrat gestützt. Oh ja, ich habe ihr erzählt, wie wir Ihren Plan bekämpft haben und mit welcher Entschlossenheit Sie trotz aller Widerstände daran festgehalten haben. Nein, der Rest von uns verdient keine Anerkennung. Wir hätten dich erdrückt, wenn wir könnten. Nun ja, ich war einfach nicht für heroische Dinge geeignet. Ich habe immer den einfachen Weg gewählt, um an jedes Ziel zu gelangen, aber ich schätze, nichts Wertvolles wurde jemals durch Zufall aufgegriffen."

Die beiden Freunde waren zum Tor hinuntergegangen und Keith war gerade dabei, sein Pferd abzuspannen, als Helen auf die Veranda kam und als sie Carson sah, eilte sie zu ihm.

„Sie ist oben in meinem Zimmer", erklärte sie. „Ich werde sie sowieso für den Rest des Tages dort lassen. Ich bin jetzt froh, dass wir so viele Vorsichtsmaßnahmen getroffen haben. Sie gibt zu, dass wir damit Recht hatten. Sie sagt, wenn sie gewusst hätte, dass Pete in Sicherheit ist , hätte sie es vielleicht nicht vor den anderen geheim gehalten. Aber sie wird uns jetzt helfen, das Geheimnis zu bewahren. Aber oh, Carson, sie bettelt schon darum, Pete sehen zu dürfen. Es ist erbärmlich. Selbst jetzt gibt es Momente, in denen sie sogar an seiner Sicherheit zu zweifeln scheint, und ich kann sie nur mit Mühe überzeugen. Sie bettelt auch darum, dich zu sehen. Oh, Carson, als du mir davon erzählt hast, warum hast du den Teil weggelassen, den du übernommen hast? Keith erzählte uns alles über Ihren Kampf gegen solche Widrigkeiten und wie Sie die ganze Nacht im Laden gesessen haben, um dem armen Jungen Gesellschaft zu leisten."

„Keith war bei mir", sagte Carson und errötete tief. „Nun, wir haben Pete eingesperrt, wo er vorerst in Sicherheit ist, aber es ist nicht abzusehen, wann der Verdacht auf uns gerichtet werden könnte."

"Wir werden gewinnen; Ich fühle es!" sagte Helen leidenschaftlich. „Vergiss nicht, dass ich Mitglied des Clans bin. Ich bin stolz auf die Ehre", und sie drückte ihm herzlich die Hand und eilte zurück zum Haus.

KAPITEL XXXI

Auf dem Weg zu Blackburns Laden am nächsten Morgen, um sich nach dem Gefangenen zu erkundigen, traf Carson Garner, der aus dem Friseurladen kam, wo er gerade rasiert worden war.

"Irgendwelche Neuigkeiten?" fragte Carson mit vorsichtiger Stimme, obwohl sie sich wirklich außer Hörweite von irgendjemandem befanden .

„Keine wirklichen *Neuigkeiten* ", antwortete Garner und strich sich über sein dick gepudertes Kinn; „Aber mir gefällt die Lage des Landes nicht."

"Was läuft jetzt?" fragte Dwight.

„Ich weiß noch nicht, dass etwas nicht stimmt; aber, mein Junge, eine Entdeckung – eine düstere und bedrohliche Entdeckung liegt in der Luft um uns herum."

„Warum denkst du so, Garner?" Sie blieben an der Straßenkreuzung stehen, die zu Blackbums Laden führte.

„Oh, das ist alles der alten Linda und Lewis zu verdanken", sagte Garner in einem Tonfall der Überzeugung. „Du weißt, dass ich absolut dagegen war, sie wissen zu lassen, dass Pete lebt."

„Sie glauben also, dass wir da einen Fehler gemacht haben?" sagte Carson. „Na ja, der Druck war einfach zu groß und ich musste ihm nachgeben. Aber warum glauben Sie, dass es ein schlechter Schachzug war?"

„So wie es aussieht", sagte Garner. „Während Buck Black mich gerade rasierte, bemerkte er, dass seine Frau Onkel Lewis und Linda gesehen hatte und dass sie der Meinung war, dass sie sich sehr eigenartig verhielten. Ich fragte ihn so beiläufig und nachlässig wie möglich, was er meinte, und er sagte, dass seine Frau nicht glaube, dass sie sich ganz so verhalten hätten, als hätten sie gerade ihr einziges Kind verloren. Buck sagte, es sähe so aus, als würden sie nur so tun, als wären sie gebrochen. Ich dachte, der beste Weg, ihn zu entmutigen, bestehe darin, zu schweigen, also schloss ich meine Augen und er fuhr mit seiner Arbeit fort. Doch plötzlich sagte er unverblümt: „Sehen Sie mal, Colonel Garner" – Buck nennt mich immer Colonel – „wo haben sie diesen Jungen Ihrer Meinung nach hingelegt?" Er hatte mich dort, wissen Sie, und ich schämte mich. Die Vorstellung, dass ein so guter Anwalt wie in diesem Teil des Staates tatsächlich unter den Augen und der Zunge eines Waschbären wackelt, der so schwarz ist wie das Pik-Ass! Schließlich erzählte ich ihm, dass, soweit ich das beurteilen konnte, die Hillbend-Fraktion Pete aus dem Weg geräumt hatte und es geheim hielt, die Neger durch ihren natürlichen Aberglauben einzuschüchtern. Und was meinst du, hat Buck gesagt? Huh, er wäre ein guter Detektiv! Er sagte, er habe ein Auge auf die wildesten Hillbend- Männer geworfen und sie hätten nicht so ausgesehen, als hätten sie etwas so Großes wie eine Maus gelyncht. Tatsächlich glaubte er, dass sie auf der Suche nach einer guten Gelegenheit in dieser Branche waren."

„Es sieht auf jeden Fall wackelig aus", gab Carson zu, als sie zum Laden gingen, wo Blackburn direkt im Türrahmen auf sie wartete.

„Wie hat Pete die Nacht verbracht?" fragte Carson, dessen Stirn immer noch von den entmutigenden Bemerkungen seines Partners getrübt war.

„Oh, alles klar", antwortete Blackburn. „Bob und Wade haben hier auf der Theke geschlafen. Es heißt, er habe wie ein Sägewerk geschnarcht. Sie konnten ihn durch den Boden hören. Jungs, ich hasse es, euch kaltes Wasser ins Gesicht zu spritzen, aber ich habe mich noch nie in meinem Leben so zittrig gefühlt."

„Was ist los mit *dir?* ", fragte Garner mit einem unbehaglichen Lachen.

„Ich fürchte, in einer unerwarteten Gegend zieht ein Sturm auf", sagte der Ladenbesitzer, blickte verstohlen die Straße auf und ab und führte sie dann weiter zurück in den Laden.

„Welches Viertel ist das?" fragte Carson besorgt.

„Der Sheriff verhält sich seltsam – sehr seltsam", sagte Blackburn.

„Guter Gott! Sie glauben doch nicht, dass Braider uns wirklich auf der Spur ist, oder?" Garner schrie aufrichtig beunruhigt.

„Nun, ihr zwei könnt selbst erkennen, was es bedeutet", und Blackburn zog beharrlich an seinem kurzen Kinnbart. „Es ist erst etwa eine halbe Stunde her – Braider trinkt etwas und war deshalb vielleicht etwas kommunikativer – er kam hier herein, sein Gesicht so rot wie eine eingelegte Rübe und er roch wie ein Spundloch in einem Whisky …" Fass und lehnte sich auf der Trockenwarenseite an die Theke.

„‚Ich bin der gesetzlich gewählte Sheriff dieses Bezirks, nicht wahr?' sagte er auf seine rührselige Art und ich sagte ihm, dass er mit großer Mehrheit dafür sei.

„‚Nun', sagte er, nachdem er eine Minute lang auf den Boden geschaut hatte, ‚ich wette, ihr Jungs denkt, ich bin ein dämlicher Polizist.'

„Ich wusste nicht, worauf zum Teufel er hinaus wollte, und so hielt ich einfach den Mund, aber Sie wetten Ihr Leben, ich hatte meine Ohren offen, denn da war etwas in seinem Auge, das mir nicht gefiel, und dann Als er in diesem Ton „ *Ihr Jungs* " sagte, begann ich zu glauben, dass er vielleicht mit der Arbeit, die wir neulich Abend gemacht haben, weitermachen könnte."

„Nun, was kommt als nächstes?" fragte Carson scharf. „Nun, er hat sich nur auf die Theke gelehnt und war jede Minute kurz davor, nach unten zu rutschen", fuhr Blackburn fort, „und dann begann er auf eine alberne Art zu lachen und sagte: ‚Diese Hillbend-Typen sind doch ein schlauer Kerl, nicht *wahr* ? ‘ Sie?' Natürlich wusste ich nicht, was ich sagen sollte", sagte der Ladenbesitzer, „denn er hatte einen Blick auf mich gerichtet und grinste, um die Holländer zu schlagen, und das ist die Art von Kreuzverhör, bei der ich versage." Schließlich gelang es mir jedoch zu sagen, dass die Hillbend- Leute ohnehin schneller als die anderen ins Gefängnis kamen, und er brach erneut in ein wissendes Lachen aus. „Die Hillbend- Bande hatte nicht so viel Fell", sagte er. ‚Oh, sie sind ein kluger Kerl, und sie haben einen klugen jungen Anführer.'"

"Was sonst?" fragte Carson, der sehr ernst aussah und mit zusammengepressten Lippen dastand.

„Nichts anderes", antwortete Blackburn. „In diesem Moment blieb Wiggin, Ihr guter Begleiter und Busenfreund, an der Tür stehen und rief ihn."

„Guter Gott, *und mit Wiggin!* " rief Garner aus. „Unser Kuchen ist Teig, und er ist gut und nass."

„Ja, er ist ein Wiggin-Mann!" sagte Blackburn. „Ich wusste schon seit einiger Zeit, dass er sich gegen Carson durchsetzte. Es scheint, als hätte Braider die Situation eingeschätzt und entschieden, dass er, wenn er selbst wiedergewählt werden wollte, seine Probleme besser mit dem stärksten Mann bündeln sollte, und er wählte diesen Stinktier als Sieger. Ich ging zur Tür und beobachtete sie. Sie gingen Arm in Arm zum Gerichtsgebäude."

„Braider ist uns offensichtlich auf der Spur", entschied Carson grimmig; „Und die Wahrheit ist, er hält uns in seiner Hand. Wenn er darauf bestehen sollte, das Gesetz umzusetzen und Pete erneut zu verhaften und wieder ins Gefängnis zu stecken, würde Dan Willis dafür sorgen, dass er nicht lange dort bleiben würde, und Wiggin würde einen Haftbefehl gegen uns ausstellen, da die größten Gesetzesbrecher freigelassen würden. "

„Oh ja, das Ganze sieht auf jeden Fall wackelig aus", gab Blackburn zu.

„Eines sage ich dir, Carson", bemerkte Garner grimmig, „es gibt keinen Zweifel, wir werden unseren Mandanten und deine Wahl genauso sicher verlieren, wie wir hier stehen."

„Ich habe noch nicht vor, aufzugeben", sagte Dwight, seine Lippe zuckte nervös und ein grimmiger Ausdruck der Entschlossenheit dämmerte in seinen Augen. „Wir haben bisher zu viel erreicht, als dass wir schmählich scheitern könnten. Jungs, ich würde alles geben, um diese Sache vor der alten Tante Linda abzuwehren. Sie hat es auf jeden Fall ertragen."

Die beiden Anwälte gingen in ihre Kanzlei und mieden dabei die zahlreichen Männergruppen in den Geschäften, die offenbar mit den verschiedenen Phasen des allgegenwärtigen Themas beschäftigt waren. Sie setzten sich an ihre Schreibtische und Garner machte sich bald an die Arbeit. Aber Carson hatte nichts zu tun und saß düster da und starrte durch die offene Tür in die Sonne. Plötzlich sah er Braider auf der anderen Straßenseite und machte Garner auf ihn aufmerksam. Dann drehte sich der Sheriff zu ihrer Überraschung plötzlich um und kam direkt auf sie zu.

„Mensch, da kommt er!" rief Garner aus; „Vielleicht möchte er uns pumpen. Behalte ihn im Auge, Carson. Möglicherweise weiß er schließlich gar nichts wirklich Belastendes. Beobachten Sie ihn wie einen Falken!"

KAPITEL XXXII.

Die jungen Männer taten so, als wären sie tief in ihre Arbeit vertieft, als der tapfere Offizier in der Tür auftauchte, den breitkrempigen Hut weit zurück auf dem Kopf, die Röte des Rauschmittels in seinem gebräunten Gesicht, sein Schritt unsicher.

„Ich hoffe, ich werde Sie nicht stören, meine Herren", sagte er; „Aber Sie sind zwei Männer, mit denen ich reden möchte – ich könnte sagen, mit ihnen wie mit einem Bruder reden."

„Komm rein, komm rein, Braider", sagte Carson; „Nehmen Sie diesen Stuhl."

"'YOU ARE *TWO* MEN THAT I WANT TO TALK TO'"

Als Braider mit unsicheren Schritten zu einem Stuhl ging und ihn zur Seite neigte, um ihn von der Last aus Büchern, Zeitungen, alten Akten und anderen nicht mehr existierenden juristischen Dokumenten zu befreien, fischte Garner mit vorsichtigem Blick eine einzelne Zigarre aus seiner Tasche – die, die er für eine Mittagsrauche reserviert hatte – und bot sie an .

„Trinken Sie eine Zigarre", sagte er, „und machen Sie es sich bequem."

Der Sheriff nahm die Zigarre so geistesabwesend entgegen, wie er in seinem Zustand eine große Banknote erhalten hätte, und hielt sie in seiner großen roten Hand so fest, dass sie nicht mehr aufbewahrt werden konnte.

„Ja, ich möchte mit euch reden, Jungs, und ich möchte eine ganze Menge sagen, von der ich hoffe, dass sie nicht weitergeht. Ich habe es immer gut mit euch beiden gemeint und auf euren Erfolg gehofft, sowohl in der Justiz als auch in der Politik."

Trotz des Ernstes der Lage warf Garner seinem Partner einen amüsierten Blick zu und sagte dann ganz ruhig: „Das wissen wir, Braider – wir haben es schon immer gewusst . "

„Nun, wie gesagt, ich möchte mit dir *reden* . Ich habe gehört, dass ein ehrliches Geständnis gut für die Seele ist, wenn nicht sogar für den Geldbeutel, und ich bin hier, um eines abzulegen, so ehrlich ich es auch ausspucken kann."

„Oh, das ist es?" sagte Garner und saß mit einem vorsichtigen, neugierigen Gesichtsausdruck da und wartete.

„Ja, und ich möchte wieder von vorne beginnen und sozusagen vorangehen. Es ist schwer, die politischen Neigungen eines Menschen zu verbergen, Carson, und ich schätze, Sie haben vielleicht gehört, dass ich vorhabe, mein Glück bei Wiggin zu versuchen."

„Nachdem er begann, diese Geschichten über mich in Umlauf zu bringen, ja", sagte Carson mit einem Anflug von Strenge; „Nicht vorher, Braider – zumindest nicht, als ich wie das letzte Mal für Ihre eigene Wahl gearbeitet habe."

„Sie haben vollkommen recht", sagte der Sheriff bereitwillig. „Ich bin plötzlich umgekippt , das gebe ich zu; aber das ist weder hier noch da." Er hielt einen Moment inne und die Anwälte tauschten stetige Blicke aus.

„Er möchte vielleicht einen Handel mit uns machen", schienen Garners Augen zu sagen, aber Carsons Geist hatte andere und schlimmere Möglichkeiten begriffen, als er sich an Blackburns Bemerkung von ein paar Minuten zuvor erinnerte. Tatsächlich könnten all diese Beteuerungen des guten Willens nichts anderes bedeuten, als dass der Sheriff – auf Veranlassung von Wiggin und anderen – tatsächlich gekommen war , um ihn als Anführer der Männer zu verhaften, die den Bezirksgefängniswärter eingeschüchtert und den Staatsgefangenen entführt hatten . Der Gedanke schien Garner telepathisch übermittelt zu werden, denn dieser würdige Mann saß plötzlich steifer und aggressiver auf seinem Stuhl, und die Feder, die er kaute, hing vor seinen Lippen. Dieses Gerede um den heißen Brei, zumindest in ernsten Dingen, war nicht Garners Methode.

„Na gut, Braider", sagte er mit verändertem Ton und Verhalten, „sagen Sie uns direkt, was Sie wollen." Der Tag vergeht und wir haben viel zu tun."

„In Ordnung, in Ordnung", stimmte der betrunkene Mann zu; "Hier geht. Jungs, was ich sagen werde, ist eine persönliche Angelegenheit. Sie haben mich beide wie einen respektablen Bürger und Gesetzeshüter behandelt, und ich habe es so aufgefasst, als ob ich die Ehre völlig verdient hätte. Aber Jeff Braider ist kein Heuchler, wenn er Politiker *ist* und sich mit solchem Gesindel herumtreibt. Jungs, immer ganz unten bei allem, was ich jemals in diesem Leben in Angriff genommen habe, war die Erinnerung an die Lehren meiner alten Mutter, und ich habe als Mann mein Bestes gegeben, um ihnen gerecht zu werden . Ich weiß bis hierher nicht, ob ich jemals auch nur annähernd ein Verbrechen begangen hätte – so wie ich es sehe. Man erzählt mir, dass Kriminalität in vielen verschiedenen Verkleidungen lauert. Das Verbrechen, von dem ich spreche, hatte zwei Gesichter. Man könnte es von einer Seite aus betrachten und es würde alles in Ordnung erscheinen, und von einer anderen Seite würde es dann sehr schlecht aussehen. Nun, ich habe dieses Ding zum ersten Mal in der Nacht gesehen, als der Mob Neb Wynns Hütte überfiel, Pete Warren vertrieben und ihn zu deinem Haus gejagt hat, Carson. Du willst mir vielleicht nicht noch einmal in die Augen schauen , mein Junge, wenn ich es dir sage, aber ich hätte dir in dieser Nacht schneller zu Hilfe kommen können, als ich es getan hätte, wenn ich nicht mit so vielen Ängsten belastet gewesen wäre der Verletzung meiner selbst. Als ich sah, wie dieser große Mob wie ein wilder Fluss hinter diesem Nigger herraste, sagte ich mir: Ja, das habe ich getan, dass mich sowieso keine menschliche Macht oder Autorität retten könnte, und dass, wenn ich vor der Menge aufstehen und versuchen würde, sie zum Schweigen zu bringen, dass – nun, wenn ich nicht auf der Stelle erschossen würde, würde ich mich politisch umbringen, und so wartete ich am Rande der Menge und versteckte mich wie ein Dieb, bis – bis du die Arbeit erledigt hast, und dann ich trat mit voller Lebensgröße auf mich zu und tat so, als wäre ich gerade erst angekommen."

"Oh!" rief Garner und starrte mit einem verwunderten Ausdruck in den Augen auf den gesenkten Kopf des Offiziers. und es war auch ein Ausdruck der Hoffnung, denn sicherlich würde kein Mensch *dieser Art* jemanden ungerechtfertigt ausnutzen .

„Das war das *erste* Mal", schluckte Braider, während er fortfuhr, sein Blick war nun ausschließlich auf Carson gerichtet. „Mein Junge, ich bin in dieser

Nacht zu Bett gegangen, nachdem wir diesen Nigger eingesperrt hatten, und kam mir gemeiner vor, als ein eiersaugender Hund aussieht, wenn er auf frischer Tat ertappt wird. Wenn es irgendetwas auf der Welt gibt, das einen Menschen beschämen kann, dann ist es der Anblick eines anderen, der mehr moralischen und physischen Mut an den Tag legt als er, und Sie haben in dieser Nacht genug von beidem getan, um mir zu zeigen, wo ich stehe. Es war etwas Neues für mich und es machte mich wütend. Ich war ein guter Soldat im Krieg – ich trage ein Veteranenabzeichen der Konföderierten, das mir in der Öffentlichkeit von | schöne Tochter eines toten Kameraden – aber in einer Gruppe beschossen zu werden ist nicht dasselbe wie das *einzige* Ziel zu sein, und ich habe meine Grenzen gezeigt."

„Oh, du übertreibst das Ganze", sagte Carson mit einem Anflug von Verlegenheit.

„ Nein , bin ich nicht , Carson Dwight", sagte Braider gefühlvoll, holte sein rotes Baumwolltaschentuch heraus und wischte sich die Augen. „Du hast mir an diesem Abend den Unterschied zwischen sogenannter Tapferkeit und echter Tapferkeit gezeigt. Ich denke, Tapferkeit zum persönlichen Vorteil ist eine schwache Nachahmung von Tapferkeit, die nur aus menschlichem Mitleid handelt, wie Sie es in dieser Nacht getan haben. Nun, das ist noch nicht alles. Am nächsten Tag wurde ich einer schlimmeren Prüfung als je zuvor ausgesetzt. Es wurde gemunkelt, dass ein noch größerer Mob als der erste aufstand. Ich hielt mich so weit wie möglich vom Stadtzentrum fern, denn überall, wo ich hinkam, schauten mich die Leute an, als dachten sie, ich würde sicherlich etwas tun, um den Gefangenen zu beschützen, und zu Hause wimmerte meine Frau den ganzen Tag herum und sagte: „ … " Sie war sich sicher, dass Pete unschuldig war oder zumindest unschuldig war, um einen Prozess zu verdienen, wenn nicht um seiner selbst willen, um seiner Mutter und seinem Vater willen. Aber was sollte ich tun, wenn ich so schwankte? Ich ging davon aus, dass 75 Prozent der Männer, die mich bei meiner Wahl unterstützt hatten, darauf aus waren, den Gefangenen zu lynchen, und wenn ich mich ihnen widersetzen würde, würden sie mich als Verräter betrachten . Andererseits hatte ich damit zu kämpfen: Wenn ich schwachen Widerstand leistete und unter Druck leicht nachgab, würden die konservativen Männer, wie einige hier in der Stadt, sagen, ich meinte es nicht ernst hätte tatsächlich das Feuer auf den Mob eröffnet. Wisst ihr, Jungs, ich war nicht Manns genug, um so oder so Stellung zu beziehen, und obwohl ich genau wusste, was auf mich zukam, log ich herum wie ein Hund – lag in meiner Kehle und erzählte allen, dass die Anzeichen zeigten, dass die Aufregung nachgelassen hatte beruhigte sich. Ich ging an diesem Abend nach Hause und erzählte meiner Frau, dass alles ruhig sei, und ich trank etwa einen Liter Roggenwhisky, um nicht an das Geschäft zu denken, und ging zu Bett, aber mein Gewissen war, glaube ich, stärker als mein Whisky, für mich rollte und purzelte die ganze Nacht. Mir kam es vor, als würde ich mit meinen eigenen Händen das Seil um den Hals dieses Porenniggers binden. Da lag ich, ein vereidigter Gesetzeshüter, flach auf dem Rücken und hatte nicht genug moralischen Mut in meinem elenden Kadaver, um eine Mücke getötet zu haben. Carson, wenn ich dich in dieser langen Nacht einmal vor meinen Augen gesehen habe, habe ich dich fünfhundert Mal gesehen. Deine Rede hallte immer wieder in meinen Ohren wider. Ich habe gesehen, wie du dort gestanden hast, als eine Kugel deine Stirn bereits gestreift hatte, und dich ihnen widersetzt hast, noch einmal zu schießen. Ich sah diesen armen schwarzen Jungen, der sich an deine Knie klammerte, und wusste, dass das Licht des Himmels auf dich geleuchtet hatte, während ich in der heißen Dunkelheit des Abgrunds lag."

„Gott, du machst es stark!" rief Garner aus.

„Ich drücke es nicht halb so stark aus", fuhr der Sheriff fort. „Ich verdiene es nicht, ein Amt zu bekleiden, selbst in einer Gemeinde, die zur Hälfte vom Mob-Gesetz regiert wird. Aber ich bin noch nicht fertig. Ich bin noch nicht fertig. Ich stand an diesem schrecklichen Morgen früh auf und ging zu einem Stall in einer Seitenstraße, um meine Schweine zu füttern, und dort erzählte mir eine Frau, die eine Kuh melkte, dass es vorbei sei. Pete Warren sei erledigt – schuldig hin oder her, er war es erledigt. Ich ging ins Haus und versuchte, mein Frühstück hinunterzuschlucken, vor meiner Frau, die nicht mit mir redete und auf andere Weise zeigte, was sie von der ganzen Sache hielt. Sie seufzte ständig und erzählte von der alten Mammy Lindy und ihren Gefühlen. Ich ging zuerst ins Gefängnis, und dort wurde mir gesagt, dass zwei Mobs gekommen seien, der erste aus der Hillbend-Menge, der die Arbeit erledigte, und der größere Mob, der zu spät dort ankam."

Braiders Stimme war heiser geworden und er hustete. Garner warf Carson einen prüfenden, fragenden Blick zu, aber Dwight, dessen Gesicht von einem warmen Ausdruck des Mitleids für den Sprecher geprägt war, starrte unbeirrt durch die offene Tür.

„Ich bin noch nicht fertig, Gott weiß, dass ich es nicht bin ", schluckte der Sheriff. „An diesem Morgen fühlte ich mich gemeiner als jeder Sträfling, der jemals Ball und Kette trug. Wenn ich vor Gericht gestellt und für schuldig befunden worden wäre, einer Frau in den Rücken gestochen zu haben , glaube ich nicht, dass ich mich weniger wie ein Mann gefühlt hätte. Ich habe versucht, alles abzuschütteln, indem ich dachte, dass ich sowieso nichts Gutes hätte tun können, aber es hat nicht funktioniert. Carson, Sie und Ihr mutiger Einsatz für die Einhaltung der Gesetze standen vor mir, und Sie wurden für die Arbeit nicht bezahlt, während ich dort war. Huh! Erinnerst du dich daran, mich gesehen zu haben, als du an jenem Morgen aus

Blackburns Laden kamst, mit zerzausten Haaren und roten, blutunterlaufenen Augen?"

„Ja, ich erinnere mich, dich gesehen zu haben", sagte Dwight. „Ich hätte angehalten, um mit dir zu sprechen, aber – aber ich hatte es eilig, nach Hause zu kommen."

„Nun, Sie haben vielleicht gehört, dass ich früher so etwas wie ein Einzeldetektiv war", fuhr Braider fort, „und ich hatte mir angewöhnt, für fast alles Ungewöhnliche, das ich sah, nach einer Erklärung zu suchen, und – nun ja, Dass du aus dem Laden kamst, bevor er für den Handel geöffnet war, während die Fensterläden vorne noch geschlossen waren, kam mir seltsam vor. Andererseits, als ich mich an Ihr großes Interesse an Petes Fall erinnerte, kam es mir irgendwie nicht so vor, als ob Sie ganz so niedergeschlagen aussahen, wie ich erwartet hatte – ich traf Sie plötzlich so. Eigentlich dachte ich, dass du mit etwas irgendwie zufrieden scheinst."

"Oh!" rief Garner und vermutete plötzlich, dass Braider eine gigantische List hatte, um sie in eine Falle zu locken. „Du dachtest, er sieht munter aus, oder? Nun, ich muss sagen, dass er für mich genau in die andere Richtung geschaut hat, als ich ihn an diesem Tag zum ersten Mal sah."

„Nun, es hat mich jedenfalls zum Nachdenken gebracht", fuhr der Sheriff fort und ignorierte Garners Unterbrechung, „und ich machte mich an die Arbeit, um zuzusehen. Ich hing im Restaurant auf der anderen Straßenseite herum, rauchte eine Zigarre und behielt den Laden im Auge. Nach einer Weile sah ich Bob Smith in den Laden gehen und dann Wade Tingle. Dann sah ich ein großes Tablett mit Futter, bedeckt mit einem weißen Tuch, das vom Johnston House geschickt wurde, und Bob Smith kam zur Tür, nahm es herein und schickte den Waschbär, der es holte, zurück zum Hotel. Nun, ich wartete ein oder zwei Minuten und schlenderte dann unvorsichtig hinüber und ging hinein. Ich unterhielt mich eine Weile mit Bob und Wade und bemerkte dabei, wie ich mich erinnere, dass Wade für einen Zeitungsmann mächtig und gleichgültig wirkte, wenn es darum ging, Informationen darüber zu sammeln, was passiert war und dass Blackburn damit beschäftigt war, eine Menge kurzer, weißer Lakenstücke zusammenzufalten. Die ganze Zeit über schaute ich mich um, um zu sehen, wohin der Kellner voller Essen gegangen war. Davon war nichts zu sehen, aber in einer Pause im Gespräch hörte ich irgendwo unter mir das Klirren von Geschirr und verstand es. Jungs, ich bin hier, um euch zu sagen, dass sich noch nie eine verurteilte Seele so gefühlt hat wie ich. Ich ging ins Freie und betete, betete tatsächlich, dass das, was ich vermutete, wahr sein könnte. Ich machte mich auf den Weg zum Gefängnis und traf unterwegs Burt Barrett. Ich fragte ihn nach Einzelheiten, und als er sagte, dass die Hillbend-Bande die Nachricht hinterlassen hatte, dass niemand nach den Überresten des Jungen suchen müsse, machte mein Herz einen großen Sprung, genauso wie damals, als das Magazin und die Untertasse in diesem Keller zusammenstießen . Ich fragte Burt, ob ihm aufgefallen sei, in welche Richtung der Mob den Gefangenen steckte, und er sagte: „Runter in die Stadt." Ich fragte ihn, ob es für Hillbend -Leute nicht seltsam sei , diesen Weg zu gehen, um einen Mann zu hängen, und er stimmte zu, dass es so sei. Nun, um es kurz zu machen: Ich war hinter Ihrer gigantischen List her, und Gott weiß, was für eine Last sie mir genommen hat. Du hast mich gerettet, Carson – du hast mich davor bewahrt, dieses Verbrechen mit ins Grab zu nehmen. Ich wusste, dass du der Anführer bist, denn ich kannte niemanden sonst, der auf einen solchen Plan gekommen wäre. Sie sind um einiges jünger als ich, aber Sie haben sich an Ihre Prinzipien gehalten, während ich mich vor Prinzipien, Pflichten und allem anderen gescheut habe. Das alles zu tun hat Ihre politischen Chancen geschmälert, und Sie wussten es, aber Sie haben sich trotzdem an das gehalten, was richtig war."

„Ja, er hat auf jeden Fall seine politischen Chancen beeinträchtigt", sagte Garner grimmig und blickte verwundert über das offene Geständnis des Sheriffs. „Aber Sie, ich glaube, Sie sagten, waren ein Wiggin-Mann", endete er.

„Nun, Wiggin und einige andere *glauben*, dass ich es noch bin", sagte Braider; „Und ich schätze, das war ich auch, bis diese Sache auftauchte; Aber, Jungs, ich schätze, ich habe noch ein bisschen Gutes in mir, denn irgendwie hat Wiggin mir den Magen umgedreht. Aber ich bin noch nicht bei dem angekommen, worauf ich hinaus wollte. Keiner von euch hat schon zugegeben, dass sich in diesem Holzhaufen ein Nigger befindet, und ich kann es euch nicht verübeln, dass ihr es für euch verheimlicht. Das ist Ihre Sache, aber die Zeit ist gekommen, in der Jeff Braider das Richtige tun oder noch tiefer in die Hölle eintauchen muss, und er hat gespürt, was es bedeutet, und will nichts mehr davon. Es könnte sein, dass ich alles verliere, was ich habe. Wiggin und seine Bande könnten mich bei der nächsten Wahl knapp schlagen, aber von jetzt an stehe ich auf der anderen Seite."

„Gut", sagte Garner; „So redet man. War es das, worauf du hinaus wolltest, Braider?"

„Nicht ganz", und der Sheriff erhob sich, stellte sich über Carson und legte seine Hand auf die Schulter des jungen Mannes, um sich zu stützen. „Mein Junge, ich bin gekommen, um dir zu sagen, dass die verdammteste, schwärzeste Verschwörung , die jemals von dir geplant wurde, ausgeheckt wurde."

„Was ist das, Braider?" fragte Carson, den Umständen entsprechend ruhig.

„Wiggin und seine Bande haben herausgefunden, dass vorletzte Nacht ein Streich gespielt wurde. Die Hillbend- Männer überzeugten sie davon, dass sie niemanden gelyncht hatten, und die Wiggin-Menge schnüffelte herum, bis sie sich auf das Ding einließen. Die einzige Tatsache, die sie nicht kennen, ist, wo der Junge versteckt ist . Sie glauben, er sei im Haus eines der Negerprediger. Wiggin kam vor nicht einmal einer halben Stunde zu mir, und da er mich als einen seiner Helfer betrachtete , erzählte er mir alles darüber. Der Plan sieht vor, dass ich Pete verhafte und ihn wegen Mordes ins Gefängnis stecke und dich dann verhafte, weil du der Anführer einer Gefängnisbrecherbande bist, die in der Öffentlichkeit Recht und Ordnung aus politischen Gründen predigt und beides im Geheimen bricht."

„Und was wird ihrer Meinung nach aus Pete werden?" fragte Carson mit einem Hauch äußerster Bitterkeit in seinem Ton.

„Wiggin hat es nicht gesagt; aber ich weiß, was mit ihm passieren würde. Die Saat eines blutigen Aufruhrs wird reihenweise ausgestreut. Sie waren bei jedem Mitglied der Menge, die Sam Dudlow gelyncht hatte , und warnten sie bei ihrem Leben davor, die Aussage zu wiederholen, dass Dudlow gesagt hatte, Pete sei unschuldig. Sie sagten den Lynchern, dass Sie beide Anwälte auf der Suche nach Männern waren, die das Geständnis gehört hatten und beabsichtigten, es als Beweismittel gegen sie zu verwenden."

„Ah, das *ist* glatt, glatt!" Garner murmelte.

„Glatt wie doppelt destilliertes Gänsefett", sagte Braider. „Die Lyncher leugnen gegenüber Freund und Feind, dass Dudlow ein Wort gesagt hat, und die Nachricht verbreitet sich wie ein Lauffeuer, dass Pete Dudlows Komplize war und dass du, Carson, zusammen mit einer Bande von Stadtmenschen versuchst, deinen Standpunkt durchzusetzen , stierköpfige Kraft."

"Ich sehe ich sehe." Carson war aufgestanden und stand mit einem tiefen Stirnrunzeln im Gesicht an die Tischplatte gelehnt. Er reichte dem Beamten die Hand und sagte: „Ich schätze es mehr, als ich sagen kann, Braider, dass Sie mir das alles erzählt haben."

„Was nützt es, wenn ich es dir erzähle, wenn dir die Neuigkeit keinen Nutzen bringt?" fragte der Sheriff. „Carson, ich möchte dich gewinnen sehen. Ich bin selbst kein halber Mann, aber ich habe zwei kleine Jungen, die gerade erst erwachsen werden, und ich wünschte, sie könnten wie du sein – eine zweibeinige Bulldogge, die mit den Zähnen festhält, was richtig ist, und es nicht tut loslassen. Carson, du hast eine Chance – eine knappe Chance –, deinen Mann lebend rauszuholen."

"Was ist das?" fragte Dwight eifrig.

„Lassen Sie mich die Menge in Schach halten, indem ich verspreche, Pete zu verhaften, und Sie beauftragen einen treuen Kerl, ihn heute Abend in einem Buggy durch das Land nach Chattanooga zu bringen. Es wäre eine heikle Reise, und Sie brauchen einen Mann, der sich vor seinem Schatten nicht fürchtet, denn auf jeder Straße, die Darley verlässt, werden Männer Ausschau halten, aber wenn Sie ihn einmal dort hätten, wäre er absolut sicher . denn kein Mob würde den Staat verlassen, um Arbeiten dieser Art zu verrichten. Das Wichtigste ist, einen guten Mann zu finden."

„Ich mache es selbst", sagte Dwight bestimmt. "Du?" Garner weinte. "Das ist absurd!"

„Ich bin der Einzige, der das schaffen *könnte* ", erklärte Carson, „denn Pete würde mit keinem anderen gehen."

„Ich glaube wirklich, dass Sie Recht haben", stimmte Garner widerwillig zu; „Aber es ist ein schlimmes Unterfangen nach allem, was du durchgemacht hast."

"Von Gummi!" rief Braider und streckte Dwight seine Hand entgegen. „Ich hoffe, dass du es schaffst. Ich möchte sehen, dass du einen verdammt guten Allround-Job erledigst." > „Nun, Sie *sind* ein Gesetzeshüter", bemerkte Garner mit Belustigung auf seinem rauen Gesicht, „und bitten Sie einen Mann, Ihren eigenen Gefangenen zu stehlen."

„Was kann ich sonst noch machen, das überhaupt anständig ist?" Fragte Braider. „Außerdem wissen Sie, dass es nie einen schriftlichen Haftbefehl für Pete gab. Ich fing an, ihn einzusperren, ohne etwas zu tun, und die alte Mrs. Parsons ließ ihn frei. Das einzige Mal, dass er ins Gefängnis kam, war von Carson selbst. Von George! So wie ich es sehe, Carson, hast du jedes Recht, ihn aus dem Gefängnis zu holen, egal auf welche Weise, denn du warst dafür verantwortlich, dass er dort war, anstatt an einem Ast eines Baumes zu hängen. Ich sage dir, mein Junge, es gibt kein Gesetz auf der Welt, das dich berühren kann. Niemand ist bereit, gegen Pete auszusagen, und wenn Sie ihn nach Chattanooga bringen und dort eine Weile behalten, kann er als freier Mann hierher zurückkehren."

„Ich habe dort Freunde, die sich um ihn kümmern werden", sagte Dwight. „Heute Abend fange ich mit ihm an."

KAPITEL XXXIII.

An diesem Nachmittag ging Keith Gordon zu Warren, um Helen von Carsons Plan zur Entfernung von Pete zu erzählen. Sie empfing ihn im großen Salon, und er fand sie an einem der breiten Fenster sitzend, die im Sommer als Tür zur Veranda dienten.

„Auf dem Weg nach unten traf ich den siegreichen Helden Mr. Sanders", sagte er leichthin. „Ich gehe davon aus, dass er wie immer hier war."

„Er hat nur angerufen, um sich zu verabschieden", antwortete Helen etwas kühl.

„Oh, das *sind* Neuigkeiten", fuhr Keith im gleichen Ton fort. „Eher plötzlich, nicht wahr?"

„Nein, seine Angelegenheiten ließen einen längeren Besuch nicht zu", sagte Helen. „Aber Sie sind nicht gekommen, um über ihn zu reden; Es hatte etwas mit Pete zu tun."

Sie saß ganz still und steif da, während er die ganze Situation im Detail beschrieb, und als er fertig war, stützte sie ihr Kinn auf ihre weiße Hand, und er sah, wie sich ihre Brust zitternd hob und senkte.

„Die Reise birgt Gefahren", sagte sie, ohne ihn anzusehen. „Ich weiß es, Keith, an der Art, wie du redest."

Er überlegte einen Moment und gab dann zu: „Ja, das gibt es, und meiner Meinung nach, Helen, gibt es eine Menge. Wade und ich versuchten, ihn dazu zu bringen, einem anderen Plan zuzustimmen, aber er wollte nicht darauf hören. Er ist so sehr darauf bedacht, alles gut zu machen, dass er keinem Ersatz vertraut und auch niemanden anderen mitgehen lässt. Er meint, es würde zu viel Aufmerksamkeit erregen."

„In welcher besonderen Weise liegt die Gefahr?" Helen geriet ins Stocken, und Keith sah, wie sie sich mit der Hand über den Mund fuhr, als wolle sie ihre Lippen wegen ihrer Unsicherheit tadeln.

„Ich würde Ihnen sagen, dass es überhaupt keine gab, wie Carson es von mir verlangt hätte", erklärte Keith; „Aber wenn ein Kerl den Mut einer Armee von Männern hat, glaube ich, dass ihm die volle Anerkennung dafür zuteil wird. Du willst es wissen und ich werde es dir sagen. Er hat in diesem Geschäft genug heikle Orte durchgemacht, aber heute Abend über diese einsame Straße zu gehen, wo tausend wütende Männer nach ihm Ausschau halten, ist das Schlimmste, was er je in Angriff genommen hat. Es wäre nicht so gefährlich für einen Mann, der die Hände hochwerfen würde, wenn er angesprochen würde, aber Helen, wenn du Carsons Gesicht gesehen hättest, als er uns davon erzählte, wüsstest du, dass er tatsächlich sterben wird, anstatt es zu sehen Pete vergeben. Er ist in letzter Zeit sowieso leichtsinnig."

"Rücksichtslos!" wiederholte Helen und dieses Mal warf sie Keith einen vollen, fast flehenden Blick zu.

„Oh ja, du weißt, dass er rücksichtslos ist. Das ist er, seit Mr. Sanders da ist. Für mich sieht es so aus, als ob – nun ja, ich denke, ein Mann kann einen anderen besser verstehen als eine Frau, aber für mich sieht es so aus, als ob Carson das Ganze macht, weil du dir darüber so viele Sorgen machst."

„Da haben Sie ihm auf jeden Fall Unrecht getan", erklärte Helen.

„Er tut es einfach, weil es richtig ist."

„Oh, natürlich hält er es für *richtig*", erwiderte Keith mit einem jungenhaften Lächeln; „Er denkt, dass alles, was *du* willst, richtig ist."

Als Keith gegangen war, ging Helen sofort zu Lindas Hütte, um ihr die Neuigkeit zu überbringen, wobei sie sie in ein möglichst hoffnungsvolles Licht rückte und die Gefahr der Reise nicht erwähnte. Aber die alte Frau hatte einen sehr durchdringenden Verstand und stand mehrere Minuten lang mit tief gerunzelter Stirn in der Tür, ohne etwas zu sagen, dann verstärkte ihre Beobachtung nur Helens Last der Angst.

„Chile", sagte sie, „ die alte Lindy gefällt überhaupt nicht, wie das aussieht." Du sagst, der junge Mann wurde mitten in der Nacht gestohlen, und Dass er mir nicht einmal erlauben würde, meinen Jungen einmal zu sehen, wenn er geht . Mach 's gut, Schatz – mach's gut! Die Gefahr ist noch nicht vorbei . Schatz, ich weiß, was es ist", stöhnte Linda. „Die weißen Leute sind auf dem Vormarsch ."

„Nun, selbst wenn das der Grund ist" – Helen spürte, wie die kalte Hand der Angst ihr Herz bei diesem Eingeständnis erfasste – „ selbst wenn das der Grund ist, wird Carson ihn sicher davonkommen lassen."

„Wenn er *verwandt ist* , Schatz, wenn er *verwandt ist!* „Linda stöhnte.

„'Gott war hinter mir , aber ich sehe die Zeit als de Lawd . ' Er scheint den Leuten den Rücken zu kehren, die versuchen , ihr Bestes zu geben ."

Während Linda murmelnd und stöhnend in der Tür der Hütte zurückblieb, ging das Mädchen mit einem verzweifelten Schritt zurück zum großen leeren Haus und wanderte ziellos in den verschiedenen Räumen umher.

Als die Nacht hereinbrach und ihr Vater aus der Stadt zurückkehrte, traf sie ihn auf der Veranda und gab ihm einen Begrüßungskuss, doch bald stellte sie fest, dass er nichts gehört hatte. Tatsächlich war er einer der vielen, die immer noch glaubten, Pete sei gelyncht worden, da die vagen Gerüchte des Gegenteils sein altes Ohr nicht erreicht hatten. Sie setzte sich mit ihm an den Teetisch, ging dann in ihr Zimmer und zündete die Lampe auf ihrer Kommode an. Dabei betrachtete sie ihr Spiegelbild und zuckte zusammen, als sie ihre ernsten Gesichtszüge sah. Dann erregte ein Blitz an ihrem Handgelenk ihre Aufmerksamkeit. Es war der große Diamant eines wunderschönen Armbandes, das Sanders ihr geschenkt hatte, und als sie es betrachtete, schauderte sie. War sie abergläubisch? Sie wusste es kaum, und doch befiel eine seltsame Idee ihren Kopf. Würden ihre unausgesprochenen Gebete für Carson Dwights Sicherheit auf seiner gefährlichen Expedition erhört werden, während sie dieses Geschenk eines anderen Mannes trug, nachdem sie Carsons große und dauerhafte Liebe verschmäht und dem armen Jungen den Eindruck vermittelt hatte, dass sie sich mit Leib und Seele dafür eingesetzt hatte? Fremder? Sie zögerte nur einen Moment, öffnete ein Schmuckkästchen, öffnete das Armband und legte es weg. Dann ging sie mit einer gewissen Leichtigkeit zum Fenster mit Blick auf das Gelände des Dwight-Gehöfts und starrte hinaus in der Hoffnung, Carson zu sehen. Aber er war offensichtlich nicht zu Hause, denn außer einem schwachen Licht im Zimmer des Kranken und einem in der angrenzenden Kammer des alten Dwight waren keine Lichter zu sehen.

Um zehn Uhr entkleidete sich Helen immer noch mit dem schrecklichen Gefühl einer bevorstehenden Tragödie, die über ihr schwebte. Das Öl in ihrer Lampe war fast leer, und nur aus diesem Grund löschte sie die Flamme, sonst hätte sie sie die ganze Nacht hindurch brennen lassen, um die materiellen Schatten zu zerstreuen, die die ihres Geistes zu betonen schienen. Sie hörte, wie die alte Standuhr unten auf der Treppe feierlich zehn schlug, dann das monotone Ticken, als das große Pendel hin und her schwang . An Schlaf war nicht zu denken. Wenige Minuten vor elf hörte sie leise Schritte auf dem Weg im Vorgarten, und als sie auf die Veranda hinausging, blickte sie nach unten.

Die gebeugte Gestalt einer Frau bewegte sich ruhelos zwischen den Stufen zum Tor hin und her.

„Bist du das, Mama?" fragte Helen leise.

Der mit einem Taschentuch bedeckte Kopf wurde angehoben und Linda blickte auf.

„Ja, ich bin es, Schatz. Ich kann nicht schlafen. Was nützt es? Kann meine Mutter schlafen, wenn ihr Chili in die Welt kommt ? Nein, du weißt, dass sie es nicht kann; Keines ihrer Verwandten schließt die Augen, wenn sie befürchtet , dass derselbe Chili herauskommt . Ich habe Angst, Schatz. Ich habe Angst vor der ganzen Nacht. Es scheint , als ob der See der bösen Geister schon lange mit uns allen gespielt hat – und uns denken lässt, dass wir weinen Komm schon , dann wird es uns härter treffen , wenn es passiert strack de blow. Du gehst weiter nach hinten Du hast es gesagt , Schatz. Du erwischst deinen Tod, er ist kalt. Ich bin gerade zu Hause."

Helen sah, wie die alte Frau um die Ecke des Hauses verschwand, aber sie blieb auf der Veranda. Die Uhr schlug elf, und sie wollte gerade hineingehen, als sie das dumpfe Klappern von Hufen auf der Kutschenauffahrt des Dwight-Hauses hörte und im Halbmondlicht ein Paar Pferde, Carsons beste, an einem Pferd angeschnallt sah Buggy und von ihrem Besitzer gelenkt, fahren sie langsam und vorsichtig auf das große Tor zu. Dwight selbst stieg herunter, um es zu öffnen. Sie hörte seine leisen Befehle an die temperamentvollen Tiere, als er sie am Gebiss vorwärts führte, und dann trat er zurück, um das Tor zu schließen und zu verriegeln. Sie hatte den überwältigenden Drang, nach ihm zu rufen; aber wäre es klug? Seine offensichtliche Vorsichtsmaßnahme bestand darin, zu verhindern, dass seine Mutter von seiner Abreise erfuhr, und Helens Stimme könnte die Aufmerksamkeit des Kranken auf sich ziehen und ihn ernsthaft in seinem Vorhaben behindern. Mit an ihre Brust gepressten Händen sah sie, wie er in den Kinderwagen stieg, hörte seine ruhige Stimme, als er mit den Pferden sprach, und dann machte er sich auf den Weg – auf dem Weg, seine Pflicht zu erfüllen – und *ihre* … Sie ging zurück in ihr Zimmer und legte sich hin, verfolgt von dem seltsamen Gedanken, dass sie ihn nie wieder sehen würde. Dann plötzlich hatte sie einen Erinnerungsblitz, der das heiße Blut der Scham von ihrem Herzen in ihr Gehirn trieb, und sie setzte sich auf und starrte durch die Dunkelheit. *Das* war der Mann, gegen den sie wegen seines Verhaltens und seiner jugendlichen Indiskretionen gegenüber ihrem unglücklichen Bruder ihr Herz gehärtet hatte. Sollte Carson Dwight für immer unverzeihlich bleiben – unverzeihlich von Menschen wie *ihr*, während in ihm *eine* leidende Seele herrschte?

Die Stunden der langen Nacht vergingen und ein neuer Tag begann. Keith kam nach dem Frühstück und erzählte ihm die Einzelheiten von Carsons Abreise. Anschaulich erzählte er, wie die Bande den unglückseligen Pete in groteske Frauenkleidung gekleidet und ihn und Carson sicher im Buggy gesehen hatte, aber das war alles, was man sagen oder vorhersagen konnte. Was Keith betrifft, so versuchten er und alle anderen, auf die positive Seite zu blicken, und es würde ihnen besser gelingen, wenn Pole Baker nicht das lange Gesicht gehabt hätte, als er am frühen Morgen in die Stadt kam und von der Expedition hörte.

„ Also war er unruhig?" Sagte Helen beunruhigt.

Keith zögerte einen Moment und antwortete dann: „Ja, um ehrlich zu sein, Helen, es hat ihn fast umgehauen. Er ist ein gutmütiger, langköpfiger Kerl und verlor die Beherrschung. Er verfluchte uns alle für eine dumme, dumme

Tat, weil wir Carson zugelassen hatten, ein solches Risiko einzugehen. Schließlich haben wir aus ihm herausgeholt, was er fürchtete. Er sagte, dass der spezielle Weg, den Carson nahm, um die Staatsgrenze zu erreichen, tatsächlich von Männern belebt sei, die von Wiggin und seinen Anhängern auf höchste Spannung gebracht worden seien. Pole sagte, sie hätten diese Straße besonders im Auge behalten, weil sie der direkteste Weg nach Chattanooga sei und Carson nicht eine Chance von eins zu fünfhundert hätte, unbehelligt vorbeizukommen. Er sagte, die Idee, Männer dieser Sorte zu täuschen, indem man Pete ausgerechnet in Begleitung von Carson ein Frauenkleid anzieht, sei das Werk verrückter Männer gewesen."

„Es war wirklich gefährlich!" sagte Helen, blass an den Lippen.

„Nun, wir haben es im besten Sinne gemeint" – Keith verteidigte sich und seine Freunde – „ wir wussten nicht, dass die Straße besonders gefährlich war." Tatsächlich erfuhr Pole es selbst erst einige Stunden, nachdem Carson gegangen war. Ich glaube wirklich, dass er uns geholfen hätte, das zu tun, was wir getan haben, wenn er letzte Nacht bei uns gewesen wäre. Wir haben unser Bestes gegeben; außerdem würde Carson seinen Willen durchsetzen. Jeder Protest, den wir erhoben, wurde mit seinem gewinnenden Lachen hinweggefegt. Trotz der Schwere der Sache ließ er uns immer wieder brüllen. Ich habe ihn noch nie in besserer Stimmung gesehen. Er verneigte sich und schüttelte sich vor diesem verschleierten und verhüllten Dunkelmann, als wäre er die großartigste Dame im Land. Er bestand sogar darauf, Pete in den Buggy zu geben und seinen langen Rock vor dem staubigen Rad zu schützen. Uns wurde nie klar, was wir getan hatten, bis er weg war und wir uns alle im Laden versammelten und darüber redeten. Ich schätze, Blackburn war der Älteste und der Blauste. Er weinte fast. Helen, ich habe in meinem Leben beliebte Männer gesehen, aber ich habe noch nie einen mit so vielen Freunden gesehen wie Carson. Er ist eine seltsame Kombination. Seine Freunde lieben ihn über alles und seine Feinde hassen ihn bis zum Äußersten."

Am späten Nachmittag ging Helen in sein Büro, da sie nicht länger auf Neuigkeiten von Carson warten konnte. Garner war da und sie überraschte mit einem Ausdruck tiefsitzender Unruhe auf seinem starken Gesicht. Einen Moment lang schien es, als wollte er auf ihre Frage eine zweideutige Antwort geben, verwarf aber den Impuls, weil er ihres Mutes und ihrer Intelligenz nicht würdig war.

„Um ehrlich zu sein", sagte er, während er dastand und sich das Kinn streichelte, das vor offener Missachtung des äußeren Anscheins sträubte, unter dem Druck wichtigerer Dinge – „ um Ihnen die ganze Wahrheit zu sagen, Miss Helen, mir gefällt die Art und Weise nicht." Land." Dann erzählte er ihr, dass der Sheriff ihn gerade über das geflüsterte Gerücht informiert hatte, dass eine Gruppe Männer Carson Dwight und seinen Schützling gegen drei Uhr morgens in der Nähe der Staatsgrenze getroffen hätten. Was geschehen war, wusste der Sheriff nicht, abgesehen von der Tatsache, dass die Männer sich aufgelöst hatten und völlig wortkarg in ihre Häuser zurückgekehrt waren. Was es bedeutete, wusste niemand außer den Teilnehmern. Um den Tatsachen ins Auge zu blicken, sah es sehr danach aus, als ob einer der beiden, wenn nicht sogar beiden, wirklich Schaden zugefügt worden wäre. Der Mob war offenbar bis zu einem gewissen Grad verärgert über den Trick, den Carson gespielt hatte, als er den Gefangenen aus dem Gefängnis stahl, und dieser zweite Versuch, ihn wegzuholen, könnte seine Feinde zu regelrechter Gewalt gegen ihn erzürnt haben, zumal Dwight ein Kämpfer war Mann und sehr hitzköpfig, wenn er geweckt wird.

Helen war in ihrer deprimierten Stimmung nicht in der Lage, die Angelegenheit zu besprechen, verließ ihn und ging nach Hause. Da die ganze Geschichte nun ans Licht gekommen war, stellte sie fest, dass ihr Vater sehr aufgeregt und bereit war, darüber in allen Phasen zu sprechen, sowohl in den frühesten als auch in den letzten, aber sie hatte kein Herz dafür, und nachdem sie den Major gedrängt hatte, nicht darüber zu sprechen Für Linda ging sie ohne Abendessen in ihr Zimmer.

Zwei Stunden vergingen. Die Dämmerung war der tieferen Dunkelheit des Abends gewichen. Der Mond war noch nicht aufgegangen und das Sternenlicht von einem teilweise bewölkten Himmel war nicht hell genug, um die Vision in nennenswerter Entfernung zu ermöglichen, und dennoch konnte sie von einem der hinteren Fenster ihres Zimmers, wo sie mürrisch nachdenklich stand, das sehen vage Umrisse von Lindas Cottage. Während sie auf die Tür des kleinen Domizils blickte, die über dem Gebüsch des hinteren Gartens hervorragte, als würde sie von einer Kerze im Inneren schwach beleuchtet, sah sie etwas, das ihr plötzlich das Herz zusammenreißen ließ. Es war die glühende Kohle einer Zigarre, und die Raucherin schien die Hütte zu verlassen, durch das kleine Tor zu gehen und das Anwesen ihres Vaters zu betreten. Was lag für Carson näher, als wenn er wohlbehalten zurückgekehrt wäre, sofort zur Mutter des Jungen zu gehen und die Neuigkeit zu überbringen? Helen hielt fast den Atem an. Sie würde sich bald einigermaßen sicher sein, denn wenn es Carson wäre , würde er eine diagonale Richtung einschlagen, um das Tor zum Dwight-Gehöft zu erreichen. War es Carson oder – könnte es ihr Vater sein? Ihr Herz sank über die letzte Vermutung, und dann machte es einen erneuten Sprung, denn die Feuerkohle bewegte sich, unruhig aufflackernd, in die erhoffte Richtung. Helen glitt die Treppe hinunter, lautlos, damit der Major sie nicht hörte, und doch schnell. Als sie die vordere Veranda erreichte und die Stufen zum Rasen hinabstieg, konnte sie gerade noch rechtzeitig sehen, wie die rote Scheibe durch das Tor zu Dwight's ging. Keine Gestalt war zu sehen, und dennoch rief sie fest und deutlich: „Carson! Carson!" Die Feuerkohle blieb stehen, machte eine Kurve, und sie sprang darauf zu.

"Hast du mich angerufen?" fragte Carson Dwight mit einer Stimme, die vor Heiserkeit so leise war, dass sie kaum an ihre Ohren drang.

"Ja, warte!" sie keuchte. „Oh, du bist zurückgekommen!"

Sie standen sich nun gegenüber.

„Oh ja", lachte er mit einer entschuldigenden Geste in Richtung seiner Kehle für seine Heiserkeit; „Hast du geglaubt, ich wäre endgültig weg?"

„Nein, aber ich hatte Angst" – sie war schockiert über die Blässe seines normalerweise geröteten Gesichts, die vielen Anzeichen von Müdigkeit an ihm, die nervöse Art, wie er dastand, seinen Hut und seine Zigarre in der Hand – „Ich hatte Angst, dass Ihnen eine Katastrophe widerfahren wäre . "

„Aber warum hast du so gefühlt?" fragte er beruhigend.

„Oh, nach dem, was Keith im Allgemeinen gesagt hat, und Mr. Garner auch. Sie erklärten, der Weg, den Sie eingeschlagen haben, sei voller Desperados, und ..."

„Ich hätte wissen können, dass sie die ganze Sache übertreiben würden", sagte Carson mit einem Lächeln. „Ich komme gerade von Mam' Linda. Ich wollte ihr sagen, dass es Pete gut geht und er gesund ist. Er steht dort oben unter der Obhut meiner guten, zuverlässigen Freunde und ist völlig außer Gefahr. Tatsächlich ist er so glücklich wie ein Riesenspaß. Als ich ihn verließ, war er von einer Bande ebenso unbedeutender Schurken wie er selbst umgeben, die mit seinen zahlreichen Fluchtversuchen und – er ist großzügig – meiner Bedeutung in der Gemeinschaft, in der wir leben, prahlen. Nun ja, er war in letzter Zeit auf jeden Fall wichtig genug . "

„Aber sind Sie überhaupt nicht auf Widerstand gestoßen?" Helen fuhr eindringlich fort.

„Na ja" – er zögerte, zündete ein Streichholz an und hielt es an seine bereits angezündete Zigarre – „ zum einen haben wir uns verirrt." Wissen Sie, ich hatte ein wenig Angst, ein Licht dabei zu haben, und es war schwierig, die verschiedenen Schilder zu erkennen, und alles in allem war es eine langsame Fahrt, aber wir kamen gut durch. Und hungrig! Gee Whiz! Gegen Sonnenaufgang besuchten wir ein Restaurant am Stadtrand von Chattanooga, und während dieser Kerl uns ein Steak kochte und Kaffee kochte , hätten wir ihn bei lebendigem Leib auffressen können. Wenn Mam' Linda ihren Jungen beim Essen hätte sehen können, hätte sie keine Angst vor seinem körperlichen Zustand."

„Aber hast du nicht einige Männer getroffen, die dich aufgehalten haben?" fragte Helen und starrte ihm fest in die Augen.

Er blinzelte, schnipste die Asche von seiner Zigarre und sagte: „Ja, das haben wir, und sie waren wirklich auf Kriegskurs, aber sie schienen sehr vernünftig zu sein, und als ich mit ihnen gesprochen und die Angelegenheit von unserem Standpunkt aus erklärt hatte – Punkt – nun ja, sie – sie haben uns gehen lassen."

Sie hatten das Gelände betreten und befanden sich in der Nähe des Hauptwegs, als das Tor geöffnet wurde und ein Mann mit großen Schritten auf sie zukam. Es war Jeff Braider.

„Oh, ich habe überall nach dir gesucht, Carson", rief er herzlich und schüttelte Dwights Hand. „Ich habe gehört, dass du zurückgekommen bist, aber ich wollte dich mit meinen eigenen Augen sehen. Herr, Herr, mein Junge, wenn ich gewusst hätte, in welche schrecklichen Schwierigkeiten ich dich bringe, hätte ich dich nie diesen Weg gehen lassen. Ich habe gerade die ganze Geschichte gehört. Für echten Mut und Ausdauer nehmen Sie auf jeden Fall den Tellerrand vom Busch. Neunhundertneunundneunzig Männer von tausend hätten das Spiel aufgegeben, aber du, du junge Bulldogge …"

„Carson, Carson! Bist du da unten?" Es war die Stimme eines Mannes aus einem oberen Fenster.

„Ja, Vater, was ist?"

„Deine Mutter möchte dich jetzt sehen. Sie ist aufgewacht und macht sich Sorgen. Komm herein."

„Ich weiß, Sie werden mich beide kurz entschuldigen", sagte Carson, als wäre er froh über die Unterbrechung. „Ich komme gleich zurück. Ich habe meine Mutter seit meiner Rückkehr nicht mehr gesehen und sie ist sehr nervös und leicht erregbar."

KAPITEL XXXIV

also das einzige weibliche Mitglied der geheimen Bande, die meinen Gefangenen gestohlen hat!" sagte der Sheriff lachend. „Die Jungs haben mir alles erzählt."

„Ich wurde erst aufgenommen, als sie die ganze Arbeit erledigt hatten", lächelte Helen. „Ich war nur eine ehrenamtliche Ergänzung und wurde mehr gewählt, um den Mund zu halten, als für jeden anderen Dienst, den ich leisten konnte."

„Oh, *das* war es!" Braider lachte. „Nun, sie haben das Ding auf jeden Fall durchgezogen. Ich habe mich im Laufe meiner Zeit schon an vielen haarsträubenden Auseinandersetzungen beteiligt, aber dieses Entführungsgeschäft war die brillanteste Idee, die jemals einem Mann in den Sinn gekommen ist. Dieser Dwight ist ein echter Kerl. Hat er dir erzählt, was er letzte Nacht durchgemacht hat?"

„Nicht das Geringste", antwortete Helen; „Die Wahrheit ist, ich habe den Verdacht, dass er versucht hat, mich in die Irre zu führen."

„Nun, das wäre er auf jeden Fall gewesen, wenn er Ihnen nicht gesagt hätte, dass er den härtesten Kampf um sein Leben und diesen Nigger hatte, den jemals ein Mann gemacht hat. Dir ist aufgefallen, wie heiser er war, nicht wahr? Das liegt daran. Der arme Kerl war die ganze letzte Nacht wach und ist heute den größten Teil gefahren. Ich wette, so stark er auch ist, er ist so geschmeidig wie ein Spüllappen."

„Dann hatte er wirklich Probleme?" Helen atmete schwer.

"Problem! Und er hat es Ihnen gegenüber nicht erwähnt? Heutzutage spielen junge Männer sicherlich ihre Karten eigenartig aus. Als ich auf dem Teppich war, hatten wir Jungen die Möglichkeit, bei allem, was wir taten, das Beste aus den Frauen herauszuholen, und es war im Allgemeinen derjenige, der am lautesten redete, der das Spiel gewann. Aber hier stelle ich fest, dass dieser „Stadttyp", wie die Leute auf dem Land seine Art nennen, tatsächlich versucht, den Eindruck zu erwecken, dass er letzte Nacht in einem Pullman-Wagen nach Chattanooga gefahren ist. Mein Gott, es macht mir Angst, wenn ich daran denke! Ich habe alles darüber gehört. Ich traf einen Mann, der dabei war, und er erzählte mir die ganze Sache von Anfang bis Ende."

"Was war es?" fragte Helen atemlos.

„Warum", antwortete Braider und warf einen Blick auf Dwight, als fürchtete er, belauscht zu werden, „ich wusste es nicht, aber irgendwie hatte der Mob Wind davon bekommen, was Carson vorhatte, und, Gott sei Dank, sie warteten darauf." ihn in der Nähe der Staatsgrenze vorbereitet und gespannt. Die Feinde des Jungen hatten ihn festgenommen. Sie hatten den Mob mit allen möglichen Geschichten gegen Pete bis zur höchsten Stufe der Wut angeheizt. Sie hatten Männer hervorgebracht, die wirklich gehört hatten, wie der Nigger drohte, Johnson etwas anzutun, und sie selbst sagten aus, dass Carson den Nigger nur rettete, um schwarze Wähler als ihre Freunde und Wohltäter zu gewinnen. Der Mob war sauer auf ihn, weil er sie neulich Nacht ausgetrickst hatte, und sie hatten es auf jeden Fall auf ihn abgesehen."

„Sie waren also sauer auf Carson *persönlich* ?" Sagte Helen.

„ *Waren* sie? Sie waren bereit, sein Blut zu trinken. Sie hielten den Buggy an, holten beide heraus und banden sie fest."

„Gefesseltes Auto –" Helens Stimme verstummte und sie stand da und starrte Braider an, unfähig zu sprechen.

„Ja, sie haben sie beide gefesselt und in den Wald geführt. Dann befestigten sie Pete an einem Baumstumpf, stapelten Stöcke und Reisig um ihn herum und sagten Carson, sie würden ihn zusehen lassen, wie sie den Jungen bei lebendigem Leib verbrennen, und als das erledigt war, wollten sie seine Zunge zum Schweigen bringen, indem sie ihn auf der Stelle erschossen."

Helen bedeckte ihr Gesicht mit den Händen und unterdrückte ein Stöhnen.

„Seine Fähigkeit zu reden hat ihn gerettet, Miss Helen", fuhr Braider fort. „Es hat sie beide gerettet. Es war auch kein Betteln; Das hätte bei so einer Bande nicht gepasst. Mit gefesselten Händen und Füßen begann er zu reden – das ist es, was jetzt in seiner Kehle schmerzt –, und der Mann, der es mir gestand, sagte ein so schnelles Feuer aus Worten und Argumenten, wie es noch nie zuvor über die Lippen eines Menschen kam. Er sagte ihnen, er wisse, dass sie ihn töten würden; dass sie eine gnadenlose Bande von Desperados waren; Aber er würde ihnen einige Wahrheiten ins Gesicht brüllen, an die sie sich nach seinem Tod erinnern würden. Ich bin kein Redner, Miss Helen. Ich kann unmöglich wiederholen, was der Mann mir gesagt hat. Er sagte, dass Carson ihre Aufmerksamkeit zunächst nicht erregen konnte, aber nach einer Weile , als sie sich darauf vorbereiteten, das Streichholz anzubringen, fiel ihnen etwas in Dwights Stimme auf und sie hielten inne. Er redete und redete, bis ein Mann hinter ihm in offenem Trotz die Fesseln durchtrennte, die seine Hände hielten. Später löste ein anderer seine Füße, und dann ging Carson mutig auf Pete zu und stellte sich neben ihn, und obwohl immer noch ein wütendes Knurren in der Luft lag, redete er weiter. Der Mann, der mir davon erzählte, sagte, Carson habe zuerst einen der Stöcke um den Gefangenen herum aufgehoben und ihn von sich geschleudert, um etwas zu betonen, was er gesagt hatte, dann noch einen und noch einen, bis der Mob sah, wie er die Stöcke wegschleuderte und brüllend ein Angebot dazu rief Bekämpfe die ganze Gruppe im Alleingang. Gee Whiz! Ich hätte zehn Jahre meines Lebens dafür gegeben, es zu hören. Er hatte nichts zu Petes allgemeinem Charakter zu sagen; Er sagte, der Junge sei ein müßiger, lebenslustiger, schlampiger Kerl, aber er sei an dem ihm zur Last gelegten Verbrechen unschuldig und dürfe nicht wie ein Hund sterben. Er sprach von den guten Charakteren von Petes Mutter und Vater und von der Trauer der alten Frau, und dann, Miss Helen, sagte er etwas über *Sie* , und der Mann, der mir davon erzählte, sagte, dass eines mehr dazu beitrug, die Menge zu beruhigen und zu besänftigen als alles andere."

„Er hat etwas über *mich gesagt?* „Helen weinte. "Mich?"

"Ja; Es wurden keine Namen genannt, aber sie wussten, wen er meinte", fuhr Braider fort. „Carson sprach von Ihrer Familie und von der engen Bindung menschlicher Sympathie zwischen ihr und allen Schwarzen, die einst zu Ihrem Volk gehörten, und sagte, dass die Tochter dieses Hauses die schönste weibliche Figur sei, die jemals den Süden gesegnet habe In diesem Moment betete sie für die Sicherheit des Gefangenen, und wenn sie ihre Pläne in die Tat umsetzen würden, würde sie Tränen der Trauer vergießen. „Ihre Absichten sind gut", sagte Carson. „Sie alle sind aufrichtige Männer, die Ihrer Meinung nach im Interesse der Frauen des Südens handeln." Hören Sie sich das Gebet dieser sanften Frau an, das ich heute Abend durch meinen Mund für Gnade und menschliche Gerechtigkeit ausgesprochen habe.'

„Es hat sie ziemlich umgehauen, Miss Helen. Der Mann, der mir davon erzählte, sagte, er habe in seinem Leben noch nie eine so gründlich beschämte Menge Männer gesehen; Er sagte, sie hätten Pete freigelassen, die Pferde herumgeführt und wie Meilensteine dagestanden, ohne etwas zu sagen, als Carson davonfuhr. Der Mann, der es mir erzählte, sagte, er wette, neunzig Prozent der Bande würden diesen Herbst für Dwight stimmen. Aber ich muss gehen; Wenn dieser junge Kerl wüsste, dass ich dir das alles erzählt habe, würde er *mir* eine Ohrfeige verpassen, und ich will nichts von seiner Art in meinem haben."

Helen wartete etwa zehn Minuten allein im Gras – wartete auf Carson. Als er schließlich herauskam und auf sie zueilte, fand er sie mit dem Taschentuch vor den Augen.

„Warum, was ist los, Helen?" fragte er plötzlich besorgt.

Sie schwieg einen Moment lang und blickte dann mit glitzernden Augen zu ihm auf, während er blass und verstört dastand, während das Pflaster noch immer seine Wunde markierte und im Sternenlicht glänzte.

„Warum hast du es mir nicht gesagt?" fragte sie und legte ihre Hand zärtlich auf seinen Arm, ihre Stimme hatte Kadenzen von unbeschreiblicher Süße.

„Oh, Braider hat mit dir geredet, wie ich sehe!" Sagte Dwight mit einem missbilligenden Stirnrunzeln.

„Warum, hast du es mir nicht gesagt, Carson?" wiederholte sie, legte ihre gelöste Hand auf seinen Arm und hob ihr bittendes Gesicht, bis es nahe an seinem war.

Er zuckte immer noch stirnrunzelnd mit den Schultern und sagte dann, errötend unter ihrem eindringlichen Blick: „Weil, Helen, du schon zu viel von diesem schrecklichen Zeug gesehen und gehört hast. Für ein sanftes, sensibles Mädchen wie dich ist es wirklich nicht geeignet."

„Oh, Carson", rief sie und drückte ihr Gesicht noch näher an seines, „du bist der liebste, süßeste Junge der Welt!" Und sie drehte sich um und ließ ihn zurück, ließ ihn allein da in seiner Müdigkeit, allein im Sternenlicht, um zu kämpfen, wie er noch nie zuvor gekämpft hatte, der unsterblichen Sehnsucht nach ihr.

KAPITEL XXXV.

ZWEI Wochen vergingen. Die Stimmung der aufständischen Bergbevölkerung hatte sich stark verändert. Nach und nach hatten sie die Rettung von Pete Warren als ein ebenso bewundernswertes wie ungewöhnliches und heroisches Stück echter Gerechtigkeit akzeptiert. Eine ausreichende Anzahl von Männern hatte sich gemeldet und Sam Dudlows Ante-Mortem-Geständnis bezeugt, um Carsons Mandanten zu entlasten, und einige, die sich politisch für Dwights Sache interessierten, deuteten gelegentlich an, dass es sich sicherlich um einen Mann handeln würde, der so mutig Stellung beziehen würde Die Rechte eines bescheidenen Negers wären kein bloßes Aushängeschild in der gesetzgebenden Körperschaft des Staates. Auf jeden Fall gab es einen Mann, der in heimlicher Wut über die subtile Wendung der Dinge die Zähne zusammenbiss, und dieser Mann war Wiggin. Er war immer noch damit beschäftigt, die aufrührerische Saat des Rassenhasses zu säen, wo immer er empfänglichen Boden fand, aber zu seinem Pech für seine Sache war an vielen Orten, wo einst ungezügelte Wut den Boden gepflügt hatte, eine Art Frost gefallen. Die meisten Männer, deren Leidenschaften übermäßig geschürt werden, erleiden eine gewisse Art von Rückfall, und Wiggin fand viele, die nicht so sehr an ihrer Unterstützung für ihn interessiert waren wie früher, als ein offener und trotziger Feind besiegt werden sollte.

Wiggin war über Jeff Braider mehr verwirrt als über jeden seiner früheren Unterstützer. Braider war ein zu guter Politiker, um zuzugeben, dass er Carson Dwight in irgendeiner Weise durch den Verrat an der Verschwörung gegen ihn unterstützt hatte, denn das war genau das, was Wiggin seinen Wählern gegenüber als die Tat eines Mannes hinstellen konnte, der ihm gegenüber untreu war ein offizieller Posten, denn ob schuldig oder unschuldig, der Gefangene hätte festgehalten werden müssen, wie jeder gesetzestreue Bürger zugeben würde. Was Petes Schuld betraf, war Wiggins Meinung unverändert und machte keinen Hehl daraus; Er glaubte, und so erklärte er, dass Pete Dudlows Komplize sei, und die hinterhältige Art seiner Freilassung sei eine Schande und eine Schande für die Gemeinschaft jedes weißen Mannes.

Was Jeff Braider betrifft, so war er von dem Erfolg seines rechtzeitigen Rechtsrucks so begeistert, dass er auf Alkohol verzichtete und bessere Kleidung trug. Ihm gefiel die Situation. Er hatte nun das Gefühl, dass er seinem Land, seinem Gott und sich selbst mit gutem Gewissen dienen konnte, denn Carson Dwight schien ein Gewinner zu sein, und sie hatten sich auf eine Zusammenarbeit geeinigt.

Nachdem sich Helen Warren an jenem Abend im Garten impulsiv ihrem ersten Schatz zugewandt hatte, hatte sie sich erlaubt, das größte Leid zu ertragen, das auf ihren seltsam unruhigen Geist zurückzuführen war. War sie absolut ehrlich? fragte sie sich. Sie hatte einen guten Mann offen dazu ermutigt, zu hoffen, dass sie endlich seine Frau werden würde, und die Briefe, die sie täglich von ihm erhielt, waren von der zärtlichsten und ansprechendsten Art und zeigten, dass Sanders Liebe zu ihr und sein Vertrauen in ihr faires Handeln ebenfalls liebte tief verwurzelt, um leicht entwurzelt zu werden. Außerdem hatte der Mann aus Augusta, wozu er vielleicht das Recht hatte, mit seiner Mutter und seiner Schwester von seinen Hoffnungen gesprochen, und diese sympathischen Damen hatten Helen geschickte Briefe geschrieben, in denen er fast deutlich auf die „Verständigung" als Vorläufer einer Zukunft hinwies höchst willkommenes Familienereignis.

Viele Male hatte sich das arme Mädchen hingesetzt, um auf diese Mitteilungen zu antworten, und stellte fest, dass sie der Aufführung in dem zarten Geist, den der Anlass erforderte, absolut nicht gewachsen war. Das Fenster ihres Zimmers, an dem ihr Schreibtisch stand, blickte auf den Garten von Dwight, und genau die Stelle, an der sie Carson in dieser denkwürdigen Nacht zurückgelassen hatte, war frei sichtbar. Wie konnte sie sich auf irgendetwas stürzen, ja auf *irgendetwas* , das mit ihrem Vertrag mit Sanders zu tun hatte, während der allgegenwärtige Nervenkitzel und die Ekstase dieses Augenblicks sie durchdrangen? Was hatte es wirklich bedeutet – dieses ekstatische Verlangen, die Lippen zu küssen, die so nah an ihren waren, die Lippen, die in stummer Anbetung und Verzweiflung gezittert hatten, als er sich bemühte, ihr das Leid, das er in ihrem Dienst erlitten hatte, vorzuenthalten?

Eines Tages rebellierte sie gegen den schmerzhaften, fast krankhaften Zustand der Unentschlossenheit, der sie befallen hatte, und entschied fest, dass es nur einen ehrenhaften Weg gab, den sie einschlagen konnte, und dieser darin bestand, ihrem stillschweigenden Versprechen gegenüber dem abwesenden Bewerber in jeder Hinsicht treu zu bleiben, und zwar Mit einem Anflug von Entschlossenheit wollte sie sich gerade auf die gerade erwähnte Korrespondenz konzentrieren, als Mam' Linda angekündigt wurde. Die alte Frau war gerade von einem Besuch in Chattanooga zurückgekehrt, um ihren Sohn zu besuchen, und hatte neben der Nachricht von seinem Wohlergehen noch viele andere Dinge zu sagen. Die Briefe müssten warten, sagte Helen sich, und ihre alte Amme wurde eingeliefert. Linda blieb zwei Stunden, und Helen saß die ganze Zeit in einem wahren Traum, während die alte Frau Petes Version von Carson Dwights Verhalten vor der Menge auf der einsamen Bergstraße vortrug. Und als Linda gegangen war, wandte sich Helen ihrem Schreibtisch zu. Da lagen die weißen Laken, die in der

Sommerbrise flatterten, und forderten sie stumm auf, sich der Realität zu widersetzen. Helen starrte sie an und dann senkte sie mit einem leisen Schmerzensschrei den Kopf auf die verschränkten Arme und weinte – nicht um Sanders in seiner selbstgefälligen, brieflichen Hoffnung, sondern um den, der tapfer mehr als seine Last des Schmerzes ertragen hatte, und so weiter wen sie sich noch mehr vorgenommen hatte. Helen sagte sich, dass es nicht das erste Mal sein würde *Ideales* Glück war in einer vernünftigen Ehe kein Faktor gewesen. In ihrem Leben würde die Zeit kommen, wie es in den Leben so vieler anderer Frauen der Fall war, in der sie auf ihre gegenwärtigen Gefühle für Carson zurückblickte und sich fragte, wie sie sich das jemals hätte vorstellen können – aber nein, das wäre unfair für ihn, für seinen Reichtum an Spiritualität, für seine Sanftmut, für seinen Mut – für Carson, *so wie er war* , für Carson, der immer, immer derselbe sein muss, anders als alle lebenden Menschen. Ja, er sollte aus ihrem Leben verschwinden. Aus ihrem Leben – wie seltsam! und doch wäre es so, denn sie wäre die *Frau* von –

Sie schauderte und starrte auf den Boden.

KAPITEL XXXVI.

WIGGIN war kein unbedeutender Gegner; Er besaß Waffen, die so stark waren wie Feuer, das auf brennbares Material gerichtet wurde. Die Zeitungen waren voll mit Berichten über Rassenunruhen in allen Teilen des Südens, und in seinen Reden auf dem Baumstumpf im gesamten Landkreis hielt er seinen Zuhörern seine spezielle Version der blutigen Ereignisse deutlich vor Augen.

„Dies ist das Land eines weißen Mannes", war der Leitgedanke all seiner hitzigen Tiraden, „und der weiße Mann ist verpflichtet, zu herrschen." Er hat eine Meisterleistung vollbracht. Es sollte eine beträchtliche Versammlung der Konföderierten, Veteranen, zu einem jährlichen Picknick in Shell Valley, ein paar Meilen von Springtown entfernt, geben, und Wiggin hatte es geschafft, keineswegs diplomatisch, indem er sich geschickt in die Gunst des Vereinbarungsausschusses einschmeichelte ließ sich als einzigen Redner zu diesem Anlass einladen. Er hatte vor, es zum schönsten Tag des Feldzugs zu machen, und in mancher Hinsicht ist ihm das auch gelungen, wie wir sehen werden.

Die Bauern kamen aus allen Teilen des Kreises in ihrer besten Kleidung und in ihrem besten Zug, von einfachen, federlosen Straßenwagen bis hin zu glitzernden Kutschen. Der Wald, der sich von der Quelle nach allen Seiten erstreckte, war voller Fahrzeuge, Pferde, Maultiere und sogar Ochsen.

Die ergrauten Veteranen, die von der Not und Mühe der Nachkriegszeit ebenso gebeutelt waren wie vom Krieg, kamen mit ihren Frauen, Söhnen und Töchtern und brachten Körbe mit, deren üppiger Inhalt jeder Mann willkommen war. In der Nähe der Quelle war unter den schattigsten Bäumen eine grobe Plattform errichtet worden, auf der der Redner des Tages seine Rede halten sollte. Hinter dem kleinen improvisierten Tisch mit einem Glaskrug Wasser und einem Becher, der speziell für Wiggin aufgestellt worden war, standen mehrere Bänke aus unbearbeiteten Brettern. Und zu diesen Plätzen wurden die Frauen und Töchter der führenden Bürger eingeladen.

Jabe Parsons, ein bedeutender Landbesitzer und alter Soldat, wurde bei seiner Ankunft in seinem klapprigen Buggy angewiesen, seine Frau zu begleiten, die prächtig in ein neues grün-rot kariertes Gingham-Kleid mit Sonnenhaube gekleidet war Passend dazu setzte er sich auf den Vordersitz auf dem Bahnsteig, und er gehorchte mit einer Art Pflüger-Prahlerei, die seinen Stolz auf den Besitz einer so weithin bekannten und respektierten Frau zum Ausdruck brachte. Tatsächlich hatte keine Frau, die angekommen war – und sie war später als die anderen gekommen – für so viel Aufsehen gesorgt. Immer beliebt für ihre Standhaftigkeit in jeder Haltung, die sie in Fragen des kirchlichen oder gesellschaftlichen Lebens vertrat, war sie seit ihrer Rettung von Pete Warren im Amazonasgebiet vor dem Tod noch beliebter. Die Frauen des Landkreises hatten nicht viel über die tatsächliche Schuld oder Unschuld des Jungen nachgedacht, aber sie wollten, dass Mrs. Parsons – als Beispiel ihres unterbewerteten Geschlechts – in diesem Fall Recht hatte, wie sie es bei jedem anderen immer getan hatte Die Sache, bei der sie mit Füßen getreten war, und so jubelten alle ihr bei diesem ersten öffentlichen Auftritt nach einem Verhalten, über das so viel gesprochen worden war, beinahe zu.

Wirklich, wenn Wiggin den Empfang gehabt hätte, den Mrs. Parsons mit strahlenden Augen und Gesichtern empfing , hätte er gespürt, dass sein Stern, der in letzter Zeit eher unter dem Horizont als über dem Horizont gestanden hatte, zu einem festen Schmuckstück am politischen Himmel geworden war. Aber Wiggin verschwendete keinen Gedanken an sie, und da machte er einen Fehler. Frauen standen bei seriösen Männern unter der Beachtung, dachte Wiggin, es sei denn, sie dienten dazu, die Stimme ihres Mannes zu kontrollieren, und da machte er einen weiteren Fehler. Es wäre gut für ihn gewesen, wenn er das Feuer der Verachtung in Mrs. Parsons Augen bemerkt hätte, als er sich durch die Menge bahnte, sich nach rechts und links verneigte, auf dem einzigen Stuhl auf dem Podium Platz nahm und weiterging , natürlich, um etwas Wasser zu trinken.

Ein Landpfarrer eröffnete die Zeremonien mit einem langatmigen Gebet, das aus Auszügen aus allen Gebeten bestand, die er auswendig kannte, und das mit etwas endete, während die Menge im Gras, auf einfachen Bänken, auf Kinderwagenkissen oder auf Haufen von Kiefernnadeln saß ähnelt einem Segen. Dann wurde eine junge Dame gebeten, ein dramatisches Gedicht über die „verlorene Sache" zu rezitieren, und sie tat es mit solch aussagekräftiger Wirkung, dass die grauen Köpfe der alten Soldaten auf ihre Brust sanken und in Erinnerung an das Lagerfeuer an die Schlacht erinnerten -Feld, und Kameraden wurden in unmarkierten Gräbern zurückgelassen, die Tränen flossen über die gefurchten Wangen und starke Gestalten wurden von Schluchzen geschüttelt.

In dieser heiligen Stille erhob sich der ungerührte, gedankenverlorene Wiggin, um sein brennendes Brandmal zu werfen. Durch einen Vorhang aus Tränen richtete er seine Zündschnur auf versteckte Pulvermagazine.

„Ich glaube daran, dass man gleich zur Sache kommen muss", begann er mit klarer, krächzender Stimme, die bis weit in den Rand der Menge hineinreichte. „Für Sie, liebe Mitbürgerinnen und Mitbürger, ist heute nichts so wichtig wie die korrekte Verwendung des Stimmzettels. Ich bin ein Kandidat für Ihre Stimmen. Ich habe vor, Sie in der nächsten Legislaturperiode zu vertreten, und ich habe nicht die Absicht, mich von den Tricks, Lügen und der hinterhältigen Arbeit einer Bande hochnäsiger Stadtmenschen vereiteln zu lassen, die über Ihr ehrliches Auftreten und Ihr heimeliges Benehmen lachen. Gott weiß, dass du das Salz der Erde bist, und wenn ich höre, wie Männer dieser Couleur sich hinter deinem Rücken über dich lustig machen, macht mich das wütend. Mein Vater war ein Bergbauer, und wenn Männer Leute wie Sie mit Dreck bewerfen, streuen sie ihn in die empfindlichsten Tiefen meines Körpers, und er schmerzt wie Salz in einem frischen Schnitt."

Von einer Gruppe am Rande der Menge, angeführt von dem langen, großen Dan Willis, gab es Applaus, der sich unsicher auf andere Teile der Versammlung ausbreitete.

„Schlag sie , sprenge sie , schlag sie , Wiggin", rief ein Mann in der Nähe von Willis; „Schlag sie !"

sie erschlage , Bruder", keuchte Wiggin, während er seinen Mantelärmel hochkrempelte und die zerknitterte Manschette herunterzog. "Dafür bin ich hier. Ich bin hier, bei den heiligen Sternen, um euch ein paar Dinge zu zeigen, die übersehen wurden. Ich möchte auf die Geschichte dieses Falles eingehen. Ich möchte, dass Sie alle ein paar Wochen zurückblicken. Eine Bande wertloser Neger in Darley wurde in ihrem Rowdytum so schlimm und offen trotzig, dass sie buchstäblich die Stadt regierten. Wann immer sie wegen schändlichem Verhalten dem Bürgermeister vorgeführt wurden, kam ein alter Sklavenhalter, dem sie oder ihre Väter gehörten, vorbei, bezahlte die Strafe und ließ sie wieder frei. Die schwarzen Kerle waren so verwöhnt, dass sie jedes Mal, wenn Landbewohner in die Stadt kamen, sie auslachten, ihr Gerede nachahmten, sie „Po' White Trash" nannten und sie von den Bürgersteigen stießen. Einige von euch Bergmännern haben es ausgehalten, Gott segne eure kaukasischen Knochen, so lange es die menschliche Ausdauer zuließ, und dann habt ihr eine geheime Bande gebildet, die eines Nachts nach Darley eindrang, ihre Sturzflüge ausführte und ihnen eine Peitsche auf den nackten Rücken verpasste das brachte eine Reform mit sich. Wie Ihnen jeder Darley-Mann bestätigen wird, reinigte es sogar die Luft. Die Neger mussten arbeiten, und sie trieben sich nicht wie Bussardschwärme auf dem öffentlichen Platz herum. All das zeigte deutlich, dass das Rindsleder das einzige Mittel war, das die Nigger kannten oder für das sie auch nur einen Cent interessierten. Sie vor dem Gericht eines Bürgermeisters zu verurteilen bedeutete, sie auf das Niveau eines weißen Mannes zu erheben, und es gefiel ihnen."

„Wetten!" schrie Dan Willis, und ein Lachen ging umher, was Wiggin zu weiteren Schmähungen anspornte.

„Jetzt zu meinem nächsten Schritt in dieser Geschichte", donnerte er. „In dieser Bande völlig verprügelter Schurken gab es zwei, die Freunde waren, wie ich durch eine eidesstattliche Aussage beweisen konnte. Diese schwarzen Unholde weigerten sich, sich passiv zu unterwerfen. Sie schlichen umher, drohten mürrisch und versuchten, Rassenunruhen anzuzetteln. Was haben sie getan, als dies nicht gelang? Einer von ihnen, der eng mit Carson Dwight zusammenarbeitet, der sagt, dass er mich bei dieser Wahl schlagen wird, bewarb sich bei ihm um einen Job und wurde auf Dwights Farm geschickt, die in der Nähe der von Abe Johnson liegt, von dem einige glauben, dass er soll der Anführer der sich prügelnden Delegation gewesen sein. Zu diesem Nigger, Pete Warren, gesellte sich sofort sein schwarzer Kumpel, und Johnson und seine Frau, eine der besten Frauen in diesem Staat, wurden in den toten Stunden der Nacht, während sie in ihren Betten schliefen, grausam ermordet. Wer war es? *Ich* weiß, wer es getan hat. *Du* weißt, wer es getan hat. Liebe Mitbürger, diese beiden Nigger, deren Rücken immer noch schmerzt und deren Zunge immer noch wedelt, waren die Teufel, die die Tat begangen haben."

In der Menge war leises Gemurmel zu hören, als sich die Männer einander zuwandten, um die Aussage zu kommentieren. In seinen Anfängen bedeutete es vielleicht nicht mehr, als dass die Vernunft, hart getrieben von aufsteigenden Gefühlen, ehrlich danach strebte, die ausgeglichene Haltung zu bewahren, die sie kürzlich regiert hatte, aber für das gedankenlose, entflammbare Element klang es wie eine mürrische, anschwellende Einwilligung in die bittere Anschuldigungen, und sie nahmen sie auf. Wiggin hielt inne, trank aus dem Glas und beobachtete, wie seine blinkende Lunte sich gewunden durch die Menschenmenge bewegte.

Mrs. Parsons befand sich am Rand der Plattform, und Pole Baker erhob sich aus dem Gras daneben , wo er kühl an einem Stock herumgeschnitzt hatte, und näherte sich ihr heimlich.

„Große Güte, Mrs. Parsons", flüsterte er ihr ins Ohr, „dieses Stinktier schlägt heute eine große Schneise, klar! Wenn er irgendwelches Material hätte, könnte er hier in fünf Minuten eine Lynchbiene aufstellen. Das Einzige, was die richtige Farbe hat, ist die alte Frau, die an der Quelle Lebkuchen und Apfelwein verkauft. Glaubst du nicht, ich sollte besser hinschlüpfen und ihr sagen, sie soll nach Hause gehen?"

„Das könnte dem alten Ding den Hals retten", antwortete Mrs. Parsons im gleichen halb amüsierten Geist. „Wenn er weitermacht, glaube ich nicht, dass ich meinen Platz halten kann. Warum sagst du nicht etwas?"

"Mich? Oh, ich bin kein Redner, Mrs. Parsons. Dieses ölige Geschwätz von Wiggin würde mich in den Wahnsinn treiben, und Carson Dwight würde mich beschimpfen, weil ich die Sache nur noch schlimmer gemacht habe. Mir ist nie nach Reden zumute, es sei denn, ich bin betrunken, und dann ist mir die Sprache fremd."

„Nun, ich bin nicht betrunken und ich bin nicht sprachlos!" grunzte Mrs. Parsons; „Und ich sage dir, Pole, wenn dieser Idiot weitermacht, werde ich entweder reden oder abhauen."

„Nun, keine Sorge – wir brauchen jetzt Frauen wie Sie", lächelte Baker. „Aber die Wahrheit ist, wenn nicht etwas für unsere Seite getan wird , wird diese Sache Carson Dwight vom Feld fegen."

„Ja, denn Männer sind geborene Narren", erwiderte die Frau. „Sehen Sie sich ihre Gesichter an, der letzte von ihnen ist verrückt genug, ein Niggerbaby zu lynchen, und zwar ein Mädchenbaby. "

Lachend ging Pole zu seinem Platz im Gras zurück, denn Wiggin donnerte erneut.

„Was geschah *als nächstes?* „, verlangte er, während er sich über seinen Tisch beugte, eine Hand auf jedes Ende legte und seine scharfen, wachsamen Augen wie zwei Suchscheinwerfer in die Tiefen der ihm zugewandten Gesichter blickte. „Nur das und nichts weiter. Einige von euch wussten, dass die dürftigen Anwälte dieser dürftigen Stadt der Justiz wegen ihrer mickrigen Honorare die Arbeit verstopfen und diese Unholde für andere höllische Dinge aufhalten würden, und haben deshalb das Gesetz selbst in die Hand genommen. Sie haben einen so schnell zum Ruhm geführt, wie Sie ihn berührt haben, und ein Teil von Ihnen war seinem Kumpel auf der Spur, als mein ehrenwerter Gegner, der das Honorar, das er für die Durchsetzung des Falles erhalten sollte, nicht verlieren wollte, ihm entgegentrat Mob und schaffte es, durch viel Tribünenspiel und feierliche Versprechungen dafür zu sorgen, dass der Neger vor Gericht gestellt wurde, und ihn ins Gefängnis zu bringen.

„Diese Versprechen hat er gehalten, wie der ehrenwerte Gentleman, der er ist", schnaubte Wiggin, warf vor Wut sein Haar zurück und krempelte die Ärmel wieder hoch. „Sie wissen, wie er sein Wort gegenüber der Öffentlichkeit gehalten hat. Er organisierte eine geheime Bande seiner schmutzigen Mitarbeiter in der Stadt, verkleidete sie als White Caps, und sie gingen ins Gefängnis und holten den Nigger raus. Dann versteckten sie ihn im Keller eines Ladens, in dem Sie alle aus Güte Ihrer patriotischen Seelen Vorräte kaufen, und schickten ihn später in einem neuen Anzug nach Chattanooga, wo er jetzt das gleiche Leben führt wie Er war hier, ein fauler, nichtsnutziger, fauler Landstreicher, der sagt, er sei so gut wie jeder weiße Mann, der jemals Schuhleder getragen hat, und der zweifellos glaubt, dass er eines Tages eine weiße Frau heiraten wird . "

Der aufkommende Sturm brach aus, und Wiggin stand darüber und betrachtete ihn ruhig in all seiner gedämpften und offenen Wut. Wutschreie hallten durch die Luft. Männer mit bleichen Gesichtern, Männer mit leuchtenden Augen erhoben sich von ihren Sitzen, als wäre ein Ruf an ihre Männlichkeit zum sofortigen Handeln ergangen, und gingen umher, murmelten Drohungen, knirschten mit den Zähnen und ballten ihre kräftigen Hände.

„Ah, ha!" Wiggin brüllte; „Ich sehe, dass du meine Idee verstanden hast. Aber ich bin noch nicht fertig. Warte einfach!"

Er machte eine Pause, um noch einmal zu trinken, und Pole Baker näherte sich mit ernstem Blick in seinen ehrlichen Augen der skulpturalen Gestalt von Mrs. Parsons und stieß sie an.

„Hast du das jemals in deinem Leben getan?" er sagte; Doch als die Frau ihm fest in die Augen starrte, schien sie nicht zu hören, was er sagte. Ihre Unterlippe zuckte und in ihren Augen lag ein Ausdruck entschiedener Entschlossenheit. Baker ging verwundert zu seinem Platz zurück, denn Wiggin hatte seine Waffen wieder gerichtet.

„Und der Mann, der an der Spitze stand, was macht er gerade? Warum er sich in seinem Schaukelstuhl in seiner Anwaltskanzlei zurücklehnt, eine fette Rente von seinem reichen alten Vater bezieht, hohe Honorare für solche Anwaltstätigkeiten kassiert und ziemlich spaltend über euch lacht, die er oft anruft von saftköpfigen Hinterwäldlern, die nur zum Hüpfen von Erdklumpen und zum Füttern von Schweinen mit Speisebrei und Pusteln geeignet sind . Oh, das war ein Picknick – dieser Trick, den er und diese Stadtraufbolde dir angetan haben! Es war eine sanfte Zurechtweisung für Sie, und als er zur Legislative kommt , sagt er, dass er –"

„Gesetzgebung zum Teufel!" Dan Willis brüllte und die Menge stimmte in seinen Schrei ein.

„Oh ja, *Sie werden* ihn wählen", fuhr Wiggin mit einem Ausdruck gespielter Depression und Vorwurf fort; „Du glaubst jetzt, dass du es nicht tun wirst, aber wenn er aufsteht und mit ein oder zwei erzwungenen Tränen seine Seite davon erzählt, werden deine Frauen sagen: ‚Armer Junge!' und dir sagen, was du bei den Wahlen tun sollst."

Großer Applaus begrüßte den Redner, als er Platz nahm. Hüte wurden in die Luft geworfen und Dan Willis organisierte und gab dreimal lauten Jubel.

KAPITEL XXXVII.

WENN das Publikum überrascht war, was als nächstes geschah, was kann man dann über den verblüfften Kandidaten sagen, als er sah, wie die kraftvolle Gestalt von Mrs. Parsons sich von ihrem Platz neben ihm erhob und mit den Schritten eines wütenden Mannes ruhig zum Rednerpult schritt und dort Platz nahm? Sie nimmt ihre mit einem Vorhang versehene Haube ab und fängt an, sie auf und ab zu schwenken, um anzuzeigen, dass sie möchte, dass sie ihren Platz behalten?

„Ich habe noch nie in meinem Leben eine Rede gehalten", schluckte sie – „ das heißt, nicht außerhalb eines Erfahrungstreffens . " Aber Leute, wenn das kein Erlebnistreffen ist, bin ich nie zu einem gegangen. Wenn Gott, der Herr, mir mit blasonierender Stimme vom Himmel gesagt hätte, dass irgendein Mensch eine so verdrehte , verächtliche Gestalt annehmen könnte wie der Mann, der dich heute wie ein krankes Kalb anbrüllt, ich würde es nie tun habe es geglaubt. Ich habe das Recht, gehört zu werden. Ich konnte nicht stillhalten . Es würde mir reichen, den Veitstanz zehn Minuten länger auszuprobieren. Ich habe das Recht zu reden, denn, Freunde und Nachbarn, dieses verachtenswerte Geschöpf hat *mich* auf Umwegen des Gesetzesverstoßes beschuldigt, und –"

„Warum, meine Dame!" Wiggin schnappte nach Luft, als er halb aufstand und sich völlig verwirrt umsah. „Ich *kenne dich* nicht einmal ! Ich habe dich vor dieser Minute noch nie gesehen …"

„Nun, sieh mich jetzt genau an!" Mrs. Parsons schleuderte ihn an: „Denn ich bin die Frau, die Pete Warren dabei geholfen hat, dem Sheriff zu entkommen, als Ihre Sorte hinter dem armen, dummen Nigger her war , um ihn für ein Verbrechen zu lynchen, mit dem er nichts zu tun hatte." Wenn Sie mit Ihrer ganzen leeren Tirade heute Morgen Recht haben, bin ich eine Frau, die für die Gemeinschaft, in der ich lebe, ungeeignet ist, und wenn ich diese Ehre mit einem Mann Ihres Schlags teilen muss, werde ich mich am ersten Baum lynchen Komm zu."

Sie wandte sich von der verblüfften, plötzlich niedergeschlagenen Rednerin dem Publikum mit offenem Mund zu.

„Hört mir zu, Männer, Frauen und Kinder!" donnerte sie mit einer Stimme, die so gleichmäßig und klar im Klang war wie eine Glocke. „Wenn es jemals einen schlauen, spinnenartigen Politiker auf der Erde gab, dann haben Sie ihm heute zugehört. Er hat den einen großen wunden Punkt in eurem guten Wesen herausgesucht und er hat ihn geschlagen, gestoßen und mit jedem Dorn, den er hineinstecken konnte, aufgerissen, bis er sein Ziel erreicht hat und euch alle so blind gemacht hat mit Wut über die schwarze Rasse, dass du dabei bist, das Gute in dir zu übersehen .

„Diese Angelegenheit hat zwei Seiten, und Sie wären eine Ausrede für Männer, wenn Sie nur eine Seite davon betrachten würden. Carson Dwight ist der andere Kandidat, und ich weiß nur eines über seinen Charakter, und zwar, dass er jemals zugelassen hat, dass sein Name zusammen mit dem dieses Mannes auftaucht. Es ist sowieso eine lustige Art von Rennen – veranstaltet von einem Windhund und einem Hasen."

Ein Anflug von Belustigung huschte über viele Gesichter, und es gab mehrere offene Gelächter über Wiggins offensichtliches Unbehagen. Er wollte aufstehen, aber aus allen Teilen der Versammlung riefen Stimmen: „Setz dich, Wiggin! Setz dich, es ist noch nicht deine Zeit!"

„Nein, es *ist nicht* seine Zeit", sagte Mrs. Parsons, entrollte ihre Haube wie die Fahne eines Weichenstellers und schwenkte sie hin und her . „Ich habe angefangen, dir von Carson Dwight zu erzählen. Er kann nicht anders , als in eine reiche Familie hineingeboren zu werden, genauso wenig wie ich es in einer anderen könnte, aber ich bin hier, um Ihnen zu sagen, dass ich Gott gedankt habe, da ich das moralische Rückgrat hatte, diesem Nigger zu helfen, es zu vertreiben Tausendmal habe ich so viel getan, um echte Gerechtigkeit voranzutreiben. Ich könnte vierzig Millionen Männern wie diesem Kandidaten zuhören, die seine Ansichten darlegen, und es würde mich nicht im Geringsten an meiner Überzeugung ändern, dass Carson Dwight nur so gehandelt hat, wie es ein wahrer Christ tun würde. Er kannte diesen Nigger. Er kannte ihn, wie ich hörte, seit seiner Kindheit. Er kannte die Art von schwarzer Abstammung, aus der der Junge stammte, und die weiße Familie, in der er erzogen wurde, und er glaubte einfach nicht, dass er sich dieses Verbrechens schuldig gemacht hatte. Da er das glaubte, gab es für ihn nichts weiter als eine ehrliche Sache, und das war, für die Rechte des Porenwesens zu kämpfen. Er wusste, dass der größte Teil des Lärms vor dem Jungen von dem anderen Kandidaten verursacht wurde , und er machte sich daran, die Pore zu retten, indem er Darkys Hals vom Halfter oder seinen Körper vom brennenden Buschhaufen befreite. Hat er es mit einem Opfer getan? Huh, antworte mir! Wo haben Sie jemals einen anderen Politiker gesehen, der am Vorabend seiner Wahl ein solches Thema aufgriff und fast jeden wütend machte, der versprochen hatte, für ihn zu stimmen? Wo finden Sie einen jungen Mann mit genügend Ausdauer, um auf einem Pferdeblock über den Köpfen von Hunderten von heulenden Dämonen zu stehen, und mit einer Wunde von einer Pistole an der Stirn, der es wagt, erneut zu schießen und sich festzuhalten ? Wie eine Bulldogge bis in die Poren, die zu seinen Füßen zusammenkauert? "

Es gab Applaus, zunächst leicht, aber zunehmend. Auch unter Mrs. Parsons Augen gab es viele sanftmütige Gesichter, in die sie weiterhin ihren herzlichen Appell richtete.

„Man hat Ihnen heute Morgen gesagt, dass Carson Dwight sich über uns Landleute lustig macht. Ich gebe zu, ich habe ihn einmal dabei gesehen, aber es war *nur* ein einziges Mal. An einem Zirkustag machte er sich über einen Bergbewohner drüben in Darley lustig. Der Kerl hatte ein nettes Landmädchen beleidigt, und Carson Dwight machte sich sehr *über* ihn lustig. Er hämmerte auf das Gesicht des schmutzigen Kerls ein, bis es aussah wie eine reife Tomate, an der die Ratten geknabbert hatten ."

Zu diesem Zeitpunkt gab es lautes und langes Gelächter.

„Jetzt hören Sie zu", fuhr der Sprecher fort. „Ich möchte, dass du etwas hörst und ich möchte nicht, dass du es jemals vergisst. Ich habe es direkt von einem ehrlichen Mann erfahren, der dort war. In der Nacht, in der ihr Bergbewohner euch von allen Seiten versammelt habt wie die Auferstehung der Toten am Jüngsten Tag, und euch bereit gemacht habt, nach Darley zu marschieren, um diesen Jungen aus dem Gefängnis zu holen, erreichte die Nachricht Carson Dwight nur etwa eine Stunde vor der festgesetzten Zeit. Er trommelte ein paar Freunde zusammen und sagte ihnen, wenn sie sich um ihn kümmerten, sollten sie noch einmal versuchen, den Ärger zu beenden.

„Meine Herren, in gewisser Weise waren sie wie Sie. Mir wurde gesagt, dass sie sich auf die eine oder andere Weise nicht besonders für das Schicksal dieses Niggers interessierten, und so saßen sie zu Gericht über Carson Dwight und versuchten, mich niederzuschlagen . Mir wurde von einem respektablen Mann erzählt, der da war" (und hier senkte Pole Baker seinen Kopf, bis seine Augen außer Sichtweite waren, und schnitzte weiter an seinem Stock), „dass ihm nichts passiert ist . " Mitleid war in seinem großen, jungenhaften Herzen, und es schaute aus seinen Augen und verstopfte seine Stimme. Sie sagten ihm, dass dies die Zerstörung all seiner politischen Hoffnungen bedeuten würde und dass es seinen Vater für immer gegen ihn aufbringen würde. Aber er sagte, es sei ihm egal. Sie hielten ihm lange stand, und dann überzeugte sie eine Sache, die er sagte – eine Sache. Könnt ihr euch vorstellen, was das war, Freunde und Nachbarn? Es war folgendes: Carson Dwight sagte, er liebe euch Bergmenschen von ganzem Herzen; Er sagte, kein besseres und mutigeres Blut floss jemals in menschlichen Adern als Ihres; Er sagte, er wisse, dass Sie *dachten*, Sie hätten Recht, aber dass Sie keine Gelegenheit gehabt hätten, herauszufinden, was er herausgefunden hatte, und dass Pete Warren unschuldig und so harmlos wie ein Baby sei und dass – jetzt hören Sie zu! dass er wusste, dass die Zeit kommen würde, in der Sie von der Wahrheit überzeugt sein und Ihre Eile bereuen würden. „Weil ich," sagte er ihnen, „die Männer, die ich liebe, vor Reue und Kummer bewahren will, bin ich auf diese Sache gefasst!" Liebe Mitbürger, dieser Schuss ging ins Schwarze. Diese wertlosen „Stadtmenschen", wie sie gerade genannt wurden, haben euch davor bewahrt, ein Verbrechen gegen euch selbst und Gott in der Höhe zu begehen . Hat jemals ein Mensch ein besseres Beispiel für die Pflicht aufgeklärter Menschen von heute gesehen – die Pflicht derer, die mit göttlichem Blick große Wahrheiten erkennen –, andere in die richtige Richtung zu führen? Während Gott, der Allmächtige, Ihnen heute in diesem breiten Sonnenlicht zulächelt, war und ist diese Bande in diesem Laden, angeführt von einem neuen Joseph, die treuesten und besten Freunde, die Sie jemals hatten."

Es gab keinen offenen Applaus, aber Mrs. Parsons sah in den schmelzenden Gesichtern vor ihr etwas, das unendlich ermutigender war, und nach einer kurzen Pause und leicht auf den Tisch gelehnt, fuhr sie fort: „Bevor ich mich hinsetze, möchte ich." Sagen Sie auf jeden Fall ein Wort zu dieser großen Rassenfrage. Ich bin nur eine einfache Frau, aber ich lese Zeitungen und habe viel darüber nachgedacht. Wir hören einige Weiße sagen, dass die Bildung, die die Nigger jetzt erhalten , die Hauptursache für so viel Verbrechen unter den Schwarzen ist – sie sagen dies, obwohl es immer die ungebildeten Nigger sind, die die Schurkerei begehen. Nein, meine Freunde, nicht die Bildung ist die Ursache, sondern *der Mangel* daran. Bildung ist nicht nur das, was man in Schulbüchern lernt. Es ist alles, was Menschen höher und besser macht. Vor dem Krieg waren die Nigger besser ausgebildet, denn sie verfügten über die Bildung, die aus der Nähe zur weißen Rasse und dem Profit aus deren Beispiel resultierte. Nach der Abschaffung der Sklaverei wurden die armen, einfältigen Dummköpfe, große, übergroße, lebenslustige Kinder , ohne Rat oder führende Hand freigelassen , und für den schlimmsten Teil von ihnen ging es bergab. Sklaverei war Bildung, und ich wette, der Herr hatte dabei seine Hand im Spiel, denn sie hat eine Rasse aus dem Dschungel Afrikas in ein zivilisiertes Land voller kostenloser Schulen geführt. Also sage ich: Bringt ihnen den Unterschied zwischen richtig und falsch bei und lasst sie dann ihre eigene Erlösung finden.

„Wer im Namen des gesunden Menschenverstandes soll das tun, wenn nicht Sie von der überlegenen Rasse sind? *Aber!* Warte mal, denk nach! Wie können Sie ihnen beibringen , was Gesetz und Ordnung sind, ohne selbst ein wenig darüber zu wissen ? Wie kann man einem Nigger beibringen, was Gerechtigkeit bedeutet, wenn er sieht, wie sein Bruder, sein Sohn oder sein Vater erschossen oder wie eine Vogelscheuche an den Ast eines Baumes gehängt wird, weil ein schwarzer Mann hundert Meilen entfernt einen minderwertigen Mann hat? eine heimtückische Tat begangen? Kein vernünftiger weißer Mann hätte jemals daran gedacht, die beiden Rassen auf Gleichheit zu setzen . Die Pflicht des weißen Blutes besteht darin, dem Schwarzen stets einen Schritt voraus zu sein, und das wird es auch. Dieser

Kandidat erklärt offen, dass die Zeit kommt, in der die Neger die Weißen überwältigen werden. Ein Mann, der eine so schlechte Meinung über seine eigene Rasse hat, sollte aus der Rassentrennung ausgeschlossen werden. Jetzt kann ich nicht wählen, aber ich möchte, dass jede Frau in dieser Menge, die glaubt, ich wüsste, wovon ich spreche , sieht, dass ihr Bruder, Vater oder Ehemann für ein Mitglied der Legislative stimmt, das weiß, welches Gesetz und welche Ordnung es gibt Das heißt, ein „nicht für einen auf frischer Tat stehenden Anarchisten, der dieses Land in Schutt und Asche legen würde, um seine eigenen kümmerlichen Ziele zu erreichen." Das ist alles, was ich zu sagen habe."

Als sie fertig war, gab es immer noch keinen Applaus. Sie hatten gelernt, dass es unziemlich war, in der Kirche zu demonstrieren, wenn eine Predigt tief bewegt war, und sie hatten heute etwas gehört, das sie ebenso hoch unter ihre Herrschaft gebracht hatte, wie sie unter Wiggins Herrschaft gesunken waren. Der formelle Teil der Übungen war beendet und sie begannen, den Inhalt ihrer Körbe auszubreiten. Wiggin war nach seinem erfolgreichen Aufstieg mit einem dumpfen Aufprall gestürzt. Er sah, wie Mrs. Parsons von ihrem stolz errötenden Ehemann vom Podium unterstützt wurde und sofort von Menschen umgeben war, die darauf bedacht waren, ihr zu gratulieren. Wiggin schauderte, denn er stand ganz allein da. Diejenigen, die mit ihm sympathisierten, schienen Angst davor zu haben, dies offen zum Ausdruck zu bringen. Sogar Dan Willis versteckte sich unter den Bäumen, sein Gesicht war vom Alkohol und der inneren Wut gerötet.

Pole Baker legte jedoch mehr Wert auf das Wohlergehen des Kandidaten. Mit einem merkwürdig amüsierten Augenzwinkern und dem Polieren seines kleinen Stocks mit der Geschicklichkeit eines Kirschkernschnitzers näherte er sich dem Kandidaten.

„Sagen Sie, Wiggin", sagte er gedehnt, „ich möchte Ihnen eine Frage stellen."

„Alles klar, Baker, was ist los?" fragte der Kandidat geistesabwesend.

„Erinnerst du dich nicht daran , mir erzählt zu haben", begann Pole, „dass du in deinem ganzen Leben noch nie einen Mann getroffen hast, der bessere und wahrheitsgemäßere Vorhersagen über die Zukunft gemacht hat als ich?"

„Ja, ich denke schon, Baker – ja, ich erinnere mich jetzt", antwortete Wiggin. „Du scheinst so einen Kopf zu haben. Manche Männer haben mehr als andere, eine Art Voraussicht oder Intuition."

Pole kicherte. „Du erinnerst dich, ich sagte, Teddy Rusefelt würde Parker aus den Socken hauen. Ich bin ein Demokrat und werde es immer sein, aber ich sehe die Dinge, die mir bevorstehen , genauso deutlich wie die, für die ich bete . Nun ja, du erinnerst dich, dass ich scherzhaft als Verräter bezeichnet wurde, weil ich erzählt habe, was auf mich zukommt , aber ich habe den Nagel auf den Kopf getroffen, nicht wahr?"

„Ja, das haben Sie", gab der niedergeschlagene Kandidat zu.

„Und ich hatte Recht mit der Mehrheit, die Towns für den Staatssenat, Mayhew für den Anwalt und Tim Bloodgood für die letzte Legislaturperiode gewinnen würden."

„Ja, das warst du, daran erinnere ich mich", sagte Wiggin.

„Ich habe es auch beim Rennen des Gouverneurs gegen die Mücke geschafft, nicht wahr?" Pole verfolgte ihn, seine scharfen Augen waren auf die des Mannes vor ihm gerichtet.

„Ja, das hast du", gab Wiggin zu; „Du scheinst wirklich eine bemerkenswerte Weitsicht zu haben."

„Na dann", sagte Baker, „ich muss eine Vorhersage über Ihr Rennen gegen Carson Dwight machen."

„Oh, das hast du!" rief Wiggin aus, jetzt alle Aufmerksamkeit.

„Ja, und dieses Mal würde ich meine beiden Arme und das erste Gelenk meines rechten Beins gegen eine Prise Schnupftabak verwetten, dass Carson dich schlimmer schlagen wird, als jemals ein Mann in seinem Leben ausgepeitscht wurde."

„Glaubst du, Baker?" Wiggin versuchte höhnisch zu grinsen.

„Ich denke nicht darüber nach; Ich *weiß* es", sagte Pole.

Wiggin starrte einen Moment lang ziellos auf den Boden, dann sagte er hartnäckig und doch mit einem offensichtlichen Wunsch nach Informationen über irgendeine Quelle: „Warum glauben Sie, dass ich geschlagen bin, Baker?"

„Weil Sie gezeigt haben, dass Sie kein Politiker sind , und dass Sie einen geborenen Politiker besiegen müssen. Zum einen haben Sie ein Wespennest aufgewühlt. Frauen, wenn sie die Köpfe wieder aufrichten Ein Körper , das sind Teufel in Unterröcken, und derjenige, der heute Morgen den Vorsitz führte , hat mehr Einfluss als vierzig Männer. Bevor Sie einen Tag älter sind, wird jeder Mann, der eine Frau, eine Mutter oder einen Schatz hat, Angst haben, am helllichten Tag mit Ihnen zu sprechen. Andererseits hat noch nie ein Kandidat ein Rennen auf einer Plattform aus purem Hass und Rache gewonnen. Du hast die Menge gerade jetzt wahnsinnig wütend gemacht, während du es warst rülpsen das Zeug aus, aber sobald Schwester Parsons ihnen zeigte , was für ein Freund von Dwights Freund war, schmolzen sie zu ihm wie dünner Schnee nach einem Regen."

KAPITEL XXXVIII.

Eines Morgens, drei Tage später, schlenderte Pole Baker vom Fuhrwerk die Straße hinunter und ging in Garner & Dwights Büro, wo er Garner an seinem Schreibtisch vorfand. Der Bergsteiger sah sich vorsichtig im Raum um und fragte vorsichtig: „Ist Carson irgendwo in der Nähe?"

„Noch nicht unten", sagte Garner. „Seiner Mutter ging es letzte Nacht nicht so gut, und es kann sein, dass er bei ihr aufsitzen musste und verschlafen hat."

„Nun, ich bin froh, dass er nicht hier ist", sagte Baker, „denn ich möchte mit Ihnen unter vier Augen über ihn sprechen."

„Ist irgendetwas schiefgelaufen?" fragte Garner und blickte neugierig auf.

„Nun, noch nicht, Bill, aber ich glaube daran, den Stier bei den Hörnern zu packen, bevor er dich in den Bauch nimmt. Ich hatte schon seit einiger Zeit große Angst, dass Carson und Dan Willis zusammen kandidieren würden, und jetzt fürchte ich mich mehr denn je davor. Erstens gefällt mir der Blick in Carsons Augen nicht. Er weiß, dass der Teufel ihm auf der Spur war, und das hat ihn stark gemacht; außerdem ist Willis wilder als je zuvor."

„Was ist mit ihm schiefgelaufen?" fragte Garner unbehaglich.

„Nun ja, eine Zeit lang war er voller Hoffnung, dass Wiggin Carson schlagen würde , und das hat ihn befriedigt, aber jetzt, wo Wiggin an Boden verliert , sieht Dan Rache nicht so. Außerdem kehren respektable Leute Wiggin und allen seinen Unterstützern den Rücken, seit die alte Schwester Parsons diese lautstarke Rede gehalten hat . Das Mädchen, das Willis heiraten sollte, hat mich reingelegt , und der Prediger in Hill Crest hat gerade seinen Namen gerufen, als er sich traf und von der offenen Gesetzlosigkeit sprach, die sich über das Land ausbreitet . Oh, Willis ist sauer – er hat es verdammt noch mal drauf und er macht noch mehr Drohungen gegen Dwight. Nun ist morgen Freitag, und der nächste Tag ist Samstag, und am Samstag kommt Dan Willis in die Stadt. Ich habe das klar verstanden. Wiggin ist eine Schlange im Gras, und er nörgelt Dan ständig wegen seines Streits mit Carson, und es wird von unserer Seite geschickte Arbeit erfordern, um ernsthafte Probleme zu verhindern. Wiggin würde sich nicht darum kümmern. Wenn sich die beiden trafen, würde er in beiden Fällen davon profitieren, denn wenn Carson getötet würde , hätte er das Feld für sich, und wenn Carson Willis tötete, müsste sich der Junge wegen seines Lebens vor Gericht verantworten, was ein Mann nicht tun würde Ich führe einen großen politischen Wettlauf, während über mir eine Anklage wegen blutigen Mordes schwebt . "

„Wahr – wahr wie das Evangelium!" Garner runzelte die Stirn; „Aber welchen Plan hatten Sie im Sinn, Pole – ich meine, welchen Plan, um Ärger zu vermeiden?"

„Wissen Sie", antwortete der Bergsteiger, „ich wünschte, Sie könnten sich vielleicht einen geschäftlichen Vorwand ausdenken, um Carson nächsten Samstag aus der Stadt zu schicken ."

„Nun, ich denke, ich kann es", rief Garner und seine Augen leuchteten. „Die Wahrheit ist, dass ich selbst zum alten Mann Purdy auf der anderen Seite von Springtown gehen sollte, um seine Aussage in einer wichtigen Angelegenheit aufzunehmen, aber ich kann so tun, als wäre ich hier gefesselt, und sie Carson aufzwingen."

"Gut; das ist das Zeug!" Sagte Pole mit einem zufriedenen Lächeln. „Aber aus Gnade lass Dwight nicht träumen, was im Wind ist, sonst würde er lieber sterben, als sich einen Zentimeter zu rühren."

So traf Carson am darauffolgenden Freitagnachmittag seine Vorbereitungen für einen Ausritt durch das Land. Sein Plan bestand darin, die Nacht in dem kleinen Hotel in Springtown zu verbringen und am nächsten Morgen nach dem Frühstück weiter zu Purdys Farm zu reiten und nach Darley zurückzukehren Samstagabend kurz nach Einbruch der Dunkelheit. Sein Pferd stand an der Anhängevorrichtung vor dem Büro und wollte gerade losfahren, als Garner ihn zurückrief.

„Bist du bewaffnet, mein Junge?" Garner befragt.

„Nicht jetzt, alter Mann", sagte Dwight. „Ich habe diese zwei Pfund kaltes Metall auf meiner Hüfte getragen, bis ich es satt hatte und es in meinem Zimmer zurückließ. Wenn ich nicht in einer Gemeinschaft leben kann, ohne ein wandelndes Arsenal zu sein , verlasse ich das Land."

„Du solltest heute sowieso besser eine Ausnahme machen", sagte Garner und griff in die Schublade seines Schreibtisches. „Hier, nimm meine Waffe."

„Nun, vielleicht brauche ich sie aus Versehen", sagte Dwight nachdenklich, während er die Waffe nahm und in die Tasche steckte.

Als er sein Pferd abschnallte, überquerte Dr. Stone die Straße vom gegenüberliegenden Bürgersteig und kam auf ihn zu.

„Wohin gehst du dieses Mal?" fragte der alte Mann.

Erklärte Carson, während er den Gurt seines Sattels festzog und die Decke festzog.

„Nun, ich würde zurückkommen, sobald ich es einigermaßen schaffe", sagte der Arzt, den Blick auf den Boden gerichtet. Carson zuckte zusammen und sah ernst aus.

„Warum, Herr Doktor, Sie haben keine Angst –"

„Oh, es geht ihr sehr gut, mein Junge, aber – nun ja, es hat keinen Sinn, jemandem etwas vorzuenthalten, der so besorgt ist wie du. Die Wahrheit ist, dass sie sehr niedrig ist. Ich denke, wir können sie mit Sorgfalt und Aufmerksamkeit gut durchstehen, aber ich habe das Gefühl, dass ich Sie auch warnen und ein wenig belehren sollte. Sie sehen, wie ich schon oft gesagt habe, sie ist eine Frau, die sehr unter Sorgen und Aufregungen jeglicher Art leidet, und Ihre jüngsten Abenteuer haben sich nicht gerade positiv auf ihre Gesundheit ausgewirkt. Ich hoffe, dass alles vorbei ist und dass Sie sich auf etwas Stabileres einlassen . Ihr Leben liegt wirklich mehr in Ihren Händen als in meinen, denn wenn Sie noch mehr ernsthafte Probleme hätten, würde es sie einfach töten. Ich erwähne das nur", fuhr der Arzt fort und legte halb entschuldigend seine Hand auf den Arm des jungen Mannes, „weil es Gerüchte gibt, dass Sie und Dan Willis Ihre Differenzen noch nicht ganz beigelegt haben. Wenn ich an deiner Stelle wäre, Carson, würde ich diesem Mann ein gutes Geschäft machen, bevor ich jetzt Ärger mit ihm hätte, wenn man bedenkt, in welchem kritischen Zustand sich deine Mutter befindet. Ein Schießerei obendrein, selbst wenn du das Beste daraus machen würdest, würdest du diese gute Frau einfach ins Grab schicken."

„Dann wird es bei uns keinen Schießschmaus geben!" Sagte Carson mit zitternder Stimme. „Darauf können Sie sich verlassen, Herr Doktor."

Die Straße, die Dwight als den direktesten Weg zu seinem Ziel ansah, verlief tatsächlich nur zwei Meilen vom Haus von Dan Willis entfernt, und doch kam Carson nie in den Sinn, dass er dem Desperado begegnen würde. Dabei sollte er jedoch auf Überraschung stoßen. Er war weit in die Berge vorgedrungen und genoss voller Hoffnung auf seinen Feldzug einen langsamen Ritt auf seinem schlendernden Pferd durch eine schmale, schattige Straße, nachdem er die Hitze der offenen Durchgangsstraße verlassen hatte, als er weit vor ihm lag sah am Wegesrand einen Reiter, der mit seinem Taschenmesser einen weißen Umschlag an die glatte Rinde einer Bergahorn heftete. Die Entfernung war zunächst zu groß, als dass Dwight den Reiter hätte erkennen können, obwohl sein Ziel und seine Beschäftigung bald klar waren, denn plötzlich drehte sich der Mann auf seinem ziemlich scheuen Pferd um, zog sich etwa zwanzig Schritte vom Baum zurück, zog einen Revolver und begann auf ihn zu schießen Das Ziel warf einen Schuss nach dem anderen ab, so schnell er sein verängstigtes Tier zügeln und antreiben konnte, bis seine Waffe leer war. Der Schütze, offensichtlich ein Bergsteiger, wie sein breitkrempiger weicher Hut und sein schlichtes graues

Hemd erkennen ließen, steckte die Hand in die Hosentasche, holte genügend Patronen für eine weitere Patrone heraus und steckte sie geschickt an ihren Platz, als Carson näher kam genug, um ihn zu erkennen.

Ein Schauer, eine Art Schock, der sicherlich nicht einmal auf unterbewusster Angst beruhte, überkam Dwight, und er zog fast seine Zügel an. Dann stieg eine heiße Schamröte in ihm auf und prickelte durch jeden Nerv seines Körpers, als er sich fragte, ob er auch nur einen Moment lang die Anwesenheit eines lebenden Mannes, bewaffnet oder unbewaffnet, fürchten und seine Hand hinter sich herfahren lassen konnte, um sicherzugehen Sein eigener Revolver war an Ort und Stelle, und mit erhobenem Kopf ritt er noch zügiger vorwärts. Er dachte nicht an Vorsicht. Die scharfe Warnung, die Dr. Stone ihm vor Kurzem gegeben hatte, kam ihm nie in den Sinn. Das war der Mann, der mehrmals gedroht hatte, ihn zu töten, und der es, wie Carson fest glaubte, einmal versucht hatte. Er zweifelte nicht daran, dass es schlimme Schwierigkeiten geben würde. Es war nicht daran zu denken, es nach Art eines Feiglings abzuwenden.

Als die beiden Reiter etwa hundert Meter voneinander entfernt waren, blickte Dan Willis plötzlich auf, als er das Geräusch von Pferdehufen hörte. Es war unverkennbar, dass sich sein Gesichtsausdruck von verblüffter Verwirrung zu wütender, bestialischer Befriedigung entwickelte. Der Bergsteiger stieß ein salbungsvolles, entzücktes Grunzen aus und ließ seinen Revolver leicht gegen seinen kräftigen Oberschenkel schwingen. Mit Hilfe seiner angespannten linken Hand zog der Bergsteiger sein Pferd genau in die Mitte der schmalen Straße und versuchte dort, es aufzuhalten. Das Tier, das vor Aufregung von den gerade über seinen Kopf abgefeuerten Schüssen zitterte, war immer noch unruhig und schwankte zitternd von einer Seite zur anderen, aber mit kräftigen Sporen und grimmigem Befehl gelang es Willis, es in der Haltung offenen Widerstands gegen Carsons Vorbeigehen zu halten, was auch der Fall war , wie die Dinge in den Bergen laufen, eine Drohung, die man nicht missverstehen sollte.

Carson Dwight las die Handlung gut und sein Blut kochte.

„Halt!" Dan Willis rief plötzlich in einem scharfen, grimmigen Ton, und während er sprach, hob er seinen Revolver, bis die Hand, die ihn hielt, auf dem hohen Knauf seines Sattels ruhte.

„Warum sollte ich aufhören?" fast zu seiner Überraschung ertönte es deutlich aus Dwights Lippen. „Das ist eine öffentliche Straße!"

"'HALT THAR!' DAN WILLIS SUDDENLY CALLED OUT"

„Nicht für *einst* ", wurde zurückgeschleudert. „Es ist viel zu eng, als dass ein Gentleman und ein Hund es passieren könnten. *Ich bin* Ich werde vorbeigehen, aber ich werde mit meinem Pferd über deinen Körper laufen. Ich habe für diese Chance gebetet, ein Gott oder die Hölle, der eine oder andere , hat sie mir geschickt. Manche Leute sagen, du hast Mut. Daran habe ich meine Zweifel, denn Sie sind der Mann, mit dem ich mich jemals am schwersten treffen konnte, aber wenn Sie Sand im Magen haben, haben Sie jetzt die Chance, etwas davon auszuschütten."

„Ich möchte keinen Ärger mit dir haben", beherrschte Dwight sich genug, um zu sagen. „Blutvergießen ist nicht mein Ding."

„Aber du musst *kämpfen* !" Willis brüllte. „Wenn du es nicht tust, reite ich auf dich zu und spucke dir ins verdammte , heimliche Gesicht."

„Nun, ich glaube kaum, dass du das tun wirst", sagte Carson, seine Wut überwältigte ihn. „Aber bevor wir auf diese Sache eingehen, sagen Sie es mir zu meiner eigenen Zufriedenheit, wenn Sie derjenige sind, der in der Nacht, in der Pete Warren eingesperrt wurde, versucht hat, mich zu töten."

„Darauf kannst du wetten, und es tut mir verdammt leid, dass ich es verpasst habe." Willis' Revolver wurde erhoben. Das scharfe Klicken des Hammers klang wie das Knacken eines metallischen Zweigs. Dann hatte Dwight nur noch einen einzigen Gedanken im Kopf, und zwar den der Wachsamkeit und sofortigen Selbsterhaltung, und zog schnell seine Waffe. Mit zusammengebissenen Zähnen und schnellem Atem zielte er so vorsichtig wie möglich auf den sich bewegenden Reiter, sich des Vorteils bewusst, den sein Gegner ihm gegenüber in der Ruhe seines eigenen Reittiers hatte. Er sah eine Rauchwolke vor Willis' Augen, hörte den scharfen Knall des Revolvers des Bergsteigers und fragte sich, ob die Kugel in seinem Körper stecken geblieben war.

„Ich bin völlig gerechtfertigt", schien etwas in ihm zu sagen, als er den Abzug seines Revolvers drückte. Seine Hand war nie stabiler gewesen , sein Ziel nie besser, und doch bewiesen ihm das Lächeln und das spöttische Lachen von Willis, dass er verfehlt hatte. Die Augen seines Angreifers leuchteten wie die eines wütenden Tieres, als er versuchte, sein sich aufbäumendes und stürzendes Pferd zu stabilisieren, um erneut zu schießen. Noch einmal feuerte er, aber der Schuss ging außer Kontrolle, und mit einem ängstlichen Schnauben brach sein Pferd von der Straße ab und stürzte wie verrückt in die Büsche, die den Weg säumten. Carson konnte Willis' Kopf und Schultern über einem dichten Bewuchs wilder Ranken gerade noch erkennen, und er zielte ruhig auf diese und feuerte. Hatte er gewonnen? fragte er sich. Der Knall von Willis' Revolver war gedämpft, als wäre er von einem trägen Finger abgefeuert worden. Der Kopf des Bergsteigers verschwand außer Sichtweite. Was sollte das heißen? fragte sich Carson und wartete grimmig, die Waffe immer noch gespannt und bereit. Es war nur für einen Moment, denn das verängstigte Pferd stürzte wieder ins Freie. Willis saß immer noch im Sattel, aber was kam ihm so seltsam vor? Offensichtlich bemühte er sich, sein Pferd zu führen, aber die Hand, die seinen Revolver hielt, hing hilflos an seinem Oberschenkel; seine linke Schulter sank. Dann erblickte Carson sein Gesicht, eine schreckliche, blutgetränkte Maske, die bis zur Unkenntlichkeit verzerrt war, das eines sterbenden Mannes – eine schreckliche, nie zu vergessende Grimasse. Die Pferde trugen die Gegner näher zusammen; Ihre Blicke trafen sich in einem direkten Blick. Willis' Körper schaukelte wie ein mechanisches Ding auf einer Drehachse.

„Du hast mich dazu gezwungen!" sagte Carson Dwight und seine große Seele erhob sich zu einem nie zuvor erreichten Höhepunkt des Mitleids und der Bestürzung. „Gott weiß, ich wollte dich nicht erschießen. Dan, ich hatte nie etwas gegen dich. Ich hätte das vermieden, wenn ich könnte."

Der Blick des Verwundeten flackerte. Mit einem schmerzerfüllten Stöhnen beugte er sich zum Hals seines Pferdes und blieb dort einen Moment stehen, dann ließ er seinen Revolver fallen, stützte beide zitternden

Hände auf den Knauf seines Sattels und richtete sich teilweise auf. Seine Augen rollten nach oben, seine violetten Lippen bewegten sich, als wollte er sprechen, aber seine Stimmorgane schienen ihre Kraft verloren zu haben. Er hielt seinen Knauf mit der linken Hand fest, hob die rechte und streckte sie teilweise in Richtung Dwight aus, aber er hatte nicht die Kraft, das Gewicht zu tragen, und mit einem weiteren Stöhnen und schäumendem Mund stürzte Dan Willis von seinem Pferd und ging zu Boden, das Tier bricht erschrocken aus und rennt die Straße entlang.

Carson stieg schnell ab und beugte sich über den sterbenden Mann. „Dan, hast du mir deine Hand angeboten?" fragte er zärtlich. Aber es kam keine Antwort. Der Bergsteiger war tot. Da lag er, eine Pint-Whisky-Flasche, die fast leer war, ragte aus seinem Hemd.

Carson blickte auf und umher. Der Himmel schien noch nie klarer, der Wald noch nie so schön üppig und grün, so voll von Waldnischen und dem fröhlichen Gesang der Vögel. Höher und majestätischer schienen die Berge noch nie in Gottes unendliches Blau aufzuragen. Und doch lagen hier zu seinen Füßen die Überreste eines Menschen, der nach dem Bild seines Schöpfers erschaffen worden war, so leblos wie der Erdklumpen, aus dem er hervorgegangen war. All *das* – und Carsons Pferd knabberte mit bissigem Maul an dem kurzen Gras, das herumwuchs. Es gab keine Feuer der befriedigten Rache, an denen sich der geistig erkaltete junge Mann erwärmen konnte. In der Wanne der Reue versunkenes Bedauern erfüllte seine junge Seele. Er setzte sich an den Straßenrand und schmiedete dort lange Zeit ruhig seine Pläne. Da er das Gesetz so kannte, wie er es kannte, würde er sich natürlich dem Sheriff ausliefern. Dann dachte er erschrocken und voller Entsetzen an seine Mutter. Dr. Stones Warnung tauchte nun wie in Feuerbuchstaben geschrieben vor ihm auf. Ja, das – ausgerechnet das würde sie töten! Da er ihre Natur kannte, wäre nichts, was ihm passieren könnte, tödlicher. Nicht einmal sein eigener gewaltsamer Tod würde ihrem sensiblen, fantasievollen Temperament, das jedes Übel und Übel übertrieb, das ihm im Weg stand, solche Schrecken bereiten. Schließlich, fragte er sich grimmig, wo lag seine eigentliche Pflicht? Der Gehorsam gegenüber dem Gesetz, das er verehrte, erforderte, dass er sich auf dessen langsame und knarrende Routine stürzte, und doch gab es nicht ein höheres Gericht? Mit welchem Recht sollte die Rechtsmaschinerie seines oder eines anderen Landes das Leben einer betroffenen Frau fordern, damit die Majestät seiner Formen gewahrt bleibt und die Gerechtigkeit oder Ungerechtigkeit gegenüber einem Gesetzlosen, der ihn beharrlich verfolgt hat, offiziell ausgesprochen werden kann?

Nein, sagte er sich, das Recht, seine Mutter zu beschützen, war *sein Recht* – es war, wie er es sah, sogar noch mehr seine erste Pflicht. Und doch, fragte er sich, wie groß die Chancen waren, einer Anklage zu entgehen, wenn er seinen eigenen Rat behielt, fragte er sich, während sein juristischer Verstand jetzt aktiv war. Als er die Zielscheibe bemerkte, die immer noch mit dem Taschenmesser des Toten am Stamm des Baumes befestigt war, die Schüsse, die auf der Rinde und dem Papier zu sehen waren, und die ausgestreckte Haltung der Leiche mit der Wunde über der Herzgegend, fragte er sich: „Mit." Was wäre naheliegender, als angesichts der schwach aufkeimenden Hoffnung anzunehmen, dass der Tod die Folge eines Unfalls war? Was wäre vernünftiger als die Theorie, dass Dan Willis auf seinem verängstigten Pferd versehentlich seinen Schuss auf seinen eigenen Körper gerichtet hatte? Gibt es einen besseren Beweis dafür, dass er nicht bei sich war, als die fast leere Flasche in seinem Hemd? Ja, entschied Carson Dwight, es sei seine Pflicht, zumindest abzuwarten, bevor er einen Schritt unternehme, der zu einer noch größeren Tragödie führen würde. Außerdem wusste er, dass er moralisch unschuldig war. Sein Gewissen war rein; Das war auf jeden Fall ein Trost. Aber was muss er nun tun? Eine Weiterfahrt nach Springtown auf dieser Straße kam nicht in Frage, denn nur etwa eine Meile weiter lagen ein Laden und ein paar Bauernhäuser, und dort würde man wissen, dass er die tödliche Stelle passiert hatte. Also stieg er wieder auf und ritt langsam auf Darley zu, jetzt ernst und sogar listig, in der Hoffnung, dass er niemandem begegnen würde. Er hatte Erfolg, denn er erreichte die Hauptstraße, die länger, nicht so gut ebenerdig und eine weniger besiedelte Durchgangsstraße zu seinem Ziel war.

Er hatte Zeit verloren, und jetzt setzte er sein Pferd in einen flotten Galopp und raste mit einer seltsamen Mischung von Gefühlen weiter. Der Gedanke, seine Mutter möglicherweise vor einem schrecklichen Schock zu retten, gab ihm Auftrieb, während das große Ereignis eine Last auf ihn legte, die er noch nie zuvor ertragen hatte.

KAPITEL XXXIX

Es war schon dunkel, als er endlich Springtown erreichte und durch die ruhige kleine Straße zum einzigen Hotel im Dorf fuhr, das einem gewissen Tom Wyman gehörte, den Dwight kannte. Er stieg ab, übergab sein müdes Pferd einem Negerträger und betrat das Zimmer, das gleichzeitig als Salon und Büro diente. Auf einem Tisch lag ein mit Eselsohren versehenes Geschäftsbuch, und hier trug Carson auf Bitte des herzlichen Wyman, eines kleinen, beleibten Mannes mit sandfarbenem Haar und Schnurrbart, seinen Namen ein.

„Sie sind auf Wahlkampftour, das weiß ich", lächelte der Wirt freundlich, während er seine dicken Hände aneinander rieb. „Nun, du wirst wie ein verängstigter Hund davonlaufen. Ich höre deinen Namen überall. Früher sah es für dich so schwarz aus wie die ägyptische Dunkelheit, aber du gewinnst an Boden. Kein Mann hatte jemals ein besseres Wahlkampfdokument als die Rede, die die Frau von Jabe Parsons hielt. Gee Whiz! es war ein Stammwickler; Es brachte die Leute dazu, über Wiggin zu lachen , und das war das Schlimmste, was ihm jemals passiert ist. Jabe Parsons ist jetzt für Sie da, obwohl er einen Flügel der Mafia anführte, vor Ihrem Haustier Darky. Sehen Sie, Jabe möchte beweisen, dass seine Frau mit ihrer ersten Meinung in dieser Angelegenheit recht hatte, und er ist ein starker Mann."

Wie in einem Traum war Carson durch die Tragödie so weit in den Hintergrund gedrängt worden, dass selbst sein Streit in den Hintergrund gedrängt worden war, und hörte sich wie aus dem Mund eines anderen erklären, dass es juristische Angelegenheiten waren, die ihn hierher geführt hatten, und ruhig nach dem besten Weg von hier aus fragte vom Dorf zu Purdys Farm, wohin er am nächsten Morgen nach dem Frühstück gehen wollte.

Ein paar Minuten später wurde die Abendmahlsglocke von einem Neger geläutet, der sie mit ohrenbetäubendem Lärm durch die Haupthalle und um das Haus herum trug, zusammen mit zwei oder drei Trommlern aus der Kleingewerbeklasse, einem Dorfladenbesitzer und einem Viehtreiber oder zwei klapperten auf dem teppichlosen Boden des Esszimmers herein, zogen mit noch mehr Lärm ihre Stühle heraus und setzten sich. Zufällig kannte Carson keinen von ihnen und saß daher während des Essens schweigend da. Normalerweise hatte er einen starken Appetit, doch heute Abend hatte er jegliche Neigung zu körperlicher Nahrung aufgegeben. So sehr er sich auch bemühte, seine Gedanken auf fröhlichere Dinge zu richten, tauchte der Anblick von Dan Willis' Körper, der auf dem Boden ausgestreckt lag, mit seinen gespenstischen Gesichtszügen, die im Todeskampf kämpften, immer wieder mit hartnäckiger Beharrlichkeit vor seinen Augen auf. Krankhaft fragte er sich, ob dieser Geisteszustand für immer anhalten würde. Die Katastrophe war tatsächlich ohne sein vorsätzliches Verschulden über ihn hereingebrochen. Tatsächlich konnte er seinen Anfang auf seine Entschlossenheit zurückführen, ein neues Kapitel aufzuschlagen und einen besseren Menschen aus sich zu machen – darauf und auf ein angeborenes Mitleid mit einem verfolgten Geschöpf, und doch war er hier, seine Hände rot gefärbt, weder durch Stoizismus noch durch Philosophie in der Lage, sich aus einer so tiefen Düsternis wie der Leere des Weltraums zu befreien. Als echter Mann, der er war, hatte er Mitleid mit dem Riesen, der vor ihm gefallen war. Sein Verstand, der in den meisten Dingen auf logisches Denken trainiert war, sagte ihm, dass er für das, was er getan hatte, mehr als gerechtfertigt war; Aber wenn ja, woran lag dann dieser seltsame Schock für sein ganzes Wesen – dieses unruhige Gefühl der grenzenlosen Schuld gegenüber etwas, das er noch nie zuvor erlebt hatte, das unheilvolle Flügelschlagen in einer neuen Dunkelheit um ihn herum?

Nach dem Abendessen lehnte Carson die von seinem Gastgeber angebotene Zigarre ab, um sich die Zeit bis zum Abschied zu vertreiben, und um dem – für ihn – leeren Geschwätz der anderen, die sich jetzt auf der kleinen Veranda versammelt hatten, zu entgehen, schlenderte er die Straße entlang. Hier saßen Gruppen von Männern vor den Läden im trüben Licht der trüben Lampen im Inneren, aber es kam vor, dass er von keinem von ihnen erkannt wurde, obwohl er mehrere hagere Gestalten kannte, und er ging fieberhaft weiter. Er schritt weiter und weiter, bis er mehr als eine Meile zurückgelegt hatte und plötzlich auf eine kleine Kirche stieß, die von einem Friedhof umgeben war. Er lehnte sich an den morschen Zaun und schaute zu den Hügeln hinüber, die in einigen Fällen durch weiße Marmorplatten, in anderen durch schlichte, unbeschriftete Natursteine und in anderen Fällen durch keinerlei Denkmal gekennzeichnet waren, aber von kleinen weißen Latten umgeben waren.

Carson Dwight schauderte und wandte sein Gesicht wieder dem Dorf zu, während er sich fragte, ob dies die Ruhestätte des Mannes sein könnte, den er getötet hatte. Das Leben war für ihn trotz aller Prüfungen, denen er ausgesetzt war, so großzügig gewesen, dass der Gedanke, dass er selbst unter größter Provokation einem Menschen seine Privilegien entzogen hatte, ihm Schmerzen bereitete, wie er sie noch nie zuvor empfunden hatte .

Als er sein Zimmer im Hotel erreichte, das sich am oberen Ende der Treppe im vorderen Teil des Hauses befand, war sein erster Impuls, die Tür abzuschließen – warum, hätte er nicht erklären können. Es war keine Angst; was war es? Mit einem trotzigen Lächeln ließ er es los und machte sich daran, sich auszuziehen. Als er sich auf sein Bett warf , verspürte er den Impuls, seine Gebete zu sprechen. Was für eine seltsame Sache! Es war Jahre her, seit er sich tatsächlich zum Gebet niedergekniet hatte, und doch wollte er es heute Abend tun. Ein paar Minuten später überkam ihn eine seltsame, heiße, rebellische Stimmung, als er da lag und auf die vom Lampenkamin geworfene Scheibe an der himmelblauen Decke starrte. Am liebsten hätte er die unendlichen Mächte in fordernder Stimme angerufen, um den unheimlichen, erdrückenden Schleier aufzuheben, der auf ihm lastete.

Die Worte, die sein Vater wütend gesprochen hatte, als der alte Herr nach Pete Warrens Rettung zum ersten Mal die Wunde an seiner Stirn gesehen hatte, kamen ihm jetzt mit verblüffender Kraft in den Sinn: „Das alles für einen unbedeutenden Neger! Hast du deine Sinne verloren?"

Was, fragte sich Carson, würde sein Vater zu diesem tieferen Schritt sagen – diesem stürmischen Sturz ins Unglück als Ergebnis der Sache, für die er sich eingesetzt hatte?

, er könnte es tun, wenn sein Licht ausginge , stand er auf, löschte es aus und ging wieder ins Bett. Aber er war immer noch unruhig. Die Stunden vergingen wie im Flug. Es war nach zwölf Uhr, als in der stillen Nachtluft in der Ferne das gleichmäßige Klopfen von Pferdehufen zu hören war, das immer lauter wurde, bis ein „Woah!"-Schrei ausbrach. Das Tier wurde an der Hoteltür angebunden und die dröhnende Stimme des Reiters rief: „Hallo! Hallo in Thar!"

Es gab eine Pause, aber keine Antwort. Der Vermieter hatte offenbar einen tiefen Schlaf.

"Hallo! Hallo!" Wieder hallte der Ruf erschütternd durch den leeren Flur unten und die Treppe hinauf.

Carson saß aufrecht, stellte seine Füße auf den Boden und stellte sich in die Mitte des Raumes. Er sagte sich, dass es sich um einen Polizeibeamten handelte, der ihn verfolgte. Wie dumm, sich vorzustellen, dass so etwas verborgen bleiben könnte! Und seine Mutter! Ja, es würde sie töten! Arme, arme, sanfte, gebrechliche Frau! Er hatte versucht, den Schlag abzuwenden, indem er auf Täuschung und tatsächliche Flucht zurückgegriffen hatte; er hatte sich dem Wortlaut des Gesetzes entsprechend in den Sumpf des Strafgeheimnisses versenkt, um sie zu beschützen, und zu welchem Zweck? Ja, der Schlag würde sie töten. Dr. Stone hatte es deutlich gesagt.

Er ging zum Fenster und schaute hinaus. Am Tor unten sah er einen Mann auf einem Pferd und hörte ihn ungeduldig murmeln.

„Hallo in Thar!" Der Schrei wurde von einem Eid begleitet. „Sind Sie völlig taub? Was hält man überhaupt von einem Wirtshauspelz?"

Im Zimmer unten hörte man ein Geräusch, als würde jemand aus dem Bett aufstehen, und dann rief eine schläfrige Stimme: „Wer ist da?" Es war der Vermieter.

„Ich, Jim Purvines . Lass mich rein, Tom. Ich brauche ein Bett und einen Stall für meinen Kerl. Ich bin völlig am Ende."

"Gut gut. Ich komme gleich zu Ihnen. Wo zum Teufel warst du, Jim?"

„Zur Untersuchung. Sie ließen mich dienen. Samson rief sofort eine Jury zusammen, damit sie die Leiche nach Hause bringen konnte. Die Mutter des Toten wollte nicht, dass es die ganze Nacht dort lag."

„Guter Gott! Jury? Toter Mann? Warum, was ist passiert, Jim?"

„Oh, komm weg! Heißt das nicht, dass Sie die Neuigkeiten nicht gehört haben ?" Der Reiter war abgestiegen und führte sein Pferd durch das Tor zu den Stufen, auf denen jetzt der Wirt stand. „Warum, Tom, Dan Willis ist zu seiner letzten Buchhaltung gegangen . Die Webb-Kinder stoßen beim Heidelbeerenpflücken auf der Treadwell Road , eine Meile hinter Wilks' Laden, auf seine sterblichen Überreste . Zuerst glaubte man, er sei ums Leben gekommen, weil man ihn von seinem Hengstfohlen geworfen hatte, weil ihn jemand mit Sattel und Zaumzeug losgerissen hatte , aber als wir den Körper untersuchten, fanden wir ein Einschussloch über dem Herzen."

„Guter Gott! Wer hat es getan, Jim?"

Carsons Herz schlug ihm bis zum Hals; sein Atem wurde angehalten; Es entstand eine Pause, die kein Ende zu nehmen schien.

„Hab es selbst gemacht , Tom. Die Jury hatte keine Schwierigkeiten, auf der Grundlage zahlreicher Beweise zu dieser Entscheidung zu gelangen . Er steckte sein Taschenmesser ein und klebte einen Umschlag mit seinem Namen darauf an einen Baum, und er schoss halb betrunken, wie wir aus seiner Flasche schließen konnten, über den Kopf eines jungen Fohlens hinweg darauf Ich bin seit einem Monat nicht pleite. Dan muss den Teufel in sich gehabt haben , und er war entschlossen, das Tier so zu trainieren, dass es unter Beschuss standhalten kann, damit wir es sehen können, während der Dreck rundherum mächtig aufgewirbelt wird. Wir haben berechnet, dass das Fohlen bocken musste , um nicht abgeworfen zu werden. Dan drehte seine Waffe in die falsche Richtung. Wie auch immer, er ist nicht mehr."

„Ja, und ich denke, ein Körper sollte die Toten respektieren, ob gut oder schlecht", sagte der Wirt; „Aber es wird kein Strom von Tränen vergossen, Jim. Dieser Kerl war eine lebende Bedrohung für Recht und Ordnung."

„Ja, ich habe gehört, dass er der Kerl war, der Carson Dwight in der Nacht erschossen hat, als er diesen Nigger vor der Mafia gerettet hat."

„ Sch ! Er ist jetzt oben." Der Wirt senkte die Stimme.

„Das sagst du nicht! Er ist irgendwie aus dem Takt geraten, nicht wahr ?"

„Ich weiß nicht – auf dem Weg zu Purdy. Gehen Sie hinein; Ich kümmere mich um Ihr Pferd und komme zurück und suche Ihnen einen Schlafplatz."

Carson sank auf sein Bett zurück. Ein Gefühl großer, fast beruhigender Erleichterung überkam ihn. Seine Mutter wurde gerettet. Das gefällte Urteil würde die Tatsachen für immer begraben. Jetzt, sagte er sich, konnte er beruhigt schlafen. Und doch-

Er hörte, wie der Neuling mit schweren, schlurfenden Schritten die Treppe hinaufstieg und das Zimmer neben seinem eigenen betrat. Durch einen Spalt zwischen dem Boden und der dünnen Trennwand sah er ein Bündel Kerzenlicht und hörte das Knirschen von Stiefelsohlen auf dem Boden, als sich der Mann auszog. Dann ging das Licht aus, die Lattenroste knarrten und alles war still.

KAPITEL XL

DWIGHT erreichte Darley am folgenden Abend kurz nach Einbruch der Dunkelheit und ritt quer durch den zentralen Teil der Stadt und an seinem Büro vorbei. Den ganzen Tag hatte er darüber nachgedacht, ob es klug wäre, Garner ins Vertrauen zu ziehen, und war schließlich zu dem Schluss gekommen, dass es nichts nützen und seinen mitfühlenden Partner nur unnötig beunruhigen würde, da weder Garner noch sonst jemand zeigen konnte einen besseren Weg einzuschlagen als den, zu dem er sich zwangsläufig verpflichtet hatte. Carson verstand nun seine anhaltende Morbidität . Es war keine Angst; es war kein schlechtes Gewissen; Es waren nur die schmerzhaften Fesseln der ungewohnten und hasserfüllten Geheimhaltung, das vage und weitreichende Gefühl der Unsicherheit, das Wissen, vor dem Gesetz (das keine Rücksicht auf Personen, Umstände oder Gefühle hatte) genauso des Mordes schuldig zu sein wie jeder andere anderer unerkannter Übertreter von Frieden und Ordnung.

Auf dem Weg die Straße hinunter zu seinem Haus traf er Dr. Stone, der ebenfalls ritt, und zügelte ihn.

„Meine Mutter – wie geht es ihr, Doktor?" er hat gefragt. „Ich war weg, seit ich dich gestern gesehen habe."

„Sie werden wirklich überrascht sein, wenn Sie sie sehen", lächelte der alte Mann. „Sie ist top! Eine solche Veränderung zum Besseren habe ich in meiner gesamten Erfahrung noch nie erlebt. Sie hatte die alte Linda in ihrem Zimmer, als ich gegen Mittag dort war, und sie lachten und machten viel Spaß. Sie wird es jetzt schaffen, mein Junge. Ich habe versucht, sie dazu zu bringen, mir zu erzählen, was passiert war, aber sie hat mich mit dem Witz abgeschreckt, dass sie den Arzt gewechselt habe und heimlich die Medikamente eines anderen Kollegen eingenommen habe, und dann haben sie und Linda zusammen gelacht. Ich glaube, der alte Neger wusste, was sie meinte. Eines sage ich dir, Carson: Wenn ich keine Angst hätte, deinen Stolz zu verletzen , würde ich dir zu dem gratulieren, was diesem Kerl Willis passiert ist. Wirklich, wenn das Ding nicht passiert wäre, hätten Sie und er Schwierigkeiten gehabt. Manche glauben, er hätte sich auf Sie vorbereitet, als er auf dieses Ziel schoss."

„Vielleicht schon, Doktor", sagte Carson und war froh, dass die Dämmerung sein Gesicht vor den Augen des alten Mannes verbarg. „Nun, ich mache weiter."

Am Kutschtor zu Hause fand er den alten Lewis, der bereit stand, sein Pferd mitzunehmen.

"Hallo!" sagte Carson mit einem Witz, der seiner Stimmung fremd war; „Wann hat Major Warren Sie entlassen?"

„ Du wirst mich nicht entlassen , junger Herr ", lächelte Lewis entzückt, als er das Tor öffnete und nach dem Zaumzeug griff. „Ich wusste, dass du bald kommen würdest, also habe ich auf dich gewartet. Marse Carson, Linda ist voller Eifer, dich zu sehen . Sie setzt sich jetzt auf Ihre Verandastufe. Sie war gespannt , ob du den ganzen Abend zurückgekommen bist . Darum kommt sie jetzt, junger Mann . Ich werde dein Pferd unterbringen ."

„In Ordnung, Onkel Lewis", und als Dwight die alte Frau auf sich schlurfen sah, ging er über den Rasen und traf sie.

„Oh, junger Mann , ich habe auf dich gewartet ", sagte sie. „Ich habe etwas für dich , suh ."

"Was ist es?" Er fragte: „Wenn ich irgendetwas tun kann, helfe ich Ihnen gerne."

dich nicht stören , junger Mann ", sagte Linda klagend; „Aber irgendwie scheint es, als ob niemand weiß, was ich tun soll. Ich ging zu dem jungen Fräulein, und sie sagte, ich solle mich mit Ihnen treffen – dass Sie der Einzige waren , der sich entscheiden konnte . Marse Carson, natürlich hast du gehört, dass Willis sich selbst umgebracht hat , nicht wahr ?"

„Oh ja, Mam' Linda – oh ja!" Sagte Dwight, seine Stimme hatte einen seltsamen, unterdrückten Klang.

„Nun, junger Mann , weißt du, ich und Lewis dachten, dass das , da dieser Mann der Rädelsführer war, und nach meinem Jungen nur noch einer auf der Flucht ist, das , jetzt ist er da , ich könnte ihn schicken Chattanoogy für Pete und lass mich nach Hause kommen."

„Warum, ich dachte, es geht ihm dort oben gut?" sagte Carson noch einmal in einem Tonfall, der für ihn selbst so ausdruckslos klang, als würde er nur mit den Lippen gesprochen.

„ Das stimmt; Das ist auch so", seufzte Linda. „Aber, Marse Carson, er ist das einzige Kind, das ich habe und das ich will wid mich. Ich will ' ich Was kann ich sehen ? Versuchen Sie es mit „fluence" im Ich werde tun, was richtig ist. An einem großen Ort, See Chattanoogy, er kriegt vielleicht noch mehr Ärger, und –" Sie ging nicht weiter, ihre Stimme wurde zitternd und versagte schließlich.

„Nun, schicken Sie ihn auf jeden Fall", sagte Dwight. „Hier wird es ihm gut gehen. Wir werden etwas finden, was er tun kann."

„ En , en – wird das kein Problem sein ? " Linda geriet ins Stocken.

„Niemand mehr auf der Welt, Mama", antwortete er. „Die Menschen im ganzen Land sind vollkommen davon überzeugt, dass er unschuldig ist. Niemand wird überhaupt gegen ihn auftreten. Ihm geht es jetzt gut."

Tränen traten Linda in die Augen und sie wischte sie an ihrer Schürze ab. „Gott sei Dank, junger Mann ; Einmal dachte ich, ich würde nie wieder eine Minute länger leben wollen Ja , im Moment – im Moment bin ich die glücklichste Frau auf der ganzen Welt, und du hast es geschafft, junger Mann . Du bist für den alten Nigger aus Oman aufgestanden, als sich die Welt veränderte , und Gott in der Höhe weiß, dass ich dich segne. Ich segne dich in jedem Gebet, das ich sende ."

Er wandte sich von ihr ab, als sie dastand und sich die Augen wischte, ging weiter in das Zimmer seiner Mutter und fand sie zu seiner Freude in einem Sessel sitzend neben dem Tisch, auf dem eine Lampe und ein Buch standen, in dem sie gelesen hatte.

„Hast du Linda gesehen?" fragte Mrs. Dwight, während er sie zärtlich küsste und still dastand, mit dieser allgegenwärtigen fremden Last in seinem Herzen, und ihre weiche Wange streichelte. Er nickte und lächelte.

„Und hast du es ihr gesagt – hast du entschieden, dass Pete zurückkommen könnte?"

Er nickte und lächelte erneut. „Sie scheint zu glauben, dass ich das Land regiere."

„Was ihre Interessen angeht, *haben Sie* es getan", sagte die Kranke stolz. „Oh, Carson, weißt du, irgendwie ist es passiert, dass ich Linda nie so gut gekannt habe wie einige unserer eigenen Sklaven, aber seit die Sache aufgetaucht ist, habe ich es sehr genossen, dass sie zu mir kam. Ich behalte sie stundenlang hier. Weißt du, warum?"

Er schüttelte den Kopf. „Es sei denn, es liegt daran, dass sie eine so starke Individualität hat und so originell ist."

„Nein, das ist es nicht – es ist einfach so, mein Junge, denn sie verehrt den Boden, auf dem du gehst, und ich liebe es, zu hören, wie sie es auf tausende indirekte Arten ausdrückt, die sie hat. Oh, Carson, ich bin einfach dumm – *dumm* von dir! Ich konnte Ihnen nie sagen, was ich von Ihrem heldenhaften Verhalten hielt. Ich hatte Angst davor. Ich habe es genossen, aber deine ständige Gefahr hat mir die Zunge gebunden – ich hatte Angst, dass du noch mehr Risiken eingehen würdest. Ich muss dir ein Geheimnis verraten."

"Um es mir zu erzählen?" sagte er und streichelte immer noch ihre Wange. "Ja; Als Dr. Stone sah, dass es mir heute Morgen so viel besser ging, versuchte er, es aus mir herauszukitzeln, aber ich wollte ihm die Ursache nicht nennen. Carson, ich hege seit langem eine nagende, heimliche Angst. Es war Tag und

Nacht bei mir. Ich wusste, dass es mich runterzog und mich davon abhielt, richtig zu schlafen und mich richtig zu ernähren, aber ich konnte es bis heute Morgen nicht loswerden."

„Was war es, Mutter?" fragte er, unfähig zu sehen, wie sie sich abwandte.

„Die Angst, mein Junge, dass du und Dan Willis euch persönlich begegnen könntet, war schon lange ein ständiger Albtraum für mich. Ich hatte auf verschiedene Weise, manchmal durch Bemerkungen Ihres Vaters oder eines der Diener, mehr über Ihre Differenzen mit diesem Mann erfahren, als Ihnen bewusst war. Ich habe versucht, dich davon abzuhalten, zu erfahren, wie ich mich fühlte, aber es hat mich insgeheim ins Grab gezerrt."

„Und jetzt, Mutter?" „fragte er, während in der Ferne ein fast hoffnungsvolles Licht an seinem bewölkten Horizont aufbrach.

„Oh, es könnte eine schreckliche Sünde sein, denn mir wurde gesagt, dass Willis eine Mutter hatte" – Mrs. Dwight seufzte – „ aber als heute die Nachricht kam, dass er sich versehentlich umgebracht hatte, wurde ich eine neue Frau." Er war das Einzige, wovor ich mich am meisten fürchtete, denn, Carson, wenn er sich nicht erschossen hätte , wären Sie und er zusammengekommen und einer von Ihnen wäre gefallen. Oh, ich bin so glücklich. Ich werde jetzt wieder gesund, mein Junge. Du wirst mich in ein oder zwei Tagen draußen auf dem Rasen sehen."

Sein Blick war auf den Boden zu ihren Füßen gerichtet. Warum er so viel von seiner geistigen Belastung auf bloße Äußerungen konzentrierte, konnte er nicht erklären, aber er sagte: „Und selbst wenn wir uns getroffen *hätten* , Mutter, und er versucht hätte, mich zu erschießen, und – und ich, in Notwehr dich ." Weißt du, war gezwungen worden, ihn zu töten – wirklich gezwungen – ich nehme an, selbst diese Situation hätte dich gestört?"

„Oh, nicht, rede nicht darüber!" Mrs. Dwight weinte. „Ich glaube nicht, dass es richtig ist, an unangenehme Dinge zu denken, wenn man glücklich ist. Gott hat es getan, Carson. Gott hat es getan, um dich zu retten."

„In Ordnung, Mutter, ich habe nur gedacht –"

„Nun, denken Sie an angenehmere Dinge", Airs. Dwight unterbrach ihn. „Helen hat mich in letzter Zeit häufiger besucht. Wir sitzen oft zusammen und unterhalten uns. Dadurch fühle ich mich wieder jung. Sie ist mir gegenüber sehr offen, was sich selbst angeht – das heißt über alles außer ihrer Affäre mit Mr. Sanders."

„Sie redet also nicht so viel?" er wagte es zögernd.

„Sie wird überhaupt nicht darüber reden", sagte der Kranke; „Und das ist es, was mir daran so merkwürdig vorkommt. Eine Frau kann tiefer in das

Herz einer Frau blicken als ein Mann, und ich habe mich über Helen gewundert. Manchmal denke ich fast –" Mrs. Dwight schien gedankenverloren und sich der Tatsache nicht bewusst zu sein, dass sie aufgehört hatte zu sprechen.

„Du hast gesagt, Mutter", erinnerte er sie eifrig, „dass du fast gedacht hättest –"

„Mir scheint, Carson, dass jedes natürliche Mädchen so sehr von seiner Verlobung mit dem Mann, den es heiraten soll, überzeugt sein sollte, dass es wirklich gerne darüber reden *würde*. Mir kommt es wirklich so vor, als würde Helen in dieser Angelegenheit ihr Herz infrage stellen, aber am Ende wird sie Mr. Sanders heiraten. Es sieht so aus, als ob sie sich auf die eine oder andere Weise geschworen hätte, und sie ist die wahre Seele der Ehre."

„Oh ja, das ist sie alles", sagte Dwight in einem Versuch der Leichtigkeit. „Nun, gute Nacht, Mutter."

Erschöpft von der Reise und der geistigen Belastung ging er in sein Zimmer. Er warf seinen Mantel ab, da die Nacht drückend warm war, zündete er sich eine Zigarre an und setzte sich an das weit geöffnete Fenster. Was für ein seltsames, stürmisches Leben war sein Leben! Wie ein bloßes Schmuckstück aus Seele und Fleisch wurde er zwischen dem höchsten Himmel und der untersten Erde hin und her geschleudert! Und zu welchem Zweck wurde er im riesigen System endloser Sonnensysteme geschaffen?

Aus der Reihe der Negerhütten und Cottages unten drangen über das taufrische Gras und Gebüsch hinweg in der blumenduftenden Luft Geräusche zügelloser Fröhlichkeit. Ein Neger in einem Häuschen in der Nähe von Lindas Haus spielte auf einer Mundharmonika, begleitet von einer sanft klingenden Gitarre. Es gab ein rhythmisches Händeklatschen, das musikalische, trommelartige Stampfen der Füße auf klingenden Brettern, Bruchstücke fröhlicher Lieder, klares, ungezügeltes, kindliches Lachen.

Sie – und nichts anderes – hatten ihm seine Last gebracht. Damit solchen wie ihnen völlige Gerechtigkeit zuteil werden konnte, hatte er seine Hände in das warme Blut seiner eigenen Rasse getaucht und war ein Gesetzloser, der einen ehrenvollen Namen trug, der mit reinem Herzen davonzog und dennoch mit Täuschung maskiert und behängt war. unter seinesgleichen. Und zu welchem Zweck? Ach! Selbst der Trost eines Blicks in die Zukunft blieb ihm verwehrt. Und doch – geboren vor seiner Zeit, so wie der Sohn Gottes vor seiner geboren wurde – gab es dennoch etwas in ihm, das ihn – während er vor der Tiefe und Bitterkeit seines Kelchs zurückschreckte – in seiner unverbundenen *Einsamkeit* emporhob seine Blindheit gegenüber weit entferntem Licht – hoch über der materiellen Welt. Dort zum Leiden, dort zum Aushalten und doch – da.

KAPITEL XLI.

Es war der Tag nach der Beerdigung der Leiche von Dan Willis. Der alte Mann Purdy, den Carson besucht hatte, war mit einem Korb voller frischer Eier, die er mitgebracht hatte, um sie gegen ihren Marktwert in Kaffee einzutauschen, in Dilks Laden an der Kreuzung. Mehrere andere Bauern saßen im Laden auf Nagelfässern und Seifenkisten herum, schnitzten Stöcke und kauten Tabak, während ihre langsamen Zungen mit den Einzelheiten des jüngsten Todes und der Beerdigung beschäftigt waren.

Der alte Purdy erzählte, wie die Kinder die Leiche entdeckt hatten, und bemerkte, dass sie mehrere Stunden früher gefunden worden wäre, wenn Carson Dwight an diesem Tag nur die kürzere Straße nach Springtown statt der längeren genommen hätte.

„Warum kommt Dwight aus Darley, nicht wahr?" fragte Dilk , während er die Anzahl der Eier, die er gezählt hatte, auf ein Stück braunes Papier auf der Theke schrieb und wartete, bevor er fortfuhr.

„Warum, ja", antwortete Purdy; „Während wir die Arbeit erledigten , die er in meinem Haus erledigen musste, erzählte er mir, dass er nach Springtown gegangen sei, die ganze Nacht dort geblieben sei und sich dann zu mir begeben habe ."

Die Hände des Ladenbesitzers schwebten einen Moment lang über dem Korb, dann ruhten sie auf dem Rand. „Nun, ich kann mir nicht vorstellen, warum sich Dwight so viel Mühe gegeben hat. Es sind noch ganze fünf Meilen , und die Straße ist so holprig und ausgewaschen, dass sie fast nicht mehr befahren werden kann."

„Na ja, das sieht irgendwie komisch aus, wenn ich darüber nachdenke", gab Purdy zu, als er in die ausdruckslosen Gesichter um ihn herum blickte. „Ich habe noch nie darüber nachgedacht, aber es sieht auf jeden Fall seltsam aus, um es gelinde auszudrücken."

„ Natürlich steht da vielleicht nichts *drin* ", sagte Dilk in einem vorsichtigen Tonfall, „aber es *kommt* uns alles seltsam vor, besonders nachdem wir so viel über die Drohungen zwischen diesen beiden Männern gehört haben . " Ich meine, seht ihr, liebe Nachbarn, es scheint irgendwie eine Vorsehung zu sein, dass Dan den Unfall hatte, bevor Dwight und er hier zusammenkamen. Das ist, was ich meine."

Alle Köpfe nickten ernst, alle Gedanken waren beschäftigt, jeder auf seine eigene Art und Weise, und von etwas Aufregenderem bewegt als dem bloßen Unfalltod von Willis oder der Formalität seiner Beerdigung.

Es herrschte eine ziemlich lange Stille, die nur durch das Klicken der Eier unterbrochen wurde, die Dilk in eine neue Blechschüssel zählte. Als er fertig war, wog er den Kaffee ab und schüttete ihn in die weiße, glatt gebügelte Tasche, die Purdys Frau zu diesem Zweck mitgeschickt hatte. Dann sah er Purdy direkt in die Augen.

„Ist dir aufgefallen – wenn das nicht schadet, wenn du Axin machst –, ob Dwight – na ja, jedenfalls verärgert oder – beunruhigt wirkte, während er bei dir zu Hause war?"

„Nun, das habe *ich* nicht", antwortete der Bauer; „Aber meine Frau war im Zimmer, während er das Schreiben erledigte, das erledigt werden musste, und ich erinnere mich jetzt noch, dass sie mir einen Strafzettel verpasste, nachdem er gegangen war, weil er ein Trinker war. Ich sagte nein, ich glaube nicht, dass er es *jetzt wäre*, obwohl er früher ziemlich wild war, und ich wollte wissen, warum sie mich verbannt hat. Sie sagte, sie hätte noch nie jemandem die Hände gezittert wie er, während er den Stift hielt, und er hätte einen schiefen Blick um die Augen gehabt, als hätte er die Fähigkeit zum Schlafen verloren."

„Wurde – wurde in seiner Gegenwart irgendetwas über Willis' Tod gesagt, woran Sie sich erinnern?" Der Ladenbesitzer verfolgte es mit der Geschicklichkeit eines juristischen Kreuzverhörs, während die Zuhörer starrten, während ihre Tabakknospen zwischen ihren Mühlen gepresst wurden.

Purdys Gesicht war starr geworden, fast wie das eines wichtigen Zeugen im Zeugenstand. „Ich kann mich nicht einfach erinnern", sagte er. „An diesem Tag wurde auf allen Seiten so viel darüber geredet. Oh ja – jetzt fällt mir das ein – nun ja, wir waren alle bei mir zu Hause und waren begierig auf Neuigkeiten, und es kam mir vor, als ob Dwight nicht so erpicht darauf war, zu reden wie die anderen – tatsächlich sah es so aus als ob er das Thema wechseln wollte."

"Oh!" Der Ausruf kam gleichzeitig aus mehreren Mündern.

„Natürlich, Nachbarn", begann Purdy alarmiert, „verstehen Sie mich nicht eine Minute lang, um –" Aber er brach ab, denn Dilk hatte noch etwas anderes zu beobachten.

„ Die beiden Männer waren im Streit, wie ich gehört habe", erklärte er. „Freunde auf beiden Seiten haben Himmel und Erde in Bewegung gesetzt, um sie auseinander zu halten. Wenn Dwight tatsächlich diesen langen Umweg von Darley nach Springtown *nahm*, dann trafen sie sich nicht. Aber wenn Dwight den Weg gegangen ist, den er immer gemacht *hat*, *und ich bin* oft genug auf diesem Weg unterwegs, warum ..." Dilk hob seine Hände und hielt sie bedeutungsvoll in der Luft.

„Aber die Jury des Gerichtsmediziners stellte fest", sagte Purdy, „dass Willis mit seinem eigenen Messer auf eine Zielscheibe schoss , die er an einem Baum befestigt hatte, und dass sein junges Pferd nervös war und –"

„Umso besserer Beweis für das böse Blut zwischen ihnen " , platzte es aus einem Bauern auf einem Nagelfass. „Die Wahrheit ist, dass einige jetzt der Meinung sind, dass Willis beim Training war , um dieses bestimmte Spiel zu verbessern. Das Einzige, was ich im Gegensatz zu dem, was Sie zu denken scheinen, sehe, ist, dass es geheim gehalten wurde. Dwight ist Anwalt und kennt sich mit dem Gesetz aus, und er würde so etwas nicht verheimlichen, wenn er nur den Beweis erbringen müsste, dass es zur Selbstverteidigung geschah und hol dir seine Laufpapiere.

„Das bist du!" sagte Dilk mit einer Stimme, die vor Überzeugung klang; „Aber nehmen Sie *eines* an – nehmen Sie Folgendes an. Angenommen, die Provokation war nicht gerade stark genug, um eine Tötung zu rechtfertigen. Angenommen, Dwight, der durch alles, was er gehört hatte, wütend geworden war, zog und feuerte ohne Vorwarnung, und angenommen, während er an diesem ruhigen Ort war, hatte er Zeit, alles noch einmal zu überdenken und kam zu dem Schluss, dass er eine bessere Chance auf Flucht hätte indem man in der Sache nicht bekannt ist . Ein Körper kann es nie sagen. Sie können darauf wetten, dass Dwight mich getötet *hat* und die Tatsache verheimlicht hat, dass er genügend rechtliche Gründe hatte, nicht darin verwickelt zu werden. "

Der Samen wurde gesät, und zwar auf einem Boden, der für eine schnelle Keimung und ein schnelles Wachstum gut geeignet war. Am nächsten Tag befand sich das schädliche Unkraut bereits weit über dem Boden und verbreitete sich schnell, genau wie das Krebsgras, von dem die Bauern wussten, dass es so hartnäckig und fruchtbar war.

KAPITEL XLII.

EINE WOCHE verging. Helen Warren hatte an diesem warmen Nachmittag im großen Erkerfenster des Salons gesessen. Eine kühle Brise wehte die alten Spitzenvorhänge nach innen, brachte den Duft des Gartens mit sich und enthüllte hin und wieder eine Fülle von Farben auf den Rosenbüschen in der Nähe . Sie hatte gerade einen Appellbrief von Sanders gelesen, in dem er zum Ausdruck gebracht hatte, dass ihre Weigerung, ihm konkrete Aussagen über sein endgültiges Schicksal zu machen, ihn so beunruhigt habe, dass er sich große Sorgen gemacht habe. Tatsächlich war er so besorgt, dass er sich seiner Mutter anvertraute, die, wie er schrieb, die Sache noch schlimmer gemacht hatte, indem sie ihn rundheraus gefragt hatte, ob er absolut sicher sei, dass er auf die eine und einzige Art und Weise geliebt werde, wie ein Mann geliebt werden sollte die Frau, die er für seine Frau gewinnen wollte.

Er schrieb dies alles auf direkte, männliche Art an Helen und stellte sozusagen scharf ihre Ehre in Frage, und sie, das arme Mädchen, machte sich ihrerseits Sorgen. Sie verließ ihren Stuhl, ging zum Klavier, setzte sich und begann zu spielen. Sie war so beschäftigt, als Ida Tarpley plötzlich und unangemeldet hereinkam, wozu sie sich jederzeit privilegiert fühlte.

„Nun, sagen Sie mir ", lächelte der Besucher, „was ist mit Ihrem Spiel los?" Früher hattest du ein gutes, gleichmäßiges Anschlagsgefühl, aber als ich den Weg hinaufkam, dachte ich, dass es jemand war, der das Klavier stimmte. Sie haben genug Notizen fallen lassen, um einen Papierkorb zu füllen."

„Oh, ich bin wohl nicht in der Stimmung dafür!" Sagte Helen und unterdrückte einen Seufzer.

"Ich verstehe." Miss Tarpley strich Helens Haar sanft zurück und küsste sie auf die Stirn. „Man kann es nicht leugnen; Du hast an Carson Dwight und all seine Probleme gedacht."

Helen errötete und blickte auf ihren Schoß, dann erhob sie sich vom Klavier und die beiden Mädchen gingen Hand in Hand zum Fenster. „Die Wahrheit ist", gab Helen zu, „dass ich mich gefragt habe, ob mit ihm etwas schief gelaufen ist – irgendwelche schlechten Nachrichten oder Anzeichen für seine Wahl."

„Er kann sich wegen der Wahl keine Sorgen machen", sagte Ida selbstbewusst. "Herr. Garner besucht mich oft und vertraut sich mir ziemlich offen an, und er sagt, die Leute strömen in Scharen und Scharen nach Carson zurück. Sie verstehen ihn jetzt und bewundern ihn für die mutige Haltung, die er einnahm."

„Nun, mit ihm stimmt etwas nicht", erklärte Helen und blickte ihre Cousine traurig an. „Mam' Linda macht nie einen Fehler; sie kennt ihn durch und durch. Gestern Abend ging sie zu ihm, um ihm dafür zu danken, dass er eine Stelle für Pete gefunden hatte, damit er regelmäßig in der Mühle arbeiten konnte, und als sie zurückkam, war sie sehr deprimiert und schüttelte den Kopf.

„ Es ist sicher , dass du mit dem jungen Mann einen Fehler gemacht hast , Schatz", sagte sie. „Er war noch nie zuvor Lak Dis; das ist er nicht *Zisch* , das sage ich dir! Er ist lauter und zittrig und sieht schäbig aus aus den Augen.'"

"Oh!" und Miss Tarpley sank auf einen der Stühle am Fenster. „Es tut mir fast leid, dass du das erwähnt hast, im Moment mache ich mir Sorgen. Seine Sache lag mir immer am Herzen, und jetzt – Helen, fürchte ich, dass ihm etwas sehr, sehr Ernstes bevorsteht.

"'HELEN, I'M AFRIAD SOMETHING VERY, VERY SERIOUS IS
HANGING OVER HIM'"

Ich deute auch nicht an, dass seine Enttäuschung über Ihre Affäre mit Mr. Sanders irgendetwas ergeben könnte. Es scheint mir, dass er das als unvermeidlich akzeptiert hat und das Beste daraus macht, aber es ist etwas anderes."

"Etwas anderes!" wiederholte Helen. „Oh, Ida, wie schrecklich du redest! Meinst du – ist es möglich, dass er in dieser Nacht schwerer verwundet wurde, als er uns mitgeteilt hat?"

"Nein das ist es nicht. Ich weiß nicht, was es ist. Tatsächlich sagt Mr. Garner –"

„Was sagt er, Ida?" Helen warf sich in die Lücke, die durch das Versäumnis ihrer Cousine entstanden war, und stand da und starrte.

„Nun, wissen Sie, es ist manchmal leicht zu erkennen, wenn man nicht alles preisgibt, und das habe ich auch bei Mr. Garner empfunden, als er vorgestern Abend anrief. Erstens redete er die ganze Zeit über Carson, obwohl er versuchte, es auf eine beiläufige Art und Weise zu tun. Es war fast so, als ob er gekommen wäre, um zu sehen, ob ich eine seiner geheimen Ängste bestätigen könnte, denn er schien mehrmals in die Nähe zu kommen und zog sich dann zurück. Einmal ging er weiter, als er beabsichtigt hatte, denn als wir über die mögliche Ursache von Carsons Depression spekulierten, sagte er, als wäre es ein Versprecher: „Es gibt eine Sache, Miss Ida, die ich *fürchte*, und ich fürchte es so sehr, dass ich es mir gegenüber nicht einmal zu sagen wage.‘"

"Oh!" rief Helen, und sie lehnte sich auf die Rückenlehne ihres Stuhls; „Was könnte er gemeint haben?"

"Ich weiß nicht; Mr. Garner wollte es nicht erklären; Tatsächlich schien er über seine unbeabsichtigte Bemerkung ziemlich verärgert zu sein. Er lachte unbeholfen, wechselte das Thema und spielte während seines Aufenthalts nie wieder auf Carson an. Als er im Flur seinen Hut holte, folgte ich ihm und versuchte, ihn auf irgendeine Erklärung zu drängen, und dann versuchte er, mich abzuschütteln. „Oh", sagte er, „Sie wissen, dass Carson furchtbar traurig darüber ist, Helen zu verlieren, und das hat natürlich dazu geführt, dass ihm seine Wahl weniger am Herzen liegt, aber er wird es mit der Zeit schaffen." Ich sagte Mr. Garner dann, dass ich sicher war, dass er etwas anderes gemeint hatte. Ich sah ihn direkt an und sah, wie sein Blick sank, aber das war alles, was ich aus ihm herausbekam. Etwas stimmt nicht, Helen – etwas sehr, sehr Ernstes."

„Hast du Carson in letzter Zeit gesehen, Ida?" fragte Helen mit steifen Lippen.

„Nicht mit ihm zu sprechen; er scheint mir aus dem Weg zu gehen, aber als ich gestern Nachmittag am Fenster meines Zimmers saß, sah ich ihn vorbeigehen. Er sah mich nicht, aber ich sah sein Gesicht in Ruhe, und oh, Cousin, es schmerzte mein Herz. Er muss wirklich große heimliche Probleme haben, und es tut mir weh, das Gefühl zu haben, dass ich ihm nicht dabei helfen kann, es zu ertragen. Früher hat er sich mir anvertraut, aber jetzt scheint er mich zu meiden, und das ist an sich schon seltsam."

„Es geht auch nicht um seine Mutter", seufzte Helen, „denn ihr Gesundheitszustand hat sich in letzter Zeit verbessert." Und als Miss Tarpley ging , begleitete sie sie düster zur Tür.

Die Dämmerung senkte sich sanft, und als Helen in der Hängematte auf der Veranda saß, kam ihr Vater durch das Tor herein und den Weg hinauf. Sie erhob sich, um ihn mit ihrem üblichen Kuss zu begrüßen, und sie nahmen seinen Arm und begannen, auf der Veranda hin und her zu schlendern. Sie hatte gehofft, dass er über Carson Dwight sprechen würde, aber das tat er nicht, und sie war gezwungen, ihn selbst zu erwähnen, was sie ziemlich steif tat, um es nur beiläufig wirken zu lassen.

„Ida hat heute Nachmittag gesagt, dass es Carson nicht gut geht – oder besser gesagt, dass er besorgt zu sein scheint", stammelte sie, dann klammerte sie sich am Arm des Majors fest und wartete.

„Oh, ich weiß nicht", sagte der alte Herr nachdenklich. „Ich ging heute Nachmittag in sein Büro, um einen Blankoscheck abzuholen, und fand ihn an seinem Schreibtisch mit einem Stapel Briefe von seinen Unterstützern aus dem ganzen Landkreis. Nun, ich gebe zu, dass ich mich gefragt habe, warum er so wenig Enthusiasmus haben sollte, wenn das Ding wie ein brennender Wald seinen Lauf nimmt und sein mürrischer alter Vater vor Stolz und Freude lachend lacht; aber was nützt es, mit dir zu reden! Du weißt, wenn er blau ist, gibt es nur *einen* Grund dafür."

„Nur ein Grund!" wiederholte Helen schwach.

„Ja, wie könnte der arme Junge glücklich sein – wirklich, meine ich –, wenn die ganze Stadt von nichts anderem reden kann als von der Großartigkeit Ihrer bevorstehenden Hochzeit. Mrs. Snodgrass hat mit dem Bericht begonnen, dass Ihre Tante Ihnen eine Aussteuer im Wert von zehntausend Dollar schenken soll und dass Sanders Sie mit Familienjuwelen beladen soll. Mrs. Snod sagt, wir werden hier im Haus so viele Menschen haben, dass die Veranden mit Planen umhüllt und die Tische wie ein Grill auf dem Rasen aufgestellt werden und dass die Bediensteten der Familie und alle ihre ungelynchten Nachkommen abgeholt werden sollen die vier Himmelsrichtungen der Erde, um im alten Stil auf die Menge zu warten. Sie brauchen sich nicht darum zu kümmern; Das ist es, was Carson quält. Er ist sehr stolz und diese Art von Gerede wird jedem Mann schaden." Aber Helen war nicht überzeugt. Nach dem Abendessen saß sie allein auf der Veranda, während ihr Vater in der Bibliothek mit den Abendzeitungen beschäftigt war. Was könnte Garner mit seiner Bemerkung gegenüber Ida gemeint haben? Mit schwerem Herzen und fest im Schoß verschränkten Händen saß Helen da und versuchte, das Geheimnis zu ergründen, denn daran zweifelte sie nicht.

Sie erinnerte sich an die ersten Tage nach ihrer Rückkehr nach Hause. Als sie angekommen war, war ihr Herz – das seltsame, widersprüchliche Ding, das sich jetzt so sehr um Carson Dwights Angelegenheiten kümmerte – kalt gegen ihn gestählt worden. Das nächste herausragende Ereignis dieser fröhlichen Zeit war der Ball zu ihren Ehren, bei dem alles andere außer dem denkwürdigen Gespräch mit Carson und seinem Versprechen, Pete von den Versuchungen des Stadtlebens zu befreien, in den Hintergrund gerückt war. Der Junge war gegangen, dann hatte der eigentliche Ärger begonnen. Carson hatte ihn vor ihren Augen vor einem gewaltsamen Tod gerettet. Diese Rede von ihm sollte nie vergessen werden. Es hatte sie erregt, wie sie noch nie von menschlicher Beredsamkeit erregt worden war. Mit einem pochenden Schrecken hörte sie den Knall der Pistole, die von Dan Willis, seinem erklärten Feind, abgefeuert wurde – Dan Willis, den eine gerechte Vorsehung heimgesucht hatte – besucht – besucht hatte – Sie saß da und starrte auf den Boden, ihre schönen Augen wurden größer, sie Hände umklammerten einander wie Klammern aus vitalisiertem Stahl.

"Oh!" Sie weinte. „Nein, nein! nicht das – nicht das!" Es war ein Unfall. Das hatten der Gerichtsmediziner und seine Jury gesagt. Aber wie seltsam! Niemand hatte es erwähnt, und doch war es genau an dem Tag passiert, als Carson die tödliche Straße entlanggeritten war, um Springtown zu erreichen. Sie kannte den Weg gut. Sie selbst war zweimal mit Carson darüber gefahren und hatte ihn sagen hören, es sei die nächstgelegene und beste Straße und er würde *niemals eine andere nehmen* .

Ah ja, *das* war die Erklärung – *das* war es, was Garner befürchtete. *Das* war der schreckliche Schicksalsschlag, den der kluge Anwalt, obwohl er seine ganze Schwere kannte, selbst vor sich selbst kaum zu erwähnen gewagt hatte. Carson Dwight, ihr Held, hatte einen Mann getötet!

Helen erhob sich wie ein mechanisches Ding und ging mit schleppenden Füßen die Treppe zu ihrem Zimmer hinauf. Vor ihrem offenen Fenster – dem Fenster mit Blick auf den Dwight-Rasen und den Garten – saß sie in der stillen Dunkelheit und betete nun, dass Carson so erscheinen möge, wie er es manchmal tat. Wenn sie ihn sah, sollte sie zu ihm gehen? Ja, trotz des Schmerzes, der kalte Griff um ihr Herz, der die Entdeckung mit sich brachte, war wie der Todeskampf. Sie sagte sich, dass sie die Hauptursache für all sein Leid gewesen war. In dem blinden Wunsch, ihr zu gehorchen, hatte er jede seiner Hoffnungen zunichte gemacht. Er hatte alles verloren und beklagte sich dennoch nicht. Tatsächlich versuchte er, sein Unglück zu verbergen und es allein zu ertragen, wie der Mann, der er war.

Sie hörte, wie ihr Vater die Fenster der Bibliothek schloss, um sich fürs Zubettgehen fertig zu machen. Seine Schritte hallten hohl, als er unten in den Flur kam und zu ihr rief: „Tochter, schläfst du?"

Eine Antwort hing ihr in der trockenen Kehle. Sie fürchtete sich davor, ihrer Stimme zu vertrauen. Sie hörte den Major wie zu sich selbst murmeln: „Gute Nacht, Tochter", und dann verstummten seine Schritte. Wieder war sie allein mit ihrer düsteren Entdeckung.

Die Stadtuhr hatte gerade zehn geschlagen, als sie die rote Kohle einer Zigarre auf dem Dwight-Rasen sah, ganz in der Nähe des Tores, das zum Grundstück ihres Vaters führte. Er war es. Sie erkannte es am unregelmäßigen Aufflackern der Zigarre. Lautlos glitt sie die Treppe hinunter, drehte sanft den großen Messingschlüssel im massiven Schloss, ging hinaus und lief leichtfüßig über das taufrische Gras. Als sie sich ihm näherte, stand Dwight mit dem Rücken zu ihr und verschränkten Armen da.

„Carson!" „„ rief sie heiser, und er drehte sich erschrocken um und blickte verwundert durch die Dunkelheit.

„Oh", sagte er, „du bist es", nahm seinen Hut ab, kam durch das Tor und stellte sich neben sie. „Es ist Zeit, junge Dame, dass du schläfst, nicht wahr?"

Sie durchschaute sein Bemühen um Leichtigkeit.

„Ich habe Ihre Zigarre bemerkt und wollte mit Ihnen sprechen", sagte sie mit einer Stimme, die angespannt und sogar rau klang. Es erklang fast wie ein Quietschen und erstarb in ihrer engen Kehle. Etwas in seinem blassen Gesicht und seinen wechselnden Augen, das selbst in der Dunkelheit sichtbar war, bestärkte sie in der Überzeugung, dass sie sein Geheimnis erraten hatte.

„Du wolltest mich sehen", sagte er; „Ich musste in letzter Zeit über so viele Dinge nachdenken, wissen Sie, in diesem abscheulichen politischen Geschäft, dass ich meinen gesellschaftlichen Pflichten leider nicht mehr nachkommen kann."

„Ich – ich habe den ganzen Abend an dich gedacht", sagte sie lahm. „Irgendwie hatte ich das Gefühl, ich müsste dich einfach sehen und mit dir reden."

„Wie gut von dir!" er weinte. „Aber ich habe es nicht verdient – jedenfalls nicht in einer solchen Zeit. Es wird allgemein anerkannt, dass es die Pflicht einer Frau ist, in ihrer Lage nur an eine Sache und eine Person zu denken. In diesem Fall ist der Mann der Glücklichste in Gottes Universum. Er ist wohlhabend, hat unzählige bewundernde, einflussreiche Freunde und soll die großartigste und süßeste Frau der Welt heiraten. Wenn das nicht ausreicht, um einen Mann glücklich zu machen, warum …"

"Stoppen; Sprich nicht so!" befahl Helen. „Ich kann es nicht ertragen. Ich kann es einfach nicht ertragen, Carson!"

Er starrte sie einen Moment lang fragend an, während sie mit abgewandtem Gesicht dastand, dann stieß er einen tiefen Seufzer aus, als er sanft, fast ehrfürchtig, ihren Ärmel berührte, um ihren Blick auf sich selbst zu richten.

„Was ist los, Helen?" sagte er leise, eine Fülle von Zärtlichkeit in seiner zitternden Stimme. „Was ist schief gelaufen? Sag mir nicht, dass *du* unglücklich bist. Bei mir ist in letzter Zeit alles schief gelaufen – ich – ich meine, mein Vater war unzufrieden, zumindest bis vor Kurzem, und ich war nicht in bester Stimmung; aber mich hat der Gedanke bestärkt, dass du wenigstens glücklich warst. Wenn ich gedacht hätte, dass du es nicht wärst, wüsste ich nicht, was ich tun würde."

„Wie kann ich glücklich sein, wenn du – wenn du –" Ihre Stimme verklang im Nichts, und sie konnte ihm nur noch mit all ihrer Qual und Verzweiflung entgegensehen, die in ihren großen, schmelzenden Augen brannte.

„Wenn ich was, Helen?" fragte er tastend. „Sicher machen Sie sich keine Sorgen um *mich* , da mein politischer Horizont jetzt so hell ist, dass mein Gegner ihn nicht mehr ohne Brille betrachten kann. Oh, mir geht es gut. Fragen Sie Garner – fragen Sie Ihren Vater – fragen Sie Braider – fragen Sie irgendjemanden."

Wahl gedacht ", fand sie ihre Stimme. „Oh, Carson, *vertraue* mir! Ich sehne mich danach; Ich sehne mich danach; Ich sehne mich danach. Ich möchte dir helfen. Ich möchte dir zur Seite stehen und mit dir leiden. Du kannst mir vertrauen. Du hast mich einmal ausprobiert – du erinnerst dich – und ich habe den Test bestanden. Vor Gott werde ich es niemals einer Seele einhauchen. Oh", sie hält ihn auf, indem sie verzweifelt ihre Hand hebt , „ versuchen Sie nicht, mich zu täuschen, denn ich bin ein Mädchen." Die Unsicherheit bringt mich um. Ich werde heute Nacht meine Augen nicht schließen. Die Wahrheit wird leichter zu ertragen sein, weil ich sie ertragen werde – *mit dir* ."

„Oh, Helen, kann es möglich sein, dass du ..." Er hatte impulsiv gesprochen und versucht, sich zu beruhigen, aber jetzt stand er bleich wie eine Leiche vor ihr und wusste nicht, was er tun oder sagen sollte. Er öffnete den Mund, als wollte er etwas sagen, und dann verfiel er mit einem hilflosen Schulterzucken in Schweigen, ein Gefühl völliger Verzweiflung überkam ihn. Sie war sich nun sicher, dass sie recht hatte, und ein Pfeil, den sie noch nie zuvor getroffen hatte, drang in ihr Herz ein und blieb dort – blieb dort, um sie zu stärken, die gute Frau, die sie war, wie solche Dinge Frauen zu allen Zeiten gestärkt haben. Sie legte ihre feste Hand auf seinen Arm mit einem Druck, der ihn trösten sollte, und mit der Reinheit eines traurigen Engels sagte sie: „Ich kenne die Wahrheit, lieber Carson, und wenn du mir nicht zeigst, gibt es einen Weg, dich herauszuholen darunter – du, der du das alles meinetwegen getan hast – wenn du es nicht tust, werde ich sterben. Ich kann es nicht ertragen."

Er stand verurteilt vor ihr. Mit gesenktem Kopf schwieg er einen Moment, dann sagte er fast stöhnend: „Überdies zu denken, dass du wissen musst – *dich!*" Ich habe es gut ertragen, aber jetzt musst du – du armes, sanftes, zartes Mädchen – da hineingezogen werden, so wie du in alles Elende hineingezogen wurdest, das mir jemals widerfahren ist. Es begann mit dem Tod deines Bruders – ich habe dazu beigetragen, diese Erinnerung für dich zu verfärben – und jetzt diese – diese unaussprechliche Sache!"

„Sie haben es ausschließlich zur Selbstverteidigung getan ", sagte sie. „Du *musstest* es tun. Er hat es dir aufgezwungen."

„Ja, ja – er oder das Schicksal, die Kobolde Satans oder die elementare Leidenschaft, die in mir geboren wurde. Flucht, offene Flucht lag vor mir, aber das wäre der Tod meiner Selbstachtung gewesen – so kam es."

„Und du hast es wegen deiner Mutter behalten?" Sie fuhr eindringlich fort, ihr gequältes Gesicht nah an seinem.

"Ja natürlich. Es würde sie töten, Helen, und ich würde es absichtlich tun, denn ich weiß, welche Konsequenzen das haben würde. Ich muss mein eigenes Tribunal sein. Ich habe kein Recht, noch ein weiteres Leben zu nehmen, um rechtliche Neugier zu befriedigen. Aber bis meine Unschuld bewiesen ist, bin ich ein Mörder – das ist es, was weh tut. Ich biete mich meinen Mitmenschen als Gesetzesgeber an und widersetze mich dennoch bewusst denen meiner Vorgänger."

„Deine Mutter darf es nie erfahren", sagte Helen bestimmt. „Niemand außer dir und mir, Carson. Wir werden es gemeinsam ertragen." Sie nahm seine Hand und hielt sie für einen Moment fest, dann drückte sie sie zärtlich gegen ihre kalte Wange, senkte ihren Kopf und ließ ihn zurück – ließ ihn dort unter dem vagen Sternenlicht zurück, den gefühlvollen Duft ihrer beruhigenden Persönlichkeit auf ihm, der ihn dazu veranlasste vergiss seine Gefahr, seinen Kummer und seinen weitreichenden Kummer und ziehe ihr himmlisches Mitgefühl und ihre unsterbliche Treue an seine schmerzende Brust.

KAPITEL XLIII.

Eines Morgens, eine Woche später, schlenderte Pole Baker vom Fuhrwerk die Straße entlang, spähte in die Anwaltskanzlei von Garner & Dwight und stand unentschlossen auf der verlassenen Straße, die Hände tief in den Taschen seiner Tasche vergraben Hose. Er warf einen weiteren verstohlenen Blick zu. Garner saß an seinem Schreibtisch, die große Stirn gerunzelt, als ob er konzentriert nachdenke, das grobe Haar zerzaust, den Mantel ausgezogen und die Hemdsärmel bis zu den Ellbogen hochgekrempelt, seine Finger mit Tinte befleckt. Als er in diesem Moment aufblickte, fing er den Blick des Bauern auf und nickte: „Hallo!" sagte er herzlich; „Komm rein. Wie läuft unser junges Hengstfohlen dir aus dem Weg?"

„Wie ein Schuss aus einer Waffe mit geradem Lauf", erwiderte Baker. „Er ist der beliebteste Mann im Landkreis. Er hatte einen schleppenden Start in all dem Nigger-Chaos, aber jetzt geht es ihm gut."

„ Sie glauben also , dass er gewählt wird?" Sagte Garner, als Pole sich auf einen Stuhl neben seinem Schreibtisch setzte und begann, seine langen, knorrigen Finger zu drehen.

„Nun, *das habe ich nicht* genau gesagt", antwortete der Bauer.

„Aber Sie sagten …" In seiner Verwirrung konnte der Anwalt nur starren.

, es gibt in diesem Leben noch viele andere Dinge , die andere von ihren Ämtern fernhalten, abgesehen von den Männern, die ihnen hinterherlaufen ", sagte Baker bedeutungsvoll .

Die Blicke der beiden Männer trafen sich in einem langen, stetigen Blick; jeder versuchte, den anderen zu lesen. Aber Garner war ein zu kluger Anwalt, um sich selbst von einem vertrauenswürdigen Freund überzeugen zu lassen, und er lehnte sich einfach zurück und griff nach seinem Stift. „Oh ja, natürlich", bemerkte er, „ziemlich viele Ausrutscher zwischen der Tasse und der Lippe."

Zwischen den beiden Männern herrschte Stille. Baker brachte es plötzlich und mit seiner gewohnten Offenheit zum Ausdruck. „Schau her, Bill Garner", sagte er. „Dieser junge Kerl ist von früher Partner und Freund, aber mir liegen seine Interessen am Herzen, und es schadet manchmal nicht, wenn zwei Männer darüber reden, was einen Freund mit beiden betrifft. Ich komme in die Stadt, um mit *jemandem zu reden* , und es sieht so aus, als wären Sie der Mann."

„Oh, das ist es", sagte Garner. „Nun, raus damit, Baker."

Pole steckte die rechte Hand in die Tasche und holte einen weichen Kiefernsplitter und sein Messer hervor. Dann zog er mit der Spitze seines schweren Schuhs ein hölzernes, mit Sägemehl gefülltes Speibecken zu sich heran und bereitete sich darauf vor, darüber zu schnitzen.

„Ich möchte mit Ihnen über Carson sprechen", sagte er. „Es geht mich nichts an, Bill, aber ich glaube, er steckt in großen Schwierigkeiten."

„Das tust du doch, was?" und Garner schien alle Vorsicht in den Wind zu schlagen, als er sich mit offenem großen, sanften Mund nach vorne beugte. „Na, Pole?"

„Klatsch – heimlich von Mund zu Mund reden", sagte der Bergsteiger gedehnt, „ist von allem, was ich kenne, neben einem Eimer Pulver in einem Kochherd, in dem man backen wird, das Gefährlichste . " von. Klatsch und Tratsch haben Dwight und Bill erwischt, und alles dreht sich um ihn. Wenn nicht irgendjemand etwas unternimmt , um es abzuwürgen, wird es ihn genauso an Land bringen wie ein schwarzer Schlangenverwandter, der eine Kröte verschluckt, nachdem er sie mit Schleim zerquetscht hat ."

„Du meinst –" Doch Garner schien seine Neigung zur Täuschung zu überdenken und brach ab.

„Ich meine die Art und Weise, wie Dan Willis seinen Tod fand", brachte Pole auf den Punkt. „Ich bin kein Dummkopf, und Sie sind es auch nicht , zumindest wären Sie es nicht, wenn Sie von irgendeinem Kunden dafür bezahlt würden , die Fakten aufzuklären. Die Leute sind bereit zu schwören, dass Carson an dem Tag getötet wurde, als das Ding auf der Straße, eine Meile von der Stelle entfernt, an der Willis gefunden wurde, passierte. Sie wissen, um wie viel Uhr Carson an diesem Tag hier abgereist ist; Es war irgendwann nach dem Abendessen, und der Hotelbesitzer in Springtown sagte, er sei erst nach Einbruch der Dunkelheit angemeldet worden. Er sagt auch, dass Carson nervös und „verärgert" wirkte und mehr darauf bedacht zu sein schien, Leuten aus dem Weg zu gehen, als der allgemeinen Sorte Wählerjäger. Was nützt es dann, um den heißen Brei herumzureden ? Du weißt und ich weiß, dass Carson sich seitdem nicht mehr wie er selbst benimmt. Das ist alles, was wir tun können, um mich an seiner eigenen Popularität zu interessieren, und das zeigt, dass einiges falsch ist – völlig falsch. Und es sieht für mich so aus, als wäre es eine Angelegenheit, der man sich widmen sollte. Einen Mann zu töten ist in den Augen des Gesetzes ernst genug, ohne es zu vertuschen, bis es einem vom Staatsanwalt entzogen wird."

„ Sie glauben also , die beiden Männer haben sich kennengelernt?" Sagte Garner, als würde er sich nach dem rechtlichen Status eines gewöhnlichen Falles erkundigen.

„Das ist mein Urteil", antwortete Pole. „Und wenn ich Recht habe, dann denke ich, dass Carson und seine Freunde etwas unternehmen sollten, bevor —"

„Vor was?" fragte Garner fast eifrig. „Bevor die Grand Jury sich der Sache annimmt, wie Sie wissen, wird sie es tun müssen, bei all dem Trubel, der die Runde macht ."

„Ja, Carson sollte handeln – egal ob er daran interessiert ist oder nicht", sagte Garner. „Wenn nicht sofort etwas unternommen wird, könnte es ihm am Vorabend seiner Wahl aufgedrängt werden und ihn tatsächlich ruinieren."

„Ich mache mir Sorgen, und ich leugne es nicht", sagte der Bergsteiger. „Sehen Sie, Bill, Carson ist Anwalt und er weiß, ob er sich gut verteidigt hat oder nicht, eine scheue Untersuchung auf diese Weise sieht wirkungsvoll aus wie —"

„Als wäre er selbst der – Aggressor", unterbrach Garner stirnrunzelnd.

„Ja, so", sagte Baker. „ Natürlich wissen wir, dass Willis den Jungen verfolgt und Drohungen ausgesprochen hat, aber Carson ist hitzköpfig, so hitzköpfig wie man sie nur macht , und vielleicht ist er beim ersten Anblick von Willis aufgebraust und hat auf ihn losgeschossen. " . Ich sehe keinen anderen Grund dafür, dass er so leise lügt. "

„Ich bin froh, dass Sie zu mir gekommen sind", sagte Garner. „Ich gebe zu, dass ich davor Angst hatte, Pole. Es wird eine heikle Angelegenheit sein, es anzusprechen, aber ich werde mit ihm darüber reden. Wie Sie sagen: Je länger es so bleibt, desto ernster wird es. Guter Gott! Wenn er Willis tatsächlich getötet *hat* – wenn er ihn *tatsächlich* getötet hat, würde es harte Arbeit erfordern, ihn von der Anklage wegen Mordes freizusprechen, nach der albernen Art, wie er sich diesbezüglich verhalten hat. Verdammt, es ist fast ein Schuldeingeständnis!"

Baker hatte das Büro kaum verlassen, als Carson hereinkam, seinem Partner zunickte, sich an seinen Schreibtisch setzte und geistesabwesend begann, einige Briefe aufzuschneiden, die auf ihn warteten. Unbemerkt beobachtete Garner ihn hinter dem abgenutzten Buch, das er ihm vors Gesicht hielt. Als hartgesottener Anwalt, der er war, schmolz Garners Herz vor Mitleid, als er die dunklen Flecken unter den Augen des jungen Mannes, das erbärmliche Hängen seiner Schultern und die Beweise in jeder Gesichtslinie des erbitterten inneren Kampfes bemerkte, der in dem tapferen, überempfindlichen Mann tobte Seele. Garner legte sein Buch weg, ging in das kleine Beratungszimmer im hinteren Teil und stellte sich an das Fenster, das auf ein kleines Maisfeld auf einem angrenzenden Grundstück blickte.

"Er hat es getan!" sagte er grimmig. „Ja, er hat es getan. Armer Kerl!"

Die vor ihm liegende Aufgabe war die schwerste, der sich Garner jemals gestellt hatte. Er hätte einen solchen Fall für einen Klienten bis ins kleinste Detail besprechen können, aber Carson – die seltsame, gewinnende Persönlichkeit, über die er so oft gestaunt hatte – war anders. Er war der mutigste, aufopferungsvollste, am schlimmsten leidende Mensch, den Garner je gekannt hatte, und der einfühlsamste und ehrenwerteste Mensch. Wie war es möglich, auch nur indirekt eine so schwerwiegende Anklage gegen einen solchen Mann anzudeuten? Und doch, überlegte Garner pessimistisch, erreichen die besten Männer manchmal einen Punkt, an dem ihre hohe moralische und spirituelle Anspannung bei der einen oder anderen entscheidenden Prüfung zusammenbricht. Warum sollte es im Fall von Carson Dwight nicht so sein?

Garner ging zurück zu seinem Schreibtisch, setzte sich und drehte seinen Drehstuhl, bis er Carsons Profil sah. „Schau her, alter Junge", sagte er. „Ich habe dir etwas sehr Unangenehmes zu sagen, und es ist ziemlich schwer, wenn man bedenkt, wie sehr ich dich respektiere."

Dwight blickte von dem Brief auf, den er vor sich hielt. Er las einen Moment lang mit festem Blick Garners Gesicht und sagte dann mit einem Seufzer, als er den Brief hinlegte: „Ich sehe, Sie haben es gehört. Nun, ich wusste, dass es rauskommen würde. Ich habe es mehrere Tage lang kommen sehen."

„Ich begann es vor ungefähr einer Woche zu erraten", fuhr Garner äußerlich ruhig fort; „Aber als ich heute Morgen mit Pole Baker sprach, wurde ich davon überzeugt. Es ist eine düstere Sache, mein Junge, aber du darfst nicht verzweifeln. Du hast mehr Hindernisse überwunden als jeder andere junge Mann, den ich kenne, und ich glaube, dass du das irgendwann schaffen wirst. Allerdings müssen Sie zugeben, dass es weitaus klüger gewesen wäre, sich sofort aufgegeben zu haben."

„Ich konnte es nicht", antwortete Carson düster. „Ich habe darüber nachgedacht. Eigentlich habe ich mich auf den Weg nach Braider gemacht, aber schließlich entschied ich, dass es nicht gehen würde."

"Guter Gott! War es so schlimm?" rief Garner aus. „Ich habe wider alle Hoffnung gehofft, dass du –"

„Es könnte nicht schlimmer sein." Carson senkte seinen Kopf, bis er auf seiner Hand ruhte. Sein Gesicht verschwand aus Garners Blickfeld. „Es wird sie umbringen, Garner. Sie kann es nicht ertragen. Dr. Stone sagte mir, dass ein weiterer Schock sie töten würde."

„Du meinst – mein Herr! Du meinst deine *Mutter?* Du – du" – Garner beugte sich vor, sein Gesicht arbeitete, seine Augen leuchteten – „ du meinst, dass du es wegen ihres Zustands nicht gemeldet hast? Großer Gott! Warum habe ich nicht daran gedacht?"

„Natürlich." Carson sah sich um. „Haben Sie gedacht, es liegt daran, dass ..."

„Ich dachte, es lag daran, dass Sie ihn auf eine Art und Weise getötet hatten, von der Sie befürchteten, dass sie nicht völlig vertretbar wäre. Ich habe nie über den *wahren* Grund geträumt. Ich sehe jetzt alles", und Garner erhob sich von seinem Stuhl und legte mit zuckenden Lippen seine Hand auf Dwights Rücken. „Ich verstehe das vollkommen und ich bewundere dich mehr, als ich sagen kann. Erzähl mir jetzt alles darüber."

Eine Stunde lang saßen die beiden Freunde zusammen und unterhielten sich. Ruhig ging Carson auf das Geschehen ein, und als er fertig war, sagte Garner: „Sie haben einen guten Fall, aber Sie können leicht erkennen, dass er dadurch, dass Sie die Fakten so lange verschwiegen, erheblich beeinträchtigt wird." Es mag schwierig sein, einer Jury klarzumachen, wie Sie sich über die Aufnahme der Sache durch Ihre Mutter gefühlt haben, denn der durchschnittliche Mann ist von Natur aus nicht ganz so feinfühlig, aber wir müssen es ihnen klar machen . Dr. Stones Aussage und sein Rat an Sie werden hilfreich sein. Aber auf jeden Fall müssen wir den Vorschuss selbst so schnell wie möglich leisten – bevor die Grand Jury Anklage gegen Sie erhebt." v „Aber" – und Dwight stöhnte laut – „ meine Mutter kann das einfach nicht durchstehen, Garner." Ich kenne sie. Es wird sie töten."

„Sie muss es einfach ertragen", sagte Garner düster. „Wir müssen einen Weg finden, sie dieser Tortur standzuhalten. Ich habe es. Alle meine Hoffnungen basieren darauf, dass wir vor Squire Felton mit der Aussage mehrerer Zeugen zu Willis' Drohungen gegen Sie eine so klare Aussage machen, dass er sie außergerichtlich zurückweisen wird. Ich kann den Gutsbesitzer heute sehen und habe für morgen einen Hörapparat. Wir werden es schnell erledigen. Ich werde auch deinen Vater sehen und –"

"Mein Vater!" rief Carson verzweifelt aus.

„Ja, ich werde ihn sehen und ihm die ganze Sache erklären. Ich denke, ich kann ihn dazu bringen, die Angelegenheit erst nach der Anhörung an Ihre Mutter weiterzugeben. Sie ist immer noch in ihrem Zimmer eingesperrt, und diesen Teil kann Ihr Vater sicherlich bewältigen."

„Ja", antwortete Carson düster; „Und er wird alles tun, was er kann, auch wenn es ein schrecklicher Schlag für ihn sein wird. Aber – wenn – wenn das Gericht mich verpflichten sollte und ich ins Gefängnis müsste, um auf meinen Prozess zu warten, dann würde meine Mutter ..."

„Denk jetzt nicht an sie!" Sagte Garner gereizt. „Lasst uns auf eine zügige Entlassung hinarbeiten und nicht auf die dunkle Seite blicken, bis es nötig ist. Ich werde sofort runterlaufen und mit deinem Vater reden, bevor das Gerücht ihn erreicht und ihn in den Wahnsinn treibt. Ich sage Ihnen, es liegt in der Luft; Ich habe es mehrere Tage lang gespürt."

KAPITEL XLIV.

IN seinem Büro in einer Ecke seines großen Getreide- und Baumwolllagerhauses, an einem staubigen, übersäten Schreibtisch vor einem trüben, mit Spinnweben übersäten Fenster, fand Garner den alten Dwight, den Schoß voller Telegrafenberichte, den Kopf in eine Morgenzeitung getaucht Markt- und Erntenachrichten im Allgemeinen. Vor dem dünnwandigen Büro rumpelten und rumpelten schwere Eisenlastwagen, im Griff muskulöser schwarzer Männer, über den schweren Boden und über schwere Kufen in die offenen Waggons im Heck. Man hörte das knarrende Geräusch der großen Handaufzüge, die mit dem Heben und Senken von Ballen, Fässern, Säcken und Fässern beschäftigt waren, und den sanften Singgesang der unbeschwerten Neger, die sich abmühten und sich der tiefen Düsternis, die über ihnen hereingebrochen war, glücklicherweise nicht bewusst waren Verteidiger ihrer Rechte.

„Ich bin wegen einer wichtigen Angelegenheit, die Carson betrifft, zu Ihnen gekommen", begann Garner, als er sich über den Schreibtisch des alten Mannes beugte.

Dwight ließ seine Zeitung sinken, zuckte mit den Schultern und schniefte.

„Wahlkampfgelder, schätze ich", sagte er. „Nun, ich habe nach einer solchen Nachfrage gesucht. Tatsächlich war ich erstaunt, dass Sie nicht schon früher hinter mir her waren. Ich würde alles tun, außer Whisky zu kaufen und zu verschenken. Ich bin gegen diesen Brauch."

Das war es nicht ", sagte Garner, der, normalerweise offenherzig, davor zurückschreckte, selbst in einer so heiklen Angelegenheit um den heißen Brei herumzureden. „Die Wahrheit ist, Carson steckt in kleinen Schwierigkeiten, Mr. Dwight."

"Problem?" sagte der Händler unverblümt. „Würdest du es mir bitte zeigen, wenn er jemals rausgekommen ist? Seit dem Tag seiner Geburt gab es ein Schrammen nach dem anderen. Bei allem Besessenen, Billy, als er noch kein Jahr alt war, musste ich fünfzig Dollar ausgeben, um alle Schornsteine mit Eisengittern zu verkleiden, damit er nicht ins Feuer kroch. Seitdem ist er in jedes Feuer gelaufen oder gestolpert, das entstanden ist. Als er erst zwölf Jahre alt war, fiel ein Mann draußen auf der Farm in einen Brunnen und Carson konnte nichts anderes tun, als hinter ihm herzugehen. Er tat es, befestigte das einzige verfügbare Seil um den Mann und schickte ihn nach oben, und als sie es Carson hinabließen , ertrank er fast so sehr, dass er kaum in der Schlaufe sitzen konnte. Wenn ich eine Liste der Schrammen hätte, die dieser Junge zu Hause und auf dem College erlitten hat, würde ich sie an einen Autor von Blut-und-Donner-Romanen verkaufen. Es würde ihm ein Vermögen einbringen. Na, was ist jetzt?"

„Ich fürchte, Carson steckt in großen Schwierigkeiten, Mr. Dwight", sagte Garner, nahm einen Stuhl und setzte sich. „Sie müssen sich auf einen ziemlich heftigen Schock einstellen. Er konnte nicht anders. Es wurde ihm so sehr aufgedrängt, dass es keinen anderen Ausweg mehr gab, um seine Selbstachtung zu bewahren. Mr. Dwight, Sie haben natürlich vom Tod von Dan Willis gehört?"

„Ja, und ich dachte, dass Carson jetzt, wo er unter dem Rasen lag, sicherlich –"

„Der Tod war kein Unfall, Mr. Dwight"

Garner unterbrach ihn und sein Blick ruhte fest auf dem Gesicht des alten Mannes.

„Du meinst, dass Willis sich umgebracht hat – dass er –"

„Ich meine, dass er Carson *gezwungen hat*, ihn zu töten, Mr. Dwight."

Das Gesicht des alten Kaufmanns wirkte wie im Todeskampf; Er beugte sich vor, seine Augen weiteten sich in wachsendem Entsetzen.

„Sag das nicht, Billy; Nimm es zurück!" Er hat tief eingeatmet. „Alles andere als das – alles andere unter Gottes strahlender Sonne."

„Sie müssen versuchen, ruhig zu bleiben", sagte Garner sanft. „Es lässt sich nicht ändern. Schließlich wurde der arme Junge dazu gezwungen, um sein Leben zu retten."

Der alte Dwight senkte sein Gesicht auf seine Hände und stöhnte. Der Neger an der Spitze der Lastwagenfahrerbande näherte sich und beugte sich in die Tür. Er war gekommen, um sich nach den Anweisungen für die Arbeit zu erkundigen, aber mit großen Augen stand er da und starrte. Garner winkte ihn energisch ab, erhob sich und legte seine Hand auf Dwights Schulter.

„Nimm es nicht so schwer!" sagte er beruhigend. „Denken Sie daran, es gibt viel zu tun, und deshalb bin ich zu Ihnen gekommen."

Der alte Dwight hob seine tränenden Augen, die in seinem blassen Gesicht jetzt blutunterlaufen aussahen, und stammelte: „Was gibt es zu tun? Was bedeutet das? Wie wurde es bisher aufbewahrt? Hat er versucht, es zu verbergen?"

„Ja" – Garner nickte – „ der arme Junge hat es heimlich getragen." Er hatte Angst, dass die Nachricht davon seine Mutter ernsthaft verletzen würde."

„Und das wird es!" Dwight stöhnte. „Sie wird es niemals auf der Welt ertragen. Sie ist so zerbrechlich wie eine Blume. Sein Verhalten hat sie mehr als einmal um Haaresbreite ans Grab gebracht, und nichts unter dem Himmel könnte sie davor retten. Es ist schrecklich, schrecklich!"

„Ich weiß, es ist schlimm, aber wir müssen ihn retten, Mr. Dwight. Du kannst keinen eigenen Sohn haben –"

„Haben Sie ihm *was*? „Dwight erhob sich, schwankte von einer Seite zur anderen und stellte sich dem Anwalt gegenüber.

„Nun, man kann ihn nicht wegen Mordes ins Gefängnis schicken; Sie können ihn nicht für schuldig befunden und öffentlich hinrichten lassen. Das Gesetz ist eine heikle Angelegenheit. Absolut unschuldige Männer wurden immer wieder gehängt. Ich erzähle Ihnen dieses Verheimlichen der Sache und Carsons hitzige Wut auf Willis und die Bemerkungen, die er hier und da über ihn gemacht hat – die Tatsache, dass er bewaffnet war – dass es keine Zeugen des Duells gab – dass er das falsche Urteil zugelassen hat Die Geschworenen des Gerichtsmediziners müssen zu Protokoll geben – all diese Dinge, mit einem Schurken wie Wiggin im Hintergrund, der tödlich daran arbeitet, uns zu vereiteln und Carson aus der Bahn zu werfen, sind sehr, sehr ernst. Es ist die schwerste Aufgabe, die ich je vor Gericht in Angriff genommen habe, aber ich werde sie durchziehen, oder, da Gott mein Richter ist, Mr. Dwight, ich das Gesetz aufgeben werde."

Tränen flossen nun frei aus den Augen des alten Kaufmanns und tropften ungehindert von seinem Gesicht auf den Boden. Er ergriff Garners Hand, ergriff sie fest, und während er sie ausdrückte, schluchzte er: „Rette meinen Jungen, Billy, und ich werde es dir nie an Geld mangeln lassen, solange du lebst. Er ist alles, was ich habe, und ich bin stolzer auf ihn, als ich die Leute jemals wissen lassen würde. Ich habe viel Aufhebens um einige Dinge gemacht, die er getan hat, aber die ganze Zeit über war ich stolz auf ihn, stolz auf ihn, weil er tiefer in das Rechte blickte als ich. Sogar diese Nigger-Frage – ich habe viel dagegen geredet, weil ich dachte, es würde ihn runterziehen, aber als ich hörte, wie er euch an jenem Abend in Blackburns Laden zusammenbrachte und euch überredete, den Jungen der alten Linda zu retten – da erfuhr ich davon Als ich die Freudenschreie der alten Frau hörte und die weitreichenden Auswirkungen dessen sah, wofür Carson eintrat, war ich so stolz und dankbar, dass ich mich in mein Zimmer schlich und weinte – weinte wie ein Kind; und nun kommt als Belohnung dieses Ding. Oh, Billy, rette ihn! Zerstöre nicht den Geist des armen Jungen. Ich wollte Sie schon immer auf wesentliche Weise bei Ihrem Interesse an ihm unterstützen, und dieses Mal werde ich es tun."

„Ich hoffe, wir können die Sache morgen früh vor dem Gericht klären, Mr. Dwight", sagte Garner zuversichtlich. „Das Wichtigste ist, dass Sie Ihrer

Frau bis dahin sowieso alles vorenthalten. Ich kann nichts mit Carson machen, bis er sich über sie im Klaren ist. Er verehrt den Boden, auf dem sie geht, Mr. Dwight, und wenn das nicht gewesen wäre, wäre er schon längst aus dieser Klemme herausgekommen, denn ich bin mir sicher, dass eine klare Stellungnahme unmittelbar nach dem Vorfall die Sache geklärt hätte ihn ohne Probleme. In seinem Wunsch, seine Mutter zu schonen, hat er den Fall verkompliziert, das ist alles."

„Oh, ich kann es seiner Mutter ganz einfach so lange vorenthalten", sagte Dwight. „Ich gehe jetzt nach Hause und kümmere mich darum. Zieh meinen Jungen da durch, Billy. Wenn Sie für jeden Cent, den ich habe, auf mich zurückgreifen müssen, ziehen Sie ihn durch. Ich werde ihn in Zukunft anders behandeln. Wenn er da rauskommt, glaube ich, dass er gewählt wird und ein großartiger Mann wird."

Eine Stunde später eilte Garner zurück ins Büro.

„Alles ist in Ordnung!" Er kicherte, als er seinen Mantel auszog und sich an seinen Schreibtisch setzte. „Squire Felton hat die Anhörung für morgen früh um elf anberaumt, und Pole Baker ist auf dem schnellsten Pferd im Stall unterwegs, um Zeugen für unsere Seite zu besorgen. Er sagt, er kann sie in Hülle und Fülle in den Bergen finden , und dein Vater ist so solide wie eine Steinmauer. Zuerst fiel er völlig durcheinander, aber er hielt sich fest, sagte ein paar schöne Dinge über dich und ging nach Hause, um sicherzustellen, dass die Ohren deiner Mutter geschlossen waren.

„Ich habe auch den Sheriff gesehen. Was denken Sie? Als ich ihm die Fakten erzählte und sagte, dass du bereit seist, dich aufzugeben, hätte er fast geweint. Braider ist ein Trumpf. Er sagte, das Gesetz gäbe ihm das Recht, Sie auf eigene Faust gehen zu lassen, und bevor er Sie verhaften und in ein gemeinsames Gefängnis stecken würde , würden ihm Arme und Beine abgeschnitten. Er sagte, da er Ihr Herz so gut kannte, würde er Sie den ganzen Weg nach Kanada gehen lassen, ohne Sie anzuhalten, und dass er lieber seinen Job aufgeben würde, als Sie zu verhaften, wenn Sie wegen dieser Anklage festgenommen würden. Er erzählte mir, dass er danach gesucht hatte – dass er vor zwei Tagen davon erfahren hatte und dass er bei Ihnen vorbeigekommen wäre, wenn er nicht befürchtet hätte, dass Sie sein Kommen zu diesem Zeitpunkt missverstehen könnten. Er hat mir auch einen Floh ins Ohr gesetzt. Er sagte, wir müssen uns vor Wiggin hüten. Er hat den Verdacht, dass Wiggin schon seit einiger Zeit damit beschäftigt ist und möglicherweise einen gefährlichen Dolch im Ärmel hat. Der Bezirksstaatsanwalt ist heute nicht in der Stadt, wird aber heute Abend zurück sein. Er ist kerzengerade und verhält sich fair. Ich werde ihn gleich morgen früh sehen. Jetzt machen Sie sich bereit. Überlassen Sie alles mir. Sie sind ein ebenso guter Anwalt wie ich, aber Sie sind zu nervös und sorgen sich um Ihre Mutter, um nach bestem Wissen und Gewissen zu handeln."

Zu diesem Zeitpunkt kam der farbige Gärtner von Dwight's mit einer an Garner gerichteten Nachricht herein. Garner öffnete es und las es, während Carson dastand und zusah. Darin hieß es: *„Lieber Billy, hier ist alles in Ordnung, und das wird auch so bleiben, zumindest bis nach der Anhörung morgen. Als Einbehalt lege ich meinen Scheck über zehntausend Dollar bei. Ich hatte immer die Absicht, Ihnen einen kleinen Anfang zu geben, und ich hoffe, dass dies Ihnen materiell helfen wird. Rette meinen Jungen. Rette ihn, Billy. Um Gottes willen, zieh ihn durch; Lass nicht zu, dass dieses Ding seinen Geist zerstört. Er hat eine großartige und nützliche Zukunft vor sich, wenn wir ihn nur durch diese Situation bringen können."*

Carson las die Notiz verschwommen und wandte sich ab. Er stand ein paar Minuten später allein in dem trostlosen kleinen Sprechzimmer, als Garner zu ihm kam, den Scheck des alten Dwight in seinen Händen flatternd.

„Dein Vater ist der Richtige", sagte er, und in seinen Augen strahlte das kindliche Feuer der Gier. „Man muss nur wissen, wie man ihn versteht. Die Höhe dieses Schecks ist völlig übertrieben, aber wenn ich morgen tun kann, was er will, werde ich ihn nicht nur annehmen, sondern ihn auch zu einem herrlichen Zweck verwenden. Carson, es gibt eine junge Frau in dieser Stadt, die ich heiraten möchte, und ich werde damit ein Haus kaufen, um ein Leben zu beginnen."

„Ida Tarpley?" sagte Carson.

„Sie ist die Richtige", sagte Garner mit einem Hauch aufsteigender Farbe. „Ich glaube, sie würde mich aufgrund einer kleinen Bemerkung, die sie fallen ließ, akzeptieren, und durch dich habe ich sie gefunden."

"Durch mich?" sagte Dwight.

„Ja, als ich von Ihren Höhen und Tiefen sprach, wurde mir zum ersten Mal ihr wunderbar süßes und mitfühlendes Wesen bewusst. Carson, wenn du morgen früh deine Gehpapiere bekommst, werde ich nicht zehn Minuten warten, bevor ich die Frage stelle. Der Mangel an Mitteln war das Einzige, was mich davon abgehalten hat, ihr das letzte Mal einen Heiratsantrag zu machen."

KAPITEL XLV.

Als Garner am nächsten Morgen das Büro erreichte, fand er Carson von „der Bande" umgeben vor, Blackburn ging gerade, seine milden Augen waren düster auf den Bürgersteig gerichtet, und Wade Tingle, Keith Gordon und Bob Smith saßen lange im Büro herum. gezeichnete, stoische Gesichter.

„Ich habe Carson gerade gesagt, dass es heute Morgen vor Gericht ein Scherz sein wird", sagte Wade tröstend, als Garner sich mit getrübter Stirn an seinen Schreibtisch setzte. „Meinen Sie nicht auch, Garner?"

eins sage ich euch , Jungs", antwortete Garner gereizt, „es ist eine zu wichtige Angelegenheit, um sie einfach zu klären, und ich möchte, dass ihr Jungs verschwindet, damit wir uns an die Arbeit machen können." Ich muss mit Carson reden, und da so viele hier sind, kann ich das nicht tun. Ich bin es nicht gewohnt, in einer Menschenmenge zu denken."

„Dann werden wir wetten, alter Mann", sagte Keith; „Aber wir werden bei der – der Anhörung sein."

Als sie schlaff hinausgegangen waren, kam Carson vom Fenster, an dem er gestanden hatte, und musterte Garner. Mit Erstaunen stellte er fest, dass die unteren Teile der Hosenbeine seines Partners staubig und seine Stiefel ungeputzt waren. Die Ärmel des Hemdes, das Garner trug, waren zu lang für seine Arme, und ein Paar schmutziger Manschetten bedeckte mehr als die Hälfte der kleinen Hände. Sein Stehkragen war zerknittert und seine allgegenwärtige schwarze Seidenkrawatte mit der unförmigen Schleife und den braunen, ausgefransten Kanten war verrutscht. Sein Haar war zerzaust, sein ganzes Benehmen nervös und aufgeregt.

„Keith sagt, dass du letzte Nacht nicht in der Höhle geschlafen hast", sagte Dwight zögernd. „Bist du zu deinem Vater gegangen?"

Garner schien einen Moment zu zögern, dann schlug er seine staubigen Beine übereinander und begann, die losen Schnüre seiner abgenutzten und rissigen Lackschuhe fester zu ziehen und fester zu binden.

„Schau her, Carson", sagte er, als er fummelig den letzten Knoten geknüpft hatte, „du bist ein zu starker und mutiger Mann, um auf die Wischiwaschi-Art behandelt zu werden, wie eine Frau behandelt wird." Außerdem musst du früher oder später sowieso die Wahrheit erfahren, und du kannst genauso gut darauf vorbereitet sein."

„Ist etwas schiefgelaufen?" fragte Dwight ruhig.

„Es könnte schlimmer sein, als ich es mir erträumt habe", sagte Garner. „Ich dachte, wir würden vergleichsweise reibungslos segeln, aber – na ja, das ist Ihr Pech! Pole Baker kam heute Morgen gegen zwei Uhr herein. Ich hatte mir ein Zimmer im Hotel gemietet, um den plappernden Jungs zu entkommen und nachdenken zu können. Ich konnte nicht schlafen und versuchte, mich mit einem Groschenroman zurechtzufinden, der meine Aufmerksamkeit nicht fesseln wollte, als Pole kam und mich fand. Carson, dieser Schlingel Wiggin ist der schwärzeste Teufel, der jemals in Menschengestalt auf der Erde wandelte."

„Er war bei der Arbeit", sagte Carson ruhig.

„Das würde man meinen", sagte Garner. „Pole sagt, wohin er auch ging, in der Erwartung, gute Zeugen in die Hände zu bekommen, die Willis Drohungen gehört hatten, stellte er fest, dass Wiggin zuerst dort war und eine Geschichte erzählte, die ihnen den Mund wie Muscheln verschloss. "

„Ich verstehe", sagte Dwight. „Er hat sie abgeschreckt."

„Ich denke, er hat es getan. Er machte sie auf der Hut, indem er ihnen, ohne auch nur anzudeuten, dass Sie Schwierigkeiten hatten, mitteilte, dass sie, wenn sie einen Anruf vor Gericht hätten, welcher Art auch immer, sich zurückhalten sollten, da es nur ein Trick von unserer Seite wäre, ihn zu verwickeln sie im Lynchgeschäft."

„ Wir haben also keine Zeugen", sagte Dwight.

„Nicht einmal ein Foto von einem!" antwortete Garner bitter. „Ich habe Pole, so müde er auch war, gleich wieder rausgeschickt, in eine andere Richtung. Er hatte die leise Ahnung, dass er Willis' Mutter zur Aussage überreden könnte, obwohl ich ihm erzählte, dass er auf wilder Jagd war, denn nicht eine von zehntausend Müttern würde einem Mann helfen, der – einem Mann, der unter genau so einem Schicksal steht Umstände. Dann habe ich ein Pferd bekommen –"

„Um diese Zeit in der Nacht?" Carson weinte.

„Was war der Unterschied? Ich konnte sowieso nicht schlafen und die kühle Nachtluft sorgte dafür, dass ich mich besser fühlte, aber ich scheiterte. Die Männer, die ich traf, gaben zu, dass sie Dan einiges reden gehört hatten, konnten sich aber an keine wirklichen Drohungen erinnern. Als ich in die Stadt zurückkam, war es acht Uhr. Ich aß einen Snack im Restaurant und eilte dann zum Bezirksstaatsanwalt. Mayhew ist ein guter Mann, Carson, und ein fairer Mann. Ich denke, er ist der ehrlichste und gewissenhafteste Anwalt, den wir je hatten. Aber genau dort sah ich die Spur deines Schutzengels. Schon damals war Wiggin vor mir dort gewesen. Mayhew wollte das nicht zugeben, aber ich erkannte es an seiner zurückhaltenden Art. Ich hatte erwartet, dass der Anwalt die ganze Sache auf die leichte Schulter nehmen würde, wissen Sie, angesichts Ihres Ansehens an der Anwaltskammer und

Ihres Familiennamens, aber ich fand, dass er es – nun ja, viel zu ernst nimmt. Er redete wirklich, als wäre es das Schlimmste, was jemals passiert war. Ich sah, dass er stark voreingenommen war, und versuchte, ihn von einigen verborgenen Eindrücken zu befreien, aber er redete nicht viel. Doch plötzlich sah er mir ins Gesicht und fragte mich, wie um alles in der Welt ein vernünftiger Mann, der mit dem Gesetz vertraut ist, so etwas so lange geheim halten könnte wie Sie. Ich habe ihm so plausibel und direkt wie möglich erzählt, wie Sie sich über den Zustand Ihrer Mutter gefühlt haben. Er hörte aufmerksam zu, dann zuckte er mit den Schultern und sagte: „Warum, Garner, Dr. Stone hat meiner Frau neulich erzählt, dass es Mrs. Dwight schnell besser geht.‚ Ganz so schlecht ging es ihr bestimmt nicht.‘ Mein Herr! Ich wurde so sehr zurückgeworfen, dass ich kaum wusste, was ich sagen sollte. Dann erzählte er mir weiter, dass Leute im ganzen Land gesagt hätten, dass es den Stadtbewohnern immer gelungen sei, dem Gesetz durch irgendeinen Trick, durch Einfluss oder durch Geld zu entkommen, und dass er sich nicht einmal öffentlicher Kritik aussetzen würde im Falle eines so beliebten Mannes wie Sie.“

„Das war Wiggins Werk!“ Sagte Carson mit fest zusammengepressten Lippen, als er sich wieder dem Fenster zuwandte.

„Ja, das ist seine Methode. Er ist der kniffligste Schlingel aller Zeiten. Natürlich kann er nicht darauf hoffen, dass Sie wegen dieser Sache tatsächlich verurteilt werden, aber er glaubt offensichtlich, dass er Sie in der nächsten Gerichtssitzung vor Gericht stellen und Sie in der Zwischenzeit bei den Wahlen schlagen kann . Er denkt, dass er mit seinen aufrührerischen Negerreden, um das unterste Element aufzurütteln, und mit den Anschuldigungen, man habe einen Angehörigen der eigenen Rasse ermordet , um die Vorurteile anderer zu schüren, einen tief in den Schatten stellen kann. Aber wir müssen das Beste daraus machen. Es gibt heute weder einen Ausweg noch eine Verschiebung dieser Anhörung. „Selbst wenn das Allerschlimmste kommt“, endete Garner langsam, als würde er vor den Worten zurückschrecken, „wir können alle Bürgschaften geben, die das Gericht verlangt.“

„Aber“ – und Dwight wandte sich vom Fenster ab und stellte sich vor seinen Freund – „ was ist, wenn sie sich überhaupt weigern, Kautionen anzunehmen, und ich ins Gefängnis muss?“

„Warum willst du so eine Brücke überqueren?“ fragte Garner, offensichtlich verärgert über die schiere Möglichkeit, die in Frage kam.

Dwight beugte sich über Garner und legte seine Hand auf die staubige Schulter. „ *Das* würde meine Mutter töten, alter Mann!“

„Glaubst du, Carson?“ Garner war tief bewegt.

„Ich weiß es, Garner, und ihr Blut würde auf meinem Kopf kleben."

„Nun, wir müssen *gewinnen!* „Sagte Garner und ein Ausdruck fester Entschlossenheit trat in seine Augen; „Das ist alles. Wir müssen gewinnen. Ewige Wahrheit und Gerechtigkeit sind auf unserer Seite. Wir müssen gewinnen."

KAPITEL XLVI.

Der große, quadratische Gerichtssaal war überfüllt, als Carson und Garner im letzten Moment eintrafen. Gleich hinter der Tür stand der alte Dwight, seinen zerschlissenen Seidenhut in der Hand und mit einer Miene ungewöhnlicher Demut geduldig auf ihr Kommen wartend.

"Ist alles in Ordnung?" flüsterte er besorgt zu Garner, während er die Hand seines Sohnes ergriff und festhielt.

„Ja, alles klar, Mr. Dwight", antwortete Garner; „Und ist – ist deine Frau –"

„Ja, in dieser Hinsicht sind wir auf der sicheren Seite", sagte der alte Mann ermutigend zu Carson. „Ich bin nur für eine Minute entwischt. Ich werde hier nicht warten, sondern zurückeilen und Wache halten. Gott segne dich, mein Junge." Als Dwight sich zur Tür umdrehte und wegging, warf Carson einen Blick in den überfüllten Raum. Alle Augen waren, so schien es ihm, ängstlich und mitfühlend auf sein Gesicht gerichtet. Als er durch den Mittelgang ging, um den mit einem Geländer versehenen Bereich zu erreichen, wo der Richter an seinem erhöhten Schreibtisch saß und sich ernsthaft mit dem Staatsanwalt beriet, beschäftigte sich Carsons Geist düster mit den zahlreichen Vorfällen, in denen seines Wissens unschuldige Menschen starben Nachdem der junge Mann, der aufgrund der Komplikation von Indizienbeweisen verurteilt worden war, auf einem Stuhl saß, den Braider beflissen neben Garner platzierte, ließ der Blick des jungen Mannes erneut den großen Raum schweifen. Auf der letzten Bankreihe saßen Linda, Onkel Lewis und Pete in Gesellschaft anderer Negerfreunde von ihm. Ihr starrer und ehrfürchtiger Gesichtsausdruck verstärkte seine Trübsinnigkeit. In der Nähe des Geländers saß „die Bande" – Gordon, Tingle und Bob Smith – mit eingezogenen Gesichtern. Hinter ihnen saßen Helen und ihr Vater sowie Ida Tarpley. Als Carson Helens besorgten Blick auffing, versuchte er leicht zu lächeln, als er auf ihre Verbeugung antwortete, aber da war etwas in seiner Handlung, das ihm wie eine leere Vortäuschung vorkam und einer Person in seiner Position eher unwürdig war. Ob schuldig oder unschuldig in den Augen des Gesetzes, er sagte sich, er sei dazu da, um seinen Charakter von der schwerwiegendsten Anklage zu befreien, die gegen einen Menschen erhoben werden konnte, und den Anzeichen nach, wie der kluge Garner sah, war es unwahrscheinlich, dass er dies tun würde Verlasse den Raum als freier Mann. Er schauderte, als er sich grimmig vorstellte, wie Braider – der gefühlvolle, mitfühlende Braider – vor all diesen Augen zu ihm kam und ihn auf Anordnung des Gerichts offiziell verhaftete. Er versank in tiefer Verzweiflung, als er sich vorstellte, wie seine Mutter die Nachricht erfuhr. Fast benommen saß Carson stumm und blind gegenüber dem formellen Verfahren da. Wie ein Kind verspürte er einen beruhigenden Trost in dem Wissen, dass er sich auf einen so erfahrenen Freund wie den hartgesottenen jungen Anwalt an seiner Seite stützte, und doch hatte er zum ersten Mal in seinem Leben Mitleid mit sich selbst. Es war wirklich schwer mit ihm gelaufen. Er hatte in letzter Zeit sein Bestes versucht, das Richtige zu tun, aber das Schicksal hatte ihn schließlich überwältigt. Er verlor den Glauben an die Impulse, die ihn, blind unter der Glut jugendlicher Begeisterung, zu diesem Platz hier unter dem kalten, anklagenden Blick des Gesetzes geführt hatten.

Die klare, klingende und selbstbewusste Stimme des Anwalts riss ihn aus seiner Lethargie. Es war eine starke, völlig herzlose Rede, dachte „die Bande". Die Pflicht gegenüber dem Staat und der Schutz der Öffentlichkeit standen im Mittelpunkt. Persönlich empfand Mayhew nur das freundlichste Gefühl und die stärkste Bewunderung für den Angeklagten. Er gehörte zu einer der besten und ältesten Familien im Süden und war ein Mann von unerschrockenem Mut und bemerkenswertem Verstand. Aber trotz alledem, glaubte Mayhew, während er an seinem dicken Schnurrbart zupfte und den Richter mit zuversichtlichen Augen anstarrte, konnte er zeigen, dass sich unter dem glaubwürdigen und raffinierten Äußeren des Angeklagten eine zutiefst rachsüchtige Natur verbarg – eine Natur, die darüber hinaus wahnsinnig geworden war Nachsicht durch die Opposition. Der Anwalt versprach, durch sachkundige Zeugen zu beweisen, dass Carson Dwight, wenn die Angelegenheit vor Gericht gebracht wird, ohne auch nur einen Jota an Beweisen glaubte – merken Sie sich das Wort „glaubt" , dass Dan Willis in der Menge, die Pete Warren zu lynchen versuchte, auf ihn geschossen hatte . Ich glaube, Euer Ehren, und ohne jegliche Beweise denke ich, dass der Staat keine Schwierigkeiten haben wird, die Tatsache nachzuweisen, dass Dwight ein ausreichendes Motiv für das hatte, was getan wurde, *und* dass er sich bewusst und mit Bedacht bewaffnete, ohne eine andere Absicht zu haben als Willis zu töten. Darüber hinaus könne Mayhew nachweisen, erklärte er, dass Dwight die Tat sorgfältig verschwiegen habe, indem er die Welt darüber informiert habe, dass die Feststellung der Jury des Gerichtsmediziners richtig sei, und keine gegenteilige Aussage gemacht habe, bis er durch die Übergriffe dazu gezwungen worden sei überprüfbarer Gerüchte und der Gewissheit, dass die Grand Jury nachteilige Maßnahmen ergreifen wird. Angesichts dieser Sachlage konnte der Anwalt das Gericht nur auf seine Pflicht drängen, Carson Dwight wegen Mordes ersten Grades anzuklagen.

Tief in seiner Depression blickte Dwight über das atemlose Publikum und bemerkte die ernsten Gesichter, die er kannte und liebte. Helen war totenblass, und ihr Vater saß mit gesenktem Kopf da und fingerte an seinem Stock aus Ebenholz mit der goldenen Spitze. Keith Gordons Gesicht war ebenso vorwurfsvoll über das, was der Anwalt gesagt hatte, wie das einer trauernden Frau. Wade Tingle saß rot vor rebellischem Zorn da, und Bob Smith, der die Bedeutung der hochtönenden Worte nicht voll begriff, starrte unter seinen ordentlich gestutzten Haaren hervor wie ein staunendes Kind bei einer Beerdigung. Es war Mam' Lindas fast wilder Blick, der Carsons wandernden Blick noch fester fixierte. Sie saß da, ihr Gesicht war von halbwilder Leidenschaft erfüllt, ihre große Lippe hing tief herab und zitterte, ihre Brust hob sich, ihre Augen leuchteten.

Carson brachte es nicht übers Herz, Garners schwachem und unzulänglichem Plädoyer zu folgen, während der Anwalt dastand, seine kleinen Hände verschränkt und blutleer auf dem Rücken. Es sei ihm nicht gelungen, sagte er, die Zeugen zu erreichen, die er erwartet hatte und die schwören würden, dass Dan Willis den Angeklagten immer wieder verfolgt und sein Leben bedroht habe, aber er hielt das für eine ruhige Aussage von Carson Dwights würde man glauben, und das –

Hier herrschte Aufregung im Raum. Der Gerichtsvollzieher an der Tür redete laut mit jemandem . Der Richter klopfte heftig, um Ordnung zu schaffen, und in der folgenden Pause kam Pole Baker mit großen Schritten den Gang entlang und führte eine kleine Frau, die eine schwarze Sonnenhaube aus Baumwolle und ein Kleid aus demselben Stoff trug. Baker ließ sie stehen, ging auf Garner zu und flüsterte ihm etwas ins Ohr. Dann drehte sich der Anwalt mit plötzlich strahlendem Gesicht um und flüsterte der Frau etwas zu. Einen Moment später richtete er sich zu voller Größe auf und sagte mit klarer, selbstbewusster Stimme, die alle Teile des Raumes erreichte: „Euer Ehren, ich habe hier einen Zeugen, den ich vereidigen lassen möchte."

Der Bezirksstaatsanwalt stand auf und starrte die Frau neugierig an. „Wenn ich mich nicht irre, ist das die Mutter von Dan Willis", sagte er lächelnd. „Sie ist eine Zeugin, die ich selbst suche."

„Nun, Sie sind herzlich eingeladen, was sie aussagen wird", erwiderte Garner trocken.

Einen Moment später stand die kleine Frau auf dem Podium, hielt ihre Haube in der Hand, ihr kleines, runzliges Gesicht so farblos wie Pergament, ihr schwarzes Haar so glatt wie Lackleder über ihre Stirn gestrichen und hinten zu einem kleinen, festen Knoten zusammengebunden ihr Kopf.

„Nun, Mrs. Willis", fuhr Garner fort und warf einen vielsagenden Blick auf Carson, der ihn immer erstaunt ansah, „erzählen Sie dem Gericht einfach auf Ihre eigene Art, was in Ihrem Haus an dem Tag passiert ist, als Ihr Sohn starb. "

Der Raum war sehr still, als sie mit leiser, zitternder Stimme begann, die sich im Laufe ihrer Fortsetzung allmählich beruhigte.

„Nun", sagte sie, „Mr. Wiggin kam zum Zaun, während wir alle unser Frühstück aßen , und rief Danny hinaus, und sie unterhielten sich in der Nähe des Kuhstalls. Ich weiß nicht, was gesagt wurde, aber es tat mir leid, dass sie zusammengekommen sind, denn Mr. Wiggin hat Danny immer verärgert und hat angefangen, zu trinken und gegen Mr. Dwight hier in der Stadt zu schimpfen. "

Sie hielt einen Moment inne, und dann sagte Garner, der sich entspannt auf die Rückenlehne seines Stuhls stützte, ermutigend: „In Ordnung, Mrs. Willis, es geht Ihnen sehr gut. Machen Sie jetzt einfach weiter und erzählen Sie dem Gericht alles, was nach bestem Wissen und Gewissen geschehen ist."

„Nun, es gab nicht viel zu erinnern, was direkt *zu Hause passiert ist* ", fuhr der Zeuge klagend fort; „Natürlich, der Schießplatz etwa eine Meile von dort entfernt an der …"

„Entschuldigen Sie, Mrs. Willis", unterbrach Garner. „Du ziehst den Karren vor das Pferd. Ich möchte, dass Sie ihm erzählen, wie sich Ihr Sohn verhalten hat, als er nach seinem Gespräch mit Mr. Wiggin ins Haus kam."

„Als Danny hereinkam, Mr. Garner, ging er zur Kommodenschublade , holte seinen Revolver heraus und lud ihn vor uns, wobei er bei jedem Atemzug vor Mr. Dwight fluchte . Ich habe versucht, mich zu beruhigen, und mein Bruder George tat es auch, aber er war so verrückt wie nie zuvor ein Mensch in meinem Leben. Er sagte, er würde direkt zu Darley gehen und Carson Dwight töten, wenn er zum Haus seines Vaters gehen und mich aus seinem Bett zerren müsste. Er sagte, er hätte es einmal versucht und sei dabei ausgerutscht, aber wenn er es noch einmal verfehlte , würde er sich vor Abscheu umbringen . "

„Ich verstehe, ich verstehe", sagte Garner in der darauf folgenden Pause. Er strich sich mit den spitz zulaufenden Fingern über sein glattes Kinn, öffnete und schloss den Mund und ließ den Blick zur Decke gerichtet, als hätte der Zeuge eine ganz gewöhnliche Aussage gemacht. Er lehnte sich wieder auf die Rückenlehne seines Stuhls, senkte dann seinen Blick auf das Gesicht des Zeugen und fragte: „Haben Sie Dans Rede an jenem Morgen gehört, Mrs. Willis, als er den ersten Versuch *unternahm* ? Leben von Carson Dwight?"

„Nun, ich weiß nicht, wie damals ", antwortete die Frau; „Aber er erzählte uns davon am Tag, nachdem er den Schuss abgefeuert hatte."

„Oh, das hat er!" Garners Gesicht war immer noch ein Musterbeispiel argloser Gleichgültigkeit, und er strich sich erneut über das Kinn, die Augen jetzt auf den Boden gerichtet, die Arme vor der Brust verschränkt. „Welcher Tag war das, Mrs. Willis?"

„Na ja, am Tag nachdem Mr. Dwight den Mob davon abgehalten hatte, den Jungen der alten Lindy Warren aufzuhängen."

Auf allen Gesichtern außer Garner war jetzt tiefes Erstaunen zu sehen. „Ich wusste vorher nie genau, *wer* diesen Schuss abgegeben hat", sagte er nachlässig, „obwohl ich natürlich eine Ahnung hatte, wer es getan hat. Also hat Dan das zugegeben?"

„Ja, er hat uns davon erzählt und mehrmals davon, dass er versucht hat, Mr. Dwight anzugreifen."

„Ich schätze, Sie sind überzeugt, dass Dan ihn getötet hätte, wenn Mr. Dwight sich nicht verteidigt hätte?" Garner verfolgte geschickt.

„Ich weiß, dass er das tun würde, Mr. Garner, und als ich den Bericht hörte, dass Danny sich versehentlich erschossen hatte, während er mit seiner Pistole übte, war ich damit einverstanden. Ich glaube nicht, dass Mr. Dwight die Schuld trägt. Ich dachte immer, dass er sein Bestes gab und dass die Politik für böses Blut sorgte. Um die Wahrheit zu sagen, ich habe es immer gemocht. Ich hatte gehört, dass er ein Freund bis ins kleinste Detail und bescheiden war, sogar gegenüber alten Niggern, und irgendwie war ich erleichtert, als ich hörte, dass er meinem Jungen entkommen war. Ich wusste, dass Danny Mord vorhatte und dass dabei nichts Gutes herauskommen konnte. Ich würde lieber wissen, dass ein Kind von mir tot ist und sich in den Händen seines Schöpfers befindet, als gefesselt im Gefängnis und darauf zu warten, am Ende öffentlich gehängt zu werden. Nein, es ist besser so, wie es ist, aber wenn ich das sagen darf, kann ich beim besten Willen nicht verstehen, warum Sie alle Mr. Dwight so hierher geschleppt haben, wenn seine Mutter da ist sech ein heikler Zustand. Mein Gott, er hat nichts getan, wofür man sich den Prozess machen müsste!"

„Das reicht, Mrs. Willis", hörte man Garner sagen, wobei seine Stimme die emotionsgeladene Stille des Raumes harsch erschütterte; „Das reicht, es sei denn, mein Bruder Mayhew möchte dir ein paar Fragen stellen."

„Der Staat hat keinen Fall, Euer Ehren", sagte Mayhew mit einem kränklichen Lächeln. „Die Wahrheit ist, ich glaube, wir haben uns alle zu großzügig mit der Politik beschäftigt. Ich gestehe, dass ich Wiggin selbst gehört habe. Es sieht so aus, als ob Dan Willis es nicht geschafft hat, Dwight zu töten, und er versucht, dies per Gesetz durchzusetzen. Euer Ehren, der Staat ist aus dem Fall ausgestiegen."

Es folgte eine Pause des Erstaunens, und dann erfuhr das Publikum die Wahrheit. Als „die Bande" erkannte, dass Carson Dwight mehr als ein freier, gerechtfertigter und ihnen zurückgegebener Mann war, erhob sie sich wie ein Mann und schrie. Angeführt von Pole Baker und dem enthusiastischen Braider drängten sie sich um ihn herum, kletterten über das Geländer und zerschmetterten Stühle in Splitter. Dann wurde unter dem Jubel und den Freudentränen der Zuschauer der beliebteste Mann der Grafschaft zwangsweise auf die kräftigen Schultern von Baker und Braider gehoben und durch den Gang zur Tür getragen.

Über allen Köpfen blickte Carson, errötet vor Verwirrung, durch den Raum. Unmittelbar vor ihm stand Helen. Sie sah ihn direkt und eifrig an, ihr Gesicht strahlte, ihre Augen waren voller Tränen. Sie blieb mit ihrem Vater direkt vor der Tür stehen, und während „die Bande" ihre kämpfende und protestierende Heldenvergangenheit ertragen musste, hob sie ihre Hand zu ihm. Er errötete vor neuer Verlegenheit und nahm es entgegen, nur um es ihm im nächsten Moment wieder wegzureißen.

„Lass mich im Stich, Pole!" er weinte.

„Nein, Sir, wir lassen Sie nicht im Stich!" schrie Pole. „Wir haben es auf Sie abgesehen. Wir werden dich lynchen!"

Die Menge, die den Witz zu schätzen wusste, stieß daraufhin den seltsamsten Schrei aus, der jemals aus vor Freude überströmten Brüsten hervorbrach.

„Lynch ihn!" sie schrien. „Lynch ihn!"

Eine halbe Stunde später ging Carson nach Hause. Sein Vater war am Zaun und suchte nach ihm. Er hatte die Nachricht gehört und sein altes Gesicht strahlte vor Freude, als er das Tor für seinen Sohn öffnete und ihn in seine Arme nahm.

„Wie geht es Mutter?" war Carsons erste Anfrage.

„Es geht ihr gut und sie weiß es auch?"

"Sie weiß!" rief Carson entsetzt aus.

„Ja, die alte Mrs. Parsons war die erste, die mir die Nachricht überbrachte, und sie versicherte mir, sie könne sie Ihrer Mutter auf eine Weise mitteilen, die sie überhaupt nicht schockierte."

„Und du hast sie gelassen?" sagte Carson besorgt.

„Ja, und sie hat die raffinierteste Arbeit geleistet, von der ich je gehört habe. Ich wusste, dass sie als wundervolle Frau galt, aber sie ist die sanfteste Person, die ich je getroffen habe. Ich habe gelacht, bis ich geweint habe. Ich hatte jedenfalls Lust zum Lachen. Mrs. Parsons begann damit, dass sie Ihre Mutter geschickt so wütend machte, dass Willis Sie so hartnäckig verfolgte, dass Ihre Mutter ihn selbst hätte erschießen können, und dann führte Mrs. Parsons ganz nebenbei die Sache an Treffen zwischen euch. Willis hatte seine Waffe vor deinem Gesicht und wollte gerade abdrücken, als deine Pistole losging und dir das Leben rettete. Sie fuhr fort, dass Dans Mutter gerade vor Gericht gewesen sei und ausgesagt habe, dass ihr Sohn versucht habe, Sie zu ermorden, und dass sie Ihnen nicht die geringste Schuld gegeben habe. Ich erkläre, dass Mrs. Parsons tatsächlich den Anschein erweckt hat, dass Willis und nicht Sie vor Gericht standen. Wie auch immer, es ist alles in Ordnung. Wir haben jetzt nichts mehr zu befürchten."

KAPITEL XLVII.

SECHS Wochen später kam es zur Wahl.

Für Carson war es kein „Walk-Over". Wiggin schien durch jede Enthüllung seiner hinterhältigen Schikanen nur noch verzweifelter angespornt zu werden. Er starb hart. Er kämpfte mit der Nase im Sumpf, aber er kämpfte, indem er die Ehre in den Wind schlug. Carson Dwights Haltung zur Negerfrage war Wiggins stärkste Waffe. Es handelte sich um eine Fackel, mit der der Kandidat jederzeit die Brüste einer bestimmten Klasse von Männern entzünden konnte. Er war ein grober, aber kraftvoller Redner, und wo immer er hinging, hinterließ er schwelende oder wütende Feuer. Ihm waren die Menschen der niedrigsten Stufe verpflichtet, und sie kämpften für ihn und arbeiteten für ihn wie Banditen im Dunkeln. Über diese Männer schwang er ein Schwert der Angst. Als Carson Dwight in die Legislative einzog, wollte er Gesetze gegen Lynchjustiz erlassen, und jeder Mann, der jemals sein Zuhause und seinen Kamin durch summarische Gerechtigkeit gegenüber den schwarzen Rohlingen geschützt hatte, würde aufgespürt und lebenslang eingesperrt. Aber Dwights sanftere und vernünftigere Argumentation, gestützt auf sein heldenhaftes Verhalten in der Vergangenheit, behielt die Oberhand. Er wurde gewählt. Er wurde nicht nur gewählt, sondern als Vertreter eines neuen Themas wurde die Nachricht seiner Wahl im ganzen Süden telegrafiert. Er hatte einige Artikel für Wade Tingles Zeitung geschrieben, die vielfach kopiert und kommentiert wurden, und sein politischer Kurs wurde von vielen konservativen Denkern beobachtet, die ihm eine bemerkenswerte Karriere prophezeiten. Er war ein furchtloser Mann mit einer neuen Stimme, der eine radikale Haltung eingenommen hatte, die auf humanitären und christlichen Prinzipien beruhte. Die Familiengeschichte wiederholte sich einfach. Seine Vorfahren hatten sich für eine humane Behandlung der ihnen durch die Umstände auferlegten Sklaven eingesetzt, und er trat im gleichen erblichen Geist für eine freundliche und gerechte Behandlung dieser ehemaligen Sklaven und ihrer Nachkommen ein. Kein Mann, der ihn kannte, hätte ihm vorgeworfen, an die soziale Gleichheit der Rassen zu glauben, genauso wenig wie sie früher den gleichen Vorwurf gegen seine Vorfahren erhoben hätten.

In der Nacht, in der die Rückkehrer hereingebracht wurden und bekannt wurde, dass er gesiegt hatte, hatte „die Bande" einen großen Fackelzug aus Kiefernholz organisiert, der mit seinem Feuer und Lärm durch alle Straßen der Stadt zog. Carson war zu Hause, als sie sich unter lautem Hupen, Trommeln und allgemeinem Geklapper am Vorderzaun aufstellten. Die städtische Blaskapelle tat ihr Bestes, und jede Art von Transparenz, die Wade Tingles erfinderischer Geist ersinnen konnte, wurde wie vom Rauch und der Hitze der Fackeln selbst über der langen Prozession getragen.

Haus , gekleidet in einen neuen und kostbaren Anzug, eine Hommage an seine Verlobung mit Miss Tarpley – einen feinen schwarzen Gehrock, Wollhosen und einen Seidenhut und die Treppe hinauf zur Veranda darüber, wo Carson und seine Mutter und sein Vater standen.

„Die Jungs wollen eine Rede", sagte er zu Carson, „und du musst ihnen in deinem Laden das Beste bieten." Bei George, sie haben es verdient." Carson lehnte ab, aber seine Mutter drängte ihn, dem nachzukommen, und Garner stolzierte mit seinem stattlichsten Schritt, sein Mantel war in der Taille so fest zugeknöpft, dass die Schöße ausgebreitet waren, als wollten sie ihn zum Sitzen einladen, und seinen Hut hielt er auf gleicher Höhe Mit seiner linken Schulter schritt er zur Balustrade und stellte in seiner glücklichsten Stimmung den Mann vor, der, wie er erklärte, der aufgeschlossenste, gewissenhafteste und furchtloseste Kandidat war, der jemals auf den Brettern einer politischen Plattform stand. Sie sollten den Ausdruck der Dankbarkeit und Wertschätzung eines Mannes erhalten, dessen Name allen Anwesenden ins Herz geschrieben war. Garner hatte die große Ehre und den Stolz, seinen Anwaltspartner und engen Freund, den Hon., vorzustellen. Carson Dwight.

Carson hat in seinem Leben nie besser gesprochen. Was er sagte, kam aus einem jungenhaften Herzen, das vor Zufriedenheit und Wohlwollen überströmte. Als er fertig war, erhob sich Mrs. Dwight von ihrem Stuhl und stand stolz an seiner Seite. Der Jubel über ihr Erscheinen erfüllte die Luft. Dann schob Garner den alten Dwight aus dem Schatten einer Säule, auf der er stand, nach vorne, und als der alte Herr seine Begrüßung unbeholfen verneigte, brach der Jubel erneut aus. Bob Smith, der eine Art Tambourmajor war und als Schlagstock einen mit Bändern umwickelten Spazierstock trug, stimmte an: „Denn er ist ein richtig guter Kerl", und während die Menge es zur stotternden und klirrenden Begleitung des Liedes sang Mit der Band zog die Prozession die Straße entlang.

Zu diesem Zeitpunkt kam Major Warren, um seine Glückwünsche auszusprechen. Ein paar Minuten später stand Carson da und unterhielt sich mit Garner. Er versuchte zu hören, was sein Partner in seiner überschäumenden und enthusiastischen Art über seine Verlobung mit Miss Tarpley sagte, aber es fiel ihm schwer zuzuhören, denn das Gespräch zwischen seiner Mutter und Major Warren hatte seine Aufmerksamkeit gefesselt.

„Ich habe versucht, sie dazu zu überreden, vorbeizukommen, um sich die Rede anzuhören, aber sie wollte nicht", sagte der Major gerade. „Ich kann sie in letzter Zeit hier draußen nicht erkennen, Mrs. Dwight. Früher war sie in allem, was Carson betraf, so anders. Sie versteckt sich jetzt tatsächlich hinter den Weinreben auf der Veranda."

„Vielleicht ist sie so sehr in Mr. Sanders verliebt, dass sie …"

„Das ist genau der Punkt", unterbrach der Major. „Sie will nicht über Sanders reden, und sie – nun ja, ich glaube, die beiden haben aufgehört, einander zu schreiben."

„Vielleicht hat sie – oh, glauben Sie, Major, dass –" Carson hörte nichts mehr; sein Vater war nach vorne gekommen und sprach mit Garner.

Carson entwischte. Er glitt die Treppe hinunter und durch die Tür an der Seite neben Warren hinaus und schritt schnell über das Gras. Er ging durch das kleine Tor und erreichte die Veranda und die Weinreben, die die Stelle verbargen, an der die Hängematte hing. Zuerst sah er niemanden und hörte kein Geräusch. Dann rief er: „Helen!"

"Was ist es?" antwortete eine schüchterne, sogar erschrockene Stimme aus den Ranken, und Helen blickte hinaus.

„Warum bist du nicht mit deinem Vater vorbeigekommen?" fragte Carson. „Er sagte, er wollte, dass du es tust, aber du wolltest lieber hier bleiben."

„Ich *wollte* dir gratulieren", sagte Helen, als er die Stufen hinaufstieg und sie sich Angesicht zu Angesicht gegenüberstanden. „Ich bin so glücklich darüber, Carson, dass ich wirklich Angst hatte, ich würde es zu oft zeigen."

„Ich bin froh, dass du so denkst", sagte er verlegen. „Es war ein harter Kampf und ich dachte mehrmals, ich wäre geschlagen."

„Was hast du jemals angefasst, was nicht schwer war?" sagte sie mit einem süßen, erinnerungswürdigen Lachen.

Sie schwiegen einen Moment, dann sagte er: „Ich bin nicht ganz zufrieden mit Ihrem Grund, warum Sie jetzt nicht zu Ihrem Vater gekommen sind – wirklich, sehen Sie, es steht im Einklang mit Ihren Handlungen in den letzten sechs Wochen. Helen, du bist mir tatsächlich aus dem Weg gegangen."

„Im Gegenteil", sagte sie, „Sie haben es sich zur Aufgabe gemacht, sich von mir fernzuhalten."

„Nun", seufzte er, „wenn man Sanders und seine Behauptungen bedenkt, dachte ich wirklich, ich sollte lieber meinen Platz behalten."

"Oh!" rief Helen und sank dann tiefer in die Ranken.

Einen Moment lang stand er zitternd vor ihr und fragte dann kühn: „Helen, sag mir, bist du mit ihm verlobt?"

Sie antwortete einen Moment lang nicht, und dann sah er im Mondlicht ihr gerötetes Gesicht vor den Ranken und erhaschte einen fast erschrockenen Blick aus ihren wundervollen Augen. Sie sah ihn direkt an.

„Nein, das bin ich nicht, und das war ich auch nie", sagte sie.

„Du warst noch nie dort?" er wiederholte. „Oh, Helen –" Aber er ging nicht weiter. Für einen Moment blieb er stehen, dann sagte er: „Ist er dir egal, Helen? Sind Sie und ich gut genug befreundet, dass ich es wagen kann, das zu fragen?"

„Ich dachte einmal, dass ich ihn mit der Zeit lieben könnte", stockte sie; „Aber als ich nach Hause kam und feststellte – und feststellte, wie sehr ich dich missverstanden und dir Unrecht getan hatte, ich – ich –" Sie brach ab, ihr Gesicht in den Blättern der Weinreben vergraben.

„Oh, Helen!" er weinte; „Ist dir klar, was du zu mir sagst? Du weißt, dass mein ganzes Leben in dir steckt. Machen Sie mir heute Abend keine Hoffnungen, es sei denn, es besteht zumindest eine gewisse Gewinnchance. Wenn es eine kleine Chance gibt, werde ich den Rest meines Lebens darum kämpfen."

„Erinnerst du dich", fragte sie und sah ihn an, während sie eine Seite ihres geröteten Gesichts an die Ranken drückte – „ erinnerst du dich an die Nacht, als du mir im Garten von deinem schrecklichen Problem erzählt hast und ich versprochen habe, es zu ertragen." Du?"

„Ja", sagte er verwundert.

„Nun", fuhr sie fort, „nachdem ich dich verlassen hatte, ging ich direkt in mein Zimmer und schrieb an Mr. Sanders. Ich habe ihm genau gesagt, wie ich mich fühle. Ich konnte einfach keine Korrespondenz mehr mit ihm aufrechterhalten, nachdem – Carson, ich wusste in dieser Nacht, als ich dich in deiner Düsternis und Trauer zurückließ, dass ich dich mit meiner ganzen Seele und meinem ganzen Körper liebte. Oh, Carson, als ich gerade deine Stimme in deiner herrlichen Rede hörte und wusste, dass du mich die ganze Zeit geliebt hast, war ich so froh, dass ich geweint habe. Ich bin das glücklichste und stolzeste Mädchen der Welt."

Und als sie Hand in Hand dastanden und zu froh waren, um sie auszudrücken, erleuchtete der Schein seines Triumphs den Himmel und der Lärm und das Geklapper, die Lieder und Rufe derer, die ihn liebten, wurden ihm von der Brise getragen.

DAS ENDE

Milton Keynes UK
Ingram Content Group UK Ltd.
UKHW020753200524
442968UK00006B/774